PEQUEÑAS RESISTENCIAS / 3

ANTOLOGÍA DEL NUEVO CUENTO SUDAMERICANO

VOCES / LITERATURA

COLECCIÓN VOCES / LITERATURA

Esta obra ha sido publicada con la ayuda de la Dirección General del Libro, Archivos y Bibliotecas del Ministerio de Educación, Cultura y Deporte.

Nuestro fondo editorial en www.ppespuma.com

Primera edición: noviembre de 2004

ISBN: 84-95642-42-5
Depósito legal: M-49009-2004

C/ Madera 3, 1° izq. 28004 Madrid
Fax: 915 224 948. E-mail: ppespuma@arrakis.es

Diseño de portada: Beatriz Cuevas
Composición: Equipo editorial
Fotomecánica FCM
Encuadernación Seis, S.A.
Imprenta Omagraf, S.L.

Impreso en España, CEE. Printed in Spain

PEQUEÑAS RESISTENCIAS / 3

ANTOLOGÍA DEL NUEVO CUENTO SUDAMERICANO

Edición al cuidado de

J. C. Chirinos, C. Dávalos, M. Gayoso,
A. Neuman, X. Oquendo, P. Padilla Osinaga,
G. Peveroni, M. Valdés y J. G. Vásquez

PÁGINAS DE ESPUMA

ÍNDICE

PERÚ
Edición de Carlos Dávalos

URUGUAY
Edición de Gabriel Peveroni

VENEZUELA
Edición de Juan Carlos Chirinos

NOTA PRELIMINAR

Para Andrés Neuman,
desde Granada

«Pequeñas Resistencias» cruza el ecuador. Este atlas del cuento contemporáneo en lengua española se enriquece con su tercera entrega de las cuatro previstas: nuestra cartografía va completándose. El *chinchorro audaz* prosigue su rumbo allí donde le había dejado el cuento centroamericano, para lanzarse a explorar cada una de las literaturas sudamericanas. Una nueva, y espléndida, fiesta del cuento está a punto de comenzar.

Para los que se embarcan por primera vez, conviene recordar que el origen de «Pequeñas Resistencias» hay que buscarlo en la militancia y el entusiasmo de Andrés Neuman y de esta editorial; su envergadura posterior, en la amistad, la generosidad y el esfuerzo común de todos los que ido participando en sus páginas. El nuevo cuento español constituyó el corpus del volumen con el que se estrenó la serie. *Pequeñas resistencias. Antología del nuevo cuento español* (2002) reunía a treinta escritores españoles siguiendo los criterios de Neuman: autores nacidos después de 1960 que hubieran publicado al menos un libro de cuentos. Su «nacionalidad» no se ceñía a su lugar de nacimiento, sino que también tenía en cuenta el espacio cultural con el que convivían actualmente. Sus cuentos debían ser breves (unas 15 páginas como máximo) y, finalmente, haber visto la luz con anterioridad para evitar textos de encargo, de descarte o sin pulir.

Pequeñas resistencias 2. Antología del cuento centroamericano contemporáneo (2003) daba cobijo a los países centroamericanos: el desconocimiento general de las literaturas de Costa Rica, El Salvador, Guatemala, Honduras, Nicaragua y Panamá justificó que la selección a cargo de Enrique Jaramillo Levi contemplara una antología con cuentos editados a partir de 1950. Los autores, diez por país, poseían uno o más libros de cuentos en sus trayectorias. En todos los casos se trataba de textos ya editados.

El volumen que ahora se ofrece al lector, *Pequeñas resistencias 3. Antología del nuevo cuento sudamericano,* es especialmente intenso, complejo, indispensable me atrevería a afirmar. Recoge una selección de cuentistas recientes de Argentina, Bolivia, Chile, Colombia, Ecuador, Paraguay, Perú, Uruguay y Venezuela. Como en toda selección, los límites físicos de la obra impusieron ausencias que alguien lamentará. Ya se sabe; cada lector tiene su propia selección. Un primer apunte sobre las ausencias: en el volumen dedicado a España ya se había dado entrada a Rodrigo Fresán (nacido en Argentina), a Fernando Iwasaki (nacido en Perú), a Juan Carlos Méndez Guédez (nacido en Venezuela) y a Andrés Neuman (nacido en Argentina y a su vez antólogo). Dichas inclusiones aconsejaban que estos cuatro autores no figurasen de nuevo en las presentes páginas. El resto de criterios de edición pueden resumirse en pocas palabras: narradores sudamericanos nacidos a partir de 1960 que contaran en su haber al menos con un libro de cuentos. En todos los casos su dedicación al género es relevante, cuando no exclusiva. Y todos ellos defienden el valor propio del cuento, con independencia de que también frecuenten otros géneros como la novela, la poesía o el teatro.

Los cuentos aquí reunidos –excepto en cinco casos– son textos ya publicados: nos constaba que, de todos modos, ningún lector dispondría de la mayor parte de los libros y los textos antologados, muchos de ellos hoy inhallables. Conviene señalar que la editorial eligió previamente a los antólogos de cada país; esta selección implicaba en todos los casos que el antólogo fuera al mismo tiempo antologado, tal como ocurrió en las dos entregas anteriores. Por último, la editorial también fijó el número de autores que representarían a cada país, atendiendo a criterios literarios, históricos y actuales. Se incorporan así a la nómina de «Pequeñas resistencias» cincuenta nuevos cuentistas de indudable calidad.

«Pequeñas Resistencias» llegará a puerto con sus últimas escalas en Norteamérica y los países caribeños. De este modo quedará completada una renovadora obra en cuatro volúmenes, de inusitada envergadura y alcance geográfico, compuesta por más de doscientos autores y otros tantos textos. Una obra de cuentistas realizada por cuentistas. Criterios literarios y militancia literaria para la gran fiesta del cuento.

***

No se puede cerrar esta breve nota preliminar sin citar a todos los que nos han facilitado el trabajo. Ana María Shua, en Argentina. Diego Muñoz Valenzuela, en Chile. Héctor Abad Faciolince, en Colombia. Eduardo Becerra, en España. Fernando Iwasaki, en Perú. Rafael Courtoise y Rubén Loza Aguerrebere, en Uruguay. Juan Carlos Méndez Guédez, en Venezuela.

Y Andrés Neuman, claro, *padrino* y mentor, cuentista y resistente.

JUAN CASAMAYOR
Motril, Granada, agosto de 2004

NUEVE PREGUNTAS PARA NUEVE PAÍSES

El primer volumen de «Pequeñas resistencias», dedicado al cuento español y a cargo de Andrés Neuman, se abría con dos textos de referencia: un preámbulo del escritor español José María Merino para esta tetralogía, y un manifiesto militante, firmado por más de veinte autores, a favor del cuento y en contra de nada. Además, cada escritor prologaba sus cuentos con una poética en torno al género. El conjunto de las poéticas conforma un friso teórico y conceptual que hoy en día es ineludible para estudiosos y lectores del cuento.

El segundo, al cuidado del escritor panameño Enrique Jaramillo Levi, iniciaba el largo viaje por el cuento americano con los seis países de Centroamérica: un prólogo extenso, acompañado de una completa bibliografía, cumplía la función filológica que también debía aportar este atlas. El estudio sobre el cuento latinoamericano, y el centroamericano en particular, abordaba cuestiones historiográficas e históricas proponiendo una interpretación y un análisis detallados.

En este tercer volumen el prólogo intenta responder a la pregunta ¿cómo es el cuento hoy en Sudamérica? Hemos hecho nueve preguntas a los antólogos que aquí figuran para intentar averiguarlo. Algunas se refieren al relato corto sudamericano en general; en otras se intenta indagar en las particularidades de cada país. Y he aquí una selección del resultado. Nueve preguntas para nueve países.

Generalizando, ¿crees que el cuento sudamericano tiene (o ha tenido históricamente) unos rasgos comunes, alguna peculiaridad con respecto al cuento de otras regiones?

Chirinos: Si algo caracteriza al cuento, y a la literatura en general, en Sudamérica es su permeabilidad. En una ocasión Emil Cioran escribió, refiriéndose al saber más que enciclopédico de Borges, que sólo en un individuo que vive en la frontera del mundo puede anidar tanta *sed por saber*. Tengo la impresión, quizá un poco romántica, de que el escritor sudamericano tiende a dejarse influir por todo lo que lee. Lamentablemente, a medida que el mundo se globaliza, esta *sed por saber* ha sido más fuerte hacia los acontecimientos que ocurren en los centros de poder que hacia sus vecinos de periferia. Una posible explicación para este fenómeno sería que, por ejemplo, resulta más fácil para un venezolano acceder a un texto de Hanif Kureishi, Amélie Nothomb o Banana Yoshimoto que a la nueva narrativa colombiana o a la poesía ecuatoriana actual. Sin embargo, el tópico de la permeabilidad sigue intacto: con el se ha podido crear tanto el modernismo de Darío como los experimentos lingüísticos de Oswaldo Trejo o H. Murena.

Neuman: Desde el punto de vista histórico creo que, de existir cierto fermento común, este se remontaría al modernismo; es decir, a la primera época en que la literatura latinoamericana invirtió el sentido de las novedades y comenzó a exportar una estética a la metrópolis: a principios del XX, Darío, Nervo o Martí no eran imitadores, sino imitados. Precisamente de esa época modernista data el cuento moderno en castellano, la prosa híbrida, el texto fronterizo. En ese ambiente se inicia Quiroga, que es el primer maestro. Ahí se afianza el mestizaje del continente con el resto de Europa y una especie de identidad móvil. Ahí se funda, en resumen, una zona de experimento narrativo que tiene que ver con la duda sobre la tradición propia, con un conflicto felizmente no resuelto y, en definitiva, con cierto desprejuicio saludable.

Luego, también generalizando y muy en perspectiva, podría señalarse que existe cierta predominancia de lo fantástico. Puede que uno se canse, pero es así: como si el cuento fantástico fuese una manera de preguntarse por la realidad más cercana, que es particularmente dudosa e inestable en toda Latinoamérica. Y luego está, qué duda cabe, Borges. Borges para bien y para mal, o Borges como género. Borges es admirable, aunque sus epígonos me parecen particularmente obstinados. Me temo que él (y de algún modo Cortázar, y quizá García Márquez) han ejercido en las últimas décadas del siglo cierto influjo uniformador en el cuento sudamericano, y no por culpa suya.

VÁSQUEZ: En Sudamérica, al contrario de lo que sucedió en Estados Unidos, no hubo un «inventor» de la forma como lo fue Poe, alguien que estableciese una serie de reglas y que fuera tomado en serio al hacerlo. En el mundo anglosajón, la fuerza vinculante de los predecesores es muy fuerte: durante medio siglo nadie se atrevió a apartarse de los postulados de Poe; durante el siguiente medio siglo, nadie se atrevió a apartarse de los de Chéjov, visto a través de las traducciones de Constance Garnett. Mientras esto sucedía, en Latinoamérica cada uno iba a su ritmo, en su propia búsqueda, y el famoso *Decálogo* de Horacio Quiroga se ha leído siempre en clave un poco irónica, como los consejos de un tío solterón a los que atendemos sólo si nos convienen.

GAYOSO: Su peculiaridad radica, tal vez, en haberse convertido en eco de las voces silenciadas por dictaduras y convulsiones históricas.

DÁVALOS: Somos un continente mestizo y eso más que nada se ha manifestado no sólo en el cuento, sino en la literatura en general, más que en cualquier otro tipo de manifestación artística. Ni siquiera a nivel social, político o económico se puede hablar de tanto esplendor como el que ha habido en la literatura de esta región, y este es el rasgo más importante, porque ha sabido mostrar tanto las riquezas como las miserias, las costumbres y las diferencias. Es decir, todo lo bueno, lo malo, lo feo y lo bonito que tiene nuestro continente.

Breve canon de urgencia con los que, a tu juicio, serían los diez maestros del cuento sudamericano del siglo XX. ¿Qué relación crees que mantienen los cuentistas actuales con esa tradición ilustre (parricida, nostálgica, epigonal, indiferente...)?

DÁVALOS: Algunos autores que me enseñaron bastante fueron: Ribeyro, Cortázar, Borges, Arguedas, Reynoso, García Márquez, Bryce, Vargas Llosa y Rulfo (aunque este sea mexicano).

OQUENDO: Jorge Luis Borges, Felisberto Hernández, Gabriel García Márquez, Pablo Palacio, Juan Carlos Onetti, Julio Cortázar, Bryce Echenique, Horacio Quiroga y Bioy Casares.

VALDÉS: En nuestro canon personal del cuento sudamericano figuran nombres como Mario Vargas Llosa, Gabriel García Márquez, Juan Rulfo, Horacio Quiroga, Clarice Lispector, Julio Cortázar, María Luisa Bombal, Juan Carlos Onetti, Jorge Luis Borges, Augusto Monterroso (incluimos a este último y a Juan Rulfo, pese a que no son estrictamente sudamericanos, y a Clarice Lispector, cuyos textos fueron escritos originalmente en portugués), aunque no se trata verdaderamente de los autores sino de ciertos relatos en los que se trascienden el tiempo y el olvido. Las relaciones que se mantienen son de admiración y relecturas, revisitándolos de tanto en tanto, cogiendo estructuras de fascinación y modelos de cómo construir un buen relato.

Gayoso: Horacio Quiroga, Julio Cortázar, Augusto Roa Bastos, Jorge Luis Borges, Gabriel García Márquez, Adolfo Bioy Casares, José Mauro de Vasconcellos, Juan Carlos Onetti, José Donoso y Gabriel Casaccia.

Para algunos cuentistas actuales, la relación con los grandes es quizá de nostalgia, por ese prestigio que gozaban aquellos y que hoy está reservado a luminarias del espectáculo. Para otros, sin embargo, es de indiferencia, ya que hacen su propio camino sin tomar recetas.

Padilla: Rulfo (es mexicano y no sé si cuenta), García Márquez, Borges, Úslar Pietri, Quiroga, Vargas Llosa, Ciro Alegría, Cortázar, Galeano, Benedetti.

Hay una tendencia al parricidio, pero más que ello es un intento por parecerse a los escritores europeos para lograr ingresar en el gran mercado editorial. La gran discusión es sobre la universalidad y se cree que desligándose de lo local se puede conseguir lo universal y, por ello, se intenta dejar de lado todo lo que tenga que ver con el pasado.

Vásquez: Propongo siete: Horacio Quiroga, Jorge Luis Borges, Felisberto Hernández, Julio Cortázar, Julio Ramón Ribeyro, Juan Carlos Onetti, Gabriel García Márquez. Los malos cuentistas son siempre epigonales o indiferentes; los buenos se enfrentan a la tradición para reformarla o asesinarla, y en ese sentido serían parricidas o nostálgicos. Un nostálgico (o reformador, si se quiere) sería Piglia, cuyos cuentos son siempre un examen de una tradición ya existente; un parricida sería Bolaño, que nos niega cualquier señal de afiliación a una estirpe. Los cuentistas nacidos a partir del 60 suelen buscar sus modelos en otras lenguas, y así se inscribirían en el parricidio, o más bien en la herejía.

Peveroni: La propia característica insular, que se vuelve más extrema en la singularidad uruguaya-montevideana, provoca que los modelos narrativos se encuentren en escritores estadounidenses y europeos antes que en los hispanoamericanos. Y al mismo tiempo, en los modelos más cercanos. Es difícil pensar en un canon, aunque las figuras de Monterroso,

Rulfo y hasta de García Márquez sean de fuerte incidencia pese a no ser todos —estrictamente— sudamericanos. ¿Maestros? Los ya nombrados, intercalados por los cuentos de argentinos como Borges, Cortázar, Piglia y el increíble Roberto Arlt. Y los cercanísimos, por uruguayos, Mario Levrero, Paco Espínola, Horacio Quiroga, Felisberto Hernández, Héctor Galmés, Hugo Burel y Cristina Peri Rossi. Esta misma pregunta se la hice a los otros «seleccionados» uruguayos y todos —casi sin excepción— nombraron entre sus influencias a uruguayos, europeos y estadounidenses.

CHIRINOS: Cada vez que alguien compone un canon, inmediatamente es negado, modificado o perseguido por otros. El siguiente canon, del que podré abjurar en breve, tan sólo sirve como testimonio de lo que mi memoria y mis gustos van siendo: Horacio Quiroga, Juan Rulfo (aunque no sea sudamericano), Julio Garmendia, Felisberto Hernández, Jorge Luis Borges, Julio Cortázar, Pablo Palacio, Rubem Fonseca (a pesar de que no escribe en español), Gabriel García Márquez y José Balza.

Se dice que los escritores argentinos han estado durante décadas oscilando entre Borges y Cortázar, adorando a uno y desdeñando al otro, dependiendo del afecto con que se leyeran sus textos; en otros países no sé cómo ha «evolucionado». En el caso de Venezuela ambos han sido poderosa escuela de escritura, dejando las acciones parricidas para las consignas encabezadas por Julio Garmendia y Rómulo Gallegos: ¿realismo o fantasía? Con esta pregunta se puede resumir buena parte de la diatriba sudamericana a la hora de narrar: el peligro es caer en el panfleto político o en la vacuidad de las palabras.

NEUMAN: Mencionaré, y podrían ser más, a Quiroga, Borges, Cortázar, García Márquez, Ribeyro, Bryce, Felisberto Hernández, Onetti, Roa Bastos, Arlt.

Observación también de urgencia: me temo que el del cuento latinoamericano es, por desgracia, un canon particularmente patriarcal: ¿y las clásicas? ¿Por qué se nos ocurren más grandes novelistas o poetas mujeres que cuentistas mujeres? La maravillosa Clarice Lispector escribía en portugués. Citar a las Ocampo no sería sincero, y citar a Isabel Allende no sería decoroso. ¿Peri Rossi? Quizá. También, y tengo que decirlo, me faltaría México. Por más que no corresponda a este volumen, creo que sería incongruente dejar de mencionar al decisivo trío mexicano: Rulfo, Arreola y Monterroso. Con Cuba podría decirse otro tanto.

Como se me hace difícil generalizar en este punto, con respecto a la actualidad me gustaría apuntar apenas un par de ideas: una, que el reciente parricidio con los autores del *boom* me parece injusto y hasta petulante; y dos, que tengo la impresión de que los aplicados epígonos de Borges siguen abarrotando la concurrida Biblioteca de Babel. También hubo una época en que todos quisieron ser un cronopio o volver a escribir *Continuidad de los parques*, pero en los últimos tiempos Julio parece atravesar momento de relativa cuarentena.

¿Consideras que el cuento es un género específico y autónomo? ¿Por qué?

Oquendo: Absolutamente. El cuento tiene una autonomía total. El cuentista piensa su historia en la forma ágil, en el final contundente, en los personajes específicos, en la brevedad, en la concisión. El argumento del cuento debe ser razonado para esa forma. El cuento no es un fragmento de la realidad, es un planeta pequeño, un flash completo, cerrado, absoluto. Mientras respondo esta pregunta pienso en Borges (¿cosa extraña?), en su ceguera repleta de mundos, en su universo inmenso plasmado en sus mínimos cuentos. Eso lo dice todo.

Gayoso: Es acertado para la época que vivimos, ya que por su brevedad es ideal para el lector que carece de tiempo para sentarse a leer un centenar de páginas.

Valdés: El cuento es un género al que se le ha atribuido toda clase de (fastidiosas) definiciones. Se han formulado reglas (Quiroga, Bierce, Cortázar, Bolaño), pero lo cierto es que el cuento atrae cuando rompe con esas normas y entrega una visión particular del mundo representado por el autor. Las reglas del género nos interesan precisamente cuando sufren torsiones (contorsiones y distorsiones). Seducen los cuentos que exploran precisamente la porosidad de los límites, los que buscan tensar la convención, ponerla en cuestión. Sobre todo reconocer cuándo un cuento recién escrito es perfecto y por qué lo es no tiene explicación alguna: allí se caen todas las reglas.

Neuman: A esta pregunta puede responderse de dos maneras: 1) de manera militante, a la defensiva de ciertos menosprecios; y 2) de manera honesta.

Militantemente, entonces, habría que recordarles a los indocumentados de turno que el cuento es un género cuyos modelos clásicos se rigen por un pequeño pero riguroso repertorio de principios técnicos; que muchos de los más grandes cuentistas no estuvieron interesados en escribir novelas o lo hicieron sin magia (Quiroga, Borges, Arreola, Felisberto, Ribeyro, Monterroso, Chejov, Caldwell y un largo etcétera); y que por tanto el cuento puede constituir una disciplina literaria específica y no necesariamente conectada con otros géneros literarios.

Ahora bien, si estamos dispuestos a ser francos, es justo añadir que el cuento es una feliz intersección entre lo poético y lo narrativo, un límite expresivo; que la densidad del cuento le debe mucho a otros géneros sintéticos como la poesía o el aforismo; que es raro el cuentista grande que no provenga del verso (desde Poe a Carver, pasando por Quiroga, Borges o Cortázar); y que muchas historias han nacido cuento y han terminado novela. Desde *Rayuela* a *Los detectives salvajes,* muchas veces la cuerda de las novelas se ha obtenido haciendo nudos con los cuentos. En algunos autores, incluso, el estilo está por encima del vaivén de los géneros y hasta de la extensión: *El proceso* de Kafka, como novela, no difiere sustancialmente del relato largo *La metamorfosis* ni de los cuentos breves de *Las contemplaciones.*

A lo mejor al cuento le sucede como a la modernidad, que según Baudelaire tiene una mitad eterna y otra mitad cambiante. Quizás el cuento tenga un extremo clásico (que tira del texto pidiéndole estructuras redondas y facturas cerradas) y otro extremo insurrecto (que obliga al cuento a entrar en mestizaje y a hacer de su brevedad un desafío de lenguaje). En todo caso, para que siga tenso, hará falta una fuerza de ambos lados.

CHIRINOS: El cuento es el australopiteco de la novela. Y siendo más antiguo que la novela, sobran razones para argumentar que sí es un género autónomo, sobre todo en Sudamérica, donde el sustrato de la tradición oral indígena es tan rico y está tan presente hasta en el acento al pronunciar algunas de nuestras palabras, que no ha sido posible para los escritores escapar a su influencia. Los cuentistas se han encargado de construir un corpus teórico que explicara la forma y el proceso para crear un cuento; el *ars narrativa* de cada escritor —desde el *Decálogo del buen cuentista* de Quiroga hasta las consideraciones de Cortázar y Balza en torno al cuento— se ha erigido en modalidad teórica que ofrece no pocas posibilidades para aprender de los maestros. El cuento, en tanto que *narra* pertenece a la misma familia que la novela por más que los cuentistas nos empeñemos en demostrar lo contrario. Pero hay que tener plena conciencia de lo siguiente: el cuento es un pequeño universo y la novela toca el Universo. En todo caso, el tema de la categorización compete más a un entomólogo que a la literatura, si bien es cierto que las categorías nos son necesarias para poner un poco de orden en el mundo. El cuento y la novela son de la misma familia, pero no de la misma especie.

¿Qué aportaciones teóricas de interés y qué innovaciones técnicas en la práctica del cuento han tenido lugar en Sudamérica desde la década de los noventa?

OQUENDO: Creo más bien que se ha dado una suerte de literatura más ligera, mucho más *light* que en otras épocas. Los aportes interesantes de esta generación es muy difícil que se puedan establecer ahora, siendo una generación de novísimos que inician su oficio con una tradición absolutamente consolidada a sus espaldas. Los maestros «clásicos» ya lo intentaron todo y lograron adaptar al género con innovaciones insuperables (todas válidas). El nuevo cuentista sudamericano se enfrenta a un oficio estable desde cualquier punto de vista.

VÁSQUEZ: Los nuevos cuentistas, lamentablemente, son poco dados a teorizar sobre su práctica. Esto es paradójico, porque se ha visto que ningún género literario ha invocado la teoría tanto como el cuento: desde Poe hasta Piglia, los cuentistas han tratado de formular sus poéticas de manera teórica, convencidos de que no se puede escribir cuentos de forma inocente. En cuanto a innovaciones técnicas, me apresuro a decir que el cuento es un género curiosamente terco, y no admite grandes revoluciones.

DÁVALOS: Lo que sí se notó en la década pasada es que la mayor parte de los escritores se centraban en temáticas realistas —salvo excepciones, claro—, dejando un poco de lado la temática fantástica. Ahora, lo que yo veo es que los escritores de los últimos años, al verse invadidos por medios audiovisuales, ya sea por Internet, TV o cable, han tenido que adoptar una dinámica tal a su escritura (no siempre conscientemente) que les permita acoplarse a estos tiempos de velocidad visual. Creo que a diferencia de la novela, que actualmente se encuentra en boga acá en España, el futuro le va a pertenecer al cuento que es mucho más adaptable a los diversos medios masivos que imperan en estos días.

CHIRINOS: Creo que las aportaciones teóricas más influyentes han sido las aproximaciones al fenómeno de la Posmodernidad, específicamente *Culturas híbridas,* del argentino Néstor García Canclini y *Megalópolis,* de la venezolana Celeste Olalquiaga. Ambos textos son particularmente estimulantes y luminosos. Y en el terreno de la teoría literaria, el estudio de Víctor Bravo sobre la definición del Realismo Mágico y lo Real Maravilloso (*Magias y maravillas en el continente literario*) supuso una inflexión casi definitiva en el tema. El libro pasa a Asturias y a Carpentier por el tamiz de Derrida y Deleuze. En cuanto a innovaciones técnicas, los juegos urbanos y verbales del mexicano Juan Villoro, y el regreso a la calle, el barrio y los ranchitos [chabolas] de los venezolanos Israel Centeno y Ricardo Azuaje son las innovaciones técnicas que me han interesado más. Pero es un tema vasto: de los setenta a los noventa el cuento sudamericano (de nuevo) ha trasladado su peso del experimentalismo lingüístico al imperio de la anécdota.

NEUMAN: Creo que hay varios fenómenos, de muy diversa índole, que cabría considerar. Uno sería el carverianismo. Carver fue profusamente leído a lo largo de la década pasada (*thanks, Anagrama*) y generó un silencioso antídoto para las fiebres barrocas. Por otro lado, puede decirse que lo pregonado por la antología *McOndo* se ha cumplido en parte (no sé si tristemente): una parte muy amplia del cuento latinoamericano reciente se ha desvivido por globalizarse y mostrar sus credenciales superurbanas, hipernarrativas y rabiosamente coloquiales. Luego, en un orden teórico, creo que las tesis de Piglia, en su diálogo con Borges, se cuentan entre los estudios teóricos más destacados sobre el cuento desde Anderson Imbert. Capítulo aparte merecería el auge en la práctica y el estudio de la micronarrativa, que se ha constituido como verdadero centro de atracción. Cada vez más, el fragmento es la historia. Sé que en Venezuela hay muchos y muy buenos microprosistas. En México está Lauro Zavala, que es el censo viviente de la microficción. En Perú (y en España) está Fernando Iwasaki. En Argentina también hay excelentes artífices: por ejemplo Ana María Shua, Eduardo Berti o Raúl Brasca, que además es antólogo y crítico especialista.

Ya ciñéndonos a tu país de nacimiento, ¿qué corrientes y autores nacionales consideras indispensables en la trayectoria del género?

VALDÉS: En Chile ha sido decisiva la influencia de José Donoso, Carlos Droguett, Nicanor Parra y Enrique Lihn (poetas), Francisco Coloane, Manuel Rojas y recientemente Roberto Bolaño. Cada uno de estos autores de textos contemporáneos ha dejado su huella particular, trabajando una obra que ha sido «apropiada» de manera compleja por los escritores posteriores. En cuanto a corrientes se hace difícil una definición; lo que ha caracterizado a nuestro país es un realismo (inicialmente criaollismo). En lo que se refiere al cuento aún somos un país joven y hoy se experimentan las más increíbles búsquedas.

DÁVALOS: Creo que en el Perú ha habido grandes cuentistas y para mí el número uno es y será siempre Julio Ramón Ribeyro. Pero no podemos olvidar a otros grandes escritores como Abraham Valdelomar, José María Arguedas, Antonio Gálvez Ronceros, Carlos Eduardo Zavaleta, Cronwell Jara y en especial Oswaldo Reynoso, quien fue uno de los escritores de la década de los cincuenta que abrieron una nueva brecha y estimularon a muchos jóvenes escritores que luego aparecieron en la década de los noventa.

CHIRINOS: En Venezuela, Julio Garmendia, el primero; y desde su obra fantástica y revolucionaria, habría que pasar revista por los cuentos de Rufino Blanco Fombona, Teresa de la Parra, Rómulo Gallegos, Andrés Mariño Palacio y Arturo Úslar Pietri. Dos cuentos emblemáticos: *Arco secreto,* de Gustavo Díaz Solís, y *La mano junto al muro,* de Guillermo Meneses. Entre los sesenta y los ochenta, son indispensables autores como Salvador Garmendia, Adriano González León, José Balza, Carlos Noguera, Antonieta Madrid, Eduardo Liendo, Ana Teresa Torres, Silda Cordoliani, Humberto Mata y Ednodio Quintero. En los noventa, Israel Centeno, Ricardo Azuaje y Juan Carlos Méndez Guédez. Realismo, fantasía, juegos lingüísticos y denuncia social se han alternado durante todo el siglo. Hay que hacer mención especial al concurso de cuentos del diario *El Nacional,* que durante más de medio siglo ha generado él solo un estilo: hay autores venezolanos que escriben «como en los cuentos de *El Nacional*».

PADILLA: En Bolivia hubo, desde siempre, literatura costumbrista. Alfredo Flores, es decir, local con sabor a tierra. La literatura indigenista y un tanto política, con Néstor Taboada y Óscar Alfaro, que buscaba levantar a los indígenas para que luchara por sus derechos, era una especie de literatura utilitaria. La literatura de la guerra del chaco, con Augusto Céspedes, que fue combatiente de la guerra y escribió unas páginas brillantes sobre ese conflicto bélico. Ahora hay corrientes variadas que no dependen del momento histórico, social o político, que antes era determinante. Entre otros, podemos citar a Homero Carvalho o Giovanna Rivero, por su dimensión más universal, en cuento. Las nuevas generaciones vienen con más desenfado y, seguramente, van a producir literatura en todo el sentido de la palabra.

PEVERONI: En Uruguay, el cuento tuvo un lugar de privilegio antes de la dictadura de los setenta, siendo desplazado más tarde por una fuerte tradición novelística que hoy es hegemónica en lo relativo a ediciones. La línea que siento de mayor importancia es la que puede situarse en autores como Felisberto Hernández y Mario Levrero, narrativas alejadas de lo social, a veces catalogadas de fantásticas (aunque no lo sean estrictamente), y que fueron definidas por la generación del 45 y la crítica como «los raros». En esta línea se inscriben autores jóvenes como Pablo Casacuberta, Ricardo Henry e Inés Bortagaray. Otra línea es la de un fuerte relato rural, de tradición oral, que tuvo grandes cultores y hoy por ejemplo se expresa en las voces narrativas de Henry Trujillo, Helvecia Pérez y en el cuento seleccionado de Gabriel Sosa, por ejemplo. Y en lo urbano más costumbrista, en el límite de lo «raro», la generación anterior, de los nacidos en los cincuenta, tiene fuertes exponentes como Rafael Courtoisie, Hugo Burel y Andrea Blanqué, entre otros. No debe olvidarse al gran maestro Horacio Quiroga, uno de los grandes cuentistas de la lengua española.

Gayoso: La narrativa paraguaya (novela y cuento) comienza con dos movimientos literarios: el novecentismo y el modernismo, pero la producción es sumamente escasa. Este fue el género menos prolífico de la literatura paraguaya y el más afectado por el contexto histórico político.

Con un escenario compuesto por dos guerras cruentas y dictaduras no había un ambiente propicio para crear. A mitad del siglo XX, es Gabriel Casaccia quien inicia la narrativa paraguaya contemporánea. Augusto Roa Bastos consolida el cuento paraguayo a nivel mundial con *Hijo de hombre* (1960), seguido muy de cerca por Rubén Bareiro Saguir. Los tres han creado la mayor parte de su obra en el exilio.

Aun con censuras y autocensuras, la narrativa interna dio nombres y títulos destacados como el de Josefina Pla (española pero con obra totalmente creada en Paraguay), Juan Bautista Rivarola Matto, Augusto Casola, Ana Iris Chávez de Ferreiro, Helio Vera, Guido Rodríguez Alcalá, Yula Riquelme de Molinas, Renée Ferrer y Raquel Saguier, entre otros.

Oquendo: En Ecuador, la generación de los años treinta marcó el camino de la literatura de la prosa en general. Considero un hito de nuestra literatura a José de la Cuadra, gran autor del realismo social, que identificó, con absoluta novedad, las características de los habitantes de la costa ecuatoriana, universalizándolos y volviéndolos arquetipos de personificación para entender la realidad social de la época. De la Cuadra es considerado, por una gran parte de la crítica, como el precursor del realismo mágico en América Latina.

Pablo Palacio, nuestro enorme y prematuro vanguardista, fue el gran cuentista urbano. Pese a que su generación pendía del «Indigenismo», con Jorge Icaza como la cúspide del realismo social, Palacio habló de temas tabúes, absolutamente desconocidos en el género, como la homosexualidad, el periodismo, el habitante de la ciudad, entre otros.

En los años sesenta y setenta surgió una generación que revitalizó el género. Cuentistas citadinos, fantásticos, de absoluta vanguardia, dejaron escrito lo mejor del género: el premiado Raúl Pérez Torres (Premio Casa de las Américas), Abdón Ubidia, Javier Váscones, Jorge Dávila, Raúl Vallejo, Francisco Proaño Arandy, entre muchos otros.

VÁSQUEZ: En Colombia ha habido excelentes practicantes del género, pero ninguno que haya modificado sensiblemente su historia o su evolución. Juro que no entiendo de dónde viene la reputación de Tomás Carrasquilla, cuentista folclórico y cursilón que se lee por fuerza en los colegios. Luego aparecen nombres destacados, como Pedro Gómez Valderrama y Hernando Téllez. García Márquez ostenta esta curiosa paradoja: sus mejores cuentos son epigonales. («La siesta del martes», un pequeño clásico de la literatura colombiana, sigue paso a paso la doctrina del viejo Hemingway.) En cuanto a la evolución colombiana del género, es imposible no señalar un nombre: José Félix Fuenmayor. Se trata de uno de los miembros más informados del célebre grupo de Barranquilla donde aprendieron a escribir García Márquez y el malogrado Álvaro Cepeda Samudio; fue el primero en asumir la práctica del cuento como artefacto literario (no como costumbrismo breve ni como viñeta ni como ejercicio de calentamiento), influido por Faulkner, Fitzgerald, Hemingway. El resultado no sólo se puede medir por lo que hizo inmediatamente García Márquez, sino por uno de los mejores libros de cuentos de Colombia: *Todos estábamos a la espera*, de Cepeda Samudio. En la generación siguiente hay magníficos cuentistas, como Marvel Moreno y R. H. Moreno-Durán, y un nombre que no entró en esta antología por haber nacido en 1958: Julio Paredes.

NEUMAN: A bote pronto, se me ocurre que un trayecto por lo más original del género en Argentina arrancaría entretenido en el costumbrismo de Payró, se adentraría en la selva de Quiroga (si Uruguay nos lo presta o lo comparte), militaría un rato en Boedo con los cuentos sociales de Barletta, se arrodillaría frente a los príncipes de Florida y Sur como Bioy, Borges o las Ocampo, se asombraría con la aspereza de Arlt (que por suerte no era de Florida ni de Boedo), se quejaría del olvido de Miguel Briante y del violinista Moyano, no se olvidaría de reivindicar la actualidad de Marco Denevi, y guardaría un respetuoso minuto de silencio por Rodolfo Walsh. Entonces el trayecto haría un alto para entrar en el mundo de los vivos, tomaría aire y admiraría los paisajes de Héctor Tizón, estaría de acuerdo en que Abelardo Castillo y Andrés Rivera son dos de los mejores continuadores del cuento clásico, se dejaría llevar por la hipnosis objetivista de Saer, disfrutaría pensando la metaliteratura de Piglia, celebraría la renovación del cuento que supuso la irrupción maleducada de Fogwill y, apenado, se asombraría de que Isidoro Blastein ya no esté entre los vivos. Volvería a tomar aire, otearía el horizonte y divisaría a una tropa de cuentistas notables: Liliana Heker, Sylvia Iparaguirre, Ana María Shúa, Juan Forn, Rodrigo Fresán, Martín Kohan, Gustavo Nielsen, Marcelo Birmajer, Patricia Suárez... Entonces el trayecto se sentiría exhausto, pensaría «estos argentinos no escarmientan», y se sentaría esperanzado a leer a los más jóvenes.

¿En qué situación se encuentra el género del cuento en tu país (autores, crítica, medios de comunicación, lectores, industria editorial...)?

NEUMAN: Autores: numerosos y en algunos casos excelentes. El problema del cuento argentino nunca será la falta de quórum. Un país que vive a saltos, nerviosamente interrumpido por las circunstancias, es lógico que críe más ágiles narradores breves que demorados novelistas. (Salvo que el novelista sea, como Aira, ágil, nervioso y breve.)

Crítica: como en casi todos los países que conozco, está anticuada en su concepto del género, maneja referencias escasas y manidas (¡basta ya de Borges!) y vive demasiado pendiente de la novela como para interesarse por el cuento. Sin embargo, por gracia de sus clásicos y de cierta costumbre, el género goza en Argentina de un prestigio inusual en comparación con España (un pequeño ejemplo práctico: casi todos mis compañeros de generación españoles se iniciaron en la poesía; yo, siendo niño en Argentina, comencé a escribir cuentos antes que cualquier otra cosa). Tampoco habría que olvidar la influencia entre admirable y nefasta, no sé si divulgativa o banalizadora, de los innumerables talleres literarios argentinos.

Medios de comunicación: tengo la sensación de que siempre ha existido cierto espacio propio para el cuento, sobre todo en revistas especializadas, algunas de las cuales alcanzaron notoriedad. Hoy, con internet, creo que esa alternativa viene potenciándose.

Editoriales: en crisis general, y con particular ensañamiento en lo que respecta al cuento. Sé que esa es la situación permanente de otros países, pero lo triste de Argentina es que hasta los setenta tuvo un mercado editorial ejemplar. Así que, aunque parezca increíble y a diferencia de lo que se piensa en España, en el país de los cuentistas no es fácil publicar un libro de cuentos. Este fenómeno se acentuó con la entrada de las editoriales españolas.

Dávalos: A diferencia de lo que ocurre en España por ejemplo, el cuento en el Perú se reconoce como un género en sí, y basta con publicar un buen libro de relatos para que a uno se le considere escritor. No hace falta que uno publique una novela para ser considerado como tal. Hay muchos escritores —sobre todo jóvenes— que hasta el momento sólo han publicado libros de cuentos y tanto la crítica como el público han mostrado su aprobación. Creo que el cuento goza de muy buena salud en Perú; sin embargo, la endeble situación económica y la falta de una política cultural han hecho que, a pesar de haber escritores y también potenciales lectores, no exista una industria editorial consistente. Pequeñas editoriales que a lo mucho duran dos o tres años son las que han soportado la aparición de nuevos escritores, así como las autopublicaciones. Ahora los fondos editoriales de las universidades están apostando por publicar libros de cuentos y dar a conocer nuevos autores. A las grandes editoriales, que en el Perú son dos o tres, no les interesa publicar cuentos y menos de escritores nuevos. Es triste.

En contrapartida, la aparición y el uso de internet se ha convertido en un nuevo y muy eficaz recurso para que los escritores se den a conocer. Creo que la aportación que hoy en día tiene internet en el mundo y en el caso particular del Perú es muy valiosa e importante. Otra cosa que podría mencionar y que ha ayudado a dotar de buena salud del cuento en el Perú son los talleres literarios y los concursos de cuentos, como los que organiza Ceapaz, Caretas y Petroperú.

Padilla: Es muy delicado, especialmente porque las editoriales prefieren las novelas. Los concursos literarios han desaparecido, en cuanto a cuento. En Bolivia la producción es limitada, la crítica inexistente y los medios de comunicación le dedican pocas líneas.

Chirinos: En Venezuela se lee mucha narrativa breve y, de hecho, casi no hay quien no cultive el cuento. Todos nuestros grandes autores de novelas lo son también de cuentos. La crítica ha reflejado esto y ha generado varios (y muy buenos) estudios y antologías sobre el tema, como *Del cuento y sus alrededores*, de Luis Barrera Linares, y *Del realismo a la parodia, marcas para un mapa en la narrativa venezolana de los '90*, de María Celina Núñez, narradora ella misma; antes he mencionado el concurso de cuentos de *El Nacional*, que es el más importante del país, pero no el único concurso dedicado a cuentos; varias Bienales Literarias (la Bienal Literaria Ramos Sucre, la Bienal Orlando Araujo, la Bienal Pocaterra, etc.) tienen al cuento entre sus temas principales. Incluso la Embajada de España promovió durante varios años el premio del ICI. La carencia más grave de la cuentística venezolana tiene que ver con la deprimida industria editorial, pero el problema económico no es exclusivo de esta industria, sino de todo el país. No obstante, afecta mucho en la difusión de los nuevos escritores.

OQUENDO: El cuento en Ecuador es, junto a la novela, el género mimado de las editoriales y del público lector. Goza de credibilidad en las librerías. El autor ecuatoriano ha dejado de pensar que el cuento es una antesala hacia la novela. Muchos novelistas han encontrado en el género enormes satisfacciones para quedarse en él.

Sin embargo los problemas de difusión continúan. Ecuador sigue siendo el país de América Latina que goza de un anonimato gratuito en el mundo de habla hispana, debido a su poca difusión editorial. Creo firmemente que la literatura de mi país debería estar catalogada como una de las más firmes y prometedoras literaturas del continente.

VALDÉS: El «libro de cuentos» está en una situación de precariedad en Chile si lo comparamos con la novela. Se suele considerar el cuento como literatura menor, como momento inaugural de una escritura en curso: el primer ensayo de un futuro novelista. No se supone que un escritor se quede en el cuento, como lo hizo Borges o Marco Denevi o Galeano. Existe además presión editorial para dejar el relato breve para concursos y publicaciones en revistas. Los editores prefieren publicar novelas, argumentando que venden mejor, que el público general se interesa más por ellas, pero lo cierto es que se lee hoy en Chile más cuento que poesía o novela. De hecho las páginas web en internet privilegian el cuento corto por sobre cualquier otro. No nos imaginamos leyendo interminablemente *Guerra y paz* frente a la pantalla de un ordenador.

PEVERONI: En Uruguay el cuento vive una situación de marginación por parte de las grandes editoriales e incluso de la gran mayoría de los autores, no así de los lectores. Autores como Quiroga, Felisberto, Benedetti y el propio Levrero, obtienen buenas ventas, pese a que las editoriales hayan relegado la aparición de nuevos cuentistas a favor de novelistas con el falso discurso de que «los cuentos no venden». En los últimos veinte años son contados con los dedos de la mano los autores publicados que han obtenido fuertes repercusiones (entre ellos destacan Trujillo, Levrero, Courtoisie, Blanqué y Burel), y lo que más se ha hecho con el género son esporádicas muestras panorámicas como la llamada *El cuento uruguayo*, de la editorial independiente La Gotera. Por otra parte, también esporádicamente, se han lanzado colecciones de libros «de domingo» y «de verano» por diarios como *El Observador* y *La República*, lo que demuestra la avidez todavía existente del público hacia el género. Y el ejemplo más patente es la contratapa semanal de la revista *El País Cultural*, que dedica un cuento semanal que se edita en la edición de los viernes del diario de mayor tiraje. En cuanto a los autores, es muy común que la mayoría se defina como novelista antes que cuentista, y se ha perdido la antigua tradición de que se comenzaba con el oficio del cuento para después acercarse al largo aliento de la novela (situación común en las generaciones anteriores hasta la de los sesenta). De los seleccionados, se definen como cuentistas solamente Sosa y Pérez.

GAYOSO: Paraguay es un país que lee poco, aunque existe actualmente una gran campaña desde las escuelas para revertir esta situación; y en esto están trabajando los propios escritores, quienes han tomado como suyo el compromiso de levantar el número de lectores.

Aunque se publica escasa cantidad de ejemplares, se han sumado muchos títulos en los últimos tiempos. En cuanto al apoyo de los medios de comunicación, hasta no hace mucho los periódicos dedicaban espacio a la publicación de cuentos e incluso novelas, pero esto ha cambiado. Ese espacio fue ganado por la fotografía o temas más *marketineros*.

VÁSQUEZ: El cuento, en mi país, es un gran incomprendido. Esto quiere decir: es un género de iniciados. Los lectores de a pie lo ignoran, y muchos ignoran qué cosa es un cuento. (Me ha tocado que personas de la alta burguesía colombiana, personas que uno supondría medianamente cultas, se enteren de que he publicado un libro de cuentos y me pregunten si es que me gustan mucho los niños.) La industria editorial, por su parte, ha generado un pequeño *boom* del cuento a través de antologías, con la intención, por supuesto, de explotar un pequeño *boom* de nuevos narradores con los pretextos más diversos (cuentos eróticos, cuentos de mujeres, cuentos urbanos). Esto provoca, forzosamente, una percepción desigual: junto a cuentistas serios de altísima calidad se publican oportunismos de encargo escritos por individuos que no saben quién era Chejov y creen que un relato corto es simplemente un relato que no es largo.

La crítica, en Colombia, es inexistente.

A tenor del trabajo de campo realizado para elaborar tu selección, ¿se puede hablar de una nueva generación de cuentistas nacionales? En caso afirmativo, ¿cómo la caracterizarías?

VÁSQUEZ: No se puede hablar de una nueva generación de cuentistas colombianos, pues entiendo que eso implicaría practicantes constantes y regulares. De los seis autores seleccionados, cuatro han publicado más de un libro de cuentos, pero esto es un fenómeno más raro de lo que pueda parecer; para los nuevos escritores —tal como, sospecho, ocurre en la mayoría del mundo hispánico— el cuento es un género excepcional, considerado más como una forma de cumplir encargos ocasionales que como un horizonte estético en sí mismo. Me apresuro a señalar que los seis nombres escogidos lo han sido porque practican el relato con seriedad y rigor.

GAYOSO: A pesar de los obtáculos para editar, vender y conseguir lectores, existe un auge de nuevos narradores paraguayos, con una importante incursión femenina, en cuyos temas predomina lo intimista y lo social. Pero no podemos dejar de destacar que antes de la explosión de escritores nacidos a partir de 1960, se encuentran otros con una labor intensa no sólo en narrativa breve, sino en poesía y novela, y que pertenecen a una o dos décadas anteriores, como Nila López, Lita Pérez Cáceres, Chiquita Barreto, Dirma Pardo, René Ferrer, Susy Delgado, Augusto Casola, Moncho Azuaga y Delfina Acosta, entre otros. Los escritores actuales se caracterizan por un intenso deseo de dar a conocer su obra, contra todo obstáculo, asumiendo incluso el costo de la edición de sus libros, la promoción y comercialización. Esto enriquece el panorama literario del país de manera muy interesante.

PEVERONI: Del trabajo realizado siento que sería poco adecuado hablar de una nueva generación de cuentistas uruguayos. Lo curioso es que la demarcación pos sesenta sí dejó fuera, por apenas uno o dos años, a una generación (en la que se incluyen Courtoisie, Blanqué, Alvariza y Burel, entre otros), quizá con rasgos más definidos y precisos que la actual. La característica de estos nuevos autores quizá sea una sensación de orfandad, de trabajar desde la marginación del género, de buscar en zonas fronterizas entre el cuento puro y la crónica, entre el relato y la mirada introspectiva. Trujillo y Sosa tal vez sean los más formales de acuerdo al género. Lo que sí intenté fue una mirada panorámica, pero es fácil intuir ciertas referencias: Quiroga en Trujillo y un poco en Pérez, Levrero en Bortagaray, en Mardero y sobre todo en Henry. Lo que sí une a estos autores es la proximidad con el ya mencionado Levrero, del cual varios fueron parte de sus talleres, uno de los pocos que cultivó y defendió el género, posibilitando además la edición de la colección Flexes Terpines (única dedicada al cuento en los últimos veinte años). Quedan fuera, por ser estrictamente novelistas, destacados autores como Daniel Mella y Gustavo Escanlar, quienes trabajan en líneas más similares a los postulados de la línea urbana de *MacOndo*.

VALDÉS: No nos parece pertinente referirse a una nueva generación de cuentistas chilenos. Hay nuevos autores, que escriben cuentos y novelas y a veces también teatro, cine, poesía o guiones para la televisión. Sin calificar su producción de homogénea, creo que podría apuntar a algunas temáticas que se reiteran, que no son necesariamente nuevas aunque sí hay una variación en su tratamiento. La representación de escenarios que alegorizan la ruptura de la convivencia político nacional, simbolizada en el quiebre de la familia como institución emblemática (propiciada por la dictadura). El interés por mostrar en clave descriptiva a la despolitizada juventud de la clase alta, con sus problemas personales (a veces vacíos, repetitivos) en un espacio citadino en que las referencias locales tienden a presentarse como parte de un escenario urbano internacional; con resultados a veces desastrosos y de mal gusto. La preocupación por mostrar el universo popular urbano poblacional con sus problemas pero ya no como un espacio decadente, condenado, sino dotándolo de cierta frescura, rescatando su habla popular, alivianando su dramatismo.

NEUMAN: Si hablamos de generación en sentido estricto, supongo que se hace inevitable señalar que los autores argentinos nacidos durante los sesenta, que fueron al colegio en dictadura, que vivieron las Malvinas en su primera juventud y que empezaron a publicar en democracia, comparten una experiencia histórica que en cierto modo los agrupa. Muchos son hijos del rock nacional, del renacimiento de la UBA y del *boom* del periodismo cultural (lo cual es una suerte y un peligro). En términos estéticos, no creo que desmientan el signo de los tiempos: están dispersos, piensan desde el eclecticismo y tienden a desconfiar de las identidades colectivas. Eso sí: pese a todo, todavía, el joven cuentista argentino que no tenga escrita media docena de cuentos fantásticos que levante la pluma.

Oquendo: La novísima generación de cuentistas ecuatorianos está en formación. Creo, sin embargo, que esta generación está poblada de nombres femeninos, con una literatura de indudable calidad, así como otro grupo que persigue la literatura de consumo y desecho, inspirada en algunos nombres que han llegado a la cúspide de la literatura *light*.

Las mujeres son la nueva promesa narrativa en el Ecuador: Gilda Holst, Liliana Miraglia, Yanna Haddati, Lucrecia Maldonado, Elsy Santillán Flor, María Eugenia Paz y Miño, Aminta Buenaño, Valeria Muñoz, entre muchos otros nombres, confirman lo dicho.

Chirinos: A esta generación de narradores venezolanos se les suele conocer como la *Generación de los 90*. Y estaría compuesta por aquellos nacidos a partir de la década de los cincuenta y cuyos primeros textos fueron publicados a partir de 1990. Dos excepciones son Azuaje y Centeno, que ya en los ochenta publicaron textos. Zupcic, Echeto, Socorro, Barrera y Núñez, los incluidos en esta antología, representan un universo de escritores que quizá ronde la treintena de nombres. Y a su principal característica ya la llamaría *cosmopolitismo nacional*. Caracas (que es donde casi todos estos narradores, no necesariamente caraqueños, han desarrollado su obra) es una ciudad ubicada en un valle protegido del mar por una enorme cordillera, y que desde siempre ha estado ávida de noticias del exterior. Creo que en pocas ciudades como en esa se puede estar al tanto tan rápidamente de todo lo que ocurre en el mundo, de todas las modas (del *motor-home* a las PDA), de todos los acontecimientos en París, Londres, Madrid, Buenos Aires, México o Nueva York. Y este *cosmopolitismo nacional* ha conformado la manera como los narradores en Venezuela ven el mundo. Un cosmopolitismo que quizá nos cierra los ojos a nuestra propia manera de ser y que nos convierte en un *país-colcha*.

Padilla: En realidad es un paseo por las «eras» literarias ya que escogí lo mejor de cada una de las décadas que permite la convocatoria. Es una nueva generación, definitivamente, que está empezando a incursionar en la literatura y que se está fogueando y tiene mejores oportunidades que nosotros los más veteranos. Bolivia no es un país que pueda tener escritores profesionales y, por ello, los más jóvenes tienen el ímpetu y las energías para ponerle color y sabor a lo que escriben. Esta nueva generación es la «generación del cemento», no tiene iconos, como los tuvimos nosotros y, por ello, están en una búsqueda solitaria por encontrar el Santo Grial y prueban todo lo que sea necesario a fin de hacerse notar.

DÁVALOS: No sé si se puede hablar de una nueva generación de escritores en el Perú, pero lo que sí puedo asegurar es que hay una gran cantidad de autores que ha nacido después de 1970 y que dará mucho que hablar de aquí a algunos años. Creo que desde la década de los cincuenta no hay tantos autores tan prolíficos y diversos. El cuento y la novela en el Perú tienen todavía una larga vida por delante.

¿Detectas una presencia de temáticas políticas o cuestiones sociales en la nueva generación de cuentistas?

PEVERONI: No, a la vista está que en ninguno de los relatos —a excepción del de Sosa, por el que una lejana guerra civil pasa más como escenario que como tema— las cuestiones sociales asomen en las presentes narrativas uruguayas.

GAYOSO: Hay una enorme preocupación por el tema social en los escritores paraguayos. Esto no puede ser de otra manera debido a la difícil situación socioeconómica del país. Las carencias, necesidades y hasta anhelos se han convertido en el tema obligado de los nuevos narradores.

CHIRINOS: Todo el tiempo, quizá con abuso. Las fluctuaciones políticas del país y del continente; los disparates de gobernantes de opereta como Hugo Chávez, Fidel Castro, Alberto Fujimori o Salinas de Gortari terminan por incidir en la escritura. Autores tan distintos como Méndez Guédez, Fresán, Benavides, Karla Suárez o Paz Soldán no han podido sustraerse de ese hervidero de conflictos que es Sudamérica.

NEUMAN: El caso es que ese me parece uno de los fenómenos más interesantes, al menos en Argentina. La generación antes aludida (la que nació en los sesenta, se educó en dictadura y comenzó a publicar en democracia) fue tildada en sus inicios de apolítica, e incluso muchos de ellos hicieron lo posible por presentarse de ese modo. Sin embargo, tengo la impresión de que lo que rechazaban esos autores no eran las preocupaciones sociales, sino una manera muy determinada de entenderlas. Creo que la literatura *engagée*, el compromiso entendido como tema, dejó una herencia de hastío y escepticismo. Como en otras literaturas, en Argentina se pasó del personaje oprimido al clase-media confuso. Pero en el caso argentino, además, se dio la paradoja de una generación que no está muy segura de si es hija de la libertad o de la represión, del silencio o de la recuperación de la palabra, de los juicios a los militares o de la impunidad de los indultos. Por eso, más que despolitizarse, esa generación cambió de lenguaje: pasó de la denuncia a la alusión, del discurso social a la parábola íntima. Igual que la ausencia de los desaparecidos funciona en la conciencia colectiva como una presencia aterradora, la manera de nombrar la historia reciente tiene doblez: se habla y no se habla, se recuerda de reojo, se palpan sus consecuencias. Desde este prisma indirecto, yo diría que la narrativa argentina contemporánea no ha hecho otra cosa que reescribir sigilosamente el tema de la persecución y el miedo.

DÁVALOS: A diferencia de lo que ocurría con los años sesenta y setenta donde la temática política estaba muy presente (los escritores sentían casi una necesidad moral de retratar el entorno político de sus respectivos países), los escritores actuales, a mi parecer, han dejado un poco de lado esta temática. Esto podría deberse a que en esos años las ideologías aún estaban en pugna y todo era mucho más cuestionable, mientras que en la actualidad las diferencias que antes parecían inmensas, ahora parecen casi insignificantes. La izquierda y la derecha, que antes no podían verse las caras, parecen convivir ahora de la mejor manera. No es cierto que con la caída del muro de Berlín la izquierda haya desaparecido, pero lo que sí es cierto es que tanto la derecha como la izquierda han tomado una nueva vía (central, tal vez) por donde ambas parecen ir de la mano.

Ahora, en Sudamérica, se ha dado un cierto descontento y alguna decepción en cuanto a la clase política. Creo que entre los más jóvenes ha habido una cierta renuncia e indiferencia ante la tan precaria y minusválida política que ha imperado en los países sudamericanos. Esto se ve retratado en las respectivas obras de dichos autores, donde los grandes temas políticos y sociales han sido reemplazados por historias más personales.

OQUENDO: Poco a poco el discurso localista ha sido superado en Ecuador por una especie de moda infiltrada, por una suerte de «globalización temática». Esto me parece triste. El nuevo cuentista no habla de temáticas locales, ni participa en el convivir nacional a través de su obra, sino que ha decidido huir de él, enfrentando temas que interesen a todos. Creo absolutamente que un autor no se universaliza por su temática universal, sino, precisamente, por enfrentar de manera universal su realidad, que no es lo mismo.

PADILLA: Creo que no. Es más, quieren estar lo más lejos posible de todo eso. Los nuevos escritores bolivianos ya tienen rudimentos técnicos y saben algo de estructuralismo, conocen un poco de semiótica o tienen idea de las tendencias nuevas en el campo de la filosofía y, por eso, construyen sistemas verbales a partir de signos y buscan nuevos sentidos en las palabras, las frases, las oraciones, los párrafos o los cuentos. Su contenido es la forma, esencialmente.

VÁSQUEZ: No, y además suelo tener una posición teórica bastante radical en contra de las temáticas políticas en este género. Creo, como Frank O'Connor (uno de los escritores que con más fortuna ha reflexionado sobre el cuento), que el relato breve, por su misma naturaleza, es la máquina mejor dotada para tratar al individuo solitario, desprendido de todo marco social; parejamente, el cuento parece excluir ese marco, pues sus exigencias de concisión y concentración no permiten al autor enfrentarse a los grandes movimientos sociales. Schlegel, que también tiene reflexiones muy agudas sobre el cuento, decía, hablando del *Decamerón*, que los relatos deben ser capaces de interesar «sin referencia alguna a las naciones, los tiempos, el progreso de la humanidad». Y esto hace ya varios siglos. Creo que las cosas no han cambiado. Chejov habla de toda Rusia, pero no a través de conflictos sociales, sino de las circunstancias particulares que la soledad del individuo asume en determinado ambiente. Hemingway separa claramente sus temas de novela (Primera Guerra Mundial, Guerra Civil española, submarinos nazis) de sus temas de cuento (toreros, cazadores, pescadores, matrimonios).

¿Cómo se relacionan entre sí las narrativas de los diversos países sudamericanos? ¿Existe un intercambio, un conocimiento, una influencia mutua?

VÁSQUEZ: No lo creo. Salvo los sudamericanistas militantes (y yo no soy uno de ellos), los escritores sudamericanos de las generaciones más recientes nos conocemos a través del trabajo de editoriales españolas a ambos lados del Atlántico. En Colombia, la labor magnífica de una editorial argentina como Adriana Hidalgo es completamente desconocida; a

Colombia no llegan los libros de Era, ni de Casa de América, por citar dos ejemplos de peso. Hay, eso sí, un fenómeno reciente que es necesario señalar: el resurgimiento de la revista cultural como lugar de encuentro. Revistas literarias como *El Malpensante* de Colombia y *Letras Libres* de México, o de nuevo periodismo como *Gatopardo* de Colombia y *Etiqueta Negra* de Perú, han generado la circulación de nombres (aunque no, nótese bien, de ficciones: sólo una de estas cuatro revistas publica cuentos con regularidad).

VALDÉS: Por todos es hoy sabido que el tema de las fusiones entre empresas del mismo rubro, con el ánimo de fortalecerlas, homogeneizarlas, globalizarlas, y aniquilar así, al contender, es una realidad insoslayable. Las poderosas y románticas casas editoriales latinoamericanas de los años sesenta y setenta, que publicaban y ponían en circulación libros de autores latinoamericanos (recordemos la edición primera de *Cien años de soledad* por Sudamericana) fueron desplazadas por los grandes consorcios de los años ochenta. Son estas casas las que diseñan las estrategias editoriales para los países que leen en español. Como empresas editoras, estas intentan homogeneizar no sólo lo que se escribe (y cómo se escribe), sino también desean la estandarización del lector. Estas iniciativas son problemáticas: reducen lo literario a intereses puramente comerciales, contrarían lo que la literatura verdaderamente es: la producción de mundos particulares, heterogéneos; el ejercicio de la libertad creativa. Los textos que se resisten a la homogeneidad, que elaboran propuestas más radicales, que usan hablas (e incluso jergas) locales difíciles de traducir, que no circulan (o circulan de manera más clandestina, por otros circuitos) todavía tienen un espacio en ciertas editoriales locales (en constante riesgo de extinción). La Empresa está por sobre el talento y el interés de la población. Ese Autoritarismo de estos gigantes manipula los medios para decir lo que es bueno y lo que es malo. Los autores pasan a ser productos que ofrece una empresa productora de ficciones desechables e intrascendentes. El libro como un encuentro sagrado entre autor/narrador y lector se ha banalizado dando prioridad a las utilidades que arroje la venta así como se trata un par de zapatos o una máquina de afeitar.

OQUENDO: Un intercambio bibliográfico de nuevos autores sudamericanos aún no se ha podido dar. Es prematuro y utópico. Sin embargo creo que existen ciertos rasgos particulares que unen a esta generación de nuevos cuentistas: el hecho de vivir en países en constante desarrollo, su lucha por llegar, por conquistar, su individualización total, su brevedad, su facilidad tecnológica influyen para que el cuento llegue más, se preocupe más por el lector y logre cumplir el único objetivo del creador: la satisfacción de haberlo hecho y el placer de sentirse leído.

NEUMAN: Sé que desde Europa tiende a pensarse en Sudamérica como un inquieto país compuesto de frondosas provincias. Pero, para decepción del Primer Mundo, no queda más remedio que desmentirlo: en la mayoría de los casos, un escritor chileno sabe tan poco de la literatura ecuatoriana como de la vietnamita. Otra cosa sería la sensación de comunidad económico-cultural, llamémosla cierta identidad resistente, que hace que muchos escritores (y ciudadanos) se sientan más o menos latinoamericanos. Es evidente que soportar el colonialismo generación tras generación te convierte en alguien potencialmente asociativo: una especie de Mercosur sentimental.

Ahora bien, ¿existe un mutuo conocimiento e intercambio en las literaturas del continente? Con excepciones, diría que no. Los obstáculos son serios: los sellos multinacionales han balcanizado de tal modo el mercado editorial latinoamericano, que un colombiano tiene escasas posibilidades de ser reeditado en los países vecinos. Además, los libros impresos en España suelen ser inaccesibles al cambio en moneda nacional. Aun así, con frecuencia un autor necesita ser publicado en España para ser leído en Latinoamérica. En este sentido, España está cumpliendo una doble función editorial: hace de obstáculo y de puente, de fiscal y de intermediario. La responsabilidad de gestionar ese bagaje es también una gigantesca oportunidad para el intercambio.

CHIRINOS: Entre escritores, creo que hay una constante búsqueda de nuevos libros para leer, aunque sea difícil encontrarlos. Sólo los que acceden a las editoriales españolas, esto es, los que se aseguran un efectivo canal de distribución, pueden tener esperanza de ser leídos en todo el continente. Volpi, Neuman, Gómez, pueden estar seguros de que sus libros serán conocidos; sin embargo, por debajo de estos poderosos canales de distribución van emergiendo libros de nuevos autores que circulan primero en sus lugares de origen y que, eventualmente, son publicados en otros. Las revistas como la colombiana *Número*, la venezolana *Imagen* y la mexicana *Letras Libres* han servido de vasos comunicantes, como fuentes para conocer lo que se hace fuera de nuestros países. La influencia puede llegar desde cualquier punto y no resultaría extraño encontrar un imitador del ecuatoriano Pablo Palacio en Guatemala o del venezolano Julio Garmendia en Chile. Nunca ha dejado de ocurrir y creo que seguirá ocurriendo.

ARGENTINA

Edición de Andrés Neuman

ESQUIRLAS DE ATAMISKY

EDUARDO BERTI

Dos barcos esperaban en el puerto, las negras siluetas de sus cascos temblando en el agua. Uno orientaría su proa rumbo a Nueva York; el otro hacia Sudamérica. Al abuelo Ernesto, entonces sin nada de abuelo, le tocó el segundo en un sorteo hecho allí mismo en la dársena, y aunque planeaba desembarcar en Río de Janeiro, a bordo cambió de planes y siguió hasta Buenos Aires. Semejantes azares fundaron nuestra familia, más los azares de mis otros tres abuelos, pero ninguno como Ernesto, quien sólo en sus últimos años, siendo yo testigo, trabajó como jardinero y empleado textil, como rematador y sereno. Dudo de la existencia de otro hombre que haya desempeñado tantas profesiones.

Aunque había zarpado del puerto de Burdeos, el *Argyle* navegaba bajo bandera británica y pertenecía a la compañía escocesa de Thomas Law. Se trataba en realidad de un navío mercante de doce mil toneladas, en el que además cabían cuatrocientos pasajeros, incluidos doscientos en primera clase. El capitán del *Argyle,* de apellido impronunciable para la boca de mi abuelo, llevaba un gorro azul hundido hasta las cejas y solía pasearse por el castillo de proa junto con el contramaestre. Tanto el capitán como el contramaestre eran hombres extraños que hablaban dos idiomas a la vez, mezclándolos de una manera casi ecuánime. Del inglés pronunciaban sólo aquellas palabras que callaban en francés, y a la inversa. Era como si se hubiesen evitado la molestia de aprender íntegramente dos idiomas; sin embargo, desplegaban en sus charlas un vocabulario tan estrecho que parecían haberse reservado palabras nunca dichas para otros idiomas aún por conocer.

Salvo al bordear el golfo de Vizcaya, donde un viento feroz meció el casco del *Argyle* de modo inclemente, no hubo otros percances en la travesía. Pasados los primeros días de altamareo, abuelo Ernesto tropezó en el pasillo que unía los camarotes con un polaco, Atamisky de apellido. No se hicieron amigos de inmediato. Primero averiguaron que ambos balbuceaban una pizca de francés. En el barco viajaban varios ingleses, italianos y franceses, pero muy pocos que hablasen español. El polaco se alegró de conocer al abuelo, y le pidió que le enseñara algunas palabras de su idioma. Abuelo Ernesto no supo negarse. Argumentó que hablaba mucho mejor gallego que castellano y que por esa razón prefería Brasil como destino. Dijo que el idioma portugués le parecía un gallego refinado y musical. Pero Atamisky ignoró sus excusas.

A los once días de zarpar de Burdeos, el *Argyle* llegó a Río de Janeiro, donde fue amarrado por una noche. Abuelo y Atamisky recorrieron la ciudad con propósitos distintos: para el polaco se trataba de un mero paseo, mientras que abuelo Ernesto dudaba entre desembarcar allí o continuar hasta el Río de la Plata. Luego de tantas semanas a bordo, la sensación de andar en tierra firme era exultante. Pese al calor que abrasaba las calles de Río, muchos brasileños andaban con la frente transpirada, empecinados en calzar zapatos duros y vestir trajes europeos. Abuelo quedó azorado al ver hombres negros de dentadura resplandeciente hablar el mismo idioma que en su infancia él había oído entre los portugueses, cada vez que con sus padres cruzaba la frontera. Caminaron dos horas hasta detenerse frente a un puesto de frutas. Una mulata con un turbante rojo y amplias faldas color té los convidó con una fruta amarillenta y alargada, exótica para Atamisky. El polaco mordía su octava banana cuando insinuó al abuelo que lo acompañara hasta Buenos Aires. No le costó mucho persuadirlo y envidio a quien haya visto ambas siluetas pisando por primera vez el puerto argentino.

Abuelo y Atamisky se vieron en Buenos Aires apenas tres veces. La última de ellas, en un bar de Avenida de Mayo, Atamisky comunicó que partía hacia Montevideo «por dos o tres días», dijo, en busca de una tal Irina. Superado el desconcierto, durante un año abuelo Ernesto pasó regularmente por la pensión de Montserrat donde se había alojado el polaco. Siempre el dueño respondía que no tenía noticias de Atamisky. Pronto ocurrió lo previsible: abuelo también dejó la ciudad y los amigos se perdieron.

De la colección de profesiones que abrazó mi abuelo, algunas lo llevaron a poblados de la provincia de Buenos Aires. Fueron cinco años en

Pergamino, Rojas, Saladillo y General Begrano; él era por entonces un treintañero, sin renguera y ansioso por reunir buenos ahorros. Un año pasó trabajando en la estación Pergamino, a cargo de bultos y encomiendas. A veces, cuando el movimiento mermaba, solía aprovechar la ocasión y treparse al primer tren para recorrer pueblos vecinos, pero tantas veces lo descubrían los guardas y jefes de otras estaciones, que a varias multas y castigos sobrevino el despido. Pocos días después el abuelo se cruzó con un carro que iba muy despacio y portaba grandes anuncios de distintas vacantes de trabajo. «Se necesita lavacopas para salón comedor», decía uno de los carteles. Un hombre lo invitó a subir al carro y lo llevó hasta una taberna también conocida como parador de viajeros. El abuelo debía lavar platos y copas; le presentaron al cocinero y a su ayudante quien, por increíble que parezca, era el polaco Atamisky, algo más desgarbado pero siempre con aquella barba color tabaco y su precario castellano.

Dos ristras de ajo pendían del techo de la cocina, adornadas con moños rojos. Atamisky pelaba cebollas para cortarlas en cuatro luego de aplacarlas con agua hirviendo. Abuelo hundía sus brazos arremangados en un balde de agua espesa, cuya superficie reflejaba estelas de jabón. El tercer hombre, encargado de preparar las comidas, solía burlarse de Atamisky tras haber descubierto que el polaco acostumbraba llevar un trabuco antiguo enfudado en la cintura. Cuando Atamisky se distraía u ocupaba ambas manos, el cocinero le arrebataba el arma y luego, con gestos cómicos, la usaba para amasar o pisar carne. Al ver a su amigo enfurecido e insultando en polaco, abuelo Ernesto apenas disimulaba la risa.

Una noche apareció una rata entre los hornos. El cocinero alzó el trabuco a la altura de los ojos y descerrajó un disparo que sonó como el chasquido de un arma de juguete. La bala no dio de lleno. La rata quedó semicubierta de sangre, inmóvil pero todavía viva. Ni abuelo ni el cocinero osaron darle un golpe de gracia para evitarle el sufrimiento. La rata gemía de dolor y el polaco decidió decapitarla con una cuchilla y arrojarla entre los restos de comida. Con la cuchilla aún en vilo, le gritó al cocinero que nunca más le arrebatase el arma. Luego los tres aguardaron toda la noche a que la dueña de la taberna irrumpiera en la cocina, inquieta por el eco del disparo, pero el bullicio del salón al parecer lo había sepultado.

Al terminar las jornadas, abuelo y el polaco debían compartir un dormitorio con dos camas desvencijadas, la de Atamisky bajo la otra. La primera noche abuelo descubrió que el polaco se quejaba al dormir, eran alaridos ahogados. Nunca había escuchado unos gritos de dolor así, y se preguntaba no sólo cuál era la causa sino si Atamisky, de día tan saludable y vigoroso, era capaz de recordar esos rezongos al despertar. Muchas personas que abuelo Ernesto había oído roncar o hablar en sueños nada recordaban a la mañana siguiente; no así el polaco, quien supo explicar los gemidos una vez que abuelo osó mencionárselos.

—Llevo la guerra adentro —sentenció Atamisky. Y nada más.

Abuelo Ernesto halló en esa la frase acertada para el temblor de mantas y sábanas que cada noche ocurría en la cama de abajo, donde dos ejércitos parecían pugnar en torno del magro cuerpo. ¿Quién peleaba contra quién? ¿Y por qué? Desde el colchón de arriba, abuelo observaba las convulsiones de Atamisky y juraba oír detonaciones y disparos, voces de soldados y órdenes de mando, aviones en sobrevuelo y repiqueteos de metralla, aunque todo fuese pura imaginación: el polaco llevaba la guerra en su cuerpo debido a una lluvia de esquirlas caída en pleno combate, a fines de 1916.

Las legiones polacas, súbditas del ejército alemán, guerreaban en 1916 al mando de von Hindenburg. El batallón que integraba Atamisky llevaba dos semanas en Lodz, a la espera de que el general Ludendorff impartiera precisas instrucciones. Pero los emperadores de Austria y de Alemania proclamaron en Lublin el reino independiente de Polonia y una muchedumbre se aglomeró en Varsovia, frente a la plaza del Palacio, para vivar la noticia: de ahora en más, los furiosos ataques enemigos serían repelidos por un ejército polaco, con su estado mayor propio, que asimismo haría las veces de tapón entre ambos bandos en conflicto. Pronto Atamisky supo cómo era un frente de batalla, y a la semana creyó que moría de cuclillas, tras acusar el frío impacto de una granada enemiga.

Cuando la guerra terminó y Josef Pilsudski tomó plenos poderes, Atamisky aún curaba sus heridas en un hospital varsoviano. Los heridos como él se contaban por miles, y como las camas estaban todas ocupadas debieron dejarlo yaciente en algún catre. Una enfermera, Irina, le prodigó atenciones. No bien mejoró lo enviaron a casa de unos parientes en Cracovia, donde vivían el hermano de su madre, su esposa y dos hijas de poca edad; se trataba de un hogar destrozado, ya que los dos primos varones de Atamisky habían muerto en un mismo combate.

Cuatro meses después Atamisky reapareció en el hospital, con aspecto saludable y en busca de Irina. Nadie pudo decirle su paradero, excepto otra enfermera. Irina, explicó la enfermera, había renunciado de modo imprevisto al recibir su padre —un coronel en retiro— el puesto de embajador en Uruguay.

Abuelo supo esa historia aquella noche, en el bar de Avenida de Mayo; y al reencontrar al polaco años después, como asistente de cocina, no se atrevió a preguntarle por Irina, acaso porque intuía un triste fin en esos ojos siempre húmedos. Pero la mirada triste de Atamisky podía adjudicarse también a la presencia de la guerra entre sus huesos. Pese a las curas en Varsovia, ningún médico había logrado extirparle el dolor. Cargaba decenas de esquirlas en la carne. Y por un motivo extraño, que fascinaba al abuelo, estas entraban en batalla cuando el polaco dormía. Las quejas del compañero de habitación y los rumores de guerra que exudaba su cama lo desvelaban, pero más lo desvelaba el temor a que Atamisky explotase, precisamente, como una granada —¿no se desarrollaba una guerra bajo la piel del polaco?— y que entonces en su cuerpo se inscrustaran no las esquirlas de un arma sino las de un hombre, las de Atamisky.

Una noche en la que abuelo apenas dormitaba, la guerra dentro del polaco cambió de temperamento, como anunciando la vecindad del fin. Clarines y vítores precedieron una sorda explosión. Atamisky tuvo lo que cualquier médico habría llamado epilepsia; pero abuelo Ernesto, contándome esta historia una tarde de otoño, cuarenta y seis años después, bautizó ese ataque de epilepsia como «la batalla final», como el Día D de la campaña a la cama del polaco. El puño de la explosión dejó en el aire un amargo olor a pólvora que traspasó las paredes del dormitorio; pronto ingresaban allí la dueña del salón y sus dos hijos.

—¡El balde de arena!— gritaron.

Las sábanas de la cama inferior ardían y el cuerpo del polaco yacía quemado y malherido, boca abajo en el suelo. La espalda desnuda revelaba una colección de profundas cicatrices; eso encarnizado allí era la guerra de la que abuelo había escapado, atravesando el mar. Nadie de los cuatro en torno al cuerpo aceptaba la idea de tocar aquella piel. Pero así como la repulsión hacia el cadáver de Atamisky era la misma en la dueña y en sus hijos que en abuelo, otra cosa los separaba. Abuelo advertía en ellos una mirada acusatoria. En la noche había detonado algo así como un disparo, le faltaba una bala al trabuco que Atamisky dejaba sobre la mesa de luz cuando dormía, y todas las sospechas conducían a Ernesto. Nadie creería la historia de una rata fusilada por un cocinero, y menos la de un hombre capaz de explotar.

Enfrentado a las acusaciones de la dueña y de sus hijos, abuelo Ernesto saltó de la cama alta y aterrizó descalzo a un paso del cuerpo de Atamisky. Tomó el trabuco y amenazó con abrir fuego si le impedían escapar, pero algo punzante y metálico ya había astillado la planta de su pie derecho. Era una esquirla. Con la explosión, el polaco había esparcido varias en el suelo. Por los poros que antes las habían albergado goteaba ahora una sangra oscura, espesa, y esa sangre indicaba que la guerra terminaba; tras un redoble, Atamisky se rendía con un ronco quejido.

***

(Abuelo Ernesto se descalzó una tarde, poco antes de su muerte, y por única vez me enseñó las cicatrices en la planta de su pie. Había atravesado mi infancia esperando ese momento, y no porque dudara de la anécdota de abuelo y el polaco. «Esto es estar en pie de guerra», comentó él, e inclinando mi cabeza hasta tocar el suelo alcancé a oír un leve rumor de salvas: el grave ronroneo de un combate en miniatura.)

(*Los pájaros*)

A CAJÓN CERRADO

MARCELO BIRMAJER

Me había pasado el día intentando escribir esa bibliográfica. Pretendía leer el libro en las tres primeras horas de la mañana y escribir el comentario pasado el mediodía. Pero había logrado finalizar la lectura cuando se iba la luz de la tarde, a duras penas, salteándome varias páginas.

Me jacto de ser un comentarista que lee completos los libros que reseña; y si el libro es tan arduo que me aparta de este principio, sencillamente no lo reseño.

No podía cargar sobre el autor la entera culpa de que aquella breve novela no permitiera ser leída de un tirón. En los últimos meses había ido desarrollando una suerte de afección simbólica: sin importar la calidad del texto, me costaba más leer cuando me pagaban por hacerlo.

Este libro en particular no era malo, pero se notaba que el autor había perdido las riendas de un cuento, finalmente convertido en novela corta. Los editores habían creído conveniente presentarlo como una novela a secas. Lo cierto es que aquello no era un cuento largo sino alargado, y la diferencia entre estas dos palabras se advertía, desventajosamente, en la factura última del relato. Se llamaba *La señora de Osmany*, y trataba de una viuda que recurría a la policía tras escuchar durante días, a altas horas de la noche, violentos golpes de martillo en el piso de abajo. El incidente derivaba en una historia policial de homicidio, enigma y, quizá, fantasmas.

Recién pude sentarme frente al libro con ánimo crítico y productivo cuando mi hijo se hubo dormido, cerca de las doce de la noche. Y aún tuve que esperar una buena media hora a que mi mujer se quitara el maquillaje y se metiera en la cama, para comenzar a tipear las primeras letras sin temor a ruidos imprevistos.

Pero cuando todavía no había dado la una, como si se tratara de un cuento fantástico, alguien, en algún lugar de mi edificio, presumiblemente debajo de mi departamento, inició una discreta tarea de remodelación: se oían ruidos de muebles al ser arrastrados, sillas que caían, incluso algún martillazo. Quizás una mudanza, o un arreglo a deshoras (cuando nos desvelamos, olvidamos que los demás duermen). O un vecino estaba siendo robado y asesinado. Como fuere, no me permitía escribir. El influjo benefactor con que la madrugada premia a todos quienes renuncian a horas de sueño para cumplir con sus labores, me estaba siendo arrebatado por aquella bandada de ruidos fuera de programa.

Apagué la computadora, recogí un cuaderno, una lapicera, y avisé con un susurro, a mi mujer dormida, que me iba a un bar a terminar el trabajo. Me contestó con un murmullo alarmado, como si le respondiera a una de las criaturas que poblaban su sueño.

Por las dudas, arranqué una hoja del cuaderno, repetí el mensaje por escrito y lo dejé en el piso junto a la puerta.

Desde que me casé, no acostumbro salir a esas horas de mi casa, y menos aún para dirigirme a un bar. Pero no tenía alternativa: al día siguiente por la tarde debía entregar mi comentario, por la mañana me aguardaban una serie de compromisos y con aquellos ruidos no podía escribir.

De soltero, no era imposible que decidiera bajar a la calle a cualquier hora de la madrugada. Sufría ciertos ataques de ansiedad que sólo podía dominar abandonando mi solitaria habitación y buscando algún sitio donde pudiera observar otras caras, autos o cualquier movimiento medianamente normal. El matrimonio y la paternidad me habían vuelto, gracias a Dios, un hombre más tranquilo.

Atravesé el barrio como si nada malo pudiera pasarme y recalé en un 24 horas de Agüero y Rivadavia. Curiosamente, no sentí la penosa melancolía que podía haber acompañado la repetición de un hábito de una época pretérita, en la que había sido un hombre solo y por momentos atormentado, sino la suave euforia del marido alegre en el reencuentro con migajas de libertad que ya creía imposibles. Elegí una lata grande de cerveza, una bolsa de saladitos, y me senté detrás de un trío de mujeres adolescentes. Su charla no me desconcentraba; por el contrario, comencé a trabajar con ahínco, y mirarlas me permitía las necesarias pausas antes de corregir un párrafo o iniciar otro. Estaba tan contento que trataba al libro mejor de lo que merecía. La cerveza ayudaba.

Entonces un señor se acercó a mi mesa sonriendo.

Me extendió la mano.

Por un momento pensé: «Es el autor».

Sumada a la de los golpes bajo mi departamento, esta coincidencia podría haber alterado el curso lógico de mi vida. Pero en un instante comprendí que el libro había permanecido durante todo el tiempo con su tapa contra la mesa, y que este hombre venía desde una posición en la que le hubiese sido imposible saber qué texto estaba yo leyendo.

El hombre dijo mi nombre y me preguntó si era yo.

Lo miré extrañado y finalmente exclamé:

—Pancho.

Era Pancho Perlman.

Ahora sonreía. No sé cuán gordo estaba, pero la cara parecía a punto de reventar. La tenía hinchada, los ojos casi achinados. Debía llevarme tres o cuatro años (lo calculé como si fuera su cara, y no las fechas reales de nuestros nacimientos, la distancia de tiempo entre nosotros).

No hubiera sido difícil que recordara su nombre por el nombre en sí: no hay muchos judíos apodados Pancho ni llamados Francisco, y él era el único del club judío donde nos habíamos conocido.

Pero hay detalles que borran toda otra huella. El padre de Pancho Perlman se había suicidado cuando él era un niño. Y cuando yo era un niño también.

No sé por qué, yo había concurrido al velorio. El velorio judío, con el cajón cerrado. Recordaba un manto de color crema, con la estrella de David bordada en el medio, cubriendo el cajón. También recordaba que el manto tenía una quemadura de cigarrillo en una de sus esquinas, y que entonces me había parecido la seña de que el hombre se había quitado la vida.

No les pregunté a mis padres, pero durante años mantuve la certeza —callada e interna— de que cuando un judío se suicidaba, además de enterrarlo contra la pared en el cementerio, se quemaba con un cigarrillo una de las puntas del manto con la estrella de David que cubría su cajón.

Creo que sólo me libré de este pensamiento herético —si es que realmente me libré— cuando tuve que concurrir al terrible velorio de un amigo que se había suicidado en la flor de la edad, en la flor de su éxito y en la flor de su vida en general. Nunca supe por qué se suicidó.

Tampoco tenía claro por qué se había matado el padre de Pancho Perlman.

Invité a Pancho a sentarse a mi mesa, e inicié la tarea de recolectar argumentos y palabras para explicarle que debía entregar una nota al día siguiente. Aunque hacía veinte años que no nos veíamos, aunque yo había estado en el funeral de su padre suicida, aunque teníamos toda una vida para contarnos y la casualidad nos había reunido como una casamentera, debía explicarle, mi familia necesitaba mi dinero y para conseguir el dinero yo tenía que terminar mi trabajo.

«Las personas que no nos suicidamos, Pancho», pensé con una crueldad que me asustó, «tenemos que cumplir lo que nos toca».

—Te leo siempre —me dijo—. Sos uno de los pocos periodistas que me interesan.

—Muchas gracias —dije—. Hago lo que puedo.

—Me voy a buscar un café —dijo.

—Mirá... —comencé.

Pero Pancho ya había salido hacia la caja. Regresó al minuto con un café en la mano.

—¿No te dejan escribir todo lo que querés, no?

—En ningún lado —dije—. Pero ahora tengo que terminar una nota.

—¿Ahora, ahora? —me preguntó incrédulo.

—Ahora, ahora —afirmé—. ¿Y qué hacés vos por acá?

Pancho tardó en contestarme.

Finalmente, vacilando acerca de si debía revelármelo o no, respondió:

—Hay noches que no me soporto solo en casa.

La confesión me doblegó. Insistiría en que debía trabajar, pero ya no encontraba fuerzas para pedirle seriamente a Pancho que postergáramos nuestro encuentro.

—¿Te casaste? —me preguntó.

—Y tengo un hijo —dije.

Pancho había dejado el café sobre mi mesa, pero aún no se había sentido lo suficientemente invitado.

—Sentáte —capitulé—. ¿Y vos?

Pancho metió como pudo su anatomía entre el banco y la mesa de formica. Una camisa celeste férreamente sumergida en el pantalón compactaba su barriga; llevaba vaqueros azules involuntariamente gastados y zapatos de gamuza marrón sin cepillar.

Dudó también en responder esta pregunta.

—Lo mío es una historia —dijo finalmente—. Me casé dos veces, y tuve dos hijos con la peor de las dos.

—¿Qué edades tienen? —pregunté.

—Siete y nueve —dijo—. Pero mi ex mujer no me los deja ver.

En el silencio inmediato a la exposición de su drama, decidí que escucharía a Pancho cuanto él quisiera y luego, fuera la hora que fuera, acabaría mi bibliográfica. Llegaría a casa con el tiempo justo para pasarla a la computadora y dormir unas horas antes de cumplir con el primer compromiso de la mañana. Necesitaba un café bien cargado.

—Voy a buscar un café —avisé.

Pancho asintió. Una sonrisa de extraña felicidad emergió en su cara. Era la tranquilidad del hombre solo, atormentado, que en la madrugada ha encontrado con quien conversar.

Caminé hacia la caja pensando en la sencillez de Pancho. Sancho Perlman, debería llamarse. Toda su vida había sido un hombre transparente. Sus sentimientos, sus deseos, afloraban de él antes de que pudiera expresarlos voluntariamente. Con la cara hinchada, sus gestos eran aun más evidentes.

En mi familia, las pasiones y dolores no se libraban con tanta facilidad. Cada uno de los integrantes de mi clan familiar poseía un rictus que variaba, sin demasiada relación con la experiencia real, de la tristeza a la alegría, en función de quién estuviera en frente. Luego de ese rictus, venían las palabras. Y por debajo de ambos, sin llegar nunca a hacerse públicos, ni para nosotros ni para los demás, nuestras tragedias o placeres. Nadie es lo suficientemente inteligente como para conocer sus propios sentimientos, y mi familia jamás se hubiese permitido decir algo que no fuera inteligente o sobre lo que no conociera al menos en sus tres cuartas partes.

Los Perlman no eran necesariamente más pobres que nosotros; pero sí decididamente más incultos y vulgares. El máximo plato al que aspiraban era la milanesa con papas fritas y su postre utópico era el dulce de leche. Nos llamaban «paladar negro» porque nos gustaban pescados que no eran el filet de merluza. Betty Perlman se vestía muy mal, y pretendía intercambiar vestidos con mi madre. Esto ocasionó que mi madre siempre le prestara vestidos a Betty y, muy de vez en cuando, aceptara de ella alguno, que fatalmente terminaba colgado en el ropero y arrugado un poco antes de ser devuelto, para que Betty no descubriera el desprecio. Natalio Perlman era un judío más practicante que mi padre, pero conocía mucho menos de la cultura judía en general.

Mi familia no era especialmente refinada, encajábamos con comodidad en la clase media; pero los Perlman ingresaron en el poco definible segmento de personas con sus necesidades básicas solucionadas y sin interés por ninguna otra necesidad. Tomaban prestado del grotesco italiano y del atolondramiento judío para componer aquel espectáculo de bocas abiertas al comer, lugares comunes al hablar y despreocupación en general.

Y sin embargo, sin embargo... Los Perlman reían. No con la risa maníaca de mi padre, o la risa contenida de mi madre. Reían sin darse cuenta. Reían por un chiste imbécil o por algún accidente de alguno de ellos mismos. Natalio y Betty Perlman se besaban. Salían de viaje y dejaban a los dos hijos con los abuelos. A veces, los Perlman, Betty y Natalio, se mataban a gritos delante de nosotros; y mi madre me decía:

—Ves, mucho besito pero en realidad se odian.

Yo nunca me atreví a contestarle:

—No, no se odian. Las parejas humanas también se gritan y se enojan. El odio es entre mi padre y vos, que ni se dan besitos ni se gritan.

Tampoco tenía derecho ni conocía lo suficiente de las parejas: ni de la de mi padre y mi madre, ni de la de Betty y Natalio.

Y tampoco hoy sé mucho de mi relación con mi mujer, ni creía que Pancho supiera por qué, exactamente, se había separado de su mujer ni por qué no lo dejaba ver a sus hijos.

—¿Y por qué te separaste? —le pregunté, regresando con el café.

—¿Conocés a los Lubawitz? —me preguntó.

—Sí —dije—. Incluso los menciono en un cuento.

Los Lubawitz eran una suerte de «orden» judía, con las ideas de los ortodoxos y los métodos de los reformistas: utilizaban camiones con altoparlantes, organizaban actividades y trataban de adivinar quién era judío, por la calle, para sugerirle un rezo o ponerle los tefilín.

—Ahora los podés mencionar en otro —me dijo Pancho—. Mi mujer se hizo Lubawitz. Yo siempre fui muy judío, en casa festejábamos todo. Pero mi mujer se pasó. Se peló, se puso la pollera, me conminó a dejarle crecer los peyes a los chicos. ¿Podés creerlo? No la aguanté. Soy judío hasta la médula, pero también tengo mi tradición. Mis comidas. Ahora los Lubawitz le dicen a mi ex mujer que no me deje ver a mis hijos.

Iba a preguntarle: «¿Y tus padres qué dicen?». Pero recordé que Natalio Perlman ya no estaba entre los vivos.

—¿Y tu mamá? —pregunté.

—Está destruida —me dijo—. Dice que ya no quiere vivir. Estoy tratando de llegar a un arreglo, con mi ex mujer, para dejar de insistirle con que me deje ver a mis hijos semanalmente, a cambio de que se los deje ver semanalmente a mi mamá.

—¿Cada cuánto los ves?

—Cuando puedo —dijo Pancho.

Y se terminó la gota fría de café que le restaba en el fondo de la taza de plástico.

Pancho Perlman, el hombre sencillo, ya no era tan sencillo. Y sin embargo, seguía siéndolo. Todas las familias, todas las personas, sufrían tragedias a lo largo de la vida: accidentes, grandes peleas y, como en este caso, divorcios. Lo que diferenciaba a los sencillos de los refinados era la actitud ante cada uno de estos cataclismos. Pancho Perlman no había concurrido con su mujer *new-lubawitz* a una terapia de pareja. Ni su mujer había probado combatir su frustración con la comida macrobiótica o el yoga. Ante el primer traspié en el desarrollo de su psiquis, o de su matrimonio, o lo que fuera que la hubiese desbarrancado, la señora de Pancho Perlman había ido a abrevar directo a las fuentes: al *shtetl,* a las costumbres piadosas de sus antepasados.

Y el divorcio... Nada de diálogo ni de intercambio pacífico. Pasión y odio: no te veo más, y ni pienses en volver a ver a mis hijos.

No era forma de solucionar las cosas, pero lo cierto es que no existe forma alguna de solucionar las cosas; y sencillamente Pancho Perlman y su esposa lo sabían antes que muchos. Yo rogaba para que mi mujer nunca decidiera abandonarme, y para resistir en mi hogar hasta que mi hijo cumpliera treinta años. Eso era todo lo que se me ocurría para mantenerme dentro de los límites de lo que consideraba la normalidad.

Lo único que se me ocurría sugerirle a Pancho era que se hiciera practicante e intentara reconquistar a su ex esposa por esa vía. Pero no me atreví a decírselo. Además, había vuelto a casarse; y a mí me estaba entrando el hambre y un tentador sandwichito de jamón y queso en pan negro clamaba por ingresar en el microondas. No era el mejor momento para convocar a nadie a regresar a la senda de nuestros ancestros.

Me levanté a buscar el sándwich mientras Pancho me hablaba de su nueva mujer, una ecuatoriana mulata.

Ahora el libro de la señora de Osmany me parecía una excelente *nouvelle,* discreta y atractiva, y no encontraba deficiencia alguna en su desarrollo y longitud. El segundero del microondas me pareció el contador de los años de mi vida; pensé en cuántos buenos libros habían perdido su oportunidad de una buena reseña, sólo porque el crítico no se había tomado una madrugada más y no se había encontrado con Pancho Perlman.

«Es correcto», me dije, «milanesa con papas fritas, flan con dulce de leche, mulata ecuatoriana».

Pancho Perlman, a su modo, había seguido las líneas familiares. Y yo aún continuaba admirando su sencillez. Pero... ¿por qué don Natalio Perlman se había suicidado? Ya lo he dicho: no lo sé. Nadie sabe por qué las personas se suicidan. Tampoco sabemos por qué queremos vivir. Pero suicidarse es extraño, y querer vivir es normal.

Natalio Perlman era un hombre normal. Sus comidas eran normales, su comportamiento era normal, el amor por su mujer y sus hijos era normal. Hasta fue normal que se acostara con la mujer de la limpieza, la llamada *shikse.*

Mary era una paraguaya ni siquiera exuberante. Tenía sus pechos, eso sí, y en el club la mentábamos al igual que al resto de las *shikses.* Pero no eran mucho más grandes que los de la propia Betty, y Mary ni siquiera era tanto más joven.

¿Por qué había derivado en tragedia aquel previsible incidente?

Muchos maridos como Perlman habían tenido alguna aventura, ya sea con su propia doméstica, con la de un amigo o con una mujer X. Y, como mucho, el drama culminaba con la doméstica despedida, o con la otra rechazada, o con una separación en regla. ¿Pero un suicidio?

Dicen que Mary estaba embarazada. Qué sé yo. También se rumoreó que Natalio se perdió por esa mujer, y que ella tenía otro, en Paraguay. Mis padres no aceptaban por buena versión alguna. En mi casa, no estaba bien visto regocijarse con los chismes. O hacerlo público. ¡Cuán aliviados se habrán sentido mis padres al testimoniar el completo fracaso de la gente sencilla!

Ahí tenés cómo terminan, podía escuchar a mi madre, los que se dan besitos en la puerta. Los que se ríen involuntariamente, los que cuentan chismes, los que se matan a gritos y se reconcilian locamente. Ahí los tenés.

Toda una vida de contención, de pasiones sofocadas, de sexo dosificado, recibía por fin un premio inapelable: nosotros, querido, no nos suicidamos.

Y, sin embargo, sin embargo..., en mi familia había un suicida. Era nada menos que el hermano de mi madre. A los diecinueve años, mi tío Israel se había suicidado. Fue en el año 1967, yo apenas tenía un año.

La diferencia entre las familias sencillas y refinadas ante la tragedia: me enteré de la existencia de mi tío Israel a los quince años. Quiero decir: en una misma hora me enteré de que había existido, de que había tenido diecinueve años y de que se había suicidado. Como si se tratara de una adopción, mi abuela había guardado el secreto del suicidio de su hijo. Pero no era una adopción, era un hijo muerto.

A mis primas se les dijo que mi tío había muerto en la Guerra de los Seis Días. Con la adultez, una decena de años después de enterarme de la existencia y muerte de mi tío, siempre recordé con un estremecimiento de frío su nombre, el mismo nombre del país de los judíos, que había estado a punto de desaparecer por la misma fecha en que mi tío se suicidó. Los judíos lograron defenderse en su país, pero mi tío no logró derrotar a sus demonios internos. Tampoco lo logró mi joven amigo, ni Natalio Perlman.

¿Y por qué se había suicidado mi tío? No lo sé. Nadie lo sabe.

Mi madre, cuando no le quedó más remedio, me contó una historia de psicosis. Pero nada quedaba claro: había sido un chico normal hasta que se suicidó.

Mi tío había asistido a mi nacimiento y a mi circuncisión, me había tenido en brazos, pero yo no supe de él hasta los quince años. Así lidiaban con las tragedias las familias refinadas.

La sencilla familia Perlman había llorado sobre el cajón de Natalio, habían invitado a amigos y conocidos al ritual de la tragedia, lo habían enterrado en Tablada —en una ceremonia, sí, íntima, de la que sólo participaron Betty, los chicos y los abuelos—. El suicidio está penalizado por la religión judía, los muertos por mano propia son enterrados contra un paredón alejado del resto y visitados sólo por sus parientes más cercanos. Pero el barrio entero sabía que se había suicidado.

¿Un tiro? ¿Veneno? No recordaba. Y no se lo iba a preguntar a Pancho a las dos de la mañana. Mi tío, sabía, se había pegado un balazo en la boca, sentado al borde de una terraza, luego de ser un muchacho normal durante diecinueve años.

El sándwich me había adormecido y tuve que ir en busca de otro café.

Cuando regresé, quería que Pancho se fuera y ponerme nuevamente a trabajar. No obstante, me oí preguntar:

—¿Cómo fue que se mató tu papá?

¿Cómo pude haber preguntado eso? ¿Qué tipo de locura me había asaltado? ¿Así es como se comportaban los hijos de las familias refinadas? ¿Así era como continuaba la senda familiar de contención y rictus? ¿Qué había pasado con aquel hombre que yo era, que sabía que decir la verdad nada solucionaba y por lo tanto más valía hablar de cosas sin importancia y no molestar?

Pancho me miró, creí yo, procesando una docena de preguntas: «¿Está loco este tipo? ¿Me está preguntando de qué modo se mató mi papá, o por qué? El modo en que me lo preguntó ¿es frialdad ante la tragedia, o la compulsión a soltar la pregunta sobre un enigma que lo apesadumbró durante toda su infancia?».

Yo podría haber contestado «sí» a todas ellas.

¿Acaso podía quedarle aún una gota de café en su taza? ¿Por qué se estaba llevando esa informe vasija de plástico blanco a los labios?

Lo que fuera que hubiera en la taza —granos de azúcar humedecidos o el solo vacío—, Pancho lo bebió.

Miró el reloj colgado de la pared —las dos y diez—, miró a las tres adolescentes —una de ellas se había dormido—, y me dijo:

—Mi papá no se suicidó.

Siguió un diálogo en el que todas mis capacidades retentivas fueron desbordadas. Ya no sabía si preguntaba lo que deseaba preguntar, ya no sabía qué quería callar y qué decir. No sabía qué quería saber. Estaba seguro, y creo que desde entonces lo estaré para siempre, de que, supiera lo que supiera, no conocería la verdad.

—¿Lo mataron? —pregunté.

—No. Está vivo.

El cajón cerrado, el manto con su quemadura en la punta, el llanto de la familia simple... Todo un fraude.

Natalio Perlman había huido con la *shikse*. Betty Perlman, incapaz de aceptarlo, lo había dado por muerto. Lo había velado en su casa. Había hecho creer al barrio que se había suicidado.

Padre, madre y suegros habían permitido que se diera a Natalio por muerto. Habían viajado en coches fúnebres hasta no se sabía dónde, y regresado a sus casas. A los chicos se les dijo la verdad: el padre había huido con Mary. Pero para el resto del mundo, Natalio, su padre, se había suicidado.

Yo vi a Pancho durante pocos años después de la muerte de su padre. Si no recuerdo mal, la última vez había sido en los días posteriores a mi *bar mitzvá*.

No sé, desde entonces, si habrá logrado mantener el secreto como lo consiguió conmigo. Ni tampoco se lo pregunté en ese 24 horas, a las dos y media de la mañana.

Supongo que a su esposa y a sus dos hijos les habrá dicho la verdad. Y que decir la verdad tampoco habrá servido para nada. Pocas de las afecciones del alma son comunicables. ¿Les habrá dicho la verdad a su esposa y a sus hijos? ¿Para qué?

¿No era acaso mejor permitirles creer que su abuelo y suegro estaba muerto, antes que relatarles la incontable historia de la señora que veló falsamente a su marido fugitivo?

Vi en mi recuerdo la mancha en la punta del manto y sentí náuseas. Me levanté y corrí al baño. Pero mirándome al espejo, en vez de vomitar comprendí: la mancha en la esquina del manto no señalaba a los suicidas; era un guiño para avisar a los entendidos que el cajón estaba vacío.

«Tranquilos, muchachos, el cajón está vacío. Es todo una joda.»

Regresé a la mesa hablando imaginariamente con mi madre: «Viste, mamá. Las personas que se besan en la puerta, que ríen y se gritan, no sólo no se suicidan: ni siquiera van a morir alguna vez en su vida».

—¿Te shockeó, no? —preguntó Pancho.

Asentí.

—¿Cómo pudiste mantener el secreto? —le pregunté.

Se encogió de hombros.

¿Pero acaso mi abuela no había logrado borrar la existencia de su hijo, al menos para mí, durante quince años?

—Ahora está en la Argentina —me dijo.

—¿Quién? —pregunté.

—Mi padre —dijo Pancho—. Natalio.

Miré en las góndolas del 24 horas buscando algo más que comer o beber, pero nada me interesaba.

—Hace como diez años que la paraguaya lo dejó. Ni bien llegaron a Paraguay, él supo que ella estaba casada. O al menos que tenía un hombre allí. Mi padre terminó financiando al matrimonio. El amante era el otro, y mi padre el marido cornudo.

—¿Y recién ahora volvió?

—Fue una reparación para mi madre: la dejó darlo por muerto. Además, mis abuelos nunca le perdonaron haberse escapado con una mujer no judía.

—¿Por qué me dejaron a mí entrar en ese velorio? —pregunté.

—Nunca supimos cómo fue que apareciste por ahí.

—Creo que te fui a visitar —dije—. Y de pronto me encontré con... con eso.

—No —dijo Pancho—. No puede haber sido así.

—Qué sé yo —dije—. Éramos muy chicos.

Como un holograma en el aire, en mi memoria apareció la imagen de Pancho junto a mí, los dos con pantalones cortos, intentando comprender cómo era ser niños, niños judíos del barrio del Once en un país gentil. Ahora nos estábamos preguntando cómo ser adultos.

Quité la vista de todos lados.

—¿Ya lo viste? —le pregunté.

—Hace dos meses que lo veo —me dijo—. Está bastante mal —y agregó con una coherencia oculta—: Ahora que mi mamá no puede ver a sus nietos, ella también necesita compañía.

—¿Y ellos dos se vieron?

—Creo que no. Él vive en una pensión.

—¿De qué trabaja?

—De nada. Vive de lo que hizo con el contrabando en Paraguay. Quizá mantiene todavía algún «bagayito».

La palabra «bagayito» sonó como una cornetita de cartón en un velorio. En un velorio de verdad.

—Ya no voy a poder dormir —me dijo Pancho, el sencillo.

—Yo tengo que trabajar.

—Te dejo —me dijo.

Le iba a decir que no hacía falta, pero se fue.

Después de todo, eran una familia sencilla. Las personas simples no se suicidaban; como mucho, fingían los suicidios.

La señora de Osmany era un gran libro. «Cumple con el deber de cualquier ficción», escribí, mientras una de las adolescentes pavoneaba su enorme y hermoso trasero en busca de una ensalada de fruta en vaso, «evitar la realidad. Consolidar un relato lógico y verosímil».

(*Historias de hombres casados*)

EL TRADUCTOR DE CONRAD

ESTHER CROSS

El señor Slavomir Olenski era un príncipe retirado. Su nombre entero, que alcancé a ver en un sobre llegado de Varsovia, era una caravana de letras que ocupaban dos renglones y se armaban como un párrafo. En invierno usaba un sobretodo largo y gastado de cachemir, con botones un poco diferentes entre sí y la marca de una estrella de David, más oscura, en la solapa. Visto de lejos era todo nobleza. Visto de cerca era el recuerdo de lo que debería haber sido. A distancia prudencial ni siquiera llamaba la atención. Y visto desde abajo, desde la calle, cuando miraba, concentrado, la plaza desde su departamento, la sensación de que hubiera merecido otra ventana con vista a otra plaza resultaba inevitable. En las reuniones de consorcio, insistía en un silencio que enjuiciaba, por contraste, los escándalos tejidos en la entrada, el sótano, el ascensor y las calderas. El príncipe Olenski no se privaba de clausurar la reunión con un suspiro resignado que nos dejaba a todos por el piso.

Sé que hay cosas que deben seguir iguales. Las cejas kaiserianas. Los hombros del traje azul gastados por barridas de cepillo. Las arrugas que, profundas, parecían no haberle dado tiempo. Una forma de aceptar las adversidades como parte del plan secreto de los días. Si bajaba de un taxi, aunque eso era infrecuente, daba tres pasos para luego darse vuelta, disculparse con el taxista, y cerrar la puerta entonces. Cuando bajaba, en cambio, del colectivo, era como si el fantasma de una mano servicial lo levantara en el aire por unos segundos. El tic nervioso en ese empeño de cubrirse las muñecas con el puño de la camisa, siempre blanca. La suma de las partes no daba un resultado en sí desagradable. Por el contrario, encontrarse con Slavomir Olenski en el ascensor era casi una suerte, al menos porque era una ocasión excepcional en el juego de las probabilidades.

Por otro lado, era un señor elegante. Si elegancia, como dicen, es verse bien en todas partes. El señor Olenski armonizaba por igual en los salones de embajada y en los recodos de Retiro.

Cuando hablaba apretaba entre las manos una carpeta de cuero con cierre relámpago. Siempre andaba con esa carpeta que cumplía funciones extraordinarias. Además de servir para guardar lo que serían —a juzgar por su actitud— valiosos documentos, era el sable que el príncipe Olenski apretaba contra el pecho para darme paso al bajar del ascensor, gesto de cortesía que respetaba aún cuando a Orson se le daba por empacarse para después recapacitar y seguirme, la correa floja entre los dos en nuestra unión tan innegable como carente de sentido. En los días de lluvia, cuando nos cruzábamos en la puerta, estuviera por entrar o salir del edificio, el príncipe me acompañaba unos pasos con la carpeta a modo de paraguas. El día en que un acreedor lo increpó delante de unos cuantos vecinos, Slavomir Olenski abrió la carpeta sin mirarlo, escribió algo en una hoja en blanco y se la dio. El día en que el administrador del consorcio le entregó, al bajar del ascensor en planta baja, un telegrama de intimación por falta de pago de las expensas, el príncipe se limitó a abrir la carpeta como si fuera la boca de un cocodrilo con sus picantes fauces. La boca relámpago se devoró el telegrama con la misma rapidez con que, a juzgar por las noticias posteriores sobre la demanda, el príncipe Olenski se olvidó completamente del asunto.

Me llevó, como a todos, algún tiempo advertir que no se trataba de descuido o mala voluntad. Era un hombre habituado a hacer frente por sí mismo a problemas más bien irresolubles. El príncipe Olenski no podía pagar las expensas y encontraba seguramente bajo y de mal gusto explicar las causas de sus dificultades. Fueran las que fuesen, había tenido ya la oportunidad de comprobar que ninguna explicación, por más conmovedora, alcanza a saldar deudas.

Consigno una escena cientos de veces repetida. Paredes, el portero, barría la vereda. Cuando veía que el señor Slavomir Olenski estaba a punto de salir, precedido por la alfombra que iniciaba su camino, Paredes se cuadraba y decía, mirando al horizonte:

—Príncipe.

Entonces el señor Slavomir Olenski lo enfrentaba, a su modo, de costado, también mirando al horizonte de edificios, con la flecha enfocada, como siempre, en el centro de la conversación. Y así, mientras levantaba la mano en el aire como para apoyar su brazo sobre el hombro de Paredes, Slavomir Olenski le decía:

—No me llame príncipe, camarada.

Y siempre, en ese momento, al lado de Orson, como de costumbre, era cuando yo seguía de largo.

Para mí que el encuentro con el príncipe era algo predestinado. No puedo decir que mi vida hubiera sido diferente si no lo hubiera conocido, que es exactamente lo mismo que puedo decir respecto a la incidencia de la forma bastante incómoda de mi nariz o el color promedio de mis ojos, o la intranquilidad del pelo. Nada esencial pero ahí está la diferencia. Un día en que subimos los tres al ascensor, oímos el ruido de rotas cadenas y después nos balanceamos como una hamaca limitada, para golpear contra la nada en un ligero sacudón y entonces sí que el ascensor no se movía. Hice dos cosas: le ordené a Orson que se sentara, y él me desobedeció. También le pregunté al príncipe Olenski a qué se dedicaba.

—Soy traductor de Conrad —dijo el príncipe dando un paso hacia delante y después medio paso para atrás.

Por un momento, pensé que Conrad era un sello editorial. Después que Conrad era un señor para el que trabajaba el príncipe Olenski. Pero claro que no, era Joseph Conrad. El escritor. Polaco, como el príncipe Olenski.

—Ah —suspiré, conocedora— Joseph Conrad.

—El mismo —dijo el señor Olenski.

Y agregó:

—Josef Teodor Konrad Nalecz Korzebiowski, para ser exactos. Mire ese nombre. Lleva su tiempo memorizarlo. ¿Por qué olvidarlo después? A veces es bueno ser fiel a los recuerdos.

No entendí nada pero era evidente que hablaba con un entendido.

—¿Tendríamos que tocar la alarma? —pregunté.

—No a esta hora—me dijo el príncipe, inclinando ligeramente la cabeza. —El camarada Paredes está en su tiempo de descanso. Lo dice el estatuto.

Faltaban sólo diez minutos para que el camarada pudiera ayudarnos. Y el tema ya había salido.

—Qué interesante—, le dije—, traduce Conrad al castellano.

El príncipe Olenski arqueó una ceja.

—No, traduzco Conrad del inglés al polaco, que era su lengua original. Conrad era un escritor equivocado. Él era polaco, no tendría que haber escrito en inglés. Otros escritores pueden hacerlo porque el segundo idioma les resulta natural. Nos pasa a muchos. Usted, por ejemplo, llamaría a las cosas por su nombre si hablara en italiano. Y yo maldigo en alemán. Pero Conrad escribió en inglés porque era impaciente. Hace un tiempo que todos los caminos parecen llevar al inglés. Por qué apurarse. Lo considero extremo. Lo mejor de sus historias nos hubiera llegado si las hubiéramos leído escritas por él en polaco y luego traducidas por alguien al inglés. Que era lo que él quería. Verse en inglés. Pero no tuvo paciencia y no quiso aceptar intermediarios. Mi trabajo consiste en traducir sus libros del inglés al polaco. Cuando vuelvan a traducirlos al inglés, van a ser totalmente diferentes a los que él mismo escribió en inglés, aunque tendrán, desde ya, su sello personal.

El sello personal del príncipe era el único resto de su infancia palaciega, pensé. En el dedo chico, un anillo con el sello negro de un escudo repleto de símbolos.

—¿El blasón de la familia?— pregunté, como decían en las revistas de la alta sociedad.

—No —y se rió—, no, no, no —Casi se agachaba de lo que se reía. —Es el escudo de mi cuadro de fútbol en Polonia, yo soy un hincha de la primera hora.

Y la palabra hincha rebotó en mis oídos espantados. No le quedaba bien. Y él lo sabía. Pero todo pasa, aunque parezca interminable, y antes de lo que creímos el ascensor había retomado la marcha.

Un día después lo vi entrar, muy apurado, a la Richmond. Pero siempre iba apurado a todas partes. No tenía tiempo que perder. Era alguien decidido. Una noche me di cuenta de que estaba borracho porque parecía más joven. Otra, que la soledad le picaba porque me dijo algo en francés, que por respeto no transcribo. Y una tarde lo vi, pensativo, subiendo a bordo de la escalera mecánica de Gath&Chaves. Estaba siempre al filo del ridículo pero era su habilidad para hacer equilibrio todo el tiempo lo que hacía que este señor resultara por lo menos especial.

En la pila de correspondencia de la entrada, había sobres grandes coronados con emblemas, y otros sobres partidos en diagonal por la franja oscura del luto. Nunca entendí por qué Paredes no desplegaba su correspondencia como naipes, como a todos. En una esquina del mostrador de la entrada, había una torre exacta hecha de cartas, que era la montaña para el señor Olenski. Quizá porque era realmente una montaña. Todos dirigidos para el príncipe Olenski desde ciudades que integraban el mapa castigado de la Polska Rzeczpospolita Ludowa. Nombres en alemán, en bielorruso algunas veces. Y estampillas que decían Wroclaw, Poznan, Gdansk, Lodz, Cracovia. Todo iba a parar a su carpeta. No podía decirse lo mismo, en cambio, de una publicación barata que recibía de manera irregular. El señor Slavomir Olenski rompía la faja blanca con la dirección y el remitente. Y leía como loco, asintiendo como un sabio. Sus amigos de allá, decía Paredes, publicaban ese diario con profundas reflexiones y dibujos que llamaban a la acción. Músculos que levantaban pesadas herramientas. Láminas reducidas con hormigueros de personas esqueléticas pero abrazadas. Debo haber sido la única que votó para que lo dejaran tranquilo. No pagaba las expensas pero era solidario. Hacía todo lo posible por no molestar a nadie.

—Mucho príncipe —dijo el presidente de la asamblea—, pero no tiene un cobre.

Bajé la cabeza para tomar envión. A mí me pareció que a este señor se le había ido la mano. Y le dije que yo creía que:

—Usted acaba de mudarse a este edificio y no entiende nada. Este es un edificio de estilo, de categoría, dicen los anuncios, y pienso que tendríamos que obrar en consecuencia.

El presidente del consorcio se puso colorado de vergüenza. Pero no había sido, al parecer, mi culpa. Una mano se había apoyado sobre mi hombro llamándome a silencio. En medio de la discusión, nadie había visto entrar al príncipe. Que dijo:

—Muchas gracias. No hace falta. La semana que viene abandono el departamento.

Con la voz definida. Los nervios sin embargo pudieron traicionarlo. Antes de darse vuelta, el señor Slavomir Olenski, abrió el cierre de la carpeta y lo cerró. Para qué, nadie lo supo. Tampoco interesaba. Escuchamos el sonido de algo rápido cayendo desde una ventana. Fue peor que si hubieran apuntado un cañón hacia nosotros en el momento en que la mecha prende fuego. Me resultó paradójico admirar a un capitán que abandonaba un barco que se hundía, quizá en el fondo de mis ojos. Pero también pensé que a lo mejor él era el barco y nosotros el océano. Hubiera hecho cualquier cosa por el señor Olenski en ese momento. Pero no pude. Porque el señor Olenski, además de hombre de letras, era un hombre de palabra.

Con no poca indignación, vi al príncipe juntar cuanta caja de cartón se encontrara en el camino. Hacía excursiones breves a la ferretería y volvía con ovillos de piolín y planchas de papel color madera. Paredes lo ayudaba con el embalaje.

Una tarde me avisaron que habían improvisado una subasta. Era el último día y remataba lo que no podía llevarse. El martillero tenía unos anteojos con recuadros congelados y prismáticos, y uno de esos martillitos que usan los médicos para probar los reflejos. Slavomir Olenski se paseaba de una punta a otra del cuarto de al lado, con la puerta entornada. Antiguo juego de plata sellada inglesa, colección Olenski, decía el hombre y a su lado, una mujer, con forma de asistente de mago, enseñaba a los presentes tetera y samovar opacados de amarillo, cucharas desparejas con empuñaduras de piedras transparentes, copas que se habrían salvado de la exageración de un brindis, un trinchante con las puntas como ganchos. Sin firma, gritaba el hombre desde lo hondo de su garganta. Cuadros del tamaño de una mano con retratos de mujeres pálidas y manchas de humedad. Un mueble indescriptible por lo absurdo, con cajones secretos. Un huevo de Fabergé totalmente descascarado. Mapas encuadernados en tapas de cuero de jabalí. Alhajeros sin nada. Una lupa con marco de carey. Cuando salió a remate un ejército maltrecho de húsares de plomo, el señor Slavomir Olenski hizo su primera oferta, con la mano izquierda en alto. Lo miraron con indignación. El presidente del consorcio, que había hecho buen negocio al comprar unas tacitas de porcelana, no se privó de comentar, por lo bajo, que era inapropiado que el señor Olenski se permitiera semejante lujo, teniendo en cuenta la situación por la que atravesaba. La gente no perdona los breves entusiasmos de los que están en la desgracia. Una mujer dobló la oferta y el señor Olenski se dio por vencido. No di tiempo a que el martillo golpeara por tercera vez sobre la mesa del escritorio, en que en los bordes se apilaban hojas y hojas escritas con palabras raras.

Me acerqué al martillero y dejé el par de billetes sobre el escritorio. Los húsares de plomo cayeron al descuido adentro de una caja. Le guiñé un ojo al príncipe. Desperté a Orson, que dormía, redondo, sobre la alfombra, y nos fuimos. El señor Olenski nos siguió.

Esperó el ascensor a nuestro lado, con las manos cruzadas detrás de la espalda. Me cedió paso y Orson tomó la delantera. Una vez dentro, el señor Olenski me anunció que tenía pensado acompañarme hasta el séptimo piso. Hablamos del clima, de la trompa de Orson —muy graciosa, por cierto—, de lo bien que lustraban los Paredes los herrajes de bronce, esas cosas, sin acercarnos a las proximidades de la zona de necrosis de nuestra despedida. Que parecía tan corta y ni me daba tiempo de entregarle la caja en que yacían apilados los restos de su ínfimo regimiento. Dejé caer mi parte de la correa de Orson al piso y el señor Olenski se inclinó para levantarla. Sólo tuve que apretar el botón que decía parar y oímos el ruido de rotas cadenas, antes de balancearnos como hamaca limitada para llegar al breve sismo y entonces detenernos. El príncipe Olenski, asombrado, me habló en un idioma que yo no comprendí. Fue breve pero sincero y podría jurar que estuvo muy bien. No pude decir nada. Cuando le di la caja, la aceptó con una sonrisa generosa. No encontré ninguna excusa para justificarme, y evité el espejo porque estaba segura de que al verme me hubieran dado muchas ganas de llorar.

—Resista —me dijo el señor Slavomir Olenski en un castellano impecable—. Resista.

Y en ese momento el señor Slavomir Olenski me pareció, admito, irresistible. Con una sonrisa más feliz que resignada, tocó el número siete y me llevó hasta mi casa.

—Príncipe —dijo Paredes, al otro día temprano a la mañana.

El príncipe Olenski dejó su valija de cuero gastado en la vereda. Con la carpeta debajo de uno de los brazos, miró la línea oscura en declive de la plaza. Levantó el brazo libre, como para apoyarlo sobre el hombro de Paredes.

—No me llame príncipe, camarada.

Al otro día a la mañana, vi a Paredes mirando, empecinado, el horizonte de edificios. Pasé a su lado y lo saludé inclinando la cabeza. Paredes negó, lento, con la suya. Es que el señor Olenski, como le gusta repetir aún al camarada Paredes, no era ningún improvisado. El señor Olenski tenía un nombre que era muy largo, del que no puedo acordarme algunas veces. El señor Slavomir Olenski anda, estoy segura, por ahí. Él era un hombre de palabra. El traductor de Conrad. Era uno de los nuestros.

(*Kavanagh*)

UN ERROR INOCENTE

ANNA KAZUMI STAHL

Aquí en el campo hace más calor que en la ciudad —o el calor tiene aquí más espacio donde establecerse—. El calor del campo es un calor insistente, y con él el aire pantanoso se adhiere a los cuerpos, a los brazos, a las piernas y a la cabeza. Entorpece los actos. No tanto durante el día, porque la luz es fuerte e irrumpe y abre la espesura. Pero en la noche no hay un lugar donde ese calor no se meta, lerdo y pesado, entumeciendo.

Cuando oscurece y cae el calor, yo me voy a mi cuarto. Leo mi libro, *The Hardy Boys,* y me olvido del tiempo. Descalza y bajo una lámpara eléctrica, leo hasta la hora de dormir. Por estar cansada o muy absorta en la lectura, nunca me había fijado en las mariposas nocturnas que se juntan atraídas por la bombita de luz. Sin embargo, siempre supe que estaban allí. Vienen batiendo sus alas gruesas y grandotas como orejas de elefante. (Supongo que ellas, como el calor en el campo, tienen en la noche más espacio para establecerse.) Son mariposas enormes, lentas, que se mueven laboriosamente. Sus alas hacen «flop-flop-flop» en el aire espeso.

Nunca me molestó que vinieran; aparte del ruido, jamás las había notado porque no vienen por mí, vienen por la luz de 60 watts: un foco en el medio de la oscuridad total que es la Isla de los Pinos en la noche. Pero mi abuela no las soporta, y no me deja dormir sin que las hayamos sacado a todas de mi cuarto e incluso de la casa entera. Ella las odia activamente y tiene desarrolladas varias estrategias para controlarlas. Lo más fácil, quizás, hubiera sido echar insecticida y matarlas, pero a ella le fastidia la idea de levantarse con la luz del nuevo día y ver esos cuerpos de alas excesivas, de color barro grisáceo, paralizados en el piso. «La verdad», dice mi abuela, «no entiendo cómo el buen Dios pudo haber puesto una cosa así en el mundo. Son *demasiado* feas. La verdad.»

Yo no las veo tan feas. No son lindas como las mariposas o los pájaros, además son torpes, vuelan sin elegancia y hacen ruido, pero a mí me divierte su «flop-flop». Aparte, son seres que saben lo que tienen que hacer: van siempre en línea (más o menos) recta hacia las bombitas de luz. Sin espera, sin titubeo. Y ahí se quedan, dando vueltas, haciendo cabriolas, flop-flop-flop, con dedicación. Claro que les tocó ser de color gris marrón en vez de verde esmeralda o fucsia o azul Francia, pero lo que tienen que hacer, lo hacen. Me gustan por eso.

Mi abuela también hace lo suyo. Apaga y prende las luces atravesando la casa, desde los dormitorios hasta la galería del frente, va cerrando las puertas, primero las de las piezas, después la de la cocina, la del comedor, y por último cierra la puerta de entrada: las mariposas nocturnas fuera, nosotras dentro.

Es un trabajo elaborado, después del cual ella siempre se siente triunfadora, aunque la mayoría de las veces algún «flop-flop» suene todavía, fatigado y lejano, desde el interior de la casa.

—¿Por qué son *feas*? —me pregunta como si se tratara de un examen.

Yo tengo 11 años, ella 72. Es bella, o supongo que es bella. Y me cuenta que lo ha sido, más aún de joven. Muy bella, exquisita. Pero entre todas las fotografías familiares de la sala de estar, no hay ninguna foto suya, ni de ahora ni de antes.

Mi abuela tiene el pelo color plateado, atado en la nuca y sostenido por peinetas oscuras con grabados de rosas e incrustaciones de brillantes. Cabello sedoso, espeso. Su cara luce suave, las mejillas tersas, la piel blanca y levemente rosada, empolvada. El ideal caucásico. La frente, la nariz, todas facciones finas en su cara de mujer.

Pero bajo su mandíbula aparece otro color, más opaco, como de madera o de tierra, y un cuello cargado de arrugas. Sin embargo, de lejos, de frente, ella se ve perfecta. Ojos claros, un perfume liviano, floral. Y las cejas, ese detalle determinante, depiladas por completo y luego pintadas. Marcas precisas de su belleza, de que su belleza es indeleble.

—*¿Por qué* son *feas*? —insiste.

Menciono el color gris sucio que tienen. Ella niega, meneando la cabeza. Detrás del rímel de sus pestañas me mira fijamente. La boca es un tajo en su cara cremosa. Entonces menciono la torpeza. Ella vuelve a negar. Hablo del «flop-flop-flop» que hacen. Ella niega. La miro.

—No sé —digo.

—¿Por qué son feas? ¿No lo sabes, princesita? Bueno. Vamos a hacer una cosa.

Apaga todas las luces de la casa. Prende una vela en el comedor y me hace sentar junto a ella. Esperamos. Supongo que esperamos a las mariposas nocturnas pero la luz de la vela es muy débil.

—Abuela —pregunto—, ¿no tenemos que prender la bombita?

—No, bebé.

Tiene sus manos ahuecadas alrededor de la vela. Sus uñas brillan, pequeños óvalos impecables, rosados. Pero sus dedos son como las ramitas retorcidas bajo el muelle, la piel de sus manos parece un empapelado húmedo que ya no adhiere muy bien a los huesos. Está cubierta con manchitas color tierra que recién ahora puedo notar.

—No te preocupes —me dice—. Ya verás. Ya van a aparecer.

La miro, un poco asustada. Empiezo a pensar en mi abuela, a pensar «¿quién es?», a tratar de hacerme alguna idea sobre ella.

Con un torpe e irregular «flop-flop» una mariposa nocturna entra en el cuarto y detrás de ella, otras más. Vienen hacia la vela y empiezan a dar vueltas acercándose cada vez más a la llama.

«¡Uh!», exclama mi abuela, y se echa hacia atrás. Me alivia no tener que verla con esa luz. Vienen más mariposas nocturnas, peregrinando desde la oscuridad de la casa. «Flop-flop» y «zun-zun», dan vueltas y pasan cada vez más cerca de la llama, flop-flop, ZUN, flop, ZUN, hasta que una casi la toca, ZUN, y otra que vuela por ahí, flop-flop, justo viene, y ZUN entra. Entra en la llama. La absorbe; desaparece la luz. Escucho el siseo y luego un pequeño golpe cuando la mariposa nocturna cae sobre la mesa. Pasa un segundo y la llama se reaviva. Y las mariposas nocturnas siguen dando vueltas.

Entra otra. Y otra más. Miro los cuerpitos quemados, las alas gruesas y peludas —ahora inmóviles—. Estoy ofuscada. Es una trampa, un error inocente.

—Mueren.

—Oh, sí —dice mi abuela—. Quedan bien muertas.

—¡Por qué hacen eso? —pregunto—, ¿por qué?

—Por eso son *feas*, querida. ¡Ay, bebé! ¡Muy bien!

La felicidad en su voz me confunde, me da miedo. Ya quiero irme a mi cuarto, a mi lámpara eléctrica y a los misterios familiares de *The Hardy Boys*.

—Abuela...

—Son *feas* porque son idiotas, jactanciosas y ni siquiera saben cómo evitar destruirse. Algo es *feo* cuando pretende ser lo que no es, ¿me has oído bien, preciosa?

Se levanta y prende las luces. En el ambiente hay una nube de mariposas nocturnas revoloteando en el aire. Mi abuela me explica: «Son feas porque aun siendo *feas* buscan mezclarse con lo bello, que es la luz. ¿Entiendes, pequeña? La fealdad es eso. Las mezclas *nunca* son buenas. Uno tiene que saber cuál es su lugar.»

Me mira sonriendo apenas y después mira hacia abajo. Se inclina por encima de la llama y la luz aletea en su cara haciendo resaltar sus facciones bellas y empolvadas, pero veo también la carne que le cuelga, blanda, desde el cuello, y, al final, antes de que apague la vela, sus cejas perfectas.

(*Catástrofes naturales*)

EL SITIO

MARTÍN KOHAN

Algo más de tres jornadas demora nuestra travesía sin que se presente novedad alguna digna de mención. El llano es parejo y monótono, carece de accidentes; hemos encontrado, eso sí, algunos ríos medianamente torrentosos que sirvieron para el refresco tanto de la tropa como de la caballada, pero que no ofrecieron, para vadearlos, ningún obstáculo que no pudiésemos sortear.

No hay nadie que nos salga al cruce. Ya lo dijo bien el comandante Centurión, antes aún de que partiéramos, con el sentido previsor que con toda justicia se le reconoce: llegaremos —dijo— a las propias murallas de la ciudad de Santa Bárbara, sin avizorar a su ejército durante el viaje. Pasan los días y no ocurre ni tan siquiera una escaramuza, una refriega polvorienta pero breve con alguna partida exploratoria enviada por los enemigos. Ni hablar, por lo tanto, de una batalla: hasta llegar a la ciudad de Santa Bárbara, no habrá que combatir.

Todo lo sabe el comandante Centurión, y todo lo anticipa; tengo el privilegio, por ser su confidente, de conocer de antemano lo que luego sucederá o dejará de suceder. No habrá batalla —dice, por ejemplo, el comandante Centurión—, ni tampoco escaramuza: y nada hay. Mañana, después del mediodía —dice, y es otro ejemplo, el comandante Centurión—, tendremos que cruzar un río angosto pero profundo cuyas aguas rojizas desentonan con el paisaje: y el río se presenta a la hora predicha; es angosto y es profundo, y sus aguas, por ser rojizas, desentonan con el paisaje.

Con el amanecer del cuarto día, después de haber acampado para descansar mientras faltara la luz, retomamos la marcha. La fatiga aumentará hoy un poco, porque el terreno, sin perder su particular monotonía, comienza a ondularse levemente. Antes del atardecer, sin embargo —no es que yo mismo lo sepa, por supuesto, sino que el comandante Centurión lo ha revelado—, llegaremos a avistar las murallas inconfundibles de la ciudad de Santa Bárbara.

Yo soy el que lleva el catalejo y es a mí, por lo tanto, a quien dice el comandante Centurión en un momento determinado:

—Venga, Vidal, y hagamé una gauchada. Enfoque con el anteojo para aquel lado y digalé a los oficiales qué es lo que ve.

Tengo el honor, por esta circunstancia, de ser quien anuncia que la ciudad amurallada de Santa Bárbara, reducto final de nuestros enemigos, se encuentra ya al alcance de la vista (siempre que se complemente a la vista con el catalejo).

Nos detenemos allí mismo y dejamos pasar otra noche, más en la sombra todavía que en la noche anterior, porque a la falta de luna en el cielo, que es lo que una y otra noche tienen en común, se agrega en este caso la atinada decisión del comandante de no encender fogatas para no delatar al enemigo nuestra presencia ni nuestra posición.

Esa noche, en una conversación insomne, el comandante me explica que nosotros superamos, tanto en número como en poderío de fuego, al ejército vigoroso pero limitado de la ciudad de Santa Bárbara, y esta situación sin dudas la advierte el general Montana, jefe de ese ejército y de la propia ciudad. Sería un error gravísimo, indigno de las dotes estratégicas del general Montana, salir a librar batalla en un terreno abierto: no podría tener otra suerte, en ese caso, que sucumbir. Montana apuesta, eso es evidente, a la única posibilidad que le permite abrigar alguna esperanza, por incierta que sea, y que es sostener su posición defensiva dentro de la ciudad.

Con palabras precisas y con imágenes diáfanas, el comandante Centurión describe para mí (en verdad, lo sé, se trata de un monólogo, pero tengo el inmenso privilegio de asistir a él) las características de la ciudad de Santa Bárbara y del terreno en el que se encuentra. Al día siguiente, apenas clarea el cielo, avanzamos hacia la ciudad, y al llegar yo tengo la curiosa impresión de ya conocer todo el sitio, aunque nunca antes me había hallado en él.

La ciudad de Santa Bárbara se encuentra en la parte alta de una especie de meseta: la propia ladera de esa elevación es una primera muralla protectora. A eso hay que agregar la otra muralla, la que con piedras y con madera se encargaron de erigir los hombres, y que multiplica las dificultades que se nos presentan para penetrar en la ciudad con nuestras tropas. Santa Bárbara cuenta aun con otro vallado, aprovechado también este de la naturaleza del lugar, y que es el cauce del río Negro (el modo en que las aguas tuercen su curso en ese tramo provoca una especie de envoltura en la que se alberga la ciudad).

Tomando en consideración todas estas circunstancias, el comandante Centurión nos revela su resolución crucial: no intentar en lo inmediato un ataque a la ciudad de Santa Bárbara. Atacarla —dice el comandante, con toda elocuencia— implicaría abrir el fuego sobre un terreno en declive, claramente perjudicial para nosotros, y también exponernos a que el río nos impida avanzar por ese flanco (o bien, en una segunda instancia, y en el caso de ser necesario un repliegue, que nos impida igualmente retroceder en esa dirección).

También es cierto, y todos lo sabemos, que hemos venido hasta aquí en una larga y tediosa travesía, con un ejército más numeroso y mejor pertrechado que el de nuestros enemigos, con el propósito de tomar la ciudad amurallada de Santa Bárbara y no para acabar por resignarnos a no atacarla. Lo que explica el comandante Centurión, con inteligencia irrefutable, es que incluso penetrando en el estrecho y desconocido recinto de la ciudad, estaríamos perdiendo todas nuestras ventajas (las del número y las del armamento). El camino a la victoria —establece— es otro: el sitio. Una ciudad ubicada en una elevación acaba por caer bajo la presión asfixiante de un cerco sin fisuras. El río Negro, que complica nuestro avance, juega a nuestro favor si, en vez de atacar, esperamos: ahora son los enemigos los que, por culpa del río, no podrán salir.

Así dispuestas las cosas, nuestras tropas van armando un arco sólido y continuo en torno de la ciudad. El comandante Centurión va y viene, y yo con él, indicando las conveniencias y evitando los errores del cerco que preparamos. Hacia el mediodía, el arco se ha vuelto círculo, y como círculo se ha cerrado. La ciudad de Santa Bárbara ya está sitiada. Nosotros no podemos penetrar en ella, es cierto, a menos que lo intentáramos pagando un precio altísimo. Es igual de cierto, sin embargo, que ahora ellos no pueden salir. No ha habido batalla hasta llegar a las murallas de la ciudad, y así fue que, a lo largo de nuestra travesía, nada sucedió; pero tampoco habrá batalla ahora, que estamos en las lindes de Santa Bárbara, y tampoco ahora nada sucederá.

Sólo nos queda esperar. Un sitio es, básicamente, una cuestión de paciencia. Nosotros tenemos suficientes alimentos para sostenernos varios días, por poco sabrosos que esos alimentos nos resulten, y contamos, además, con la posibilidad de reabastecernos. Nosotros podemos ir, río abajo, en procura de agua. Nosotros estamos quietos, detenidos, pero no encerrados. La ciudad de Santa Bárbara, en cambio, irá consumiendo irremisiblemente sus reservas de alimentos, y nadie podría acercarse al río sin exponerse al alcance de nuestra artillería. Ellos tienen, por otra parte, viejos, mujeres, niños, tienen enfermos, y nosotros no, por lo que nuestra resistencia no conoce debilidades.

Empiezan a pasar los días: son todos iguales. Ni siquiera llueve, o se nubla, como para que podamos ponernos a hablar de la lluvia o del cielo. Nos aburrimos enormemente. No tenemos nada que hacer, nada en absoluto, que no sea vigilar las murallas de la ciudad de Santa Bárbara para que nadie trate de escapar. Nos imaginamos el progreso del hambre y de la sed en el interior de la ciudad, pero, en realidad, nada sabemos. No se oyen gritos o gemidos, ni se advierte que echen cadáveres hacia afuera, para evitar pestes. Miramos todo el tiempo esas murallas, que ni siquiera son imponentes, esperando que algo pase. No pasa nada: la ciudad de Santa Bárbara permanece igual a sí misma.

El comandante Centurión anda particularmente silencioso, y eso empeora las cosas, sobre todo para mí, que soy quien tiene por lo general el honor de escucharlo hablar. Durante los primeros dos o tres días diserta sobre los sitios. Se ocupa, por una parte, de las principales referencias históricas en lo que hace a esta forma de victoria militar. Pero también se ocupa del sitio en sus aspectos, si se quiere, psicológicos; habla de la asfixia, del agobio del sitiado, y también de la paciente espera, de la constancia del sitiador. Esto, los primeros dos o tres días. Después ya no hay nada que decir, así como desde antes ya no hay nada que hacer. Nos quedamos todos callados durante días enteros, esperando. No tenemos absolutamente ningún problema, ni de enfermedades, ni de provisiones, ni de nada. Si tuviésemos algún problema, al menos podríamos ocuparnos de eso, hablar de eso; pero no: no nos pasa nada.

Esta tropa, digna como es de que la comande quien la comanda, no declina en su actitud vigilante. Si alguien lograse salir de la ciudad de Santa Bárbara y regresar a ella con reabastecimientos, su capacidad de resistencia se prolongaría indefinidamente. Podría ocurrir algo incluso peor: que alguien saliese y marchara a pedir el auxilio de alguna fuerza aliada del general Montana. Sin embargo, nadie sale, nadie podría atravesar nuestro cerco. Mantenemos una vigilancia atenta, insisto, pero también admito que con el lento paso de los días monótonos nos va ganando cierto sopor. Esto explica que, al promediar el décimo día de nuestro sitio, veamos de inmediato a ese chico menudo que aparece agitando una bandera blanca, pero no advirtamos el lugar preciso por donde salió.

Lo que agita no es exactamente una bandera, sino más bien una especie de camisa blanca. No es la ciudad la que se rinde: es ese chico que sale y se acerca lentamente hacia nosotros, y no quiere que alguno de los nuestros se precipite a dispararle. Nadie le tira, nadie le apunta siquiera. Es casi un niño y está obviamente desarmado. No tiene modo de escapar ni mucho menos de hacernos daño. Ahora se encuentra a unos cincuenta metros de nuestra posición. Poniendo sus dos manos a los costados de la boca, nos avisa a gritos que quiere hablar con el oficial que esté al frente de la tropa. Apenas se le oye.

El comandante Centurión sabe que no corre peligro alguno y decide recibirlo. Lo hace pasar a su tienda de campaña y, extrañamente, le ofrece café (algo más extraño ocurre de inmediato: el chico no acepta). Yo soy el único testigo del interrogatorio que sigue a continuación. El comandante le pregunta al chico cuál es su nombre y quién es la persona que lo envía. El chico responde que su nombre es Julián y que nadie lo ha enviado, que él ha venido por su cuenta, por su propia decisión, y que aun más: él cree que nadie lo ha visto salir ni aproximarse a nosotros. El comandante insiste con la pregunta, al parecer recela, pero el chico vuelve a decir que ha venido por su propia decisión. Entonces el comandante le aclara que, a pesar de su aspecto frágil y de su corta edad, no piensa dejarlo ir. No soy un desertor, le contesta el chico, y por primera vez alza la vista hacia los ojos del comandante. Le dice: no he venido para eso, y pienso volver en seguida a la ciudad.

El comandante sí está tomando café, y en este momento se lleva el cuenco de metal a la boca y se demora en un sorbo larguísimo. Está ganando tiempo. El chico, por lo pronto, ha vuelto a bajar la mirada. Entonces el comandante le pregunta, más bien de mala manera, que para qué carajo ha venido. El chico responde, casi sin voz, que viene para pedirle que no ataque todavía a la ciudad. No va a hacer falta, le dice, derramar la sangre de nadie. El comandante no le dice lo que él ya piensa, lo que él ya sabe: que no va a atacar; el comandante es zorro y le pregunta: ¿y eso por qué? El chico entonces se decide y revela por fin lo que tiene para decirnos. El general Montana, dice, está agonizando. No le queda mucho para vivir. La ciudad está resuelta a rendirse, pero quiere salvar el honor de su general y por lo tanto no va a presentar la rendición mientras él esté con vida.

El comandante Centurión escucha estas palabras y vuelve a preguntarle al chico si viene de parte de alguien. El chico le dice otra vez que no. Después de eso, el comandante le aclara que no asume absolutamente ningún compromiso en firme, pero que de todas maneras va a tener en cuenta las noticias que le ha dado. El chico ahora se mira los pies. El comandante ordena que le devuelvan sus cosas: el palo de madera rugosa y la camisa blanca. El chico regresa a la ciudad de Santa Bárbara, arrastrando la camisa por el polvo.

Esa noche volvemos a tener un tema de conversación. El comandante valora el gesto de lealtad hacia el jefe Montana: la rendición es un hecho, pero los suyos quieren evitarle esa humillación final. No pretendo ser agudo, porque no lo soy ni tampoco podría serlo, pero creo que el comandante Centurión está pensando también en su propio lugar al frente de estas tropas. Después hablamos de la muerte, y el comandante dice algunas cosas de gran profundidad.

Pasan dos, tres días. Nosotros seguimos esperando. Lo que ahora esperamos es el desenlace fatal de la agonía del general Montana, es decir, su muerte; para el caso, de todos modos, las horas pasan igual de lentas, igual de monótonas. Nos quedamos de vuelta sin nada que decir. En la noche aparece una mitad de luna en el cielo despejado, y algo hablamos sobre eso; pero no somos poetas, y por lo tanto las frases que se nos ocurren son apenas unas pocas.

Ese tercer día, que es el decimotercero del sitio, vuelve a aparecer el chico llamado Julián, otra vez con esa bandera o esa camisa blanca en alto. Un vigía asegura haberlo visto asomar desde adentro de un pozo, que tiene que ser necesariamente la salida de un túnel que cruza por debajo de la muralla. No hay motivos —dice el comandante Centurión— para que nadie se preocupe: no podría haber un túnel tan extenso que alcanzara a atravesar el cerco que hemos dispuesto nosotros. El sitio es inviolable.

El chico no trae noticias nuevas, pero el comandante lo escucha con toda atención (tanto es así, que un colaborador aparece en la tienda interrumpiendo el diálogo, y el comandante no lo deja terminar la frase: le ordena que se vaya y que regrese después). El general Montana, dice Julián, no se ha muerto todavía, pero el médico del ejército ha dicho que no cree que llegue a vivir ni una semana más. Está tirado en su cama: se dobla de dolor, pero no se queja. Transpira tanto que hay que cambiarle la ropa por lo menos dos veces al día. Su mujer se lo pasa mojando un pañuelo blanco y humedeciéndole la frente y los labios.

El comandante Centurión escucha y asiente. Después pregunta si hay alguien en el ejército de Santa Bárbara que se proponga seguir resistiendo, incluso después de la muerte del general Montana. Julián responde inmediatamente que no, pero aclara también, con igual énfasis, que nadie en la ciudad piensa tampoco entregarse mientras sea el general Montana el que está a cargo. El comandante pregunta entonces cuáles son las condiciones de subsistencia dentro de la ciudad. Al chico, si no me equivoco, le tiembla la voz cuando responde que ya están faltando tanto la comida como el agua. Agrega, en seguida, el mismo pedido de antes: que por favor no entre en la ciudad hasta tanto muera el general Montana y se produzca la rendición. Sea como sea, dice, eso costaría más vidas que las que pueden perderse por hambre o por sed. El comandante Centurión bien se guarda de revelar que él nunca pensó en invadir la ciudad mientras no se rindiera, para evitar un movimiento que lo pondría tácticamente en desventaja. Deja sin respuesta el pedido de Julián y le dice que se vaya. El chico obedece y se va.

Esa noche, llueve. Una gran tormenta que dura casi hasta el amanecer. Hay unos rayos estremecedores que cortan el cielo y blanquean la noche. El agua que cae, esto lo sabemos, favorece a los sitiados, que sin dudas la recogen con cuanta cosa pueda resultarles útil. Pero al menos la tormenta hace que algo cambie en nuestra espera y nos da algún tema de conversación. El sitio, por otra parte, no va a modificarse por un poco más o un poco menos de agua: la ciudad de Santa Bárbara va a rendirse, sedienta o no, en cuanto muera su general.

Julián vuelve al día siguiente, mientras se cumplen exactamente dos semanas de asedio. Esta vez ya ni trae la bandera blanca. En cuanto aparece a la distancia, de este lado de la muralla, y empieza su caminata hacia nosotros, ya sabemos quién es y de qué se trata. El comandante, al recibirlo, vuelve a ofrecerle un poco de café, y esta vez el chico acepta.

El comandante pregunta si hay noticias y Julián responde que sí. El general ha empeorado gravemente en su estado de salud. Durante la tormenta de la noche, después de unas cuantas frases sin sentido que exclamó en el delirio de su agonía, el general Montana perdió la conciencia. El médico pasó con él la noche entera, para que la mujer descansara un poco. Dice que su estado es irreversible.

El comandante Centurión pronuncia unas pocas palabras, que no son en verdad una pregunta: pero vive todavía —dice—. El chico toma la frase por una interrogación y contesta que sí, que lo que se dice vivir, vive, pero que ya está como dormido para siempre, aunque el corazón todavía funcione, y que el médico asegura que ya no va a despertar más. Qué se dice en la ciudad, pregunta, ahora sí, el comandante Centurión. Julián explica que hay unos cuantos que presionan para que la ciudad se rinda de una vez por todas: el general Montana, al fin de cuentas, ya no ve ni oye más nada, y de nada va a enterarse. Otros insisten en aguardar su muerte: no importa que él se entere o no se entere; lo que importa es lo que es.

La mujer del general Montana, que aun siendo tan joven es ya casi una viuda, no pierde, pese a todo, sus esperanzas, y al parecer van a tenerle piedad y a respetarle la ilusión, por vana que sea. El comandante pregunta por la edad de esa mujer. Diecinueve años, responde Julián, y aunque nadie le pide que aclare nada, él agrega por su cuenta: es una mujer hermosa.

El sitio, por lo tanto, se prolonga. Pasan otros dos días, sin que tengamos más noticias de Julián. Durante el primero de estos dos días, advierto que el comandante está esperando que el chico aparezca. Cuando el sol va cayendo y se vuelve evidente que ya no vendrá, el comandante se pone de mal humor y maltrata injustamente, cosa inusual, a algunos subordinados (entre ellos, a mí). Para el segundo día, el comandante se muestra claramente ansioso. Se lo pasa mirando el reloj y maldiciendo. Camina de un lado a otro, como buscando qué hacer, cuando todos ya sabemos de sobra, desde hace días, que aquí no hay nada que hacer, no siendo esperar y esperar. A la noche me pregunta si al chico no le habrá ocurrido algo. Es lo único que dice en toda la noche, por más que la pasa en vela.

Al día siguiente, para alivio del comandante Centurión (pero también, y a través suyo, para alivio de la tropa), vuelve a venir Julián. Aparece a primera hora, cuando ni siquiera ha terminado de amanecer, y es el comandante el que sale a su encuentro. Conversan de pie, cerca del lugar en el que yo estoy limpiando mis botas. El comandante dice poco, casi nada, lo único que quiere es oír las novedades. El chico empieza diciendo que el general Montana todavía no se ha muerto, pero que está ya tan grave, tan grave, es ya tan delgado el hilo que lo une con la vida, que sólo el médico, valiéndose de su instrumental, puede percibir que el corazón aún le funciona. Pero no es eso, agrega el chico, lo más importante. Lo más importante es que el médico le ha sacado sangre de una vena del brazo al general Montana, y la estudió en sus tubitos de vidrio mezclándola con algunas sustancias especiales, y ahora ha dicho que si el general Montana, robusto como es, sano como era, está en plena agonía y, de un momento a otro, ineluctablemente, se va a morir, no es por designio de Dios ni por obra del destino, sino porque alguien, aprovechándose de su confianza, lo ha envenenado.

El comandante Centurión hace que Julián le repita todo su relato, todo tiene que decirlo el chico otra vez; yo no tengo la impresión de que el comandante esté tratando de ganar tiempo en este caso: de veras está perplejo, azorado. Después pregunta por los sospechosos del crimen, y el chico no sabe; pregunta por los posibles enemigos del general, dentro del ejército o fuera de él, y el chico no sabe, no sabe él ni sabe nadie, nadie habría imaginado semejante horror. Entonces el comandante se interesa por lo que ocurre en la ciudad: qué se dice en las calles, en las casas, de quién se sospecha, cuál es el estado de ánimo de la gente. El chico nunca fue locuaz, pero ahora me parece que se ha puesto más parco. En las calles, dice, perros ya ni quedan. Algunos se han decidido a sacrificar un caballo, para comer de ahí. Del crimen, del crimen —lo urge el comandante—, del crimen qué se dice. Muchas cosas, dice Julián, y ninguna se sabe si es falsa o es cierta. Algunos dicen que el general Montana ya está muerto, y que el médico miente cuando asegura que todavía se percibe un leve latido. Otros dicen que miente cuando asegura que lo ha envenenado un traidor. Algunos dicen que nadie podría haber envenenado al general Montana, porque todas sus comidas, antes de ingerirlas, primero se las hacía probar a un subordinado: a un criado, a un soldado raso, a su mujer. En ese caso, dicen algunos, tiene que tratarse de un suicidio. En ese caso, dicen otros, tiene que tratarse de la mujer, que es la única que pudo haberle cambiado el plato después de que algún ayudante ya lo hubiese probado.

El chico dice todo esto, pero lo dice desganado, con frases sueltas, deshilvanadamente. El comandante le pregunta si la ciudad amurallada de Santa Bárbara mantiene su decisión de rendirse apenas deje este mundo el general Montana. El chico contesta que sí, que él cree que sí, aunque no falta alguno que, con el orgullo herido por la noticia del envenenamiento del general, dice que prefiere, antes que rendirse, morir de hambre o de sed, pero resistiendo. El comandante pregunta si son muchos los que dicen eso, y el chico no sabe. Luego dice algo que yo no hubiese esperado. Le dice a Julián que no vuelva a pasarse tantos días sin venir, porque aquí es importante estar al tanto del rumbo que toman los acontecimientos en el interior de la ciudad. Y le promete, con el valor inobjetable que tiene su palabra, que cuando Santa Bárbara se rinda no solamente va a perdonarle la vida a él y a su familia, sino que va a incorporarlo a nuestro ejército con el grado de sargento. El chico no dice nada: ni sí ni no. El comandante le pide encarecidamente que, de ser posible, vuelva a traernos noticias hoy mismo, hacia el final del día, o si no, caso contrario, mañana a primera hora. Pero no más que eso —dice el comandante.

Pasamos otra noche desdichada, porque el chico no viene y el comandante Centurión, fastidiado por la incertidumbre y por la espera en vano, agudiza la consabida aspereza de su carácter, sólo que ahora sin el recto sentido de moderación y de equidad que nadie dudaría en reconocerle. Ya no es exactamente la rendición de la ciudad amurallada de Santa Bárbara lo que aguardamos; ya no es, ni siquiera, la noticia de la muerte del general Montana. Lo que ahora esperamos (y el comandante Centurión, en particular, con inusitada impaciencia) es el regreso de Julián, el chico que logra ir y venir entre la ciudad y nosotros, para oír su relato de los últimos acontecimientos.

La irritación predispone al comandante a dar órdenes todo el tiempo, tanto las necesarias como las innecesarias, y a castigar con desmesura no ya el incumplimiento de alguna indicación, sino la simple demora (mayor es la sanción cuanto más fútil es la orden: se diría que el comandante Centurión, de reconocida ecuanimidad, se entrega ahora, sin embargo, al goce despótico del poder arbitrario).

Todavía no aclara el cielo cuando, para nuestra ventura, acude Julián. El vigía que lo avista anuncia su llegada como si se tratase, en verdad, de la rendición definitiva de la ciudad sitiada. El comandante Centurión le ofrece al chico el trato correspondiente a un embajador (pero al embajador de una fuerza aliada, y no enemiga). Ávido de noticias, urge a Julián para que lo ponga al tanto de lo que ha ido sucediendo durante las últimas horas en el interior de la ciudad.

El chico empieza por aclarar que el general Montana, cuya agonía es ya desesperante, se mantiene, empero, con vida. La teoría del envenenamiento, impulsada por el médico, va ganando adeptos en la ciudad, pero quienes coinciden en esa hipótesis no por ello coinciden en cuáles son los pasos que ahora habría que seguir. En este sentido, Santa Bárbara se encuentra dividida en bandos que se enfrentan entre sí. El médico, mientras tanto, acaba de agregar al estado de cosas un nuevo factor de perturbación. Según él, el general Montana, algunos días atrás, en uno de los febriles delirios nocturnos que preanuncian la muerte, había acusado a su mujer, esa muchacha joven y hermosa que desde hacía ya un tiempo vivía con él, de ser una traidora. Un hombre lúcido, en pleno uso de sus facultades, habría podido explicar mejor el sentido de esta traición; el general Montana, en la turbación gimiente de la agonía final, apenas si pudo murmurar su denuncia.

No me corresponde a mí, como así tampoco a ningún otro subalterno, hacer consideración alguna sobre el modo de proceder del comandante Centurión. Cualquiera puede, sin embargo, advertir que está fuera de sí. Desbordado por la impaciencia, le pregunta a Julián por la situación en la que se encuentra esa mujer, la que se dice que ha envenenado al general Montana: si ha podido ella defenderse de la acusación de ser una traidora, si su vida corre peligro. El chico dice que no se sabe, que es poco lo que se sabe. La situación va a resolverse de un momento a otro, pero aún no puede vislumbrarse de qué forma. Se dicen diferentes cosas. Algunos creen que es cierto que la mujer es quien ha intentado, y ha logrado, envenenar al general Montana, y que, de ser por ella, la ciudad de Santa Bárbara caería de inmediato en manos de sus enemigos. Hay otros que, sin defender abiertamente a la mujer, se permiten dudar de la veracidad de las palabras del médico. Descreen de la teoría del envenenamiento y descreen de la supuesta acusación lanzada por el general agonizante, acusación que, por otra parte, sólo el médico presenció y registró. Existe aun otra variante, por la que algunos se inclinan: el médico no miente cuando asegura haber oído lo que dice que oyó, el general Montana, en efecto, ha señalado a su mujer como traidora; pero incluso en ese caso queda por resolver hasta qué punto se puede juzgar como veraz el discurso balbuceante de un moribundo que delira. Para indicar que algo es falso, para decir que es irreal, se emplea la palabra delirio; lo que dijo, si es que lo dijo, el general Montana, es literalmente un delirio, de manera que no resulta fácil establecer si hay que darlo por cierto o si, por el contrario, hay que olvidarlo como mera fabulación.

El comandante Centurión agradece el relato de Julián como si Julián le hubiese entregado el propio tesoro de la ciudad sitiada, y no sólo el reporte de las últimas novedades que allí se han producido. Vuelve a ofrecerle la concesión del grado de sargento para cuando, en breve, Santa Bárbara sucumba al sitio; pero tras la promesa vuelve asimismo a rogarle, a implorarle que regrese esa misma tarde a continuar con su narración. El chico no dice ni que sí ni que no, pero hace un gesto impreciso que puede entenderse como expresión de buena voluntad.

Tal vez fingió al hacer ese gesto, tal vez fue otro el gesto que hizo y el comandante, viendo lo que quería ver, lo interpretó equivocadamente. Tal vez el chico tuvo, y tiene, la mejor de las predisposiciones, pero no siempre basta con la buena voluntad. Lo cierto es que pasa todo el día, y el chico no regresa. Tampoco regresa al día siguiente. Nada se oye desde la ciudad de Santa Bárbara, nada sabemos. El comandante no consigue controlar su ansiedad, y las cosas empeoran porque pasa otro día, y luego otro, y luego otro, y el chico no acude a contarnos qué es lo que está pasando. ¿Lo habrán descubierto? ¿Habrá muerto el general Montana? ¿Habrán ajusticiado a su mujer?

Circulan en nuestras filas las más diversas conjeturas, pero ninguna de ellas, ni las verosímiles ni las inverosímiles, logran aplacar la feroz curiosidad del comandante Centurión. Podemos hacer toda clase de suposiciones, pero lo concreto es que no sabemos nada. La tensión de la espera se vuelve insostenible: ya nadie aguanta, y el comandante menos que nadie, estar aquí apostados, ignorándolo todo.

Pasan aún otros dos días sin noticias de Julián. Algunos empezamos a pensar que tal vez ya no regrese. Una tarde, un vigía obnubilado por la espera, enloquecido, cree verlo aparecer sujetando esa bandera blanca que, a decir verdad, hace tiempo que ya no usaba; pega el grito y señala un lugar en el que en realidad no hay nadie.

Llega una noche de tormenta de viento. Es un silbido permanente, una molestia constante de cosas empujadas hacia otro sitio. El comandante Centurión ya parece una sombra de lo que fue. A mitad de la noche, vuelve a distinguirme con su confianza y me llama para comunicarme que ha tomado una decisión. Lo escucho, mi comandante, le digo yo. El comandante me dice que mañana, al amanecer, vamos a atacar la ciudad amurallada de Santa Bárbara. Yo me valgo de la excusa del ruido perturbador que provoca el viento, y le digo al comandante que posiblemente no he podido oírlo bien. El comandante repite su misma frase: que mañana, al amanecer, vamos a atacar la ciudad amurallada de Santa Bárbara, y agrega que la medida ya está resuelta y es irrevocable.

Soy, en el mejor de los casos, y con mucha honra, el confidente predilecto del comandante Centurión, pero nunca su consejero. No soy quién para dar recomendaciones al comandante, ni el comandante las necesita tampoco. Sin embargo, dadas las circunstancias, me permito, con toda humildad, recordarle al comandante Centurión que en un intento de invasión de la ciudad perderíamos todas las ventajas estratégicas con las que ahora contamos, y estaríamos poniendo en peligro una victoria que, a través del sitio, tenemos asegurada.

—No le pedí su opinión, Vidal —me dice el comandante.

Yo me disculpo y le aclaro que no me propongo ser impertinente, pero que quisiera sugerirle que tome en consideración otro factor de peso: la agonía del general Montana ya no puede prolongarse más. Se morirá, sin dudas, alguno de estos días. No tenemos que esperar ya casi nada.

—Vidal: callesé la boca.

Con el mayor de los respetos, mi comandante, le digo al comandante, y el comandante sabe que tengo hacia él el mayor de los respetos, quiero pedirle que tome en cuenta que la ciudad de Santa Bárbara está soportando ya un sitio de un mes, un mes entero, y que por más que el general Montana agonizara indefinidamente sin llegar por fin a morirse, lo mismo la ciudad ya no podría resistir por más tiempo. Aunque se coman todos los perros, aunque se coman todos los caballos, aunque empiecen a comerse entre sí, los unos a los otros, aunque llueva de vuelta y logren acumular más reservas de agua, lo mismo ya no podrían sostenerse: deben estar a punto de rendirse y no tenemos necesidad de arriesgar a la tropa.

—Le dije que se calle la boca, Vidal.

Me permito humildemente insistir en que, por lo que sabemos, los propios sitiados están a punto de matarse entre sí en una especie de guerra civil, y que nosotros bien podemos dejarlos que se maten sin tener que mover un dedo. Le recuerdo, aunque sé que las conoce, las desventajas del terreno: el ataque en una pendiente, el río que quedaría a nuestras espaldas, las murallas de la ciudad, que están intactas. El comandante todo lo desestima, terco, tajante, definitivo. Ni siquiera podemos estar seguros, le digo, de que el chico nos haya estado contando la verdad.

Sin alzar la voz, con más calma que la que ha mostrado a lo largo de todos estos últimos días, el comandante Centurión me informa que ha decidido aplicarme una sanción de tres días de arresto. Me dice que la causa es haber desobedecido una orden: la de callarme la boca. Me dice también que la aplicación del castigo queda en suspenso, hasta después de que hayamos tomado la ciudad amurallada de Santa Bárbara. Pero eso, dice, de todas formas, va a ocurrir mañana, mañana al amanecer. A propósito, Vidal, me dice, quiero estar a tono con la entrada triunfal en la ciudad. Le ordeno que me prepare el uniforme de gala.

La noche se me hace corta, ocupado en esa tarea: eliminar hasta la menor arruga de la chaqueta azul del comandante, lustrar sus botones dorados hasta dejarlos tan brillantes como un amanecer.

(*Una pena extraordinaria*)

INFIERNO GRANDE

GUILLERMO MARTÍNEZ

Muchas veces, cuando el almacén está vacío y sólo se escucha el zumbido de las moscas, me acuerdo del muchacho aquel que nunca supimos cómo se llamaba y que nadie en el pueblo volvió a mencionar.

Por alguna razón que no alcanzo a explicar lo imagino siempre como la primera vez que lo vimos, con la ropa polvorienta, la barba crecida y, sobre todo, con aquella melena larga y desprolija que le caía casi hasta los ojos. Era recién el principio de la primavera y por eso, cuando entró al almacén, yo supuse que sería un mochilero de paso al sur. Compró latas de conserva y yerba, o café; mientras le hacía la cuenta se miró en el reflejo de la vidriera, se apartó el pelo de la frente, y me preguntó por una peluquería.

Dos peluquerías había entonces en Puente Viejo; pienso ahora que si hubiera ido a la del viejo Melchor quizá nunca se hubiera encontrado con la Francesa y nadie habría murmurado. Pero bueno, la peluquería de Melchor estaba en la otra punta del pueblo y de todos modos no creo que pudiera evitarse lo que sucedió.

La cuestión es que lo mandé a la peluquería de Cervino y parece que mientras Cervino le cortaba el pelo se asomó la Francesa. Y la Francesa miró al muchacho como miraba ella a los hombres. Ahí fue que empezó el maldito asunto, porque el muchacho se quedó en el pueblo y todos pensamos lo mismo: que se quedaba por ella.

No hacía un año que Cervino y su mujer se habían establecido en Puente Viejo y era muy poco lo que sabíamos de ellos. No se daban con nadie, como solía comentarse con rencor en el pueblo. En realidad, en el caso del pobre Cervino era sólo timidez, pero quizá la Francesa fuera, sí, un poco arrogante. Venían de la ciudad, habían llegado el verano anterior, al comienzo de la temporada, y recuerdo que cuando Cervino inauguró su peluquería yo pensé que pronto arruinaría al viejo Melchor, porque Cervino tenía diploma de peluquero y premio en un concurso de corte a la navaja, tenía tijera eléctrica, secador de pelo y sillón giratorio, y le echaba a uno savia vegetal en el pelo y hasta spray si no se lo frenaba a tiempo. Además, en la peluquería de Cervino estaba siempre el último *El Gráfico* en el revistero. Y estaba, sobre todo, la Francesa.

Nunca supe muy bien por qué le decían la Francesa y nunca tampoco quise averiguarlo: me hubiera desilusionado enterarme, por ejemplo, de que la Francesa había nacido en Bahía Blanca o, peor todavía, en un pueblo como este. Fuera como fuese, yo no había conocido hasta entonces una mujer como aquella. Tal vez era simplemente que no usaba corpiño y que hasta en invierno podía uno darse cuenta de que no llevaba nada debajo del pulóver. Tal vez era esa costumbre suya de aparecerse apenas vestida en el salón de la peluquería y pintarse largamente frente al espejo, delante de todos. Pero no, había en la Francesa algo todavía más inquietante que ese cuerpo al que siempre parecía estorbarle la ropa, más perturbador que la hondura de su escote. Era algo que estaba en su mirada. Miraba a los ojos, fijamente, hasta que uno bajaba la vista. Una mirada incitante, promisoria, pero que venía ya con un brillo de burla, como si la Francesa nos estuviera poniendo a prueba y supiera de antemano que nadie se le animaría, como si ya tuviera decidido que ninguno en el pueblo era hombre a su medida. Así, con los ojos provocaba y con los ojos, desdeñosa, se quitaba. Y todo delante de Cervino, que parecía no advertir nada, que se afanaba en silencio sobre las nucas, haciendo sonar cada tanto sus tijeras en el aire.

Sí, la Francesa fue al principio la mejor publicidad para Cervino y su peluquería estuvo muy concurrida durante los primeros meses. Sin embargo, yo me había equivocado con Melchor. El viejo no era tonto y poco a poco fue recuperando su clientela: consiguió de alguna forma revistas pornográficas, que por esa época los militares habían prohibido, y después, cuando llegó el Mundial, juntó todos sus ahorros y compró un televisor color, que fue el primero del pueblo. Entonces empezó a decir a quien quisiera escucharlo que en Puente Viejo había una y sólo una peluquería de hombres: la de Cervino era para maricas.

Con todo, creo yo que si hubo muchos que volvieron a la peluquería de Melchor fue, otra vez, a causa de la Francesa: no hay hombre que soporte durante mucho tiempo la burla o la humillación de una mujer.

Como decía, el muchacho se quedó en el pueblo. Acampaba en las afueras, detrás de los médanos, cerca de la casona de la viuda de Espinosa. Al almacén venía muy poco; hacía compras grandes, para quince días o para el mes entero, pero en cambio iba todas las semanas a la peluquería. Y como costaba creer que fuera solamente a leer *El Gráfico,* la gente empezó a compadecer a Cervino. Porque así fue, al principio todos compadecían a Cervino. En verdad, resultaba fácil apiadarse de él: tenía cierto aire inocente de querubín y la sonrisa pronta, como suele suceder con los tímidos. Era extremadamente callado y en ocasiones parecía sumirse en un mundo intrincado y remoto: se le perdía la mirada y pasaba largo rato afilando la navaja, o hacía chasquear interminablemente las tijeras y había que toser para retornarlo. Alguna vez, también, yo lo había sorprendido por el espejo contemplando a la Francesa con una pasión muda y reconcentrada, como si ni él mismo pudiese creer que semejante hembra fuera su esposa. Y realmente daba lástima esa mirada devota, sin sombra de sospechas.

Por otro lado, resultaba igualmente fácil condenar a la Francesa, sobre todo para las casadas y casaderas del pueblo, que desde siempre habían hecho causa común contra sus temibles escotes. Pero también muchos hombres estaban resentidos con la Francesa: en primer lugar, los que tenían fama de gallos en Puente Viejo, como el ruso Nielsen, hombres que no estaban acostumbrados al desprecio y mucho menos a la sorna de una mujer.

Y sea porque se había acabado el Mundial y no había de qué hablar, sea porque en el pueblo venían faltando los escándalos, todas las conversaciones desembocaban en las andanzas del muchacho y la Francesa. Detrás del mostrador yo escuchaba una y otra vez las mismas cosas: lo que había visto Nielsen una noche en la playa, era una noche fría y sin embargo los dos se desnudaron y debían estar drogados porque hicieron algo que Nielsen ni entre hombres terminaba de contar; lo que decía la viuda de Espinosa: que desde su ventana siempre escuchaba risas y gemidos en la carpa del muchacho, los ruidos inconfundibles de dos que se revuelcan juntos; lo que contaba el mayor de los Vidal, que en la peluquería, delante de él y en las narices de Cervino... En fin, quién sabe cuánto habría de cierto en todas aquellas habladurías.

Un día nos dimos cuenta de que el muchacho y la Francesa habían desaparecido. Quiero decir, al muchacho no lo veíamos más y tampoco aparecía la Francesa, ni en la peluquería ni en el camino a la playa, por donde solía pasear. Lo primero que pensamos todos es que se habían ido juntos y tal vez porque las fugas tienen siempre algo de romántico, o tal vez porque el peligro ya estaba lejos, las mujeres parecían dispuestas ahora a perdonar a la Francesa: era evidente que en ese matrimonio algo fallaba, decían; Cervino era demasiado viejo para ella y por otro lado el muchacho era tan buen mozo... Y comentaban entre sí con risitas de complicidad que quizá ellas hubieran hecho lo mismo.

Pero una tarde que se conversaba de nuevo sobre el asunto estaba en el almacén la viuda de Espinosa y la viuda dijo con voz de misterio que a su entender algo peor había ocurrido; el muchacho aquel, como todos sabíamos, había acampado cerca de su casa y, aunque ella tampoco lo había vuelto a ver, la carpa todavía estaba allí; y le parecía muy extraño —repetía aquello, *muy extraño*— que se hubieran ido sin llevar la carpa. Alguien dijo que tal vez debería avisarse al comisario y entonces la viuda murmuró que sería conveniente vigilar también a Cervino. Recuerdo que yo me enfurecí pero no sabía muy bien cómo responderle: tengo por norma no discutir con los clientes. Empecé a decir débilmente que no se podía acusar a nadie sin pruebas, que para mí era imposible que Cervino, que justamente Cervino... Pero aquí la viuda me interrumpió: era bien sabido que los tímidos, los introvertidos, cuando están fuera de sí son los más peligrosos.

Estábamos todavía dando vueltas sobre lo mismo, cuando Cervino apareció en la puerta. Hubo un gran silencio; debió advertir que hablábamos de él porque todos trataban de mirar hacia otro lado. Yo pude observar cómo enrojecía y me pareció más que nunca un chico indefenso, que no había sabido crecer. Cuando hizo el pedido noté que llevaba poca comida y que no había comprado yoghurt. Mientras pagaba, la viuda le preguntó bruscamente por la Francesa.

Cervino enrojeció otra vez, pero ahora lentamente, como si se sintiera honrado con tanta solicitud. Dijo que su mujer había viajado a la ciudad para cuidar al padre, que estaba muy enfermo, pero que pronto volvería, tal vez en una semana. Cuando terminó de hablar había en todas las caras una expresión curiosa, que me costó identificar: era desencanto. Sin embargo, apenas se fue Cervino, la viuda volvió a la carga. A ella, decía, no la había engañado ese farsante, nunca más veríamos a la pobre mujer. Y repetía por lo bajo que había un asesino suelto en Puente Viejo y que cualquiera podía ser la próxima víctima.

Transcurrió una semana, transcurrió un mes entero y la Francesa no volvía. Al muchacho tampoco se lo había vuelto a ver. Los chicos del pueblo empezaron a jugar a los indios en la carpa abandonada y Puente Viejo se dividió en dos bandos: los que estaban convencidos de que Cervino era un criminal y los que todavía esperábamos que la Francesa regresara, que éramos cada vez menos. Se escuchaba decir que Cervino había degollado al muchacho con la navaja, mientras le cortaba el pelo, y las madres les prohibían a los chicos que jugaran en la cuadra de la peluquería y les rogaban a sus esposos que volvieran con Melchor.

Sin embargo, aunque parezca extraño, Cervino no se quedó por completo sin clientes: los muchachos del pueblo se desafiaban unos a otros a sentarse en el fatídico sillón del peluquero para pedir el corte a la navaja, y empezó a ser prueba de hombría llevar el pelo batido y con spray.

Cuando le preguntábamos por la Francesa, Cervino repetía la historia del suegro enfermo, que ya no sonaba tan verdadera. Mucha gente dejó de saludarlo y supimos que la viuda de Espinosa había hablado con el comisario para que lo detuviese. Pero el comisario había dicho que mientras no aparecieran los cuerpos nada podía hacerse.

En el pueblo se empezó entonces a conjeturar sobre los cadáveres: unos decían que Cervino los había enterrado en su patio; otros, que los había cortado en tiras para arrojarlos al mar, y así Cervino se iba convirtiendo en un ser cada vez más monstruoso.

Yo escuchaba en el almacén hablar todo el tiempo de lo mismo y empecé a sentir un temor supersticioso, el presentimiento de que en aquellas interminables discusiones se iba incubando una desgracia. La viuda de Espinosa, por su parte, parecía haber enloquecido. Andaba abriendo pozos por todos lados con una ridícula palita de playa, vociferando que ella no descansaría hasta encontrar los cadáveres.

Y un día los encontró.

Fue una tarde a principios de noviembre. La viuda entró en el almacén preguntándome si tenía palas; y dijo en voz bien alta, para que todos la escucharan, que la mandaba el comisario a buscar palas y voluntarios para cavar en los médanos, detrás del puente. Después, dejando caer lentamente las palabras, dijo que había visto allí, con sus propios ojos, un perro que devoraba una mano humana. Me estremecí; de pronto todo era verdad y mientras buscaba en el depósito las palas y cerraba el almacén seguía escuchando, aún sin poder creerlo, la conversación entrecortada de horror, perro, mano, mano *humana*.

La viuda encabezó la marcha, airosa. Yo iba último, cargando las palas. Miraba a los demás y veía las mismas caras de siempre, la gente que compraba en el almacén yerba y fideos. Miraba a mi alrededor y nada había cambiado, ningún súbito vendaval, ningún desacostumbrado silencio. Era una tarde como cualquier otra, a la hora inútil en que se despierta de la siesta. Abajo se iban alineando las casas, cada vez más pequeñas, y hasta el mar, distante, parecía pueblerino, sin acechanzas. Por un momento me pareció comprender de dónde provenía aquella sensación de incredulidad: no podía estar sucediendo algo así, no en Puente Viejo.

Cuando llegamos a los médanos el comisario no había encontrado nada aún. Estaba cavando con el torso desnudo y la pala subía y bajaba sin sobresaltos. Nos señaló vagamente en torno y yo distribuí las palas y hundí la mía en el sitio que me pareció más inofensivo. Durante un largo rato sólo se escuchó el seco vaivén del metal embistiendo la tierra. Yo le iba perdiendo el miedo a la pala y estaba pensando que tal vez la viuda se había confundido, que quizá no fuera cierto, cuando oímos un alboroto de ladridos. Era el perro que había visto la viuda, un pobre animal raquítico que se desesperaba alrededor de nosotros. El comisario quiso espantarlo a cascotazos pero el perro volvía y volvía y en un momento pareció que iba a saltarle encima. Entonces nos dimos cuenta de que era ese el lugar, el comisario volvió a cavar, cada vez más rápido, era contagioso aquel frenesí, las palas se precipitaron todas juntas y de pronto el comisario gritó que había dado con algo; escarbó un poco más y apareció el primer cadáver.

Los demás apenas le echaron un vistazo y volvieron enseguida a las palas, casi con entusiasmo, a buscar a la Francesa, pero yo me acerqué y me obligué a mirarlo con detenimiento. Tenía un agujero negro en la frente y tierra en los ojos. No era el muchacho. Me di vuelta, para advertirle al comisario, y fue como si me adentrara en una pesadilla: todos estaban encontrando cadáveres, era como si brotaran de la tierra, a cada golpe de pala rodaba una cabeza o quedaba al descubierto un torso mutilado. Por donde se mirara muertos y más muertos, cabezas, cabezas.

El horror me hacía deambular de un lado a otro; no podía pensar, no podía entender, hasta que vi una espalda acribillada y más allá una cabeza con venda en los ojos. Miré al comisario y el comisario también sabía, nos ordenó que nos quedáramos allí, que nadie se moviera, y volvió al pueblo, a pedir instrucciones.

Del tiempo que transcurrió hasta su regreso sólo recuerdo el ladrido incesante del perro, el olor a muerto y la figura de la viuda hurgando con su palita entre los cadáveres, gritándonos que había que seguir, que todavía no había aparecido la Francesa. Cuando el comisario volvió caminaba erguido y solemne, como quien se apresta a dar órdenes. Se plantó delante de nosotros y nos mandó que enterrásemos de nuevo los cadáveres, tal como estaban. Todos volvimos a las palas, nadie se atrevió a decir nada. Mientras la tierra iba cubriendo los cuerpos yo me preguntaba si el muchacho no estaría también allí. El perro ladraba y saltaba enloquecido. Entonces vimos al comisario con la rodilla en tierra y el arma entre las manos. Disparó una sola vez. El perro cayó muerto. Dio luego dos pasos con el arma todavía en la mano y lo pateó hacia adelante, para que también lo enterrásemos.

Antes de volver nos ordenó que no hablásemos con nadie de aquello y anotó uno por uno los nombres de los que habíamos estado allí.

La Francesa regresó pocos días después: su padre se había recuperado por completo. Del muchacho, en el pueblo nunca hablamos. La carpa la robaron ni bien empezó la temporada.

(*Infierno grande*)

MARVIN

GUSTAVO NIELSEN

Antes de bajarse de la moto, el hombrecito se sacó el casco y lo dejó colgando del manubrio. Era una moto vieja, pintada de negro con esmalte sintético, y traía enganchado un tráiler con ruedas de bicicleta del que asomaban cartones de colores. Cuando se acercó a la puerta de la escuela vi que tenía labio leporino. Una línea diagonal le partía la sonrisa en dos curvas desparejas e incomunicadas, lo que hizo que tardara en agradarme.

Me había pasado media mañana tratando de que Anita respondiera alguna pregunta, y tratando también de que sus compañeros la dejaran tranquila. Llevo cuarenta y dos años de docencia. Aquella tarde llevaba apenas tres, y sin embargo ya sabía que en el campo las diferencias recrudecen. Un perro rengo en un trigal tiene la cabeza destinada al tiro. Y Anita, pobre, era la más dura de la clase.

El primer pueblo quedaba a veinte kilómetros. Los chicos llegaban a caballo, en sulki, alguno en auto. Salvo los que llegaban en auto, el resto venía por el guiso. La cocinera era la mamá de Anita. Cortaba las verduras y la carne en pedazos minúsculos, y a todo le ponía hongos. Eran unos sombreros marrones muy ácidos que igualaban el color y el sabor de todos los platos. Así la buseca no tenía diferencia con la sopa de lentejas. La mamá de Anita era una señora gorda y terca que andaba siempre de alpargatas. Hablaba de su hija como quien habla de una extraña. «No hay caso, es sorda a lo que uno le mande», explicaba dándole sopapitos de cariño en la cabeza. «Si sigue así no va a servir ni para poner la mesa del patrón, vea».

Ese día, los chicos habían estado particularmente dañinos con Anita. Tuve que mandar uno afuera. Era invierno. Miré por la ventana; el nene, Gastón, estaba temblando. Entonces apareció el hombrecito de la moto. Vi cómo le daba la mano al nene, la inclinación que hizo. Volví la cabeza hacia la clase y hacia la pregunta de la mamá de Anita. Era increíble que aquella mujer viera a su hija llorando y se preocupara por si le ponía o no cebollas a la salsa. Habían escupido a Anita en la cabeza. Lo noté cuando la abracé. El calor de sus ocho años se hacía un ovillo contra mis pechos y mi vientre. Iba a pasar de grado porque todos pasaban. Así es en las escuelas rurales. Así iba a ser allí, en esa única aula perdida en medio del campo. Y que vinieran las inspectoras.

—Más cebolla y menos hongos —le dije.

El hombrecito tocó dos veces en el vidrio. Se restregaba las manos. Salí.

—Gastón, podés entrar. —El nene pateó una piedra.— ¿Sí?

—Soy mago —dijo el hombrecito.

Tiraba vapor caliente sobre sus manos. El vapor le salía como una columna de humo por debajo de la cicatriz. Las manos eran finas, no llevaba anillos ni reloj.

—¿Y? —le pregunté.

—Voy por las escuelas —agregó—, haciéndoles un acto a los alumnos...

El tráiler quedaba en aquella moto más extraño que aquel labio en su cara.

—¿Cuándo?

—Ahora.

Le dije que ahora no podía ser, porque estaba dando clase. Pareció desilusionarse. Miró a los chicos, que por un segundo se habían quedado quietos y callados.

—Si quiere vuelvo en el recreo... O vengo después.

Abrió las manos y la boca. Los dos segmentos de su labio superior viborearon.

—¿Después cuándo?

Levantó los hombros. No iba a volver.

—Está bien —dije—. Pero espere a que terminen la redacción. Entre, que hace frío.

Él asintió. Frotó sus manos entumecidas y caminó hacia el tráiler. Descargó los cartones. Llevaba una galera pintada con la misma pintura que le había sobrado de pintar la moto.

—¿Dónde puedo armar? —preguntó.

—En la cocina.

Lo acompañé hasta la puerta. La cocinera estaba de espaldas. Al volver, los chicos le habían robado el cuaderno a Anita.

—Cerramos los ojos y el cuaderno aparece solo —les dije.

—Fue él, fue él —gritaba Anita.

Entorné los párpados. Por el lado contrario al que señalaba Anita, una nena de primero le arrojaba el cuaderno.

—Silencio —pedí.

En la puerta del aula estaba parada su mamá. «¿Quién es ese señor? Habráse visto; me dio un beso y se robó una manzana. Le dije que saliera inmediatamente, pero me dijo que lo mandaba usté.»

—Digalé que venga.

Abrí el cuaderno de Anita en la página de la redacción. Alguien lo había pisado. La suela, como un sello, se montaba sobre los renglones y la letra infantil. Ella había alcanzado a escribir «La vaca es *vuena* para comer»; le corregí la falta y busqué una página en blanco.

—Me echaron —dijo el hombrecito.

Señalé un banco vacío para que se sentara. Él volvió a salir y entró con dos cajas armadas, que apoyó sobre el suelo. Una era dorada y decía «Marvin»; la otra era roja con dragones. Apoyó la galera sobre un dragón horizontal y los otros cartones contra la pared. Antes de sentarse exhibió su palma vacía, arremangándose la camisa; hizo un sacudón de dedos en el aire y apareció una flor. Un clavelito. Gastón se acercó al mago y este le sopló algo al oído. Gastón vino hasta el frente y me entregó el clavel. Marvin me guiñó un ojo. Pensé que no tendría que haber aceptado que entrara. Todos los chicos, menos Anita, estaban pidiéndole cosas. La mamá de Anita volvió a aparecer, furiosa, delante de la puerta.

—Digalé que dónde me escondió las cebollas.

Rebotaba la punta de su alpargata derecha sobre el piso de cemento. Marvin levantó las cejas en cuanto lo miré.

—Habrán desaparecido —dijo. Los chicos largaron carcajadas y un avión de papel. La mamá de Anita se volvió rezongando.

—Está bien —me rendí—. Ganó. Haga su acto.

—Biennnn —gritaron los chicos, menos Anita, que se comía las uñas y los mocos de adentro de las uñas. El mago pasó al frente entre aplausos y silbidos. Pidió silencio para poder terminar de armar las cajas.

Me senté en su lugar. El único varón de tercero, uno que venía con el pelo peinado a la gomina, chifló como si llamara a su caballo. Los cubos de Marvin eran seis. Apiló tres, uno sobre el otro formando una torre de la altura de un chico. Abrió las tres puertitas y vimos que el interior estaba comunicado, como un pequeño cofre de pie. Se puso la galera.

—Esta es una prueba que vengo haciendo en todas las escuelas, desde Azul. Es la magia de la multiplicación de las cabezas. ¿Ustedes creen en eso?

—Síiii —contestaron.

—Yo no —le dije.

—¿Usted no? —preguntó—. Qué extraño. Una maestra debería creer en la multiplicación de las cabezas...

—No creo porque no sé de qué se trata.

—Fácil —dijo—. Es una teoría.

—Shhhhh —pedí silencio por él.

Gastón, que se había parado sobre el pupitre, gritó: «¿qué te hiciste en el labio?». Le dije que se sentara. No me hizo caso.

—Esta es mi teoría —comenzó Marvin—. Todo el mundo tiene más de una cabeza, muchas, tal vez. Un chico puede tener una cabeza para enamorarse, otra para pensar en sus papás, otra para jugar y otra para comer o dormir. En este caso tendría cuatro cabezas.

—Cinco —dijo la chica que estaba por recibirse de séptimo.

Marvin contó con los dedos.

—Si la que usa para comer es distinta a la que usa para dormir, es cierto, cinco cabezas.

Al decirlo se agarraba la suya como si quisiera levantarla del cuello.

—Yo tengo una sola —gritó María, una nena con trencitas paradas.

—Pero con dos antenas, lo que tal vez quiera decir que tenés dos cabezas: una para cada trenza.

—No —se enojó ella. El mago le sonrió con su boca extraña. Al hacerlo conseguía que los chicos se tranquilizaran brevemente. Todos menos Anita, que era de por sí tranquila, y apoyaba la mejilla derecha sobre la blandura de su brazo.

—¿Quién de todos ustedes tiene más de una cabeza?

—¡El Cholo! —gritaron varios al mismo tiempo. El Cholo era la versión masculina de Anita, pero ya había pasado a sexto, tenía catorce años y un cuerpo enorme coronado por una gran cabeza barbada.

—¡Doble cabeza! —gritó el mago, y todos, menos el Cholo y Anita, se rieron. Incluida yo.

—¡La seño! —gritó la de séptimo.

—¡Tres cabezas! ¡La señorita tiene tres cabezas! —continuó Marvin, levantando las manos. Agarró el puntero de varita—. Tres cabezas es bastante, pero no suficiente. Silencio, por favor. A ver... a ver... Siento que en esta escuela hay alguien que tiene una cabeza más, alguien con cuatro... A ver... —empezó a pasearse entre los pupitres.

—¿Por qué tenés eso así...? —insistió Gastón.

—¿Así cómo? —se detuvo Marvin.

—Roto ahí.

—Para tener dos bocas. Un buen mago debe tener dos bocas: una para anunciar el truco y otra para callar la trampa. Yo las llevo separadas por esto —se señaló la herida—, así me aseguro que funcionen correctamente. Con las cabezas a veces no pasa. En ocasiones uno tiene varias cabezas pero no están muy conectadas con el cuerpo, ni siquiera la que se ve, la que se usa para pasar el pulóver. Sucede, sobre todo, si el número pasa de tres.

Dio la vuelta por el último banco y me dedicó una sonrisa con sus dos bocas. Actuar lo volvía lindo. Convertía el defecto de su cara en algo especial. Caminó despacio hacia el frente.

—Ya está —dijo—. Ya la ubiqué. Cuatro cabecitas... ¿Nombre?

Los chicos comenzaron a abuchear. Anita levantó la vista porque la varilla del puntero la había elegido. Miró al mago con sueño. Estuve a punto de detenerlo.

—¿Nombre? —me preguntó.

—Anita —dije.

Ella se paró y, sin mirarme, pasó al frente. Los chicos dejaron de abuchear. Me pregunté cuánto mal podía hacerle aquella intromisión, pero Marvin ya la había ubicado adentro de la torre de cajas. Todo fue muy natural. A ella parecía gustarle. El Cholo disparó un bollo de papel que sonó contra el pizarrón. El mago se agachó a recogerlo.

—Nos mandan un mensaje, Anita —dijo él, desplegando el bollo—. El doble cabezota te desea suerte en la operación.

Ella sonrió. «No le deseo nada», gritó el chico. Le hice señas para que se sentara y se callara la boca. Marvin le preguntó a Anita si se sentía bien.

—Sí —respondió ella.

Él cerró cuidadosamente las dos puertas de las cajas inferiores. La cabeza le asomaba por la última puerta abierta.

—¿Seguro?

Anita subió los hombros, que no se le vieron, pero como la cabeza bajó un poco, me pareció. «Mientras no entre la madre», pensé. Crucé los dedos.

—Bien —dijo Marvin—. Anita tiene, si no me equivoco, una gran capacidad para el pensamiento y una imaginación prodigiosa, sólo que no las ha desarrollado aún, porque es chiquitita. ¿Cuántos años tenés?

Ella asomó ocho dedos por sobre la puerta.

—Claro, ocho... Y cuatro cabezas, ¿les dije?

—Sí —contestaron los chicos.

—Sólo que no se le notan, porque nadie las conectó. Toc-toc —hizo con los nudillos sobre la caja—. ¿Está en cortocircuito esta cabeza?

—Síiiii —gritaron sus dos únicas compañeras.

—Le estoy preguntando a ella. ¿Le salen chispas cuando piensa, señorita?

—No sé —contestó ella.

—Ah, no sabe. Bueno... ¿Le molesta si cierro la puerta?

—No —dijo.

Yo pensé que iba a llorar en cuanto la dejara a oscuras. Él cerró la puerta. Los chicos abrieron muy grandes los ojos. Podía oírse la respiración de los pequeños pulmones. Me paré.

—¿Te sentís bien, Anita? —le dije. El mago me hizo una seña. Levanté la voz.

—Sí —dijo ella. Su afirmación surgía como desde adentro de un pozo. Me volví a sentar. Estaba muy nerviosa, y lo que pasó después me sorprendió tanto que no supe nunca, en ninguno de los momentos del acto, qué hacer. El mago fue el dueño de la atención de todos cuando comenzó a girar la caja de más arriba sobre las de abajo. Usaba ambas manos para hacer suponer que estaba desenroscando la cabeza de Anita con mucho trabajo. El labio se le plegaba al medio, a causa del esfuerzo fingido. De algún lado sacó una chapa negra y la metió por donde ella tendría el cuello. Separó la caja de arriba y la llevó hasta el escritorio. Las miradas de los chicos y la mía también se posaron ahí. Sobre el piso había quedado una torre más pequeña. Los chicos empezaron a pararse. Marvin dio unos golpecitos en la tapa de la caja que estaba sobre el escritorio. Preguntó:

—¿Todavía estás ahí?

Nadie le contestó.

—Te estoy preguntando a vos, Anita: ¿estás bien, linda?

—Sí —dijo su voz, desde adentro. El mago hizo unos pases de puntero. Cuando abrió la tapa, los chicos que estaban de pie retrocedieron un paso.

—Hola —dijo Anita.

Aunque no era Anita, sino la cabeza de Anita, separada de su cuerpo e increíblemente ubicada arriba de mi escritorio.

—¿Te duele?

—Nada.

—¿Tu cuerpo está bien?

—Mnnnnn —dijo ella.

—¿Eso es sí?

—Sí.

—¿Querés algo?

—¿De qué?

—Alguna cosa; si querés saber algo...

—No.

—Entonces no te muevas —dijo él, y volvió a cerrar la puerta. Buscó las tres cajas vacías que había dejado en el suelo, al principio del acto. Puso una a la derecha y dos arriba, formando un prisma mayor. El silencio del aula podía cortarse con un abrecartas. Se paró delante de las puertas. Abrió la de antes. Anita seguía ahí. Abrió la del costado y las dos de arriba. Cuatro cabezas.

—Uau... —dijeron las bocas de los catorce chicos.

—Hola —repitió Anita, ahora por cuadruplicado.

Crucé los dedos más fuerte para evitar que la madre entrara a avisar «el almuerzo está servido» y viera a su hija decapitada, multiplicada, inexplicablemente sonriente.

—Esto no es magia —dijo Marvin—, es lo que había dentro de Anita. Yo no hice otra cosa que sacarlo afuera, para que ustedes también lo pudieran ver. Aunque existe un problema.

—¿Cuál? —pregunté. Los chicos me miraron.

—El desorden —me contestó—. El problema de Anita es el desorden. Las cabezas en Anita no están puestas como verdaderamente deben estar. Por causas ajenas a ella, extraviaron sus caminos y rotaron entre sí en sus posiciones. Es igual que si él, ¿cómo te llamabas?

—Gastón.

—Es como si Gastón se sentara en el asiento de Anita, y ella en el de él.

—No podría tirarle más tizas —dijo Gastón.

—A lo mejor ella te tiraría tizas a vos.

Anita oía las explicaciones sin hacer un gesto. Miré el reloj. Eran las doce menos cinco. A las doce entraría la mamá por esa puerta, y la pobre era tan bruta. Le avisé al mago con un sacudón de mano, para que se apurara.

—Supongamos, Gastón, que todas las cosas estuvieran cambiadas... Las tizas, en lugar de estar en el pizarrón, estarían en la caja de primeros auxilios, y las curitas en el pizarrón.

—¡No se podría escribir! —gritó el del pelo engominado.

—¡Ni curar! —completó la de las colitas.

—No tendríamos más remedio que ordenar todo —dijo el mago—. O aprender a curar con tizas y a dibujar con tela adhesiva y gasas.

Algunos se rieron. Él cerró las cuatro puertas de las cajas, una por una. Y agregó:

—Por eso voy a mezclar las cajas, para que todo vuelva a estar en orden. Las curitas en el botiquín y las tizas en su lata. Y a cada cabeza su lugar preciso.

Sacó la de arriba, la puso abajo, la de la izquierda a la derecha; dudó, volvió a cambiar las de arriba.

—Ya está —dijo.

Yo había seguido con atención los movimientos. Por algo él no había movido la primera de todas, la de abajo a la derecha. Abrió esa puerta. Anita seguía allí.

—¿Notan alguna diferencia?

—No —dijimos.

—¿Vos? —le preguntó.

—No —contestó Anita.

El mago otra vez le cerró la puerta en la cara, bajó las otras tres cajas al piso y volvió la primera sobre las dos que contenían el cuerpo de Anita. Quitó la chapa negra. Simuló nuevamente el esfuerzo desmesurado de volver a atornillarla.

—Nadie lo notó —dijo—, pero ya lo van a notar. Anita tiene las cabezas conectadas de nuevo. Eso es tan importante que, si no lo advierten, es porque las de ustedes están mezcladas, y tal vez sean imposibles de reparar. En la de ella se terminó la confusión.

Abrió las puertas de las cajas simultáneamente, como si fueran un solo paño. La nena salió caminando. La mamá se asomó al grado, miró al mago y a sus objetos con desprecio y dijo:

—A comer, polenta con tuco *sin* cebollas.

Los chicos se levantaron, empujándose. Salieron hacia el comedor. Anita se sentó en su pupitre. Me acerqué a Marvin, que ya estaba desarmando todo.

—¿Cómo lo hizo?

—Espejos —dijo él, inclinado sobre las cajas. Desplegó un cartón en dos; el lado interno era reflectante. Salió del aula con el equipo completo para acomodarlo en el tráiler. Cambió la galera por el casco.

—¿No se queda a comer? —lo invité.

—No creo que quiera la cocinera. Además, me esperan a las cuatro en Olavarría.

—El puntero es mío.

—Ah, sí.

—Estuvo excelente —lo felicité. Tenía la mano helada—. La verdad es que fue asombroso.

—Gracias.

—¿Va a volver?

—¿Para qué, si ya lo vieron?

—¿Es el único truco que sabe?

—No, sé otros. Pero el gobierno me paga para que haga este. Cuando me pague por los otros, a lo mejor...

Se subió a la moto. Dio tres patadas a un pedal para poder arrancarla.

—Gracias otra vez.

—A usted —dijo.

Giró ayudándose con los pies antes de salir por la carretera de tierra. Entré al aula y cerré la puerta. Anita seguía sentada en su pupitre.

—¿No tenés hambre? —le pregunté.

Hizo que no con la cabeza. Con las cuatro cabezas en una. Me arrodillé a su lado.

—¿Y, qué te pareció?

—Extraño, pero formidable —dijo.

Las novedades se fueron descubriendo poco a poco, a lo largo del tiempo. Yo no pude explicarme cómo, pero aquella nena un tanto deficiente, había recobrado la capacidad de relacionarse y aprender. Comenzó a leer de corrido y a escribir sin faltas. Le presté los libros que tenía. Si alguno de los otros chicos iba mal en los deberes, ella lo ayudaba. Estaba en cuarto y resolvía los problemas de séptimo. Le dictaba una oración y Anita marcaba sujeto y predicado, verbo, objeto directo. Era la única que había memorizado el total de las tablas de multiplicar. Los compañeros empezaron a respetarla. Sólo la madre se quejó.

—Le está enseñando mucho a la Anita, así se aviva y no me va a trabajar del patrón. Así se me va a ir.

De eso se trataba. Yo misma la recomendé a una de las inspectoras para que le consiguiera una beca en el secundario de Necochea. Anita entró con el mayor de los puntajes al Instituto que quedaba frente a la plaza. Después, por un tiempo, le perdí el rastro.

Las cosas en la escuela no volvieron a ser lo que eran. Los chicos cada vez me daban más trabajo, y yo extrañaba a Anita. La mamá se me puso tan en contra que tuve que despedirla. Tiraba cenizas y hasta colillas de cigarrillos en la comida. La vi irse desde la misma ventana por la que había visto llegar al mago. Siempre esperé que él volviera a aparecer. Pasaron cinco años y la que volvió fue ella. Estaba arrepentida por lo de los cigarrillos y necesitaba trabajar otra vez, porque no tenía plata. Había adelgazado mucho y estaba llena de arrugas. Le dije que iban a darme un pase al sur, a una primaria que no tenía comedor. Los alumnos tendrían que comer en el grado. Imaginé los cuadernos con los lamparones de tuco. Ella me dio la razón. Le hice prometer que no haría más desmanes, antes de recomendarla con la maestra nueva.

Le pregunté si tenía noticias de Anita y me mostró tres sobres. Abrí el primero que me indicó y leí la carta delante de ella, en voz baja. Anita se había recibido con medalla de oro y estaba por partir hacia la Capital, a estudiar abogacía. «Estará orgullosa», le dije. «Espere a ver», dijo ella, seria. Me dio la segunda, a la que le había sacado el sobre. Anita se había puesto de novia con un aspirante a ingeniero agrónomo.

—El campo tira, ¿eh? —le dije, cómplice.

—Me ilusioné igualito que usté... No se ponga contenta antes de leer la tercera.

En la última carta el amor no había resultado. Los estudios iban bien. Abogacía era una carrera interesante y sencilla para Anita.

—Me salió descocada —dijo la mujer.

Solamente había saludos para su madre y preguntaba cómo seguían las cosechas.

—Bien, gracias —dije, bajito. Ensobré los papeles.

Era la tarde de mi último día en la escuela. La mujer guardó las cartas en un bolsillo de su batón y nos quedamos mirando el sol, más rojo que nunca sobre las espigas de trigo.

Envejecí, es cierto, pero eso porque me pasaron a Inspectora General. De una escuela fui a otra, a otra, a otra y finalmente a La Plata, donde decidieron mi conversión. Yo no quería. Volví a ir a todas las escuelas, pero ahora me quedo sólo un día en cada una. Cada vez que veo a una maestra de veinte, veinticinco años, me veo a mí misma antes de las arrugas y las patas de gallo. Pensar que yo también levantaba la pechera del guardapolvos cuando erguía la espalda frente a la clase. Hoy lleno planillas, reviso notas, hago preguntas fáciles al alumnado.

Aquel mediodía me habían invitado a almorzar, lo que no pasaba muy seguido. Era una escuela de Tandil, con un patio cuadrado con estandarte y bandera, y una kichinet donde trabajaba una empleada china. Hacía calor.

—¿Le gustan las endibias? —preguntó la china.

—Mucho —le dije.

Me apoyé en la ventana que daba hacia afuera. El paisaje no era el mismo de siempre: además de los girasoles, trigales y cielo había sierras; había una moto. Un tráiler. La moto con el tráiler con ruedas de bicicleta, cargado de cartones. Estaba casi igual; sólo le había agregado un cartel de chapa brillante por encima del faro que decía «El Maravilloso Marvin». O sea que ahora, además, era maravilloso. Volví la cabeza hacia la puerta. Los chicos estaban en recreo. La maestra conversaba con alguien que, desde allí, yo no alcanzaba a ver.

—¿Y el ajo, señora? ¿Le gustan los ajos bien picados?

—Shhh.

Me asomé. El hombrecito se sacó el casco. Tenía algunas canas, el pelo más crecido y estaba despeinado. No alcancé a oír de qué hablaban, porque la maestra entornó un poco la cabeza al sentirse observada y me tuve que ocultar. Una de las ollas reflejaba mi cara vieja, un mapa de todos estos años. De tanto pararse sobre la tierra, con el tiempo a una se le pone la cara de la tierra. Volví a acercarme a la ventana.

Esa maestra tenía que decidirlo por su cuenta, estaba claro. Me acordé de Anita. La imaginé recibida de abogada con el mejor promedio, en su estudio de la Capital, defendiendo a la gente de la intolerancia de la gente. Crucé los dedos. No me había fijado si Marvin conservaba aún el defecto del labio. Hizo un amago de bajar los equipos, de espaldas a la ventana. Eran las mismas cajas doradas y rojas. Colgó el casco en el manubrio y volvió a entrar al aula con las manos vacías, respondiendo a un llamado de la maestra. Tenía una mano sobre la cara, por lo que tampoco pude verle la cicatriz. No se oía nada por el ruido de los chicos, que gritaban en el patio.

—¿Y chorizo colorado, le pongo?

—¿A ver?

Me arrimé a la olla. Las verduras flotaban en una tinta roja. La campana sonó. Los chicos bajaron el volumen de sus juegos. Se ordenaron uno detrás del otro, en fila india. La maestra tomó de la mano al primero, que era albino. El siguiente en la fila le pegaba con una regla de plástico en la cabeza. Me apuré para meterme en el aula cuando escuché el ronroneo del caño de escape.

—¿Y el hombre? —le pregunté.

La fila india se interpuso entre la pregunta y mi camino; entre la señorita que dijo «bueno, como estábamos en clase...» y un gesto raro hecho con el índice y el pulgar de la mano derecha en el que se pinzó el labio superior casi en el centro; entre los deseos de esa veinteañera que hubiera preferido presenciar la función y la severa presencia de la Inspectora General. Salí corriendo hasta la ruta. El casco del hombrecito se alejaba y se hundía, cuesta abajo, en el horizonte del pavimento gris.

(*Marvin*)

EUCALIPTOS MUERTOS
Y QUEMADOS POR EL RAYO

PATRICIA SUÁREZ

«¿Cómo has venido hasta aquí merodeando?, dime.»
«Porque el amor es dulce», le contesta.
EMILY DICKINSON

Él me llamaba para decirme que me quería. Yo ya sabía que me quería, venía sabiéndolo, pero no me atrevía a contestarle. No le contestaba, me quedaba estática con el tubo en la mano, sin poder articular palabra, y eso que yo sabía que él me quería. Me había mandado *La Muerte en Venecia* en una edición lujosa, con tapas de cuero, filigranas y papel biblia. Solamente alguien que me quisiera podía enviarme un libro así, un libro que yo amaba desde la primera vez que lo leí, en una ruinosa biblioteca, y que había venido leyendo más o menos una vez por año, porque tenía la propiedad especial, ese libro, de tranquilizarme. Únicamente podría habérmelo mandado alguien que me quisiera, y yo no dudo que él me quería bien. Siempre estaba enviándome libros, y una vez, hasta me regaló un par de aros de coral, que me fascinaron, yo nunca jamás antes había visto el coral. Eran colorados, y él me explicó, me lo explicó a los días que llegó el paquete, que el coral colorado significa pasión, y pasión era lo que él sentía por mí. Claro que de todos los regalos, yo prefería los libros, y él lo sabía. Él sabía prácticamente todo de mí, era lo que yo sentía cada vez que levantaba el teléfono y estaba su voz pálida, anhelándome. Me había mandado *La Muerte en Venecia*, y también libros de Tolstoi y Flaubert, y de Quevedo. De Quevedo me envió *La hora de todos o la Fortuna con seso*, y yo me divertí, me divertí tanto leyéndolo, que fue la única vez que casi me animo a decirle algo. A decirle que él, el hombre que me hablaba por teléfono desde muy lejos, era mi única conexión, mi puente con el mundo. Que yo lo necesitaba con desesperación, tanto como él decía necesitarme a mí. Sin embargo, por la noche, cuando él llamó, yo permanecí en silencio, mordiéndome los labios. Yo, que me moría de ganas por agradecerle el envío de libros, de tantos libros, que aquí no había forma de conseguir, no llegaban a la isla. Había habido libros en alemán, al principio. Después fueron quemados. Mi padre alzó una fogata de libros, de los libros escritos en una complicada letra gótica, en idioma alemán. Los quemó como se quemaron todas las cosas que tuvieran que ver, que habían tenido que ver con Alemania. Ni siquiera la lengua aprendimos. Ni mis hermanos ni yo. Ninguno. Excepto Fausto. Sabíamos, por ejemplo, la palabra araña. Spinner. La conocíamos porque hacía referencia a una asociación, la Asociación de la Araña, Die Spinner. Mi padre solía hablar con mucho respeto de La Araña, aunque jamás decía La Araña, pronunciaba Die Spinner, con su acento bávaro, un acento, una voz que nacía en el interior de sus fosas nasales, y salía de allí, el aire salía de las fosas nasales de mi padre impetuoso, salía como si hubiera pertenecido a un dragón el terrible acento bávaro. Die Spinner era, había sido la única palabra en alemán que pronunciaba mi padre. Recién cuando se puso viejo, la senilidad lo confundía de vez en cuando, y al hablar de mi madre, del recuerdo imborrable que había dejado mi madre en su vida, se confundía, y la llamaba Vera, y no Martina. Vera Huss, que fue su nombre, hasta la fuga, hasta la época de la fuga de Alemania, allá por el cincuenta, y cambió su nombre por el de Martina, más autóctono creía ella. La única Martina tan gorda y blanca y rubia que ha existido y existirá en la isla. Aparte de mí, claro. Que soy un poco como ella, según mi padre. No sé cómo puedo parecerme a ella, a mi madre, cuando ella, mi madre, la Srta. Vera Huss, tocaba el piano del día a la noche, era concertista, en Berlín, para la gente culta. Después se arruinó las manos, los dedos, esas manos tan especiales que dicen que poseen los pianistas; largas y finas. Debíamos lavar la ropa en el río, contra unas piedras, por eso se arruinó las manos. En aquel tiempo, yo preguntaba, siempre he estado preguntando lo mismo, mi vida toda no es sino el eco constante de una sola pregunta: ¿Por qué dejamos Alemania? ¿Por qué dejaron Alemania? Al principio no me contestaban. Mi madre se encogía de hombros o miraba a lo lejos, a la otra orilla del río, a la ciudad. Miraba el río con sus ojos celestísimos, transparentes, ojos iguales a los que tenemos todos, nosotros, mis hermanos y yo. Excepto Fausto. Todos mis hermanos menos Fausto, que era el Oscuro. De todos nosotros, Fausto no era como nosotros, era el Oscuro, él fue el que intentó explicarme, que si nos hubiéramos quedado, si ellos, mi padre y mi madre se hubieran quedado tan parsimoniosamente en Alemania, a mi padre lo hubieran ahorcado. Me pregunté, me preguntaba tantas veces cuando el hombre que decía quererme me llamaba, me pregunté si él sabría, si él conocería la historia, si él conocía el hecho de que mi padre hubiera sido ajusticiado en Alemania, si se quedaba. Él, el hombre que me llamaba, sabía todo de mí. Sin embargo, yo temía, yo tenía el temor, un temor que no me dejaba respirar, que anidaba en mi pecho como un pájaro flaco, de voz aflautada, un pájaro largo y fino como las manos de los pianistas que, según dice, son tan especiales, como las habría tenido mi madre, allá en Berlín, cuando se llamaba Vera Huss y tocaba el piano. O no. El temor era una araña, Die Spinner, tejiendo su tela en los bordes de mi respiración, en los bronquios. Me decía, el temor me decía, me dictaba, que tal vez el hombre que proclamaba quererme llamándome desde muy lejos, no venía, no era sino un enviado que venía a sacar a mi padre de su sillón de mimbre. A pesar de sus años, de los años que pasaron desde que llegó de Alemania, además del pasaporte argentino que le entregó en la mano un funcionario enjuto que decía que los papeles venían autorizados desde arriba, lo decía un funcionario falto de gordura y con su dentadura nívea, que le entregó a mi padre el pasaporte, el documento argentino donde él pasó a llamarse distinto, Eugenio se llamó, Eugenio Sterba. Pobre mi padre, que casi no podía pronunciar su propio nombre, su terrible acento bávaro le impedía decir Eugenio, su acento, su origen, quemaba la ge de Eugenio, la aspiraba. Sospechaba, yo sospechaba entonces del hombre que me llamaba, suponía que luego de todos estos años, vendría a levantar a mi padre de su sillón de mimbre, después del largo silencio de los años, vendría este hombre que decía que me amaba, pero quizá no me amara en absoluto, vendría con la canina ambición de levantarlo del sillón de mimbre donde estaba sentado murmurando palabras huecas, sin fondo, palabras en un castellano relamido, mal traducido, diría yo. Para llevárselo a la justicia, a lo que el hombre que me llamaba podía creer que era la justicia: un tribunal, una pantomima, y la horca. Y, ¿quién podría? ¿Quién podría juzgar lo que vive fuera del entendimiento? La horca sí, la horca entendería. Forraban las sogas con suave piel de becerro, me lo ha dicho Fausto, para que no dañaran el cuello de los ajusticiados. La fábrica de un tal John Edgington, en Inglaterra, mandó cuarenta cuerdas de cáñamo italiano para las tres horcas que se levantaron en Núremberg. A lo mejor el hombre que me llamaba, que me quería, buscaba a mi padre. Lo pensaba, porque cuando el teléfono era atendido por uno de mis hermanos, por cualquiera de mis hermanos excepto Fausto que es el Oscuro, el hombre decía, ordenaba: Noth, páseme con la chica. Era el único que sabía, que conocía el nombre Noth, el antiguo apellido, aquel con el que mi padre se había paseado por las filas de sus soldados. Noth, páseme con la chica, decía, ordenaba el hombre que me llamaba, y el pájaro, el cuervo que anidaba en mi pecho, o la araña, die Spinner, de pronto se debatían dentro mío, provocaban espasmos en mis bronquios, y mi respiración silbaba. Silbaba, y apenas si yo podía responder con un sibilante, ¿Si? A Fausto, que era el Oscuro de nosotros, el hombre que me llamaba no le decía ni una palabra. Aunque, Fausto sabía que era él, el hombre que había enviado los libros y el coral, que llamaba Noth a mis otros hermanos, y a él, a Fausto no, porque Fausto era el Oscuro. Mi padre lo había hecho así, mi padre confiaba en él, confió en él desde siempre, debido a su oscuridad. Era Fausto el que iba y venía de la isla a la ciudad, el que vendía la miel, el que traía hebillas de nácar para el pelo de mi madre, y el broncoespasmódico para mí. Fausto el Oscuro, el hijo de mi padre, más hijo de mi padre que todos nosotros, que nos quedábamos acá, en la isla, entre los eucaliptos muertos y quemados por el rayo, nos quedábamos viendo al dichoso Fausto ir y venir de la ciudad, gracias a la fortuita oscuridad de su tez y su pelo enrulado, su pelo de cordero; y nosotros, los Noth, sintiéndonos más Noth que nunca, más Noth que él, por lo menos, apiñados en la isla como enfermizas y temblorosas ratas blancas. Páseme con la chica, Noth, eran las palabras que el desconocido repetía cuando cualquier otro de mis hermanos, excepto Fausto, atendía el teléfono. Mi padre no atendía, mi padre ya no andaba, no se levantaba de su sillón de mimbre. Musitaba cosas, palabras para sus adentros, o murmuraba el día entero, de suerte que a fuerza de pasar a su lado y escucharlo, al final de la jornada, se tenía la impresión de que él emitía un zumbido. Que se había convertido, un poco, en esas abejas que con tanto ahínco había cultivado, alimentándolas con flores que él plantaba para las abejas, peonías, dalias, siemprevivas, y hasta un arriate de rosas de té que duraron muy poco. Que tapó la inundación. Trataba a las abejas como a pequeños comensales exquisitos, educados, cuya colmena era, a su entender, el producto de un trabajado pensamiento, una reflexión. Trataba a las abejas como a seres pensantes. Con los años, dejó de interesarse en la apicultura. Con los años y con la muerte de mi madre. A veces, en el zumbido de mi padre durante la senilidad, se oía, yo percibía su nombre, Vera, el nombre de mi madre. La llamaba, él siempre estaba llamando a mi madre. Conocía una anécdota de su vida, de la vida de mi madre, que me había contado Fausto. Fausto era el que más sabía de nosotros, de la historia, de nuestra historia, porque mi padre había confiado en él, conversaba sólo con él, con Fausto, confiaba en él desde el principio, debido a su oscuridad. Conocía la anécdota por la cual mi madre había dejado de tocar el piano. Por mi padre. Fue por mi padre, por su amor, decía Fausto, mi padre que la amaba tanto, tanto, que tenía celos del piano. De la música. Mi madre lo amaría también, supongo, porque no dudó, no pestañeó cuando hubo de elegir entre mi padre y el piano. ¿Qué era el piano, fin y al cabo?, preguntaba mi hermano. Un mueble, se respondía. Pero no se preguntaba, mi hermano no se peguntaba Qué era mi padre, al fin y al cabo, y no se lo preguntaba, porque temía responderse con una respuesta harto concisa, una respuesta que articulara algo así como un Joven oficial en ascenso, una respuesta mezquina. Era obvio que a mi hermano Fausto tampoco le interesaban demasiado las preguntas y las respuestas. Él era feliz, estaba claro. Él iba y venía de la isla a la ciudad, vendía la miel, conocía gente, muchachos, mujeres, mientras nosotros nos quedábamos a la sombra de los eucaliptos muertos y quemados por el rayo, protegiéndonos la piel, como temblorosas ratas blancas. Él, Fausto, no era inocente. En mi lugar, él no hubiera dudado las razones que tendría un hombre para llamarme desde tan lejos, diciéndome que me quería, que sentía pasión por mí, que es lo que significaba el coral colorado que me envió, el hombre que sabía todo de mí, como por ejemplo que mi apellido, mi real, mi verdadero apellido era Noth, y que pasaba mis horas leyendo y releyendo los libros que él me mandaba, debajo del eucalipto, azuzada por el sol implacable de esta isla como una pobre rata blanca, mientras escuchaba el quejido de mi padre, zumbando, Vera, Vera, que era el nombre que usaba mi madre allá en Berlín, y él la llamaba, incansable, porque ella, su existencia, su cuerpo claro era el único nexo de mi padre con su vida de allá, con su vida de Alemania, ella era la única que lo transportaba a esa vida, a ese mundo exento de inundaciones y mosquitos, tábanos, yararás y toda esta peste de la isla en la que estamos escondidos, todos nosotros excepto Fausto, porque era Oscuro, todos nosotros agazapados en la isla, y arriba, afuera, el mundo. Y sin embargo, aparte de mi madre, y tal vez aparte de Fausto que fue elegido por él para transmitir la historia, nosotros, mis otros hermanos y yo, no contamos para él, para mi padre. Somos fantasmas que cruzan esta maldita isla, abriéndose paso a machete, machetando una vegetación que nos encierra como una cárcel. Le había dicho, al principio de los llamados que me hacía el hombre desconocido, le había dicho que yo iba a irme de la isla. Y él, mi padre, se puso tenso, una sombra de tensión aleteó en su rostro, y declaró que yo no servía, que irme sería morir y llevarle la muerte a todos ellos. Que me iban a reventar los pulmones, la primera vez que hiciera el amor. Yo le decía, ¿Por qué, papá, por qué me hace esto?, y él me hubiera pegado si hubiera podido, pero ya no podía andar ni levantarse del sillón de mimbre, y no tenía fuerzas para mandar a uno de mis hermanos para que me pegara, nadie nunca me podría pegar a mí, porque ellos, mis hermanos, incluso Fausto a pesar de ser distinto, no se atrevían a tocarme. Como si yo fuera, hubiera sido a la vez de dos materiales opuestos. De una delicadísima porcelana y de un barro fétido e inmundo, por eso era que ninguno de todos ellos, hasta Fausto, se atrevía a tocarme. Ni se atrevieron a cortar la comunicación, cada vez que me llamaba ese hombre desde lejos, el hombre que quizá poseía un extraordinario sentido de la justicia, y viniera persiguiendo la presa que era mi padre, para realizar, completar, ese particular sentido de justicia suyo. O quizá esperaba que yo le contestara, le hablara, porque estaba enamorado de mí, podría estar perdidamente enamorado de mí y a la vez ocultar los tres metros de soga de cáñamo italiano recubierta con piel de becerro para no herir la decrépita piel de mi padre. Mi padre, que cada noche era cargado en brazos por uno de mis hermanos, para llevarlo a la cama. Esperaba el llamado yo, era la hora, y pensaba, y oía la voz queda graznando Vera, Vera, y el teléfono comenzó a sonar, con su timbre absoluto, y a mí el corazón me saltaba en el pecho, y a cada salto del corazón, los pulmones, los bronquios eran raspados y erosionados igual que rocas antiguas, rocas muy antiguas que recién ahora estuvieran a punto de erupcionar. Aguardé el tiempo necesario para que el hombre que me llamaba dijera a mi hermano el menor la frase rigurosa, la frase iniciática: Noth, páseme con la chica; y mientras aguardaba, pasaba lentamente las hojas del libro de Tolstoi que él me había enviado, las hojas, las hojas, y entonces fui hacia el teléfono, y contuve la respiración durante unos segundos, para que mi corazón se aplacara y dejase de rugir, y apenas si pude titubear, ¿Si?, el ¿Si? de siempre, liso, aflautado, al que le seguía el largo, interminable silencio que había sido, que podían llegar a ser, nuestras vidas, la mía. ¿Si?, titubeé, y junté aire, me pareció que sorbía todo el aire de la habitación, y me temblaban las rodillas, y despaciosa, parcamente, agregué, Habla Eva Noth, ¿quién habla?

(*Rata paseandera*)

BOLIVIA

Edición Paz Padilla Osinaga

LA LIVIANITA

PAZ PADILLA OSINAGA

Yo la conocí en el Sivingal, pa la fiesta de San Miguel, fuimos entre varios a correr a los caballos, ganamos y nos quedamos gastando la plata del premio. Mi caballo era un alazán hermoso que llamaba la atención de todo el mundo y, claro, fue la envidia de todos y la mayoría le apostó solamente a él y ganamos, entonces, los que ganaron, de contentos, me mandaron varios cántaros de chicha como presente y con eso tuve para emborracharme hasta quedar listo. Al segundo día, medio me acuerdo, vi pasar a una mujer por delante del toldo donde yo estaba bebiendo, se detuvo a mirar al caballo y lo acarició como si fuera suyo. Me dio la impresión de sentir que sus manos me acariciaban a mi. Respiré profundo y la miré, ella se dio cuenta y me miró, sonrió coqueta y se fue. Quise levantarme para ir tras de'lla pero no pude caminar, estaba totalmente borracho y por eso preferí quedarme a descansar un rato para convalecer y después salir a buscarla. Sivingal es un pueblo muy pequeño y fácilmente se pueden hallar a las personas.

Al día siguiente, cuando desperté, lo primero que hice fue salir en busca de noticias de la mujer. Pregunté por sus señas y nadie me dio razón, por eso empecé a pensar que a lo mejor era una mujer que había venido para la fiesta y que no era del pueblo, por eso me puse a caminar por las calles a ver si la encontraba. Cerca del camal me dieron noticias sobre ella, un borracho que convalecía sentado bajo de un árbol de soto me contó que la noche anterior estaba sin ganas de vivir y que se largó a llorar porque la vida le habiá pagau mal, porque su mujer lo dejó, porque sus únicos animales se habían muerto y, entonces, me dijo que apareció una mujer muy comprensiva, con las mismas señas que la que vi y que ella se sentó a su lado a consolarlo. Dice que él sentía como si ella se sorviera sus lágrimas y sus penas y lo dejara vacío, contento, conforme con la vida y con ganas de seguir viviendo. Dijo que se había dormido y cuando despertó ella ya no estaba con él.

—Parece encantada...

Me dijo y yo no le creí. Se me vino que seguramente era una mujer que estaba buscando un hombre para su hombre y que por eso se apegaba en busca de amistar para ver si le convenía quedarse. Por eso fue que seguí buscándola con la finalidá de encontrarla para mi. Era seguro que era una mujer sola que estaba buscando donde arrimarse para tener una compañía con quien pasar sus días. En la fiesta de San Miguel muchas mujeres solas encontraban marido y ella seguramente era una que iba a tener suerte. Me esmeré en buscarla y la encontré.

Estaba en la orilla del pueblo, al lado de una barranca en donde había un salitral. Era un lugar en donde las vacas y los burros iban a comer tierra salada. Ella estaba mirando a unos loros que picoteaban la sal. Al verla pensé que estaba curioseando y para no molestarla me quedé mirándola desde lejitos. Estuve varias horas sentado bajo la sombra de una guañuna hasta que ella pareció darse cuenta que yo estaba cerca. Se levantó y, en vez de irse, se acercó y me preguntó:

—¿Cómo anda la cabeza...?

—En su lugar... —le contesté.

Ella sonrió. Me miró con dulzura y se sentó a mi lado, en silencio y se puso a sobarme la cabeza con tal cariño que, sin yo darme cuenta, empecé a hablarle de mi vida, de mis amarguras, de mis amores perdidos y de cuanta otra cosa tenía trancada en mi alma. Un nudo se hizo en mi garganta y sin poderme contener me puse a llorar. Me dio vergüenza llorar siendo hombre pero no me podía contener y ella enjugaba mis lágrimas con mucho cariño dándome conforto. Mis lágrimas cayeron sobre su pecho tierno alimentando su piel. El estar sobre su pecho me daba una sensación de tranquilidad, de paz y de serenidad que yo nunca antes había sentido.

—¿Cómo te llamás...?

Le pregunté y me miró un largo rato sin contestar. Al final pareció animarse y me dijo:

—Ñuki-warmi.

—¿Y eso en qué lengua está dicho...?

—En lengua Quechua y quiere decir «mujer que da placer».

Me pareció que era una insinuación muy directa y la agarré del talle y la tumbé al suelo. Ella, en vez de pelear por defenderse como debía ser, se movió buscando su acomodo. Quise subirme sobre ella para obligarla a que sea mía, pero ella me contuvo con suavidad y me desabotonó la camisa acariciándome el pecho. Sentí como si un choque eléctrico saliera de sus dedos haciéndome estremecer. Sus manos destrabaron mi cinturón y mi pichi se despertó poniéndose duro al instante. Le metí mi rodilla para separarle las piernas pero no fue necesario hacer mucha presión; ella las apartó y sentí como si desde allí me llamara el placer. Me saqué el pantalón y apenas tuve tiempo para sacarle su calzón y una eyaculación precoz me dejó fuera de combate. Ella, en vez de reclamar, se ladeó con cariño y me dijo que me serenara y que lo intentaríamos enseguida, con más calma y que esa vez las cosas darían mejor resultado. La sensación de culpa que se había ganado a mi pecho desapareció y de ahí en más me dejé llevar por ella. Me desnudó completamente y me hizo el amor con generosidad, con brío, con ganas. Sus uñas se metieron en mis espaldas dando rienda suelta a sus ansias. Rápidamente recuperé las ganas y me puse brioso. Cuando sintió que yo ya llegaba al clímax, su garganta bramó de placer y se desvaneció sobre mi pecho. Fue la sensación más linda de mi vida. No me importó estar desnudo, que ella esté desnuda, que estemos expuestos a que la gente nos vea. Nada de todo eso me importó, solamente quería sentir placer y eso hice. Ella realmente hacía honor a su nombre; sabía dar placer.

Estuvimos allí mucho tiempo, ninguno de los dos quería vestirse, pero finalmente tuvimos que hacerlo. Lo que me dijo a continuación me dejó perplejo:

—Si algún día vuelve, sabe dónde encontrarme...

Yo no terminaba de sorprenderme con aquella mujer. Al principio creí que era una casamentera que estaba buscando hombre y que haciéndola mía ella me rogaría para que no la deje, para que me la lleve a mi pueblo. Yo pensaba hacerme de rogar un poco y después aceptarle con algunas condiciones, pero esta mujer no quería eso, solamente me dio un momento de placer y ahora me dejaba a un lado. Entonces, cambiado de planes, le dije:

—¿Y no quisieras irte conmigo...?

—No puedo, tengo que quedarme aquí...

—Buscando qué.

—Nada.

Me entró un poquito de rabia y le pregunté:

—¿Acaso no sirvo como hombre...?

—Servís, pero no es eso lo que busco...

—Qué entonces...

—Hombres para darles placer...

Esa respuesta no me gustó, fue muy dura como para que yo la pueda aguantar. Antes de darme tiempo a reaccionar, se levantó y se fue a sentar a la orilla del salitral, a seguir mirando a los loros que esta vez en mayor cantidad revoloteaban alrededor de las flores blancas de sal que sobresalían en la tierra reseca. Me quedé allí mirándola, masticando mi rabia y soportando su desplante. «Hombres para darles placer», me lo dijo de frente y parecía no tener remordimientos, me dejó desarmado. Canturreaba de felicidad pero yo no le importaba.

No me quedó más que meter la cola entre mis piernas y apegarme sumiso a decirle:

—¿De verdá no me querís...?

Ella ni siquiera me miró, desde donde estaba, dejando de canturrear, me dijo:

—Ya estás vacío y prontito ni te vas a acordar de mí...

Era verdá, yo me sentía vacío, mis penas se habían ido pero yo quería seguirla teniendo a mi lado para que se lleve mis amarguras todos los días. Se lo dije:

—Pero prontito me voy a llenar y te voy a necesitar...

—Otros me necesitan también.

Yo nunca antes había sentido celos y no sé si fue eso lo que sentí pero me pareció que mi vista se oscurecía y mi cabeza estallaba. Me arrodillé y le dije:

—No sea cruel conmigo.

—No sea egoísta conmigo —me contestó sin mirar—, déjeme cumplir con lo que está escrito en el libro de mi destino...

No pude decirle nada más, se levantó y se fue. Yo me quedé de una pieza. Había conocido mujeres caprichosas, mujeres nerviosas, mujeres mansas, mujeres agresivas, de toda clase pero ninguna como esta, parecía no importarle nada y parecía estar muy segura de saber qué era lo que quería en la vida. Esa misma tarde monté a mi caballo para irme, pero no pude avanzar ni una legua porque una fuerza sobrehumana me volvió. Era una corriente que subía desde mi bajo vientre removiendo mis tripas. Todo eso estaba acompañado de las imágenes borrosas de la mujer encaramada sobre mí que cabalgaba con maestría haciéndome gemir de placer. Veía su cabello suelto, sus caderas entornadas, sus senos firmes, hasta me parecía sentir sus manos paseando por mi cuerpo. No pude avanzar y me volví. Cuando estuve frente a ella le dije:

—Me voy a emborrachar hasta volver a llenar mi alma de amargura, a ver si así se apega otra vez a mí...

—Si su pena es grande, seguro que sí... —me dijo.

Y me fui en busca de mis aparceros para poder enjuagar mi alma envenenada por su desprecio. El primer vaso de chicha me puso a tono y el sonido de los violines de una orquesta cercana terminaron por destemplar mi espíritu aventurero. Se desmadejó mi vida y toda esa tranquilidad que sentí luego de estar con ella se volvió sobre mí con mayor furia, me acordé de la Juana, esa mujer que en mi delante se metió con el Olegario y se fue con él rumbo al Trigal. Me acordé de la Lucinda que, en las noches, nunca quiso abrir su puerta para mí, pero sí la abría para el José y para el Juan y para el Alfonso; hasta parecía que se turnaban para no llegar juntos. Hasta me acordé de Palmenia que, siendo niños, salía al camino para burlarse de mí y hacerme llorar. Lloraba ahora recordando lo tonto que fui al llorar por lo que Palmenia me decía. Lloraba de ver que la única mujer que me dio placer salía para todos los cantos del pueblo con hombres diferentes. Lloraba porque el destino me había hecho encontrar a la mujer con la que había soñado pero tenía una vida diferente a la que hubiera querido. Siempre soñé con una mujer desinhibida pero que tenga ojos solamente para un hombre, que respete al suyo y no se ande exhibiendo con todos.

Un día en que regresaba del río en compañía de un forastero, se dio cuenta que yo seguía esperando por ella, lo dejó en media calle y se acercó a consolarme. Yo estaba tirado al pie de un árbol de porotillo, intentando convalecer y ella se acercó, limpió mi frente y se sentó junto a mí con cariño. Me dijo:

—No puedo acompañarte porque no soy de este mundo...

Cuando me dijo eso un escalofrío me recorrió la columna. Yo había escuchado contar historias sobre mujeres que se llevaban a los borrachos y los dejaban en las afueras del pueblo, a algunos los encontraban muertos y a otros los encontraban durmiendo en los basurales, así que me puse en guardia esperando que esta mujer me haga una declaración de ese estilo.

—Vade retro, satanás...

Le hice un conjuro entremedio de mi borrachera y ella se sonrió.

—No soy satanás —me dijo—. Soy hija de la tierra... —mi cabeza estaba un poco más clara. Las únicas hijas de la tierra que yo conocía eran las sementeras que daban frutos, pero esta daba placer y dejaba dolor. Estaba intentando comprender lo que me dijo cuando siguió hablando:— A mí me hicieron del barro que se formó con las lágrimas de los hombres, por eso tengo que ayudarlos a que desahoguen su pena. Las lágrimas rejuvenecen mi piel, sin las lágrimas mi piel se resquebrajaría y me volvería polvo... Al principio yo escuchaba las penas y dejaba que lloren sobre mí y me llenaba de lágrimas y por eso era medio barrigona, yo sudaba las lágrimas ajenas y me alimentaba de la sal de las lágrimas, pero un día descubrí que podría descargar las lágrimas haciéndome un huequito entre mis piernas, hice el orificio y por ahí pude orinar las lágrimas de los hombres. Un día apareció un hombre que me enseñó a dar placer y a sentirlo también. Es lindo saber que se da placer y se lo siente al mismo tiempo, por eso es que no me niego ante ningún hombre que se aparece en mi camino y mejor si tiene lágrimas, ansias, ganas y bríos para compartir el placer.

Me dejó callado. No era una mujer, era un engendro mandado para ayudar a que se desahoguen los hombres. Con el corazón destrozado me di media vuelta y me alejé de ella en busca de una mujer de carne y hueso. No di ni cinco pasos cuando escuché su voz que me llamaba diciendo:

—Veo que es sincero tu dolor, te acompaño a vivir con vos solamente si me haces una promesa...

Yo no pensé mucho antes de contestar:

—Lo que sea, con tal de vivir junto a vos...

—Que nunca me pidas que deje de ayudar a que se desahoguen los hombres... El placer será solamente para vos, pero alivianaré a los hombres de sus penas... No te olvides que necesito lágrimas para que mi cuerpo siga viviendo.

Yo no dudé un instante y le acepté. La abracé con fuerza y desesperación. Fuimos a su casa y trajimos las pocas cosas que tenía, montamos al alazán y nos fuimos. En el camino nos hicimos el amor como descosidos. Cuando llegué a mi pueblo, todo el mundo se sorprendió con la novedá que traje, a las únicas que pareció no gustarle la recién llegada fue a las mujeres porque tenían noticias de quién era. Yo como tenía su palabra de que me iba a respetar, me hice el que no vide nada y me decidí a hacer mi vida normal. Pero no fue así, las habladurías de las mujeres, los comentarios de los hombres, las caras de pícaros de algunos que estaban esperando un descuido pa llevársela, hizo que la vida en el pueblo sea insoportable y por eso le dije que debíamos irnos a vivir a otra parte. Ella no quiso. Me acusó de tener poca fe en ella, me dijo que con las pruebas dadas era suficiente para que yo crea ciegamente en que nunca más saldría a la calle con uno y con otro.

—¿Y cómo pensás ayudar a que se desahoguen los hombres...? ¿Acaso no es saliendo con ellos?

Le pregunté y no supo cómo contestar.

—Voy a darme maneras para que la gente no piense otra cosa.

—Cómo.

—Aunque sea digo que soy curandera y atiendo en la casa, cosa que vengan, lloren y paguen, así ganamos un dinerito para las necesidades...

Me convenció, pero a partir de ese día comenzó mi martirio. Si llegaban forasteros, se encerraba con ellos durante todo el día y después los despachaba directo a sus casas y les prohibía hablar conmigo o con otra gente. Les decía que si contaban el «tratamiento» que les hacía que se iban a morir y por eso nadie hablaba, pero yo no me creía que solamente se encerraban pa conversar y que los otros lloraban hasta el cansancio. Llegaban hombres postrados y salían sanitos, caminando en dos pies y sonriendo. Algunos, descarados, pagaban el doble. Todo eso lastimaba mi espíritu y no me dejaba vivir tranquilo. Peor si a veces en las noches yo la requería en amores y ella se negaba, me decía que estaba cansada y que la espere por otro día. Yo sufría en silencio. Sufría torturado por los celos, sufría viendo cómo llegaban las personas y ella se prodigaba para ellos y para mí no había ni migajas.

Lo que me calentó la sangre fue sentir el rechazo de mis amigos del pueblo, me reclamaban que por qué ella solamente atendía a forasteros y no a los del pueblo, me preguntaban si acaso los del pueblo no tenían penas que sacar. Yo me fui sintiendo aislado de la gente, de mis amigos y me empecé a sentir prisionero de ella. Estaba todo el día sentado en la sala, esperando que llegue la gente, invitarles algo de tomar y ser amable hasta que les tocaba entrar. Recibía la plata cuando salían y les veía su cara de felicidad. Un día, no pudiendo aguantar más, alcé mis cosas y me salí a la calle. Ella salió por mi detrás y, agarrándome de los hombros, me dijo:

—No se sulfure, las cosas no son como aparentan...

—¿Y cómo son entonces...?

—Como se lo dije al principio...

—Y esperás que te crea, esperás que crea que sos de barro y que necesitás hombres que te den sus lágrimas. Esperás que te crea eso... No sos más que una vulgar mujerzuela...

Ella se acercó y me cubrió la boca pidiéndome que me calle, que la gente se iba a enterar de cosas que no era necesario que supieran. Ahí fue cuando me ganó la rabia, ella cuidaba su reputación y no le importaba la mía. Me solté como pude y sin poderme contener le di un tremendo empellón que cayó al suelo y se hizo trizas. Había sido de barro la mujer. Los pedazos saltaron por los aires, el tórax se deshizo, las manos perdieron sus dedos, la cabeza quedó casi completa y sus ojos se quedaron con una mirada fija en alguna parte, sin vida.

Maldita sea, era de barro. Los miles de pedazos quedaron rociados junto a mis pies, sin vida. Era de barro y no lo entendí, maldita sea.

(*Inédito*)

QUERIDO HIJO

CLAUDIA PEÑA

Querido hijo:

Antes que nada debo decirte que eres tú la persona que yo más quiero. Disculpa este largo silencio de semanas y meses enteros. Las palabras se me fueron por entre la gente, y me faltó valor para salir a buscarlas. Ahora ya van retornando, humildes y arrepentidas hasta mis manos.

Todos los días a la misma hora, yo pienso en ti. Trato de imaginar qué puedes estar haciendo. Domando caballos salvajes en un bosque de flores amarillas. Bailando en la espuma mansa del mar. Ovillando paciente los cabellos de alguna niña morena.

En tu habitación, casi siempre termino sentada en la cama, con la mirada perdida. Pero ya nada huele a ti. El tiempo es como un río que fluye y no vuelve más. Habrá sido el viento que robó tus olores alguna noche en abril, cuando volvía de la calle y quise abrir tu ventana para que entre la luna. Llegó alegre una brisa pequeña, y con un sonido de cascabeles se llevó el sudor de tu cuello y la ropa en tu piel de seda. Yo vi, aunque tú no lo creas, que subía por un sendero violeta hasta el cielo. Quise pedirle que te diera un beso en la mejilla izquierda, pero ya estaba demasiado lejos.

No te preocupes por mí, que yo sé que donde tú estás no hay papel ni correo. Y por eso te escribo, para contarte que ya pude saber cuál es tu deseo. Estaba en la cocina el jueves pasado y empezó a caer lluvia del cielo. Toda la ropa estaba secando en el patio trasero, y salí corriendo para descolgarla y meterla. ¿Te acuerdas cuando me dijiste que la lluvia lava las penas si nos dejamos mojar con el agua que cae a pesar del sol? Y ese día jueves el sol zapateaba mientras llovía. Entonces me acordé de ti. Pude sentir tus manitas húmedas rozando mis brazos, y tus besos de miel entre mi pelo. Escuché tu risa y también vi tus piecitos traviesos escapando por el pasto, buscando algún secreto.

Cuando dejó de llover me quedé sola de nuevo. Y ahora quiero que sepas que saldré a jugar contigo cuando tú quieras. Si te cansas de la espuma, o la niña morena se duerme, si los caballos pacen tranquilos, ven aquí abajo. Nadie podría enojarse de que tú vengas en lluvia con sol, apenas un ratito, y nos digamos cosas lindas.

Yo le explicaré a Dios, que aunque estés en el cielo, los dos necesitamos encontrarnos para reírnos juntos de nuevo.

Amándote siempre... tu madre, Sara.

Aclaración

No es la fornicación.

El pecado original es querer ser Dios.
Es el pecado de los importantes.

Vos tirá tranquila.

(*El evangelio según Paulina*)

LA VIUDA

GIOVANNA RIVERO

Pese a la ebriedad del dolor, al efecto casi placentero que producían los tranquilizantes en mi ánimo, podía percibir las miradas de los hombres. Las mujeres también me miraban, es cierto, pero en sus pupilas, la lástima adquiría el filo de la sospecha. Los hombres en cambio —y siempre lo he creído así— oscilaban entre el deseo de protección y el deseo en sí mismo.

Pensé incluso en teñirme el pelo: mi rubio natural me parecía obsceno para las circunstancias que ahora me tocaban con lascivia. Porque la muerte de mi marido no había sido un suceso natural. La muerte es natural, pienso, si proviene del preaviso de la enfermedad, de la advertencia de un mal heredado, de la amenaza de un presagio, del tedio de la vejez, en fin. La muerte de mi marido había sido un exabrupto. Salía del trabajo; un loco, alguien que necesitaba desfogar la furia de su mediocridad, le vació su revólver en el tórax.

Y ahora el rubio de mi pelo, contrastando con el luto de mi vestido, denunciaba la ferocidad de mi viudez precoz.

Nadie se prepara para la fatalidad. En mi clóset no habían blusas ni faldas negras, ni medias nylon que ocultaran la palidez de mis piernas. A él, a mi marido, le gustaba apoyar sus mejillas en mis muslos. «Eres tan perfectamente medieval», me decía, y su saliva tibia se escurría hasta mi sexo. Podría decirse que lo amaba, o si intento ser más honesta, que su pasión por mí actuaba como un reflejo, y creía amarlo, desearlo.

Su cuerpo quieto en el féretro, ataviado con el smoking de nuestra boda, el anillo de oro, discreto, llevándose su fidelidad y su pasión. Yo misma limpié la sangre. El médico forense se compadeció de mí, o quizás fue la desfachatez de mi pelo rubio, sorprendido ante aquello que no debía haber ocurrido. Sin embargo, el forense decidió quedarse, «cuestión de rutina», explicó. Yo lo ignoré. Era el último encuentro íntimo con mi marido. Tomé una esponja y limpié la sangre. Cubrí su pecho con la sábana para que las huellas de las balas no afearan aquel tórax en el que tantas veces había dormitado después del amor.

Su miembro estaba erecto. «Hay reacciones nerviosas, espasmos de expiración», explicó el forense. Qué importaba. Con la esponja limpié también su sexo, me detuve en el glande inflamado, acerqué mi boca y lo besé con ternura, «tienes la pija más grandiosa que he saboreado», dije en un susurro. El forense a mis espaldas, qué importaba. Lo extrañaría, a él, a su sexo, a su saliva embalsamando mis muslos blancos.

—Señora, el cortejo fúnebre espera afuera, por favor... arréglese —dijo el forense. Sin duda, estaba acostumbrado a escenas de despedidas como esta.

—Sí... sí, claro. —El forense me alcanzó un vaso con agua y un par de pastillas que tomé sin preguntar.

En mi clóset, ya lo he dicho, la ropa negra era escasa. A mi marido le gustaba obsequiarme blusas floreadas, faldas gitanas, ropa interior roja, había cierta vulgaridad en él que no llegaba a molestarme pero que me hacía sentir en una permanente actuación. ¿No era eso el matrimonio?

Tomé el vestido negro que había estrenado en nuestro último aniversario y cubrí mis hombros con una mantilla. Tras el calado del rebozo mi piel era una blasfemia. ¿Y las medias? Las mujeres se compadecen de las viudas, pueden prestarle sus medias, aún húmedas de su propio flujo vaginal, pueden correr a comprar medias nuevas, de tejido grueso, para que nadie adivine el matiz de la piel adolorida por la pérdida. Pero nadie se compadece de una viuda rubia.

No tuve otra opción que los ligueros negros; me los puse lentamente, así le gustaba a él. Total, ¿quién podría adivinar que las ligas se sujetaban en mis calzones rojos? Todo era tan extraño, tan surreal. Llevaron a mi marido hasta el féretro y recién pude darme cuenta que en la inmensidad de aquella cama yo también moriría.

—No se preocupe, todo esto pasará. La vida continúa —dijo el forense. Su brazo sostenía mi codo. Acaso todas las viudas debieran desmayarse, desgarrar su pecho y sus ropas para que la gente mirara sus senos huérfanos. Acaso yo era una viuda atípica, y rubia. Tenía ganas de vomitar. Recordé que deseábamos un hijo.

—¿Le pasa algo? La acompaño —dijo el forense y me condujo hasta el baño. Me sostuvo desde atrás, presionando suavemente mi cintura. Me incliné, mas no pude vomitar. Había llanto en mi garganta, llanto que no podía licuarse en lágrimas, en flema, en dolor.

—Calma... —dijo el hombre. Su voz había dejado de ser la de un médico acostumbrado a diseccionar cadáveres. Mi cuerpo estaba vivo, podía sentirse las palpitaciones de mi corazón.

Me volteé y descubrí sus ojos jóvenes, ávidos, como el resto de los hombres que allí estaban para condolerse de esa muerte, de esa viuda que era yo.

—Calma... —repitió.

—Calma... —repetí.

Me acerqué a su boca. Olía a café y alcohol, la fragancia de un oficio que me parecía asqueroso pero que inexplicablemente me llenaba de ternura. Él también acariciaba a los muertos ajenos, yo había acariciado el sexo erecto de mi amado muerto. Lo besé.

Por un instante él se resistió a abrir los labios. Fueron mis lágrimas, hilos transparentes que humedecieron su boca y lo obligaron a abrirla para beber mi llanto, para beberme. Sus manos todavía estaban en mi cintura. Tomé la izquierda y le ayudé a levantar mi vestido negro de aniversario de bodas.

La visión de mis ligas lo excitó. Sentí el bulto de su pantalón oprimiéndome el ombligo.

—Me siento tan sola... tan terriblemente sola —sollocé. Ser viuda y rubia me envolvía en una intensa fragilidad. No había dureza en mi dolor.

—Todo esto pasará. El dolor pasará, usted sigue viva —volvió a decir el hombre. Esa frase la había dicho muchas veces, pero puedo asegurar que sólo ahora adquiría sentido.

Sus manos soltaron la liga izquierda, me alzó sin rudeza. ¿Había perdido peso en aquella jornada larga, dolorosa, con mi marido aguardando por mí en su féretro? Sentada sobre el lavabo, el hombre separó suavemente mis calzones y, sin quitármelos, metió su dedo índice hasta el fondo. Gemí despacito. El hombre saboreó su dedo. «Usted es tan joven», musitó, «tan joven». Por mi parte, bajé el cierre de su pantalón y extraje el miembro curvo. Me causó gracia su miembro curvo, nunca había visto un miembro curvo. Pero no pude sonreír. El hombre me penetró y yo apreté las piernas: quería sentir la curvatura de ese sexo que buscaba dentro mío un camino, la ruta de un túnel vacío, sinuoso.

Yo sollozaba apoyada en su hombro, con espasmos. La felicidad y el dolor, el consuelo y la orfandad, la viudez y el pelo rubio, mis ligueros negros y mi rebozo calado, mis muslos blancos, el forense de traje oscuro y ojos profundos. Su miembro, más pequeño que el de mi difunto marido, estaba vivo, vivo, como lo necesitaba para que todo aquello pasara, y mañana amaneciera de nuevo, y la cama se encogiera, tierna, dulce como una cuna.

Él también lloraba. Sacó un momento su sexo y volvió a penetrarme con una embestida que me quitó el aire del tórax. No había oxígeno en los corazones que mueren por balazos o por esas otras pequeñas muertes.

—Calma… —dijo el hombre acariciándome el pelo, besando mi frente humedecida.

Afuera, los avemarías se expandían como una lluvia suavísima de despedida. Me acomodé el liguero y la mantilla. Fui hasta el féretro y, de hinojos, dije muchas, muchas veces: «Te extrañaré mi amor». Las mujeres me miraron con respeto.

(*Medusa de fuego*)

HABITANDO EN EL INADVERTIDO MUNDO DE LOS MIFROSOTGS

URRELO WILMER

Sus ojos permanecían atentos a que el reloj-radio diera las 6 am. No importaba que ya estuviese despierto hace más de dos horas (siempre lo hacía, sin fallar nunca). Sólo se quedaba ahí, quieto e inerte, como si se hallara realmente muerto, en medio de la cama de dos plazas, con las rodillas flexionadas contra el pecho. Sólo entonces, al escuchar las primeras voces de la radio, despegaba las piernas. Se quedaba así por algunos minutos, resoplaba (le gustaba sentir su aliento ácido como, quizá, una confirmación de que estaba vivo). Luego levantaba las colchas con sumo cuidado, sintiendo cómo el calor nocturno escapaba del lecho. En ese momento se levantaba y buscaba el estuche negro de sus lentes. Lo cogía y lo abría con sumo cuidado, poniendo mucha atención en que la parte de la abertura se mantuviera arriba (en muchas ocasiones, por descuido, había abierto el estuche de la forma inversa: muchas veces sus gafas habían ido a parar al suelo de parquet, hechos trizas). Una vez con los anteojos en medio de la nariz se disponía a ir al baño. Abría la puerta y veía, al borde de la emoción, la ventana de aquel iluminada por el vidrio esmerilado. Pensaba que siempre le habían gustado los baños con ese tipo de vidrios. Una vez dentro buscaba la pasta de dientes. Cogía el tubo y esparcía su contenido sobre las cerdas del cepillo. El espejo lo esperaba a un costado del inodoro, liso, franco: le mostraba la cara llena de vellos cerca de la barbilla, el pelo revuelto y sin peinar, la nariz grande y brillosa y las medialunas debajo de los ojos. Metía el cepillo primero por el costado derecho de la boca, refregaba los dientes inferiores mucho más que los de arriba, luego pasaba al otro lado y casi de la misma forma actuaba con los dientes delanteros. Frente a él, el espejo mostraba a un tipo haciendo un gran esfuerzo facial: había pequeñas arrugas a la altura de los carrillos y una de ellas, casi imperceptible, surcaba su barbilla. Luego giraba el cuerpo y se ponía frente al lavamanos (desportillado en el costado derecho, el golpe era del tamaño de un dedo pulgar), abría el grifo y su tronco se flexionaba para que con ese movimiento sus labios puedan recibir el agua. Cerraba el grifo y movía el líquido contenido en la cavidad bucal de un lado a otro. Entonces se agachaba y escupía en el lavamanos (no comprendía cómo otras personas lo hacían en el retrete, para él, el solo echo apuntar ahí el rostro era o le resultaba un acto obsceno, algo similar a bostezar o estornudar en público). Volvía a abrir el grifo y veía cómo el líquido blanquecino desaparecía por el orificio pequeño y negro. En ese momento volvía a colocar una nueva porción de pasta (esta más pequeña que la primera), abría la boca y cepillaba la lengua. Este acto hacía que experimentara fuertes arcadas: sin embargo, no vomitaba, sólo se limitaba a abrir la boca, sin que esta expulse nada. Volvía a utilizar el grifo. Recibía más agua y volvía a escupir. Luego ponía el cepillo debajo del chorro cristalino. El cepillo quedaba limpio, mostrando sus cerdas verdes, con una hilera blanca en medio. Lo dejaba en su canastilla y se acercaba al retrete. Se bajaba los pantalones hasta las rodillas y orinaba. Lo hacía en abundancia, evitando que el chorro del líquido caliente cayese sobre el borde de la taza. Se subía los pantalones y después jalaba la cadena. Luego retornaba frente al lavamanos. Buscaba el jaboncillo y abría una vez más el grifo. Se refregaba las manos un par de veces. Se quitaba los lentes y los ponía en el bolsillo del saco del pijama. Recibía agua en las manos y repasaba su rostro. Lo hacía muy fuerte, pensando en quitar el brillo de la nariz. Enseguida se mojaba el cabello (era jueves, sólo los jueves no se bañaba). Con los ojos cerrados buscaba a tientas la toalla. Una vez que la tenía se la pasaba por el cabello y luego por el rostro. Dejaba la toalla. Cogía sus lentes y se los volvía a poner. Se miraba al espejo y abría el botiquín que estaba a la derecha, sacaba un peine y una barra de desodorante. Dejaba esta en el borde sobresaliente de la ventana y procedía a peinarse. Lo hacía con sumo cuidado (odiaba que unas pocas gotas de agua cayeran sobre los cristales de sus gafas), partía perfectamente la raya en medio, equilibrando casi matemáticamente las porciones de cabello. Dejaba el peine de donde lo había sacado y se desabrochaba los tres primeros botones del pijama. Quitaba la tapa del desodorante y lo desenroscaba hasta que veía salir la punta azul y lisa (olía a pino, a un bosque lleno de pinos). Primero atacaba a la axila derecha, sentía el frío de la barra pero no le importaba y luego seguía con la izquierda (la que más sudaba, según él). Guardaba todo en su lugar y volvía a sorprenderse frente al espectáculo de la luz a través del vidrio esmerilado. Salía del baño y se dirigía a su habitación (no desayunaba, prefería aguardar hasta el almuerzo, odiaba sentir el estómago lleno en las primeras horas de trabajo). Abría su ropero y buscaba el traje gris (era jueves, los jueves siempre utilizaba el traje gris), sacaba la camisa blanca que su madre le había regalado en su último cumpleaños, la corbata con esos adornos extraños por todos lados y los ponía sobre la silla que estaba cerca de la puerta. Retornaba con paso lento hacia la cama. Se sentaba en ella y procedía a despojarse del pijama (azul completo), lo doblaba cuidadosamente, se ponía en pie y levantaba la almohada. Dejaba ahí el pijama y botaba la almohada al piso. Cogía con la punta de los dedos la sábana y la alisaba. Recogía la almohada del piso y la colocaba en su lugar. Luego hacía lo mismo con las mantas y la colcha. Sólo entonces corría las cortinas de la ventana. Ese día observó los altos edificios, la neblina cubriendo los pisos superiores: el cielo encapotado, similar a una cúpula de metal. *Hará frío,* balbuceó. Dio media vuelta y retornó cerca de la silla. Cogió el pantalón y se lo puso. Después la camisa, la corbata y el saco. Volvió a abrir el ropero para sacar su sobretodo verde oscuro. Se lo puso y buscó sus zapatos en el cajón inferior de la mesa de noche. Los extrajo y vio que estaban bien lustrados (como siempre: lo había hecho una noche anterior). Sólo se limitó (rápidamente, como si alguien estuviese detrás de él) a pasar una punta del sobretodo por encima de ellos. Se los colocó y salió de la habitación, pero antes apagó el reloj-radio. Llegó al living y tomó el maletín negro. Abrió la puerta del departamento y, luego de cerrar la puerta tras de sí, le puso doble seguro (siempre desconfiaba de sus vecinos, siempre desconfiaba de todo el mundo). Entonces, en ese momento, se abrió el ascensor. Lo miró dudando (siempre había preferido las gradas). Decidió entrar. Presionó en botón que decía *PB*. El ascensor se detuvo. Salió. No tenía coche (odiaba los coches), así que tenía que caminar un par de cuadras hasta la parada más cercana. Caminó como lo hacía todos los días, moviendo el maletín de atrás para adelante, con la espalda erguida, mirando al frente.

Sin embargo, en aquel momento, un destacamento de Mifrosotgs pasó delante de él. Eran casi cincuenta, todos igualmente vestidos, similares entre ellos: anchos, peludos, las cabezas grandes y trémulas y el raído y mugroso capuchón oficial de la Nación encima. Tenían, delante de ellos, a lo que él supuso era el teniente de turno: de la raza de los pequeños, sin muchos pelos en el rostro, los ojos rojos y luminosos y los pies envueltos en los trapos (botines, según ellos) que levantaban el polvo de las aceras al caminar. Los Mifrosotgs pasaron delante de él, despidiendo su olor característico al estiércol de caballo. Pensó que algo raro (acaso un ratero) había sucedido para que todo un destacamento de Mifrosotgs estuviese en movimiento. Pensó que, después de todo, no había hecho mal en poner doble seguro a la puerta de su departamento. Pensó, después de todo, que sus vecinos no le inspiraban ningún tipo de confianza.

(*Trabajos forzados y otros cuentos*)

CHILE

Edición de Max Valdés

UN VERDADERO MAGO

ROBERTO FUENTES

Francisco González Torres

Difícil que alguna vez llegue a olvidar ese día, y a mi viejo menos. Es curioso que lo llame *viejo,* cuando dejé de verlo él tenía mi edad de ahora, pero me sale así y no puedo cambiarlo. Tenía ocho años, me acuerdo perfectamente, unos días antes estuve de cumpleaños y recibí una pelota de cuero *profesional* como regalo. Era un sábado a fines de marzo, incluso me acuerdo de la fecha exacta pero encuentro irrelevante mencionarla. Había un lindo sol que cumplía con la única función de iluminar. Estaba helado. Como era habitual, después del desayuno salimos al pasaje a jugar. Mamá insistió en que me pusiera un chaleco y para evitar problemas me lo puse. En realidad, lo hice para no postergar más la salida. Apenas crucé la puerta lo colgué en la reja de la ventana. Mi viejo decía que jugáramos con la pelota nueva y yo no quise; llevé una de plástico. Estaba tan linda la pelota nueva que me dio lata gastar el cuero. Además, en el pasaje se podía pinchar. Preferí guardarla para cuando lo acompañara a la cancha los domingos; mi viejo era el arquero titular indiscutido. Se ubicó entre los nogales, que hacían de verticales, y debajo de unas ramas que se entrelazaban provocando el efecto de un perfecto travesaño. Dale, campeón, me decía siempre antes de empezar el juego. Yo tomaba vuelo y le pegaba con todas mis ganas al balón. Solamente el primer chute, así le decía en ese entonces, lo daba con fuerza (era parte de nuestro ritual de iniciación del juego), ya que si le pegas fuerte a una de esas pelotas salta para cualquier parte. ¿Todavía venden pelotas de plástico? Espero que sí. Los demás tiros los pateaba con técnica, tratando de colocar el balón en una esquina alejada. Mi viejo las atajaba casi todas y cuando por azar o por un gran acierto mío convertía un gol, me tiraba de rodillas contra el piso, elevaba los brazos al cielo y lanzaba un grito. Mamá se asomaba por la ventana y me retaba por no cuidar la ropa. Mi viejo fingía lamentarlo y pateaba uno de los árboles, pero creo que le divertía mi alharaca. En el colegio yo estaba en la selección y todos los viernes me quedaba después de clase para el entrenamiento de la semana. Mi viejo siempre me iba a buscar. Por esos días empezó a llegar como cansado, se notaba en su cara. Algo raro pasaba; por las noches mis viejos se quedaban conversando hasta tarde y a veces mamá se ponía a llorar. Nada va a pasar, amor, nada, la consolaba mi viejo acariciándole la cabeza. Yo los veía a través de la puerta entreabierta de mi pieza. Aquel sábado, luego del tercer gol, noté que mi papá no realizó el típico acto de lamentación y se quedó mirando a la entrada del pasaje; nosotros estábamos al fondo y no había otra salida. Un auto azul estaba estacionado, era grande, o a lo mejor no tanto, como yo era chico y no tenía costumbre de ver ese tipo de automóviles pude haberlo amplificado en mi mente. Dos tipos se bajaron, uno de chaqueta gris y pantalón negro, y el otro entero de azul. No recuerdo bien sus caras, pero eran un poco mayores que mi viejo, estoy seguro. Se acercaron lentamente hacia nosotros. Mi viejo me tomó de la cabeza y se agachó hasta quedar a mi altura. No te preocupes, andan buscando a un arquero, vuelvo altiro, dijo. Me dio un beso en la boca, eso lo recuerdo perfectamente porque nunca lo había hecho. Antes de levantarse y caminar hacia los hombres de chaqueta, dijo que me quería mucho y a mamá también, no entendí muy bien por qué. Mi viejo conversó brevemente con ellos y caminaron hacia el auto. Sentí una pena terrible, me acuerdo, y no sabía por qué. Antes de subir al auto me hizo un gesto de despedida con la mano. Recién ahí noté que muchos vecinos se habían asomado a las puertas y ventanas y que todos me miraban extrañamente. Ahí me quedé hasta que mamá salió corriendo de la casa. Yo corrí detrás de ella.

Patricia Torres Morales

Panchito siempre fue un niño muy aplicado en el colegio, se sacaba las mejores notas y era el mejor para jugar a la pelota. Bueno, después de lo de su papá bajó un poco su rendimiento, pero eso es normal, ¿cierto?, y no jugó más a la pelota. Del colegio me vinieron a ver para que convenciera a mi hijo de que siguiera entrenando, pero yo estaba en otra y no los pesqué. Creo que fue para mejor. Se hubiese embrutecido, ¿o acaso no han visto a los pelotudos de ahora? Bueno, ese es otro tema. Panchito nunca fue un niño muy sociable, tenía pocos amigos, pero tenía. Después de lo de su papá se puso mucho más introvertido, como me dijo el doctor del consultorio una vez. No dejó de ir a la escuela, pero ya no salía a la calle. Yo quería acompañarlo y ayudarlo de la mejor forma, pero también estaba preocupada por lo de mi esposo. Junto a mi comadre visité muchos lugares y personas en busca de ayuda o alguna información sobre su paradero. No conseguí nada. Pasado un año dejé todo a la suerte de Dios y decidí dedicarme a mi hijo. No asistí a más reuniones ni visité lugar alguno. Busqué un trabajo y por las tardes mi comadre me cuidaba al niño. Panchito empezó a mejorar sus notas y cuando salió del liceo hasta le entregaron una medallita por ser el mejor alumno. La medalla la tengo yo, ya que él ni la miró. Fue en esa época cuando empecé a sentirlo más lejano. Él estaba entrando a la universidad y yo conocí al Nano. Me lo presentó mi misma comadre, era un primo de ella que había llegado del sur. No lo traje a la casa de un principio, pero ganas tenía. Me sentía como una lola de quince, igual que cuando conocí a Francisco. Panchito jamás aceptó al Nano, nunca dijo nada pero era obvio. Logró estudiar gracias a una beca que se sacó. Es tan inteligente. De la universidad siempre llegaba tarde y los fines de semana se desaparecía. A veces le preguntaba por sus notas y él me decía que todo andaba bien, nada más. Tuvo que ser así porque luego de unos años, no sé si cinco o seis, se tituló. Sé que anduvo metido en eso de las protestas y cosas así. Yo le dije que se preocupara de estudiar y no anduviera en cosas raras, que nada se sacaba, pero él me miraba y no contestaba, tomaba uno de sus libros y se encerraba en la pieza. Apenas salió de la universidad encontró trabajo en un banco muy grande. Me alegré mucho por él, a pesar de que se fue de la casa apenas cumplió un mes en su pega. Primero arrendó un departamento con unos amigos y ahora con los años vive por allá en Las Condes, en otro departamento, pero mucho más lindo y grande. Y vive solo. He ido poco para su casa, no le gustan mucho las visitas, y cuando lo hago me doy cuenta de lo mucho que le hace falta una mano femenina a ese lugar. Yo se lo digo y él se ríe. Tranquila, mamá, tranquila, me dice y yo me tranquilizo, al menos eso aparento. Me estoy volviendo muy vieja para ser abuela, pero bueno, es su vida. El Nano me dice que no me preocupe, que en cualquier momento salta la liebre, pero yo ya no sé en qué creer, menos cuando se trata de mi hijo, mi niño. Me tiene tan preocupada. Hace dos días que apareció en varias partes una lista con personas que tiraron al mar y jamás me imaginé que Francisco saliera ahí. Él no era más que un dirigente sindical de una fábrica pequeña, pero ahí estaba. Pensé que había un error pero no, vino gente a la casa y me lo confirmaron. He llorado harto. No sé si por mi marido, por mi hijo, o por ambos. Panchito anda desaparecido. Apenas supe la noticia lo traté de ubicar en el trabajo y me dijeron que se había tomado unos días. En la casa tampoco está, lo paso llamando. Valeria, la polola de mi hijo, que es muy dije, llamó ayer y me dio un mensaje de él: que no me preocupara, que pronto lo vería. Colgó rápido. No lo hizo por pesada, yo la conozco, seguro que el Panchito le tuvo que decir que me dijera eso no más. Me quedé con muchas preguntas atragantadas, pero lo bueno de todo es que está bien.

Valeria Inostroza Matus

A Pancho lo conocí hace tres años, cuando entré al banco. Me lo presentaron de los primeros, con él tenía que empezar a trabajar inmediatamente en un nuevo proyecto de inversión. Al principio me pareció demasiado frío, pero bastó poco tiempo para darme cuenta de que era así con todos. Trabajamos codo a codo durante tres meses y en ese tiempo, a pesar de que pasábamos más de doce horas al día juntos, era para mí un perfecto desconocido. Al entregar nuestro trabajo y luego de la aprobación del directorio a nuestro proyecto, por fin lo vi sonreír. A veces pensaba que la piel de su cara jamás se había arrugado, ni chupando limón me lo imaginaba haciendo una mueca. Me invitó un trago a la salida, pero no era una cita amorosa ni mucho menos. Hay que conocer a Pancho para saber eso. Podría haber sido yo o cualquier otro que hubiese trabajado junto a él. Conversamos, primero, sobre el proyecto en cuestión, sus implicancias, y sólo cuando la noche había avanzado bastante charlamos un poco de nuestras vidas; de la mía más que nada, él siempre ha sido muy reservado. Tomamos un taxi y me acompañó a la casa, me dejó en la puerta pero no estuvo ni cerca de besarme, o de intentarlo por lo menos. Yo en el fondo deseaba que lo hiciera, pero no porque estuviese enamorada, no, eso pasó de a poco y tardé más de un año antes de sentirme así, o de aceptarlo, que es lo mismo. El asunto es que había pasado una noche agradable junto a un hombre buenmozo y terminar la velada con un beso no me parecía tan mal. Después de ese proyecto lo vi cada vez menos, me asignaron nuevas tareas en otro departamento y sólo lo divisaba en los pasillos. Siempre me sonreía y más de alguna vez nos detuvimos un rato a conversar, de cosas simples en todo caso, nada muy íntimo. Ese alejamiento nos sirvió mucho: empecé, y creo que él sentía lo mismo, a extrañar su presencia. A veces inconscientemente paseaba por donde él pudiera estar, pero cuando me sorprendía haciéndolo sentía vergüenza y me encerraba en mi oficina a trabajar. Fue en el paseo de fin de año de la empresa donde nos besamos por primera vez; fue un beso apurado y tontamente nos preocupamos de que nadie nos viera. Después yo me tomé las vacaciones y a mi vuelta él se tomó las suyas. Un mes y medio en que no nos vimos ni conversamos: desaparecimos. El día que volvió a trabajar hice grandes esfuerzos por no llamarlo, me costó de veras. La hora de la salida llegó y me quedé mirando el auricular. El teléfono sonó y era él. Pasamos toda esa noche en su departamento, aunque conversamos muy poco; después nos levantamos y fuimos al trabajo. Esa tarde almorzamos juntos, y conversamos mucho, pero siempre era yo quien más hablaba. Nunca lo empujé a que me contara más sobre él. Cuando empecé a conocerlo comprendí que su mundo interior era demasiado grande, así que me conformé con lo que sabía. El domingo estaba junto a mis padres viendo la tele y oí el nombre de Pancho, aunque al rato comprendí que era su papá. Lo llamé inmediatamente, pero tenía su teléfono descolgado. Tuve la intención de ir a verlo, pero no lo hice y creo que fue lo mejor. Al día siguiente tenía que darle una noticia importante, pero con el asunto de su padre decidí quedarme callada. Pasó muy temprano por mi oficina y traía el diario en la mano. Se veía un poco excitado. Nunca me conversó de su papá, pero yo sabía lo que significaba para él. Mientras nos tomábamos un café me dijo que pediría unos días de permiso. No me busques, por favor, necesito estar solo, agregó, y bajó la mirada. Sentí ganas de abrazarlo. Antes de irse, previo beso, el primero que me daba en el trabajo, me pidió que llamara a su mamá. Le dije que no se preocupara. Él se retiró y no pude aguantar más. Lo seguí por el pasillo, no me importaron las miradas ajenas y corrí hasta alcanzarlo. Debía saberlo, era justo para ambos, y se lo conté.

Juan Silva Soto

Llevo más de cuarenta años trabajando en la mar y he pasado por todo, pero nunca nada parecido a lo que viví esa noche. Estaba revisando mi pequeña lancha pesquera, en realidad es de mi patrón, pero son tantos los años trabajando en ella, más de diez, que la siento como mía.

Tenía todo listo para el otro día y en eso escuché que alguien me llamaba. Era un hombre de unos treinta años más o menos y vestía un terno oscuro. Parecía todo un gerente, de hecho así me dirigí a él. ¿En qué puedo ayudarlo, señor gerente?, le dije, y me reí. Él no lo hizo y rápidamente me puse serio. Chucha que es tieso, pensé. Se acercó y me dijo que quería conversar conmigo. Le contesté que hablara no más, que hablar no cuesta nada. Me explicó que quería arrendarme la lancha por unas horas, pero que necesitaba una persona que la manejara porque él no sabía. O era tonto o era ignorante. Nadie por aquí le arrendaría una lancha sin piloto. Por un momento pensé que estaba bromeando. Miré para todos lados buscando algún conocido, como el negro López, por ejemplo, que es mandado a hacer para las tallas, y no encontré a nadie. Es imposible, le contesté sin sonreír para darle un corte final al asunto, que a esa altura me estaba molestando. Por favor, es importante, me dijo, pero no me rogó ni nada por el estilo. Jefe, que más querría yo que ayudarlo, pero no puedo, le dije, y él sacó del bolsillo interior de la chaqueta varios billetes. No tuve más remedio que recibir ese dinero, harta falta que me hacía y me hace, y lo invité a subir a mi humilde embarcación; esas palabras usé: humilde embarcación. Él sonrió por primera vez y subió. Un loco que quiere dar un paseo, lo que hace la plata, pensé. Para dónde, jefe, le pregunté, y él apuntó hacia el sol que se estaba hundiendo en el océano. Y para allá partí. Fueron veinte minutos en que navegamos derechito. El sol desapareció y una que otra estrella se veía allá arriba. Aquí no más, dijo. Paré el motor y me senté esperando cualquier cosa, pero no pasaba nada. Se quedó de pie en la proa mirando hacia la nada. La noche cayó como un rayo y afortunadamente la mar estaba tranquila. Empezó a hacer frío, me puse un chaleco grueso y volví a sentarme mirando a mi tripulante. Conté el dinero que me había pasado y no era tanto como yo pensaba, pero igual era harta plata. No me estoy quejando. Noté que encendió un cigarro y luego sacó algo; era un par de velas, lo supe después que las prendió y las instaló en el piso. Ni siquiera me pregunta, me dije, pero en realidad daba lo mismo. Ni cagando se quemaba la lancha. Se quedó parado un buen rato y me pareció que estaba rezando. Ahí noté que la cuestión era seria, porque uno puede andar loqueando por ahí y hacer lo que quiera, pero si te pones a rezar no es lo mismo. Se veía triste pero en ningún momento lo oí llorar. Se mantenía de pie junto al par de velas, desafiando el vaivén, que aguantó muy bien para no ser hombre de mar, y el frío. Le ofrecí un charlón para que se tapara la espalda. Me dijo que no. En realidad no habló, fue un gesto con la mano. Me senté, me tapé con el charlón despreciado y creo que hasta dormité un poco. Cuando volví en mí, porque cuando yo me duermo quedo como desmayado, ni un barco pasando a mi lado me despierta, miré el reloj y ya había pasado el par de horas del arriendo. Le iba a decir que el tiempo se había acabado, que debíamos volver y en eso él saca una carta del bolsillo de la chaqueta. Este señor parecía un mago: primero sacó un montón de billetes, luego un par de velas y ahora una carta, y todas las cosas del mismo bolsillo, creo. El caso es que no me atreví a molestarlo y lo dejé tranquilo. Noté que el primer par de velas ya se había consumido y que había prendido otras dos. Un verdadero mago, volví a pensar. Hizo tiras el sobre, ¿para qué lo tenía cerrado?, no sé. Empezó a leer y no pude evitar escuchar, estaba ahí mismo, ¿qué podía hacer? Le hablaba al papá y le contaba cosas de su vida, de cuando era niño y del colegio, de la universidad y del trabajo, por ahí apareció su mamá y una niña de nombre Valesca o algo parecido. Hablaba en voz alta, como si alguien aparte de nosotros lo pudiera escuchar. No sé por qué me conmoví. Siempre he sido un lobo marino, he sufrido mucho en la vida, por lo mismo me he convertido en un hombre fuerte, de fierro, pero esa noche no sé si fueron sus palabras o cómo las decía, no sé, pero me llegó aquí adentro, en pleno pecho. Finalmente arrojó la carta a las aguas y se quedó quieto. Yo no podía permanecer ahí, mirándolo sin hacer nada. Saqué una petaca y la abrí, me acerqué al hombre y le ofrecí un trago. Noté que le brillaban los ojos, aunque no puedo asegurar que estuviera llorando. Y si fuera así, no importaba, se veía que era todo un hombre. Me devolvió la petaca y yo me tomé un gran sorbo. Estaba helada la noche. Fue curioso, me abrazó por los hombros y se empezó a reír, despacito eso sí. Yo también lo hice y me sentí bien. Hizo un gesto de acordarse de algo y me soltó, se acercó un poco más a la orilla, por un momento pensé que se podía caer por eso del vaivén y todo, pero ni se tambaleó. Tomó aire, harto aire, y gritó, pero ni tan fuerte: viejo, vas a ser abuelo. Eso fue lo que dijo: vas a ser abuelo. Le dimos el bajo a lo poco que quedaba en la petaca y nos devolvimos a tierra firme.

(*Está mala la cosa afuera*)

AMOR SOBRE RUEDAS

ALBERTO FUGUET

And girls wanna have fun...
CINDY LAUPER

Todos los fines de semana, incluso los domingos después del *jappening o* del fútbol, Sandra y Márgara se subían a un Toyota Celica azul-cielo y recorrían Apoquindo buscando tipos —o minos, como decían ellas— con quienes pinchar. Era casi como un deporte, un verdadero hobby, pero a ellas les parecía bien, entendible, para nada un vicio denigrante como les habían dicho por ahí. Cuando empezaron a salir los martes, sin embargo, tal como hoy, hasta ellas mismas se dieron cuenta de que quizás se les estaba pasando la mano. Pero nunca tanto. Total, pensaban ellas, peor era quedarse solas. Cada una por su lado, pasándose películas, frustradas a morir.

La que manejaba era Márgara la dueña del Celica, que por esas cosas del destino no era la que llevaba las riendas al momento de hacer la conquista. Las razones eran básicamente dos: debía preocuparse de guiar bien el auto (un choque sería vergonzoso, totalmente fuera de lugar, como caerse mientras se baila un lento); y lo otro era que no le pegaba tanto al oficio de engrupir como la Sandra, su amiga y copiloto, la cerebro del dúo, que era bastante atractiva, como exótica, con el pelo largo que le tapaba un ojo, negro brillante con rayitos rubios, bien a la moda. Juntas, Sandra y Márgara— que era más baja, entradita en carnes si se quiere— se juraban las reinas del pinche sobre ruedas, la Cagney y Lacey de Apoquindo, aunque estaba claro que eso era pura imaginación, porque había otras minas a las que les iba mejor en eso de las conquistas de auto a auto.

Sandra y Márgara eran buenas amigas, aunque igual se aserruchaban el piso a la hora de la verdad. Cada una por su lado y que gane la mejor si se la puede. Se conocían de toda la vida, compañeras de curso y de banco, con todo lo que eso implica. Algunas antiguas compañeras de curso con las que se juntaban a tomar once, a pelar, les habían dicho, no mucho antes, que era decadente y triste eso de andar buscando hombres en las calles. Hasta peligroso. Ellas les respondieron, en cambio, lo que ya tenían bien asimilado: «¿de qué otra forma vamos a conocer hombres? « Y, de alguna manera, era cierto. En sus respectivos institutos ya ubicaban — como decía Sandra— al ganado masculino disponible. Sabían perfectamente quién era quién, o sea, que ninguno les inflaba demasiado. Los compañeros de curso eran sólo eso: compañeros. Y se acabó. Claro, podían meterse a alguna actividad, ¿pero cuál? ¿Gimnasia aeróbica?: puros maricones. ¿Cursillos de filosofía, de poder mental, talleres literarios?: puros locos, huevones trancados. No. No eran de esa onda. Para nada.

El panorama era, entonces, desalentador, poco viable. Por eso habían llegado a la conclusión de que era más que necesario salir al encuentro, tal como lo estaban haciendo hoy, porque si se ponían a esperar a que llegara ese príncipe tan anhelado, lo único que iban a sacar en limpio era que, aunque sonara siútico, el tren se fuera sin ellas.

Había sí un consuelo: no eran las únicas dedicadas a eso ni mucho menos. Cada vez que salían de ronda, como esta extraña noche, se cruzaban en su camino con un buen número —un aterrador número— de mujeres que buscaban lo mismo o quizás aun más, porque algunas de ellas iban a la pelea. Sandra y Márgara andaban en la onda tranquila, tratando de conocer tipos para después elegir al más adecuado, al más tierno del montón. La competencia, entonces, era dura, Sin compasión. Cada hembra necesitada, cada vieja en busca de carne joven, cada mina lateada, era una amenaza para las dos.

Es difícil creer que dos mujeres jóvenes que salen a buscar hombres —tenían su tope en tipos de treinta— no lleguen hasta el final. Tampoco atracaban. Y no era porque no lo desearan sino simplemente por la fama. Santiago es, en el fondo, un pueblo chico y, tal como siempre lo repite la Márgara, la que se da el lujo de saltar de cama en cama, después lo paga. La idea, entonces, era conocer tipos en auto, aceptar que las convidaran a tomar bebidas, decir que sí, estar un rato, intercambiar teléfonos, a lo más ir a un mirador y casi nunca tener algún contacto mayor.

Como no eran tontas y sabían que era necesario cuidarse, aunque esta noche, esta noche era otra cosa, nunca aceptaban ir muy lejos. Tenían como ley no bajar más allá de providencia con Lyon y no subir más allá del Tavelli de Las Condes. Otra regla era siempre seguir en el auto propio, así si los compadres se ponían hostigosos, se viraban y listo. Los tipos que conocían generalmente eran pintosos (sino, no los saludaban a través de la ventana), de buen nivel, con autos más o menos potables. Básico era que les gustara la música y que la tocaran bien fuerte. Dependiendo de la emisora, Sandra y Márgara sabían la onda de los desconocidos y si cumplían las exigencias mínimas. Típico resultaban ser estudiantes de Incacea o del Inacap, pocas veces les tocaban universitarios de la Católica, pero eso era pura mala suerte porque ellas sabían que aburridos y parqueados había, y muchos, y que el hecho de ser inteligentes no es sino una razón más para necesitar salir a buscar mujeres, porque estaba súper probado que mientras más capos los tipos, más imbéciles para ser felices.

En eso mismo están pensando las dos: en la dosis de suerte que se necesita para enganchar paraje. Quizás esta noche, noche bastante tibia para ser octubre, las cosas se den de otra manera, esperan. Algo se intuye, incluso. La noche está distinta, trastocada. Rara.

Apoquindo, la avenida más usada del barrio alto, con sus tres pistas para arriba y tres para abajo, tiene actividad para ser martes y casi parece sábado; esto los pone de buena y les da ánimo mientras recorren esta parte de la ciudad. Sandra anda como una loca cantando a todo full (aunque no tiene idea de inglés, sólo sabe que David Bowie es como lo máximo), moviendo todo su calentador al ritmo de la radio, creyéndose estupenda y orgullosa de ser joven, de tener plata, de ser ella.

Tal como se decidió, Sandra anda con una polera muy apretada, sin sostén, con sus pezones erguidos detrás del algodón que tiene estampado un *Any time you want* rojo. Márgara se puso, aunque en realidad no se la cree porque de femme fatale *no* tiene nada, una falda con dos tajos que según ella mata a cualquier tipo en menos de un minuto. Arriba un peto negro súper brilloso que le queda medio suelto. Además se arregló el pelo para verse como si recién viniera saliendo de una cacha con tutti. Como sombra de ojos, una pintura canela que destella chispazos dorados. Las vestimentas de las dos no son de día martes. Son como para ir a la pelea.

Las nueve diez, relativamente temprano, aunque nunca tanto si se toma en cuenta que el toque es a las dos. Salen a Apoquindo, la calle sagrada, por El Bosque Norte, la de los restoranes que ilustran las páginas de la *Mundo Díners*— doblan hacia arriba, rumbo a El Faro, donde la taquilla se juntaba antes de que muriera por pasado de moda. Andan inquietas, como preparándose para la victoria, conversan puras tonteras y quizás por eso no se han dado cuenta de que hace media hora que las siguen de cerca, bastante cerca, casi raspándoles el parachoques. Tanto parloteo y tanto mirar para los lados las hace olvidar lo que hay a sus espaldas: un auto negro, brillante y luminoso, que refleja las luces de toda la arteria. El auto es bajo, como una lancha, y avanza lentamente, casi sin tocar el pavimento, espiando a las dos mujeres que recorren las calles buscando al hombre perfecto.

Sandra enciende un cigarrillo: lo aspira y suelta el humo, grácilmente. Mira a Márgara, que parece decepcionada. Sus ojos tan maquillados se ven muertos, fijos en el tráfico que está adelante; no en el de atrás. Sandra sigue fumando; en la radio la Madonna canta *feels so good inside* y ambas se saborean los labios. Pero así y todo no pasa mucho. No hay caso: mientras más intentan pasarlo bien, peor lo pasan. Quizá sería mejor volver a casa.

De pronto los ojos de Márgara se encienden. Un antifaz de luz estalla en su cara. La iluminación sale del retrovisor, como si hubiera reflectores invisibles colocados en el espejo. Rápidamente Sandra se da vuelta y ve las dos luces redondas resplandeciendo como panteras en su cara. El auto azabache disminuye su velocidad y comienza a quedarse atrás. Pero sólo por un instante. El señalizado se prende. Avanza, se coloca en la otra pista y acelera. Ya está al lado de ellas. El azul del Celica se refleja en el elegante negro. Ambas están calladas, atónitas. Las ventanas del auto también son negras y relucen. No se ve nadie adentro. Están muy cerca, apenas unos centímetros de distancia. Ambos autos se desplazan a la misma velocidad. Luz roja. Los dos se detienen. Ahora están uno al lado del otro. Sandra, que ya tenía su ventana abajo, está con el codo afuera y mira de reojo la negra ventana. Vendería su alma con tal de poder ver quién está dentro. Y el deseo se cumple: las ventanas —todas las ventanas— comienzan a descender automáticamente. A medida que bajan, va saliendo cada vez más fuerte un rock cuyo ritmo semeja el del latido de un corazón. El interior del auto está iluminado y una extraña luz verde se escapa a través de los espacios que dejaron. Adentro hay cuatro hombres, tipos de veinte, veinticinco años. Los cuatro parecen sacados de una revista de modas masculina. Son perfectos, bellísimos; sus pieles color maní emanan una fragancia espesa y atrayente que cruza de un auto a otro. Cada uno es distinto, tienen peinados diferentes— lo mismo sus ropas, sus relojes, sus rasgos. Pero los ojos los tienen iguales. O muy parecidos. La misma mirada fija, dura, atrapante. La estilización de sus rostros los hace verse falsos, fabricados, maniquíes vivientes que respiran, sudan, acechan.

Luz verde. Ambos parten. Márgara, sin saber por qué, cambia la radio y sintoniza la misma estación que la del auto negro. Ninguno de los dos se adelanta. Se mantienen paralelos. Los tipos no las miran. Ellas no hacen otra cosa que contemplar con la boca abierta y húmeda a esos cuatro ejemplares soñados. Apoquindo parece más lenta, más vacía. Luz roja.

Sandra infla un globo con su chicle rosado. Está que revienta de enojo y tensión. Los cuatro hombres aún no miran para el lado. Y están tan cerca. Bastaría con estirar la mano un poco para acariciar ese mentón duro y serio, para revolver ese pelo a lo Sting, corto y castaño, empapado de gel. Pero el tipo mira quieto el vacío mientras golpea el volante con sus dedos. Los otros tres tienen sus platinosos ojos fijos en el grupo de prostitutas con abrigo de piel sintética y medias caladas que rondan por la esquina de Burgos. Márgara observa con envidia cómo las codiciadas miradas del auto negro se dirigen a esas minas de mala muerte y no hacia ellas, que están de miedo, listas para todo, rajas de calientes por esos cuatro gallos malditos de buenos, enfermos de matadores. Luz verde. Partir.

Márgara acelera a fondo, haciendo rugir el motor, pero no parte. El auto negro sigue ahí, impávido. Una vez más acelera, saca humo y para. Los tipos no responden. Siguen acelerando, suelta, acelera y suelta, embraga: primera, pela forros, sale volando, rajada, a concho, setenta, noventa, picando a todo dar, y el auto negro, refulgiendo como un jaguar oscuro electrificado, como las zumbas para arriba, pasando el letrero rojo de la Gente, el Bowling y su mundillo, dejando toda la taquilla atrás, alcanzándolas, colocándose a su lado, cerca, el viento está fresco y fuerte, despeinando, removiéndolo todo y la Sandra que ya está casi afuera de la ventana, eufórica y rayada, se agarra sus dos tetas con las manos y las aprieta hasta que por poco sus pezones atraviesan la tela y les grita con toda su fuerza *¿quieren hueveo, locos?*

Y comienza a tirarles besos, a abrir su boca, a sacarse el rouge con la lengua. Márgara sigue acelerando, ya van en ciento veinte, no puede parar, la radio ya revienta, *there'll be swinging swaying, music playing, dancing in the streets* y los tipos, cosa sorpresiva, comienzan a sonreír, a tornarse humanos y les devuelven los besos, les gritan frases, garabatos, guiños de ojos, vamos Márgara, acércate, estos sí que van a la pelea, yo me quedo con los de adelante, total, una vez en la vida, qué te importa, huevona, si príncipes nunca vamos a encontrar, loca, una buena cacha no le hace mal a nadie y los minos se van acercando, suave, lento, deslizándose a su lado, ven, guapo, más cerca, así, para sentirte, cosa más rica, si supiera tu mamá, lindo, ven, déjame chuparte, lamerte, y ... ¡mierda!, algo cambia, el auto comienza a enfurecerse, a echar chispas, a tratar de arrollarlas, sacarlas de la pista. Se inicia el encierro, la guerra, el caos; el auto negro arremete contra el Celica, trata de chocarlo, de destruirle la puerta lateral y la batalla sigue, a alta velocidad, solos, sin ningún auto cerca, solamente la avenida como campo de combate y Márgara acelera lo más posible, mientras que los tipos del auto negro les gritan garabatos, más garabatos, insultos, les lanzan escupos y pollos, se bajan los Wranglers y se largan a mear sobre el Celica, a juguetear con sus presas, a ofrecerlas, y ambas radios, como si estuvieran conectadas, como si el auto negro ya dominara, emiten sinfonías crípticas, sonidos bajos y densos chirridos diabólicos y guitarra pesada, enervante, rock metálico, y la niebla, rara para octubre, una niebla verdosa y áspera, inicia su entrada a la calle, llenándola hasta las azoteas de los edificios, tapando toda la vía, bloqueando la vista, los sentidos, paralizando los reflejos y el auto negro avanza sobre el colchón de niebla, circunda al Celica hasta encerrarlo en un tornado púrpura y viscoso y, en medio de risotadas que se escuchan a lo lejos, del caos metálico que se escapa de las alcantarillas, desaparece por una calle transversal, dejando como huella un temblor en los árboles y un estallido en la brisa.

Márgara y Sandra están sentadas en medio de Apoquindo con el auto parado. La calle esta vacía, sin gente, sin buses, sin nada. La niebla sigue y aumenta. Ambas respiran hondo y tratan de olvidar lo recién vivido. La radio ya no funciona. Está muerta.

Se suben al auto, encienden el motor, dan vuelta, y comienzan a volver a casa en silencio, tratando de no meter bulla. El trayecto se hace eterno, como si el pavimento se dirigiera en la dirección contraria. La soledad de la avenida y el mutismo reinante aún no pierden su olor a complicidad. Márgara mira por el espejo y ve dos luces a lo lejos que se vienen acercando rápido. Acelera como nunca lo ha hecho antes.

De una esquina aparece un auto negro que rozando diagonalmente la calle se instala frente a ellas, bloqueándoles la vía de escape. De la nada, dos autos negros se colocan uno a cada costado. Márgara vuelve a mirar el retrovisor: otro auto negro está pegado a su cola. La radio comienza a funcionar, remeciendo los vidrios. El motor se apaga. Los cuatro autos se detienen. Una puerta se abre.

(*Sobredosis*)

LA CASACA VERDE DEL CHE

ANDRÉS GÓMEZ

Nos acomodamos las mochilas y cerramos la puerta de la habitación. La señora Mary, o la tía Mary, como insistió que la llamáramos para no despertar sospechas, recibió la llave y nos despidió sin quitarse el cigarro de la boca. Fumaba con los brazos cruzados en la entrada de la casa, mientras su esposo y su hijo terminaban una tabla de surf. Acuérdense que aquí en Varadero tienen su hogar, dijo, con la voz áspera de tabaco negro. El marido, que era meteorólogo pero que le iba mucho mejor haciendo tablas de surf para extranjeros, levantó la vista, miró al cielo y comentó: Se viene un chubascón.

La mañana estaba tibia y nublada y el viento mecía las palmeras. El cielo se había tornado violeta y la tormenta parecía inminente. Era el tercer día de lluvia, de los cinco que habíamos pasado en Varadero, el paraíso del sol, y no queríamos más. Tomamos un taxi hasta el terminal de buses para seguir a Santa Clara.

Tienen que ir a Santa Clara, nos había dicho Bárbaro en La Habana. Allá se libró la batalla más importante de la revolución, después de eso el Batista se fue del país, nos aleccionaba. Con Cristina ya teníamos planes de visitar esa ciudad, porque allí estaba enterrado el Che Guevara y porque se decía que estaba también la casaca que había usado en esa célebre foto donde aparece mirando hacia el horizonte. Claro que está y allí viven mis papitos. Vayánse pa' allá, decía Bárbaro, pese a que recién lo conocíamos.

El bus salía a las doce, según indicaba el tablero del terminal. Eran las diez de la mañana; tendríamos que esperar dos horas. Pero no era nada nuevo: en Cuba siempre hay que esperar. Pedimos los boletos.

—No se puede —respondió el vendedor.

—¿Por qué? ¿Están agotados? —preguntó Cristina y me miró con cara de reproche.

Ella me había dicho que compráramos los pasajes el día anterior, y yo, con un ron en la mano, alegre y confiado en nuestra última noche en Varadero, le respondí que no se preocupara, que no era necesario, porque allí todo el mundo anda en tour, no a pie como nosotros, y nadie iría por boletos al terminal.

—No, no están agotados. Es un bus sólo para cubanos —explicó el boletero.

Yo suspiré aliviado.

—¿Y a qué hora sale el siguiente? —preguntó Cristina.

—El de extranjeros parte mañana.

—¿Mañana?

El hombre asintió con la cabeza.

—¿Y hoy no hay más buses a Santa Clara?

El hombre negó con la cabeza.

—No puede ser. No podemos pasar otro día aquí —argumentaba Cristina y yo la apoyaba con mi propio movimiento de cabeza.

—Sí puede ser —decía el boletero, de lo más tranquilo—, hoy no hay más buses a Santa Clara. Quédese otro día y viene mañana.

Me acordé otra vez de Bárbaro, que nos había dicho aquí todo funciona ordenadito, vayan tranquilos, hermanos, y recordé también el chubascón que pronosticó el marido de la señora Mary, y los días que habíamos visto llover sobre el mar y que no queríamos repetir.

—¿No podríamos subir al bus de cubanos? —pregunté amablemente.

El boletero, que hasta ese instante mantenía una expresión de distancia o pereza, me miró como si hubiera dicho una blasfemia, o yo fuera un espía pagado por la CIA, y en un momento creí que apretaría un botón y se abriría el suelo y caeríamos al pozo de los cocodrilos; pero sólo dijo, fuerte y claro:

—No, señor, no puede. Los buses para cubanos son para cubanos; los buses de extranjeros son para extranjeros, ¿comprende? Estas son las reglas de la revolución y a Cuba le ha costado mucho mantenerlas. Si tienen esa urgencia, ¿por qué no cogen un taxi? Afuera los encuentran.

El rostro de Cristina se ensombreció como el día. Para consolarla —y evitar la tormenta—, dije que seguro eso era producto del bloqueo imperialista —aunque yo no estaba tan seguro— y le pedí que se sentara mientras iba por los taxistas. Pero no fue necesario salir, porque ya estaban enterados de nuestra situación —en Cuba todo el mundo se entera de tu situación— y nos rodeaban.

—¿Quieren ir a Santa Clara? —preguntó uno de ellos, de bigote ancho y profuso.

—¿Cuánto cobra? —consulté.

Cruzó un brazo por mi hombro, como si fuéramos viejos conocidos.

—Dame ciento cincuenta dólares, hermano, y ya nos vamos —dijo sonriendo.

—¿Ciento cincuenta dólares?

—Y al mediodía estás almorzando en Santa Clara. Déjame ayudarte con tu mochila.

El pasaje en bus costaba diez dólares; estábamos dispuestos a pagar más con tal de salir ese día, pero ciento cincuenta dólares...

—No; es mucho dinero.

—¿Cuánto quieres pagar? —preguntó él, escondiendo la sonrisa tras el bigote.

—No sé, máximo cincuenta —improvisé.

—No pues, hermano. Yo te digo que por menos de ciento treinta no se puede. Piensa: Santa Clara está a tres horas y yo te llevo a ti y a tu compañera cómodos y tranquilos. ¿Tú sabes lo caro que está el petróleo? —disparó, pero yo no tenía idea—. Y mi carro está equipado con radio casetera y alza vidrios —subrayó, como si fuera lo último en tecnología.

—Yo les hago un precio más barato —dijo otro. Era un hombre mayor, moreno y de pelo canoso, con un gran habano entre los dedos.

—¿Cuánto?

—Cien dólares.

—Es mucho.

—Noventa... Nadie les cobra más barato.

Hice otras consultas y comprobé sus palabras. Noventa dólares era el precio más económico, pero aún era demasiado dinero. Me senté junto a Cristina. Afuera el viento levantaba papeles y formaba remolinos.

—Parece que el petróleo está caro —dije.

—No quiero quedarme otro día —contestó ella.

Los taxistas esperaban que tomáramos una decisión. Fui a la boletería y, con mi mayor cara de amigo del pueblo cubano, traté de convencer al vendedor para que nos dejara subir al bus de las doce. Mas no hubo caso.

El hombre no está hecho para la derrota, susurró una voz en mi interior. Era Hemingway. Eran las palabras de Hemingway en *El viejo y el mar*, libro que decidí llevar en el viaje. Resolví enfrentar de nuevo a los taxistas, como el solitario y valiente pescador de Hemingway. Lo hice amistosamente primero (amamos a Cuba, somos amigos de la revolución), con fuerza y carácter luego (¿ustedes saben realmente cuántos son cien dólares?) y como un soldado herido al final (por favor, somos estudiantes, no tenemos dinero). El resultado: un tremendo e inapelable fracaso, pero la certeza —mínima, es cierto, pero certeza al fin y al cabo— de que no todo estaba perdido.

Entonces se aproximó otro tipo que había observado a distancia. En voz baja dijo que mientras estuviera el guardia —guardia que no habíamos visto y que él nos hizo descubrir— no conseguiríamos nada.

—Hay que distraerlo —dije, convencido, pero el cubano me disuadió.

—No, no se va a mover, sobre todo ahora que sabe que ustedes quieren irse. ¿Van a Santa Clara, no?

A esa altura todos sabían dónde íbamos, pero insistían en preguntar.

—Yo soy de ahí. Mi hermano tiene taxi y va para allá ahora; puede llevarlos barato.

Esa era la razón de su preocupación por nosotros. El rostro de Cristina se iluminó levemente —nublado variando a parcial, diría el marido de la señora Mary— y yo también me sentí iluminado.

—¿Cuánto cobra?

—Espérame que voy a verlo.

Regresó cinco minutos después, con actitud de traer buenas noticias, aunque no nos hacíamos muchas esperanzas.

—Cincuenta.

—¿Por ambos? —preguntó Cristina.

—Sí, veinticinco y veinticinco.

A Cristina se le iluminó la otra mitad de la cara —cielo despejado— y yo me sentí tan feliz como si hubiera ganado en la pesca milagrosa.

—Me llamo Basilio —dijo.

—Qué nombre tan bonito —respondí, cargando la mochila—. ¿Dónde está su hermano?

—Allá afuera, síganme.

El hermano de Basilio estaba a cinco cuadras; poco más y salimos de Varadero.

—Es que no es un taxi oficial —nos explicó.

No era un taxi oficial, y con mucha solidaridad latinoamericana se le podía llamar automóvil. Era un Lada antiquísimo, tal vez de la primera generación; había sido blanco, pero el óxido lo cubría casi por completo, y tenía los parachoques caídos. Vaya pesca. A pesar de su estado calamitoso, el Lada llevaba los vidrios polarizados.

—Este es mi tesoro —dijo el hermano de Basilio, un hombre bajito y moreno llamado Michael.

Un tesoro recién sacado del mar, susurré a Cristina, en cuyo rostro aparecieron de nuevo los cumulonimbos de tormenta.

—¿Funciona bien? —preguntó ella.

—Ya verá cómo corre mi tesoro, señorita.

No teníamos más opción: subimos al Lada. Lo primero que nos inquietó, además de su potencia aún desconocida, es que no había manillas para bajar los vidrios polarizados traseros; en su lugar quedó un orificio y el perno desnudo. Lo segundo es que no partíamos nunca. Michael conversaba con Basilio en la vereda como si tuviera todo el día libre.

—¿Qué pasa, por qué no nos vamos? —preguntó Cristina.

—Déme un minuto, señorita —respondió Michael.

En ese momento me di cuenta de lo diferente que podían ser dos hermanos: Basilio era blanco, pelo claro y estatura media, y Michael era negrito, cabello motudo y estatura mínima. Apareció un tercer personaje, grande y calvo, que traía un tarro de pintura y una bolsa plástica. Michael subió y se acomodó frente al volante, que le quedaba alto, tan bajito era, y el calvo se instaló de copiloto, ocupando dos tercios del espacio.

—¿Él también viaja con nosotros? —preguntó Cristina.

—Sí, es mi hermano —dijo Michael.

¿Otro más?, pensé.

—¿Y Basilio también es su hermano?

Michael no escuchó la pregunta, porque en ese instante encendió el motor y el Lada tosió como viejito asmático. Basilio se acercó a la ventana y gritó:

—Déjalos en la casa de José, el amigo mío, el colorao.

—Okey —respondió Michael.

—Oiga, espere —se adelantó Cristina—. ¿Adónde nos quiere llevar?

—No se preocupe, señorita —dijo Basilio—. José es amigo mío y les puede dar alojamiento económico. Llévalos para allá —ordenó y Michael asintió y hasta el calvo aprobó la idea con el dedo gordo en alto.

—Ah, no. Nos bajamos —replicó Cristina—. Esto no puede ser.

—No se alarme, señorita. Los llevamos donde ustedes nos digan —aseguró Michael, mientras hacía partir el Lada y dejábamos a Basilio atrás.

—¿Qué es lo que pasa? —intervine— ¿Por qué nos mandan a un lugar sin preguntarnos? ¿Por qué viene él con nosotros? —agregué indicando al calvo.

—No pasa nada, compañero. Este es mi hermano Anito y siempre andamos juntos. Y Basilio sólo quiere ayudar a su amigo José. Acá en Cuba las cosas son así.

—¿Basilio también es hermano de ustedes? —pregunté.

—En Cuba todos somos hermanos o medio hermanos —habló el calvo Anito.

—Queremos que nos dejen en la tumba del Che —dijo Cristina.

—Pues a la tumba del Che vamos directo.

Tomé la mano de Cristina para tranquilizarla. O tranquilizarme. Todo parecía sospechoso: Basilio, el pequeño Michael y el grandulón Anito, el auto polarizado.

—¿Cómo bajamos los vidrios?

—Las ventanas están malitas. Si quiere intente con la llave —propuso Michael.

Anito me extendió la herramienta y traté de hacer rodar el perno, pero este no se movió.

—¿Quieren más aire? —preguntó, bajando todo el vidrio de su ventana.

Habíamos tomado la carretera y salíamos de Varadero. El cielo pasó del violeta al azul oscuro, oscurísimo. Junto al camino nos despidió un letrero que decía: «El dinero del turismo es para el pueblo de Cuba».

—Aquí no pasa nada. Cuba es el país más seguro del mundo —afirmó Michael.

Cristina miraba a través del vidrio ahumado para reconocer el camino. Yo saqué el mapa de la isla e identifiqué la carretera. Anito abrió la bolsa de plástico y entusiasmado le mostraba el contenido a su hermano. Eran casetes de música; de la mejor, decía.

—¿Les gusta la música? —preguntó.

En ese minuto la música era lo que menos nos importaba. Anito puso una de las cintas y de la radio salió la batería estrepitosa de Phil Collins. Ambos lo celebraron con júbilo, como si fuera el hit del momento. El Lada había ganado velocidad y avanzaba dejando una negra estela de humo petrolero. Cercada por campos y palmeras, la carretera era una lengua de asfalto ancha y solitaria, casi desolada; sólo a veces cruzaba un camión por la otra pista o algún automóvil de los años 50. El repertorio musical continuó con viejos cracks: Debbie Gibson, Rod Stewart, Cindy Lauper, Michael Jackson.

—Estos son cantantes —decía Anito, fascinado.

Era una extraña banda sonora para ese entorno, extraña y estridente; mas ellos estaban felices. Cuando cumplíamos una hora de viaje, me sobresalté nuevamente. Habíamos llegado a un cruce y, en lugar de seguir la carretera central, tomamos otro camino.

—Se equivocó, es por allá —dije.

—Es mejor esta ruta. Es más directa —afirmó Michael.

—Por la carretera central hay muchos controles —explicó Anito.

De modo que continuamos el viaje por una vía desconocida, casi invisible: la busqué en el mapa, pero no figuraba.

—¿Está ahí? —me preguntó Cristina.

—Sí —mentí.

Una sensación de frío me recorrió el estómago y la espalda. Pero aunque no sabía adónde conducía la ruta, me tranquilizaba el hecho de que se veía más transitada que la carretera; claro que los vehículos eran muy distintos: carretas tiradas por burros y desvencijados tractores. Parecía un paisaje campesino de otra época. Cada vez que nos cruzábamos con algún vehículo, Michael hacía sonar la bocina y Anito saludaba con su brazo por la ventana.

Yo seguía con el mapa entre mis piernas. Al llegar a los diferentes pueblos, Michael me decía el nombre. Búscalo, hermano, ahí debe estar. Era verdad: allí estaba cada uno. Progresivamente nos acercábamos a Santa Clara y mi espalda se distendía. ¿Lo encontraste? ¿Ves que vamos bien?, preguntaba. Yo asentía y, aún preocupado, le sonreía a Cristina, que se mantenía tensa.

Todo iba bien, como decía Michael, hasta que entramos a Jicotea.

—Vamos a desviarnos un poco —dijo, al mismo tiempo que viraba por una calle sucia y estrecha.

—¿Por qué? ¿Adónde vamos? —saltó Cristina.

—Tenemos que pasar a la casa de un amigo. Es sólo un momentico —habló Anito—. Al rato volvemos a la carretera.

Ahora sí que nos asaltan y nos matan, pensé. Busqué el cortaplumas en el bolsillo y me encomendé a Hemingway y al Che Guevara juntos. Pero ellos parecían tan perdidos como nosotros (Michael y Anito, quiero decir). La calle subía por una colina y, a medida que avánzabamos, el Lada carraspeaba semi ahogado.

—¿Tú sabes bien dónde es? —preguntó Anito.

—No sé. A ver, pregúntale a esos negritos —dijo Michael.

Los negritos eran cuatro niños tan morenitos como Michael.

—¿Ustedes saben dónde es que vive Jimmy, el que pinta?

—Tienes que ir recto, todo recto —contestó uno— y pasar el camino de tierra. Allá donde está el árbol grande, por ahí vive Jimmy el que pinta.

Entramos en el camino de tierra. Avanzábamos a tropezones, porque la calle estaba cubierta de piedras. Con cuidado, Michael, decía Anito, que en cada salto se golpeaba la calva en el techo. El paisaje se volvía más inquietante a cada segundo: casas empobrecidas y algunos perros mordisqueando la basura. Llegamos al árbol grande. Alrededor había dos hileras de chozas cansadas y gente en la vereda. ¿Dónde será?, se preguntaban los hermanos. Por fin una señora despejó la incógnita. Era una casa pequeña, en cuyas paredes había un fantasmal tono rosa; tenía la puerta abierta y a través de ella se podía ver el piso de tierra. Michael y Anito bajaron.

—¿Aquí vive Jimmy, el que pinta? —gritaron por la puerta.

—¿Quién pregunta? —respondieron desde el interior.

—Le tenemos un trabajito —volvió a gritar Michael.

Salió una mujer gorda, mulata, y se quedó mirando el automóvil. Ese Jimmy debe ser un reductor de extranjeros, pensé, angustiado. Bájate, para que te vean los vecinos, me dijo Cristina. Lo hice. Estiré piernas y brazos lentamente y recorrí el entorno con la vista. Los vecinos me miraron con recelo, como se observa a un intruso. Michael y Anito se alarmaron.

—Este es mi primo... Ignacio —dijo Michael.

—Buenas tardes —me saludó la mujer.

Jimmy el que pinta estaba por llegar, dijo. Esperamos cinco minutos y seguimos, aseguró Michael. Encendí un cigarro. Un grupo de niños se acercó al Lada y saludó a Cristina por la ventana del copiloto. Vayánle pa'otro lao, ordenó Anito. Entonces apareció un hombre flaco y sucio, con la barba rala y los ojos hundidos. Era Jimmy, el que pinta.

—¿Es este? —preguntó, mirando fijo el Lada.

Jimmy resultó ser pintor de autos y Michael y Anito querían pintar el suyo. Respiré más tranquilo, aunque aún palpaba el cortaplumas en mi bolsillo. Le entregaron el tarro de pintura que habían llevado. Jimmy leyó la etiqueta y enseguida inspeccionó el tesoro.

—Esto no se puede —dijo.

—¿Por qué? ¿Cuál es el problema, compañero? —inquirió Michael.

—Esta pintura no sirve. Hay que cambiarlo todo, todita la cobertura. Mírala: esto es óxido, hay que sacarlo.

—¿Qué es lo que tú dices, compañero? Esta es pintura original, ¿me oyes? O-ri-gi-nal —silabeó Anito.

—Pero ya está podrida, no se puede hacer na' con ella.

—Este carro era de mi papito. Ha tenido una sola familia, óyeme. Una sola. ¿Cómo es que va a estar mal? Míralo bien, compañero —insistía Anito.

Los hermanos defendían el auto con vehemencia, ante la impasible desaprobación de Jimmy. Pronto la discusión se hizo colectiva; los vecinos se sumaron y todo el que pasaba daba su opinión. Los cinco minutos de espera se transformaron en quince. Cristina decidió bajar y, antes de que dijera nada —porque lo iba a decir—, Anito recogió el tarro y tomó a Michael de un brazo, levantándolo del suelo.

—Nos vamos —dijo.

Deshicimos el camino en silencio. Los hermanos no hablaban. Ni se miraban. Había una tensa calma en el Lada, interrumpida sólo por los ¡carajo! que Anito profería cada vez que volvía a golpearse la calva en el techo. Al ingresar a la carretera, programó nuevamente a Phil Collins y Michael continuó enumerando los siguientes poblados.

Nos acercábamos a Santa Clara.

—Estamos por llegar —le dije a Cristina.

Ella sonrió por primera vez en el viaje y eso me alegró.

—Sí, señor, ya queda tantito para la tumba del Che —precisó Michael.

—El Che Guevara... Era fuerte el hombre —dijo Anito—. Era fuerte.

—Ese sí —lo apoyó Michael—, ese hombre tenía cojones. Y murió como tenía que ser, en su ley.

—A que yo me le parezco —afirmó Anito.

—¿Al Che? En lo hablador será, hermano, seguro que sí.

—No te lo creas, Michael. ¿Me has visto cuando me pongo las botas y la chaqueta verde? Las mulatas me persiguen como mosquitos.

—Como mosquitos quieren alejarte, Anito, porque esa chaqueta y esas botas huelen a mierda de pantano.

—Ah, no. Eso no es así. A Siomara le encanta y ella me dijo: eres fuerte y grande como el Che.

—¿Siomara, la jinetera? ¿Es que tú no sabes, hermano? Esa mulata, jinetera y todo, ama los trajes verdes porque está loca por Fidel. Como tú lo escuchas. Así que Anito, yo creo que ella te dijo Fidel, y tú escuchaste Che.

El calvo quedó pensativo y después de un rato dijo:

—Puede ser. ¡Al carajo con Siomara!

Los hermanos rieron juntos, y sus carcajadas eran tan alegres y sonoras, que nos hicieron sonreír. Ya no parecían amenazantes como al comienzo. Al contrario, me provocaron algo parecido a la ternura. Pocos minutos después, arribábamos a nuestro destino.

—Aquí es Santa Clara —anunció Michael.

La ciudad se veía triste, derruida, como casa abandonada. Tal vez era la gris luz del día, pero no parecía el escenario de la decisiva batalla de la revolución. Michael detuvo el Lada.

—Hasta aquí podemos dejarlos. La tumba del Che está a cien metros. No podemos ir hasta allá —explicó.

—Está todo rodeado de policías —agregó Anito.

—Está bien así. No se preocupen —dijo Cristina.

Nos ayudaron a bajar las mochilas y les entregué su dinero.

—Gracias, hermano —dijo Anito, con un resplandor en la cara.

En ese momento sentí espontáneas ganas de abrazarlos o invitarles una cerveza. De pronto me parecieron indefensos y vulnerables como un par de niños. Pero sólo nos despedimos con un apretón de manos.

—Sigan recto y van a encontrar la tumba —señaló Michael.

Regresaron al Lada. El automóvil dio la vuelta en dirección a Varadero; Michael tocó la bocina y Anito sacó su brazo por la ventana. Cristina y yo nos acomodamos las mochilas y caminamos en el sentido que nos indicaron.

La tumba del Che resultó ser un gran plaza de cemento, larga y ancha como campo de fútbol, rodeada de policías y militares. A través de una escalinata, se accedía al altar donde estaba la estatua del guerrillero, de pie sobre un monolito de piedra. La escultura era inmensa y lo representaba en acción con el fusil en la mano derecha. Más abajo, otro monolito reproducía una frase: «Estaría dispuesto a entregar mi vida por la liberación de cualquiera de los países de Latinoamérica». Daba escalofríos. La leí dos veces y observé el rostro de la estatuta: en su cara no había vacilación ni miedo.

Bajo la superficie se encontraba el nicho y el museo y allí no se podía tomar fotografías. Una exposición recorría su vida y explicaba cómo se transformó en guerrillero. Había fotos suyas de niño, de joven en motocicleta, y de comandante; había también una buena cantidad de objetos personales, como su cámara, la cantimplora que llevaba durante la campaña de la revolución y los increíbles instrumentos que habilitó para operar y sacar muelas en la Sierra Maestra; instrumentos que producían pánico.

En una vitrina antibalas, estaba la famosa casaca verde que llevaba el día que Alberto Korda lo inmortalizó. Marzo, 1960, decía la tarjeta informativa. La observé detenidamente y me estremecí. Me alejé y volví a acercarme. Le di la vuelta.

—¿Esta es la casaca verdadera del Che Guevara? —pregunté a una guía.

—Sí, señor. Fue restaurada, pero es la original.

No parecía el chaleco de un hombre fornido, como era Anito y como pretendía la estatua del mausoleo. La espalda era estrecha, como la de un muchacho, y las mangas medianas. Era la casaca de un hombre de estatura y contextura media.

Salimos. Miramos por última vez la escultura. La oscuridad del cielo la hacía ver como un monumento sombrío. Mientras bajábamos la escalinata, sentí una inexplicable congoja. Comenzaban a caer las primeras gotas del chubascón.

(*Manzana envenenada*)

REINA DE PIQUES

LINA MERUANE

En cada mazo cincuenta y dos naipes que aún barajo a ojos cerrados, escuchando su repicar; un taconeo preciso y fugaz, como carrera acelerada en pasillos oscuros, arriba abajo por interminables escaleras de piedra, luego pasos que se detienen, y arriba otra vez, repito, y abajo, las alocadas diversiones de palacio.

Mi padre me había enseñado el valor de cada carta. Las pintas, aseguraba, eran cardinales de una sola familia real, aunque distinguía los corazones rojos de los corazones negros invertidos. Sentenció con finura la regla de todo juego y la ley del naipe que yo no debía olvidar: el rey manda, la reina obedece, los once restantes son súbditos.

Al atardecer lo veía cortar y cartear junto a tres acompañantes: ocho codos solían venir a apoyarse sobre el mantel de terciopelo gastado, cuatro pares de manos con once cartas cada uno, dos parejas que apostaban por el mazo apilado en el centro de la mesa. Un mazo que crecía en cada ronda hasta que apareciera el naipe preciso.

Su dedo anular, ceñido por el grueso anillo áureo, apartaba el tesoro. La pesada e inconfundible mano de mi padre tahúr. El eximio estratega. As de la canasta, le decían por sus escalas de picas; soberano, por las siete *güinas* que ponía en perfecta comparsa sobre el mantel. Conquistadas las damas negras y rojas, los jugadores aplaudían como cortesanas. Le guiñaban al vencedor, le lanzaban sonoros besos que irían deshaciéndose en el aire a través del salón.

Yo no recordaba sus nombres, que siempre cambiaban. Sus gestos sí podía anticiparlos, estaban concertados como pasos de baile: la manera de saludar enganchando sus dedos, la delicadeza al sentarse sobre el mullido tapiz y al frotar el vaso de whisky contra la solapa, el ceremonioso modo de tirar las cartas sobre el mantel y de quedar en suspenso hasta la siguiente jugada.

Había tardes en que llegaban más de tres, y yo debía ceder mi espacio sobre la alfombra. Apesadumbrado juntaba mis naipes y me levantaba para ir a asomarme por encima de algún hombro, un poco mareado por el humo de la sala donde ellos fumaban. Era seguro: me aburriría viéndolos perder ante mi padre.

A las partidas de los martes llegaba otra clase de invitados: amigos: siempre los mismos sujetos elegantes y pausados al hablar, que se referían al bridge como a un arte reservado para hombres de otra categoría, intelectuales. Yo los prefería por su silenciosa manera de engarzarse en el lance.

Sólo durante esas veladas lograba concentrarme en mi solitario. Mezclaba mis cartas las veces que fuera necesario para perfeccionar la jugada, cazar al monarca y a su dama. Pero el valet se obstinaba en la cartulina, burlándose de mi suerte, corrupto comodín. Yo elegía omitir la advertencia de mi padre: que los naipes no dependen del azar sino de la destreza de quien los comanda.

Sobre la mesa, él, experto militar, construía bazas perfectas; y el tío Antonio, sur de mi padre cuando este jugaba de norte, se levantaba con orgullo, se acercaba a él sigiloso, y perdía su latitud mordiéndole con delicadeza el contorno de una oreja.

Mientras yo mezclaba las cartas sobre el piso vigilaba a mi padre, absorto en la misma hazaña con los ojos cerrados, lo veía barajar y barajar, concentrar su vehemencia en una sonrisa, lamer el cedro de su puro, aspirarlo sin prisa, retomar el naipe. El Rey repartía sus cartas sobre el terciopelo. El juego interrumpido retomaba su curso y yo también exploraba mi solitario en busca de la reina.

Exhalaba humo, mi padre, y el aroma a tabaco se deshacía en sus palabras. Podía escucharlo señalándome como su heredero.

Ay, Príncipe, bromeaban sus amigos, y acariciaban mi espalda buscando la apuesta entre mi cuello y la camisa.

Alguno, el tío Antonio muchas veces, fingía decir algo en mi oído y mi padre me miraba serio otra vez. Que volvieran a la mesa, que dejaran de espiar mi juego. Y me afanaba con el mazo, impaciente, trampeando toda regla para obtener la carta que requería.

El dinero empezaba a deslizarse hacia el trono. Las manos del Rey con las venas hinchadas y los dedos hechos puño. Las arcas llenas. El momento llegaba: los amigos de mi padre se veían obligados a empeñar sus chaquetas de vestir, las camisas de diseño europeo, sedosas corbatas; luego se sacaban sus pantalones, cortados por un sastre extranjero. Sólo él permanecía inmutable, erguido, fumando: la mirada fija en la sudada desnudez de los vencidos.

Si había concluido mi solitario, también me distraía observando sus cuerpos fláccidos. El tío Antonio tenía un vientre desmesurado que lucía sobre las huesudas rodillas: era un bufón penitente. Los demás no lucían mejor en calcetines cortos, sus palmas cubriendo las tetillas regordetas. No parecía importarles; reían con miradas húmedas, se reían.

Mi padre también parecía feliz. Me llamaba a su lado. ¿Cómo se encuentra mi Príncipe? Elija la prenda que desee, me ordenaba. Pero aquellas ropas eran demasiado grandes para mí. Y yo sabía que iba terminar por absolverlos, que a la mañana siguiente no habría huella de trajes ni de súbditos. Se marcharían durante mi sueño.

Era tarde. El Rey dijo que el pequeño Príncipe debía retirarse a sus aposentos.

El juego continuaba en mi ausencia. Bajo las sábanas yo seguía percibiendo el murmullo de la conversación. Alguien decía, as de picas, y golpeaba la mesa con el puño. O tal vez con una botella. Otro nombró a la reina: esa sola palabra produjo una descarga de carcajadas.

Me dormí pensando en su majestad, la *qüina* de *piques*. No podía olvidar que toda escala, como todo palacio, requiere su dama.

Más tarde, esa misma noche, vi a la soberana de negro sentada a los pies de la cama. Un segundo, apenas. Allí donde se encontraba sólo distinguí mi armario con puertas de espejo.

Las risas pronto cesaron.

El golpe suave de la puerta me indicó que la partida había terminado.

Esperé unos minutos antes de levantarme del insomnio para ir en busca de mi padre. Crucé el salón. Las baldosas del suelo estaban frías. Los vasos me parecieron torres de cristal, en ronda sobre la mesa. Me acerqué a la puerta, la luz se colaba por la ranura.

Abrí sin tocar, sobresaltado por la súbita tormenta que parecía haberse desencadenado allí dentro.

Había confundido la voz polifónica del viento con la pesada respiración de mi padre, con el jadeo intermitente de otro hombre.

El Rey y su adversario luchaban desnudos sobre el camastro de bronce, crispados en una danza exaltada. Las uñas se me enterraban en la palma, tan apretados tenía yo los puños; mis muslos estaban duros, el cuerpo en tensión. El heredero debía luchar a su lado. Me quité la ropa y salté sobre aquel campo de sábanas revueltas, susurrando; aquí estoy, mi Rey.

No me oyó. Creo que ni siquiera me vio venir en su ayuda. Había atrapado con los brazos a su enemigo, el tío Antonio, y le clavaba su cuerpo sin que este pudiera ya defenderse. Yo también quise golpearlo, pero no tenía fuerza suficiente ni pericia en el combate.

El tío Antonio me abrazó por detrás, me sujetó sudándome la espalda con su pecho.

Estaba atrapado.

Preferí guardar silencio y no pedir auxilio. El enemigo empezó a besarme la nuca. Introducía su lengua caliente en mi oreja, en mi boca cuando la abrí para no ahogarme.

Dejé que barajara mi torso, mis caderas entre sus dedos precisos, mientras el Rey insistía en que, acariciado contra el suave mantel de la mesa, el naipe no debe oponer resistencia.

Asentí, cerrando los ojos hacia la voz que me llamaba *Reina... Reina mía.*

(*Las infantas*)

UNA RISA NEGRA, NEGRA

FLAVIA RADRIGÁN

Una noche de junio, mi abuela me hizo entrar al baño, encender dos velas y mirar en el espejo. Dijo que a veces el mandinga solía presentarse y regalar uno de sus dientes de oro. Le pregunté a cambio de qué hacía eso, no me contestó.

Desde entonces el rito comenzó a repetirse, ella siempre agregaba algo nuevo a su historia, pero en ello no había nada que aclarara por qué me obligaba a ejecutar esa ceremonia. Muy pronto empecé a sentir más miedo que curiosidad.

Cuando me tocaba realizarla no trababa la puerta, como ella quería, ni encendía las velas, sólo bajaba la tapa del excusado y me sentaba a esperar. El espejo quedaba de perfil a mí, sólo por eso me atrevía a mirarlo, jamás vi nada; de todas maneras, llegada la hora de salir lo hacía a gatas, no fuera cosa que los ojos del mandinga estuviesen allí, esperando encontrarse con los míos.

Terminado el ceremonial me acostaba sin comentarios, silenciosa. Ella, toda ojos aguileños de mirada fija e inquisidora, a veces inmortal, rezaba el rosario sentada en la cama; pañuelo en la cabeza, chal en la espalda, imagen de la Virgen del Carmen en una mano y en la otra el rosario; oración por los parientes vivos, oración por los muertos, incluidos mis padres. Algo le sentaba bien, quizás la inmovilidad, que siempre recuerda lo eterno, quizás el reflejo luminoso de la imagen y el rosario, alumbrando zonas de su viejo y duro rostro.

Pero al amanecer era bruja de nuevo. Volvía a parecer un gallo, con la cresta en la papada, pellejo suelto bailándole cada vez que arrastraba los pies para trasladarse.

En general, la envoltura de piel parecía ser demasiado grande para su esqueleto y a veces sentía infinitas ganas de agarrar esa piel y ajustársela a los huesos, para que dejara de circular aparte. Pero sólo le bastaba fijar en mí su mirada inmortal para alejarme rápidamente de ella.

Vivíamos solas en esa casona donde todo sonaba y se movía. Según ella era el mandinga, que vigilaba. Y más aún ahora que estábamos en junio, mes en que se pagaban las deudas.

También vigilaba la Virgen del Carmen, que durante todo el día permanecía en una repisa muy alta, observándolo todo; y detrás de ella, escondido, el rosario, huesos santos que, al igual que ella y el mandinga, vigilaban.

Desde que había comenzado el rito de las velas a los costados del espejo, mis mañanas en el baño eran un martirio, ya que debía poner un lavatorio en el suelo y lavarme en cuclillas para huir de lo que nunca aparecía en el espejo, pero que podía aparecer en cualquier momento; lo más complicado era el peinado a ciegas y la inquietante sensación de irme olvidando de mi propio rostro.

Entonces un día se me ocurrió que si la Virgen estuviera cerca yo no sentiría temor de mirarme. No lo pensé dos veces, y en la hora en que mi abuela dormía siesta busqué un palo y comencé a dar puntazos a la repisa, antes puse un cojín en el suelo para que la imagen cayera sobre él. Pero primero cayó sobre mi frente y de allí al suelo, donde se hizo trizas. Bajé gritando por las escaleras, llamando a mi abuela por entre el llanto, el dolor y el miedo. Rápidamente me acostó sobre la mesa de la cocina y comenzó a quemar unos pedazos de género blanco, que luego fue poniendo sobre mi frente herida. Cuando la sangre dejó de fluir subió a enterarse de lo ocurrido.

No podía moverme y tenía la cara tapada con cenizas, pero sentí cada paso que dio al subir. Pensé que el castigo sería grande cuando viera lo ocurrido, pero afortunadamente no entró al dormitorio, se fue directamente al baño. Después de largo rato bajó con una pomada, me limpió la cara y me embadurnó con ella. Estaba rara. «Ahora estamos solas —dijo. Y agregó después de una enorme pausa—: No fui yo quien decidió eso.»

Sin mirarme a la cara, me mandó a acostar. No hubo castigo, lo que me pareció muy extraño, ya que ella gozaba retando y azotando.

En el dormitorio no había rastros del desastre. Estaba segura que ella no había entrado, pero el piso estaba limpio y el palo y el cojín habían desaparecido. Este hecho me sorprendió bastante, pero el sentimiento dominante en mí era el temor a que mi abuela se arrepintiera de no haberme castigado, así que no quise averiguar nada y me acosté.

Llegada la noche mi abuela subió con una bandeja con comida, la puso sobre el velador y se marchó. Ese día no hubo ceremonia.

Al despertar, mi abuela ya se había levantado, sentí pánico, pues era yo quien debía levantarse primero. Comencé a vestirme apresuradamente, pero no alcancé a hacerlo. Cuando entró casi no la reconocí, la piel ya no le colgaba, me pareció mucho más alta, casi hermosa; además, hacía algo que jamás había hecho: sonreía.

—No dejó ningún diente de oro —dijo—. Hizo algo mucho mejor.

Abrió los brazos, para mostrarme su nueva juventud.

—¿No te parece?

Desde el baño llegó una risa de satisfacción, que me hizo comprender que yo era el pago de ese milagro maldito.

Era una risa negra, negra, negra.

(*Inédito*)

EL FESTÍN DE LA NÁUSEA

MAX VALDÉS

A las dos de la madrugada Alonso Pérez de Albéniz me llamó por teléfono. Una llamada inquietante de alguien que se caracteriza por su prudencia y recato. Pérez de Albéniz llevaba quince meses investigando a oscuros artistas europeos que llegaron a América entre los años 1599 y 1666. Sus obras representaban visiones infernales. Concepto novedoso para la población inculta de este continente. Iba tras la huella de un personaje: el Abate García de Jalón y su serie de las tentaciones, específicamente *El festín de la náusea*. Su objetivo era hallar los símbolos de dispersión del sujeto en los primeros americanos. Según Pérez de Albéniz, la náusea era sólo un barniz del aspecto demoníaco en los pintores teólogos. Por extraña causalidad en ese mismo período existió un contagio que mató a miles de indígenas. Los primeros síntomas fueron la náusea luego del compromiso generalizado del cuerpo; todo eso se evidenciaba en los cuadros referidos. El estudio del origen del mal y su vínculo con los nativos lo tenían alejado de las aulas y enajenado de sus camaradas.

Nos preguntamos si su vocación había sido vulnerada por la obsesión o si los largos años de enseñanza le habían afectado a tal punto que ya no lograba sociabilizar con sus colegas. No había ahora en él ninguno de esos brillantes talentos que le dieron prestigio entre sus pares. Quizá por eso nadie en la universidad se preocupó por él. Su planilla de remuneraciones estaba intacta, en los últimos doce meses no se había presentado a cobrar. Su único interés era esa intrascendente y absurda historia de la irrupción metafísica en el alma de los indígenas de Sudamérica.

Eso llegamos a conocerlo a través de sus propios manuscritos y de la confesión de sus ayudantes: dos desconocidos especialistas: uno en teología y el otro en ciencias ocultas.

Su investigación no nos convenció. La presentíamos absurda y baladí. Incluso experimentamos cierta conmiseración la última vez que le vimos salir de la biblioteca de humanidades con una carga de textos demasiado pesada para su edad.

Todo aquello asaltó mi memoria cuando la extraña voz de mi correligionario suplicaba que fuera de inmediato a la vieja casona.

Bajé a la Alameda. Había detenido un tranvía cuyo destino era Cochrane-Cementerio General. Al interior del carro eléctrico no había conductor ni pasajeros. Me sorprendió una ligera llovizna que embadurnaba las aceras. La oscuridad estaba contenida en los viejos edificios y dentro de los objetos. Caminé rápidamente por las desoladas callejuelas. Los faros apenas iluminaban los estrechos laberintos. Sobre los recipientes de basura acumulados en las esquinas había perros devorando restos de comida en descomposición.

Mi amigo Pérez de Albeniz había llegado muy lejos; con el dinero ahorrado durante años, alquiló una vieja residencia de fines de siglo que se caía a pedazos. Me confesó que lo hizo para entrar en un retiro de profunda búsqueda. La casa había pertenecido a una aristocrática familia que huyó a Buenos Aires cuando ocurrió el descalabro financiero de la Chilean Electric Tranway and Light Co. Desde entonces estuvo administrada por el municipio de Santiago. Para Alonso fue el sitio ideal: un palacete de estilo neoclásico con muros raídos y avejentados, absolutamente trasplantado de lugar.

Después de la caminata, soportando un ventarrón insufrible, por fin me hallé frente a la gran casa.

El faro exterior de la casona estaba apagado. La puerta de ingreso al vestíbulo entreabierta. La brisa del viento enfriaba mi nariz. Me subí el cuello del abrigo antes de entrar.

Crucé por el zaguán en dirección a la sala. La ventolera hacía batir los enormes paños de los ventanales.

El interior de la casa estaba vacía; prácticamente no había muebles y el olor a humedad traspasaba las paredes. Caminé por el corredor hasta su estudio. Había estado allí sólo un par de veces y ahora no me parecía la misma casa, como si hubiera adquirido vida y transformado. Tuve al frente el despacho de mi amigo. El mesón donde escribía Pérez de Albéniz estaba colmado de dibujos extraños. Sin duda había estado trabajando toda la noche: un tazón de café derramado y colillas de cigarrillos esparcidos por todos lados atestiguaban mi apreciación.

En la mesa forrado en cuero gris estaba su *diario*. Todas sus ideas, ilustraciones e hipótesis estaban allí, escritas con una pluma de tinta café registradas día a día.

Alonso no estaba por ninguna parte.

Lo busqué en el salón. Fui a la tina del baño; siempre le temí a sus manías depresivas. Súbitamente oí un quejido proveniente de la buhardilla. Un balbuceo. Un gruñido más fuerte. Levanté la cabeza y observé sobre la bóveda un grabado que mostraba a un monje lacerado por los demonios y rodeado por sus compañeros de fe.

¿Cómo era posible que Pérez de Albéniz llegase a tanto?: ¡reproducir en lo alto de la bóveda *El festín de la náusea* con todo lo que tiene de horrible ese cuadro! En la parte alta de la derecha, una visión del mundo representaba el firmamento con el sol y la luna contrapuestos y, al centro del círculo, cerrada, la puerta del universo.

Todo fue demasiado sorpresivo. Oí un aleteo extraño que podría ser un pájaro huyendo del encierro.

En el entretecho, muy al fondo, en el vértice izquierdo, se ocultaba alguien.

Distinguí algo más; vi rastros de sangre. Unas manos aferradas contra la columna.

Iba a buscar el arma que Alonso manejaba en la gaveta y así defenderme, pero me detuve. Oí que alguien pronunció mi nombre junto a un ruego o una plegaria de salvación.

A 18 días del mes de junio de 1946

Cuando vi la casa quise vivir allí. Suntuosa pero inservible, deshabitada desde hacía años era visitada por empleados de la municipalidad quienes la desratizaban. Inicialmente quisieron hacer con ella un salón de bienvenidas. Pero luego el gobierno lo desestimó por el alto costo de refaccionarla. A mí me sobrecogió. Apreciar sus capiteles jónicos y esas enormes cariátides sobre las columnas de entrada me producía un placer que no cejaba en admitir. Lo más asombroso eran las figuras en lo alto de la cúpula: las llamadas gárgolas por el común de los arquitectos. Cuerpos asombrosos finamente esculpidos y de tamaño casi natural.

La seducción de lo horrible. Sí, quería algo así, que estuviese cerca de las imágenes grotescas del Abate García de Jalón. La cotidianidad es tan inútil, no existe sitio para la imaginación y el estudio. Pensar en adoptar como mi refugio esta abandonada casa borró mi displacer y mi angustia abriendo paso al goce y al éxtasis.

El pecado de la sensibilidad está en el exceso. Se excede la pasión, se rebalsan los límites de la normalidad. Mis estúpidos colegas de universidad perecen en su desgano. Repiten las mismas clases de hace veinte años atrás sin aportar ningún descubrimiento a la ciencia del conocimiento. Son unas mulas que desperezan de frustración y rutina. No saben crear en la mente del hombre una idea, tan sólo un concepto que les pertenezca: sólo copian lo que los antiguos han dicho. Ninguna publicación, ningún ensayo destacado: nada. Allí están hoy, cobrando su sueldo a la facultad como perros hambrientos. En cambio yo tengo en mis manos la punta del hilo para desenredar el macabro misterio que los antiguos libros oficiales callaron durante siglos.

Observo por segunda vez las gárgolas en lo alto de la azotea.

Estos grotescos vigías infernales me tienen sin cuidado. Da la impresión de estar ante un elemento fuera de sitio, movible, a punto de emprender el vuelo. La naturaleza es la fachada que le abre camino, el desencadenamiento de lo demoníaco para conquistar la presa humana, la máxima seducción del abismo.

Las averiguaciones que hice en bibliotecas arrojaban resultados inciertos. García de Jalón trajo, junto a la oración, el principio de lo satánico. Puede ser objetado, pero desde allí a la serie de nativos que perecieron por raudales me caben ciertas dudas.

Estoy experimentando una sensación nueva. Al leer los ensayos del Abate, percibía esa relación vulnerable entre el pecado y la tentación. La fragilidad de los santos y el perdón de algo injustificado racionalmente me sorprendían.

El Abate, según se desprende de sus confesiones ante los organismos de la iglesia, sufrió extrañas transformaciones (debieran haber escrito posesiones) y eso explicaría en gran medida su desviada conducta y al sacrificio que sometió a innumerables indígenas hasta concluir en la obra investigada. No se describe el porqué. Se intenta justificar con el cruce de dos culturas que jamás debieron fusionarse.

Trataré de mantener informado a mi diario con todo lo pertinente al proceso de mi investigación: insisto en esa manía romántica de escribir sin aliento.

A 19 días del mes de junio de 1946

Al interior de la mansión unos brillantes candiles iluminan la bóveda y los vacíos espectrales donde antes colgaron enormes telas. Las alcobas, forradas de terciopelo burdeo, dejan filtrarse la luz por los vitrales amarillos.

Me traslado allá con todo mi arsenal de documentación.

Habilito el salón como cuarto de estudio. Está todo convenido para que nadie intervenga mi investigación, excepto mi amigo Lucas. El único que sabe de este lugar.

La casa es fría pero circula un aire tibio por los pasillos. Algo así como un vaho permanente.

No me incomodo. El cansancio lo hace a uno percibir figuras ajenas, debilitamiento y soledad.

El estudio, la investigación, mis manuscritos van tomando forma. Por lo general trabajo mas de veinte horas diarias motivado por cierta energía que hay a mi alrededor y no cesa nunca.

Escribo y elaboro presunciones.

Anoche llegaron mis dos contrataciones. Son diestros especialistas en la materia. Hay habitaciones suficientes para que alojen donde se les dé la gana.

A Martín Zorrilla le encargo la investigación sobre la crisis entre los Jesuitas y la orden de los Mínimos; estos últimos verdaderos subversivos. Ellos importaron el modelo de Lucifer.

Debo aclarar que Martín y López Tadeo son empleados ascéticos. Me entusiasma sobre todo López: es un científico deseable, tiene una voz muy fuerte y le he pedido que reproduzca en lo alto de la bóveda *El festín*. No soy pintor— alegó. Le dije que sólo se hiciera cargo de supervisar la creación, pues contrataría directamente a los maestros.

Por la mañana tenía a dos artistas aguardando mis instrucciones.

Trabajaron toda la semana. A medianoche abandonaron la casa. Los tarros con la pintura, las brochas y los pinceles quedaron esparcidos por doquier.

Me detengo en la imagen de Satán. Mi cabeza está rendida de mirar a lo alto. Su figura aún no está concluida, pero luce tan imponente. Han reconstruido una exaltada obra de arte. Quiero beber. Voy a la cocina y extraigo una botella de Vodka. Bebo incansablemente. Estoy exasperado. No sé por qué me voy contra el suelo. Me llevan hacia la cama. Difusamente veo los rostros de mis dos amigos. Intuyo que me tocan acomodándome sobre la litera. Duermo. A la mañana siguiente Martín me dice lo ocurrido. No le creo. Alega que me puse odioso y que hablé estupideces e incluso intenté darle de golpes. Miente. Es un farsante. Lo expulso de la casa. No necesito teólogos amanerados seduciéndome. Se va prometiendo venganza. Regreso a mi estudio.

Afirmo en mis manuscritos que el sujeto del cual es imposible rastrear el principio y el fin está definitivamente perdido. Eso es lo que había que demostrar. Cómo llamar a ese no ser que surge como una agresión: ¿Un desquiciado que irrumpe en el alma humana?

Al escribir esto un escalofrío me atraviesa de los pies a la cabeza. Percibo algo extraño alrededor. No sé el origen de esta anormal aprehensión.

A 26 días del mes de junio de 1946

Al anochecer me encanta caminar alrededor de la casa.

Afuera están las gárgolas con sus cabezas horribles, cuya boca despide lluvia, pero también está la humedad, como un halo de humo denso, como un aliento que viaja por los cielos. ¿Es ese humo la combustión de todos los males que le cruzan por dentro?

Tengo cada vez más argumentos para descifrar. Nunca creí sentirme tan feliz. Siento un descubrimiento indecible que me vuelve la ansiedad al alma. Galopan ángeles feroces en mi interior.

Llego a concluir que el aislamiento es condenatorio y la tentación es el sentimiento de encontrarnos solos. Los pintores teólogos necesitaron crear el mal para obligatoriamente mostrar el bien. La religión entonces sería el arbitrio de unas almas desamparadas en busca de un principio de unidad dado por la idea de Dios.

Me siento cansado y agobiado por tantas reflexiones.

Alrededor de la medianoche comienza una tormenta furiosa. Las azoteas se van saturando de agua. No sé si la casa está preparada para resistir tanta lluvia. Es la primera vez que intuyo la presencia de alguien más en el estudio.

Le pido a López Tadeo que inspeccione la casa. Quizá el bravucón de Martín esté husmeando.

En la azotea descubre algo extraño. Parece ser el nicho de algunos pájaros. ¿Qué tipo de pájaros? No lo sabe, dice que sólo están sus crías. Podrían ser murciélagos, la casa es tan vieja— agregó — y el desván es infinitamente amplio.

Le temo muchísimo a esa especie. Desde aquella vez en que, tras la huella de ciertos sitios arqueológicos, fui atacado en el interior de una caverna por esos demonios en miniatura. Estuve meses en terapia de recuperación.

Vuelvo a preguntar si está seguro que esas crías habitan aquí con nosotros.

Afuera sigue lloviendo. Esta noche no escribiré más. López Tadeo prepara unos tragos y nos calentamos junto al fuego. Sé que me quedé dormido en su hombro con mi cabeza muy próxima a su mejilla. Algo extraño estaba ocurriendo pues volvería a olvidarlo todo.

A 28 días del mes de junio de 1946

La claridad del amanecer me despertó en mi habitación.

La lluvia ha bañado la casa y la hace deslumbrar en todos sus ángulos. Un sol mortecino me permite visualizar sus formas exteriores en plenitud. Retorné a mi escritorio. López anda en la biblioteca. Cuando regresa, sin ninguno de mis encargos, me enfurezco. ¡Tengo que continuar investigando todo lo que existe! Él no lo entiende así. Se refiere a algo que sucedió entre nosotros la noche anterior. No sé de qué me habla. Alega que me estoy volviendo loco y le hago rastrear estupideces que a nadie importan sino sólo a mi estúpida obsesión. Da media vuelta, arroja el zurrón sobre el mesón y reclamando su paga se retira.

A 29 días del mes de junio de 1946

Pasan muchas horas y no regresa. No quiero pensar que estoy solo. No los necesito, me convencí. No quiero a nadie a mi lado.

Un nuevo y ligero mareo me azota. Cuando voy por un café tuve mi primer desvanecimiento. Al despertar ha caído la noche. La casa está a oscuras. Enciendo los faros del corredor y del estudio. Temo que los infelices de Martín o López aparezcan.

El resto de la madrugada y mientras leo los escritos de Nicolás Deutsch, oigo algo similar al aleteo de un pájaro. Recuerdo el nicho al cual se refirió Martín. ¿Por qué no había revisado antes la casa? Miro hacia lo alto y el pánico me paraliza. Mi vista, no sé si estoy en lo cierto, distinguió un demonio con hocico lobezno que comenzó a vomitar. ¡Es el principio de la náusea! Todo lo que he leído en los libros está ahí. ¿De qué representación se trata? Martín y López deben estar tras todo esto. Conocen mis temores. Los pies infernales del extraño animal descienden bruscamente y, antes de desvanecerme por segunda vez, me parece que vienen clavados hacia mí.

Cuando abro los ojos estoy bañado en sudor. Me toco la mejilla y unas gotas de sangre quedan en mis yemas. Otra vez no recuerdo bien lo que ha sucedido, mi corazón está agitado y no sé cómo reaccionar.

La cabeza me zumba y soy incapaz de reconocerme.

Me pongo de pie y voy al vestíbulo. El piso de madera está con múltiples pisadas de ese ser que me ha invadido.

Me precipito a creer que estoy en el umbral de un descubrimiento insospechado.

Estoy rendido en el bergere y continúo sudando. Voy al estudio. Escribo todo lo que ha sucedido. Repentinamente los ruidos reaparecen. Desde todas partes oigo el frenesí enloquecido. No cabe duda de quiénes se trata. Pero mi pasión es más fuerte que mi instinto de sobrevivencia y no me muevo de mi mesa de trabajo.

Me mantengo sentado, paralizado de temor. No sé si huir o permanecer expuesto. Mi cuerpo se agita por dentro como si mis articulaciones quisiesen huir de la carne y mi voz casi no existe. Lucho contra algo que hace crecer cierta fragilidad en mi cuerpo. Siento mi rostro desencajado, más parecido a esos horribles demonios que me están acorralando.

Tengo muy poco tiempo para reaccionar. Mis manos ya no son mis manos sino las de otro distinto que me habita. Ya no puedo escribir. Tomo el teléfono y llamo a la única persona que sabe de este sitio.

***

Lo que estoy viendo es el rostro de mi amigo Pérez de Albéniz. Un rostro deformado por el espanto. Su boca amoratada y salivada con sangre intenta decirme algo. Sus manos se extienden hacia mí implorando ayuda.

Súbitamente ocurrió un temblor inesperado transformando el estudio en un verdadero barco mecido por el vaivén de las mareas. Debo sujetarme a uno de los pilares para no perder el equilibrio.

Lo propio hizo Alonso aferrado en lo alto de la bóveda intentando gritar pero no tiene palabras. El movimiento sísmico se detuvo. Yo no sé bien en qué estaba metido mi amigo cuando lo dejé la última vez, pero todo esto es sorprendente y no sé qué hacer.

Lo llamo por su nombre pensando que es asunto fácil. Pero ahí está oculto y entumecido, con esa cosa sangrante a sus pies. Yo sé que Alonso acostumbraba a mantener un arma en la gaveta de su escritorio. Lo apunto. Le grito: «Deja eso, vente acá», como se le habla a un animal peligroso al cual indefectiblemente tememos. «Baja Alonso. Si no lo haces me veré obligado a...»

Pérez de Albéniz parecía no entender mi lenguaje. Abrió sus tremendos ojos asustados y emitió sonidos guturales. Comienza a preocuparme. No dejo de apuntarle. Esa cosa continuaba fluyendo sangre. ¿En qué lío se ha metido Alonso?

Repentinamente lanzó ese cuerpo extraño. Intento identificarlo, pero es imposible. No sé qué hacer. ¿Qué viene ahora? Le grito a Alonso, insistiendo que se calme, que todo va a andar bien. Pero él no hace caso. Solo gime palabras horribles y ya es imposible pretender su comprensión. Está aterrorizado. Entonces disparo contra el techo.

Lo que ocurre después es bastante confuso. Martín, uno de sus ayudantes en la investigación de *la náusea,* dio una confesión que en nada favoreció al infeliz profesor y que afortunadamente me libró a mí de toda responsabilidad; un orate es causa perdida para cualquier justicia que pretenda el saneamiento de la sociedad.

El día de su funeral, la Dirección Académica no formuló descargo alguno y tampoco se hizo presente en el cementerio. Creo que ha sido la despedida más desgraciada que he visto en mi vida.

Los colegas no quisieron implicarse. Rechazaron cualquier vínculo con el infeliz de Pérez de Albéniz.

Las publicaciones de su autoría, existentes en la facultad, fueron requisadas formando parte del sumario. Excepto el manuscrito y un pesado legajo que guardé conmigo. Nadie sabe para quién trabaja. En un futuro probable la investigación de Pérez de Albéniz podría otorgarme algún beneficio y yo no tenía ningún accésit a mi haber.

La lluvia enlodaba las calles que conducían al camposanto. Los pocos que rodeamos su ataúd no nos quisimos ver las caras. No hubo discursos, ni llantos ni despedida. Pérez de Albéniz era un perfecto desconocido. Todo su esplendor académico fue olvidado. Unos metros más alejado se hallaba uno de sus últimos colaboradores: López Tadeo, quien llevaba puesto un pañuelo rojo al cuello; su imagen afeminada me resultó repugnante. Con él sumábamos tres, descontados los sepultureros.

(*Mimí agoniza en la buhardilla de los bohemios*)

COLOMBIA

Edición de Gabriel Vásquez

LA MAGIA DEL JOE DOMÍNGUEZ

PEDRO BADRÁN PADUÍ

En el principio era solamente el Joe, si acaso Viejo Joe, a veces sin la e y con una u, como Viejo William o Viejo Víctor, pero ya en esa época quería ser un mago, al estilo de Houdini, conocen a Houdini, muchachos, el hombre que era encadenado dentro de una caja fuerte y arrojado a las profundidades del océano y luego salía a la superficie, y respiraba y nadie entendía cómo se había liberado, bueno, yo voy a ser mejor que él, un alquimista, saben lo que es un alquimista, no puedo explicarles ahora lo que es un alquimista, el mago que convierte el plomo en oro, el hierro en oro, la mierda en oro, eso es un alquimista, y de una se gastaba dos o tres malabares que dejaban boquiabiertos a los niños del Hotel.

El Joe había nacido avispado y tenía la elegancia y el aguaje de los mulatos bien acomodados. Con las nalguitas paradas y los dientes bien blancos era el manjar preferido de las gringas que llegaban al Bellavista. Pertenecía a un clan de viejos pescadores que vivía a la entrada del barrio pero sus padres, maestros de escuela primaria, se habían mudado a una casa más decente detrás de los hoteles, y cuando lo comenzamos a llamar el Mágico Joe hacía sexto de bachillerato en el Gimnasio Cartagena de Indias, y era uno de los mejores de su clase, lo cual no quería decir mucho porque el Cartagena de Indias era el refugio de la gente más dañada de la ciudad.

La verdad es que tenía más pinta de pelotero, puro short stop natural. Fue por eso que lo bautizamos el Mágico Joe. Una tarde le agarró un roletazo al Chiqui Pineda, un jardinero derecho que había jugado con Luis de Arcos y Abel Leal, nada menos, y estaba cogiendo anchova con nosotros en un playón de Marbella. El Chiqui la chocó entre short y tercera y el Joe voló con el guante de revés y en el aire lanzó a primera donde mataron a Pineda. Fue una atrapada de grandes ligas y Francisco Valverde, su amigo, que estaba imitando la voz de Napoleón Perea, exclamó «tremenda jugada del Mágico Joe Domínguez» y desde entonces se quedó así, y le gustó el apodo y se dio cuenta que era mejor que Pepe Domínguez, que era el nombre artístico que pensaba utilizar cuando fuera un mago de cartel.

Ese mismo día el Chiqui le dijo que se fuera a practicar con la novena de Getsemaní pero al Mágico la idea no le sonó, lo mío es la magia, mi hermano, y voy a ser el mago más grande del mundo, y enseguida repetía la frase favorita de Kalimán, *El Hombre Increíble,* no hay fuerza más poderosa sobre la tierra que la voluntad del hombre, y luego sonreía y comenzaba a mirar a una gringa y decía esta mona tiene que conocer la magia del Joe Domínguez, y por la noche era bien fijo que el Mágico Joe estaba pasándole el brazo por el hombro y luego la coronaba en la playa mientras nosotros preguntábamos y cómo lo hace, cuál es el secreto, qué se unta el Mágico Joe, pero él, bien sobrado y hazañoso, respondía:

—Esta es la magia del Joe Domínguez.

Y cuando decía esto doblaba su pierna derecha y formaba un cuatro con la zurda, y levantaba las manos, las palmas hacia el cielo, como si quisiera recibir nuestros aplausos.

Sin embargo, el Joe no era perfecto y todavía le faltaba mucho aprendizaje.

Sus talentos tropezaron cuando quiso enamorar a María Clara Fuentes Navarro, una mona bien fina que vivía en El Cabrero, cerca de la casa del presidente Rafael Núñez. Daban una fiesta de grado del Colegio de La Presentación y nosotros entramos de colados, con zapatos de charol, pantalones Terlenka y camisas Primavera, muy elegantes, y fuimos mirando el personal que se exhibía, sin atrevernos del todo a bailar, porque no estábamos invitados. El primero en probar suerte fue Francisco Valverde que sacó a una morena bien buena, y luego el Mágico Joe se animó y llegó hasta donde reposaba María Clara Fuentes Navarro, quien se lo quedó mirando y le dijo:

—Yo no bailo con negros, gracias.

Y enseguida las amigas de María Clara soltaron una carcajada que estalló como una bomba atómica en el corazón de todos nosotros.

El Mágico Joe se sintió como una pila de mierda, así de simple y sin metáforas. Todo su aguaje se vino al suelo y todavía María Clara lo pordebajeó más cuando aceptó bailar con un mariquita empolvado que era cadete de la Escuela Naval, y estaba vestido con su uniforme blanco y sus guantes de seda, y era toda una catedral, esto último hay que reconocerlo. El Mágico Joe, que en ese momento no lo era, le metió un empellón al cadete y les dijo a ambos que a él no se le podía faltar el respeto de esa manera. Fue Francisco Valverde quien intervino para evitar la bronca. «Fresco, viejo Joe, take it easy», y uno de nosotros agregó: «Esa hembra no se lo merece».

Pero el Joe notó que lo estábamos compadeciendo.

De regreso por la avenida, el Mágico Joe dijo en voz alta, casi sin darse cuenta:

—Yo no soy tan negro... Yo soy moreno...

Y otra vez le dijimos que fresco, que se olvidara del asunto, pero él dijo que algún día, muchachos, tarde o temprano, esa hembra, cómo es que se llama, María Clara Fuentes Navarro, esa hembra va a conocer la magia del Joe Domínguez, y me va a pedir perdón, lo mismo el mariquita empolvado del cadete...

Desde ese día, el Mágico Joe le montó una perseguidora bien brava a María Clara. A veces se quedaba toda la tarde en el Parque Rafael Núñez y se concentraba tratando de comunicarse telepáticamente, al estilo Kalimán y Solín, con su objetivo. Subía a la casa del ex presidente y miraba hacia el cuarto donde María Clara estudiaba. No la podía ver pero de todas formas la invocaba con la mente. Se olvidó de las gringas y de las cachaquitas del Hotel y toda su energía la dirigió hacia la mujer que lo había pordebajeado. Para decirlo en términos de radionovela, parecía más un asesino al acecho de su víctima que un galán enamorado; buscaba más una cruel venganza que un amor puro y verdadero. Y la hembra sólo le soltaba desprecios e improperios y le paseaba al cadete por delante de sus amplias narices.

El Mágico, sin embargo, no se daba por vencido. Tenía una paciencia infinita pero había perdido algo de su aguaje y su sabor. Si se ponía muy altanero, enseguida le preguntábamos cuándo se iba a levantar a María Clara Fuentes Navarro y él respondía, saben qué, ese asunto no se me ha olvidado y cuando yo me pasee por la Avenida Santander con María Clara, ustedes van a conocer la verdadera magia del Joe Domínguez...

Nunca le creímos y los años pasaron con su pernicie y ya nos parecía que el Mágico era un hablador, y que era mejor seguirlo llamando Viejo Joe como cualquier camaján de barrio. Pero una noche, para que supiéramos que estaba hablando en serio, nos mostró visa y pasaporte y nos informó que la próxima semana arrancaba para los Estados Unidos, más exactamente para la ciudad de Los Ángeles, donde estudiaría Magia, y cuando yo regrese en uno o dos años, toda Cartagena y todo este barrio, se va a quedar con la boca abierta, atónita, así como lo oyen, saben cómo es, atónita, a-tó-ni-ta, que hasta en el *Diario de la Costa* van a decir que el Mágico Joe Domínguez convierte la mierda en oro, saben cómo es, y no pregunten qué significa la palabra atónita, para eso está Francisco Valverde, quien desde hace dos años se está aprendiendo un diccionario y no ha podido pasar de la A, y de inmediato nos hizo unos trucos bien jopéricos y nosotros le dijimos que si quería llegar a ser un mago de verdad tenía que cambiar sus números mediohuevos por una nota bien efectiva.

Y lo hizo. Pero todavía es demasiado pronto para contar de qué manera.

Antes de su viaje, le hicimos una fiesta de despedida en el Bellavista y en la madrugada —como era ya costumbre— nos fuimos a la playa, y Francisco Valverde, bajo los efectos de la hierba bendita, dijo que había tenido visión y que el Mágico Joe iba a llegar bien lejos y que iba a comerse a todas las mariaclaras fuentesnavarros del mundo, y que se acordara de él cuando estuviera en el paraíso, porque el mundo era de los valientes y no de los cobardes perniciosos como nosotros.

Cuando la marea nos despertó con olas blancas y espumosas, ya el Mágico Joe se había esfumado, y sobre nuestras cabezas volaba un avión, pero no era el del Joe —como sucede en las películas— sino un avión cualquiera que seguramente iba a Bogotá o a Medellín. En todo caso el Joe se había ido, en ese o en otro avión, y durante mucho tiempo no supimos de su paradero ni de su magia aunque sus padres decían que sólo le faltaba un semestre para convertirse en mago profesional.

En el barrio, sin embargo, comenzaron a murmurar con maledicencia y afirmaban que en realidad el Mágico Joe había viajado a Los Ángeles para someterse a un tratamiento blanqueador, y que de esa ciudad viajaría a Alemania para conseguir unos lentes de contacto de color verde que no se conseguían en ninguna óptica de Cartagena.

Una noche de temporada baja —muchos años después, como diría alguien, pero no tantos para ser más precisos— lo encontramos en el Hotel, sentado en un mecedor de madera con una Heineken en la mano, escuchando salsa de New York en una potente grabadora Sony que todavía tenía el plástico del empaque. Llevaba una cadena de oro en el cuello y un anillo de rubí en su anular izquierdo y de entrada nos advirtió que ni por el putas le fuéramos a hablar de magia pero que lo podíamos seguir llamando el Mágico Joe Domínguez, porque ahora más que nunca conocía los secretos de su oficio.

Y tenía toda la razón.

Al poco tiempo, en una noche de viernes, lo vimos con una camisa desabotonada y zapatos de diseño italiano —no hay quien les gane a los italianos en diseño y en autos, son los mejores, esta pinta la compré en New York, saben cómo es— cabalgar una Harley Davidson de alto cilindraje en cuya grupa se acomodó una mona cuarto bate que le pasó los brazos por la cintura.

Nosotros no creíamos lo que veíamos. Era María Clara Fuentes Navarro, todavía sin trabajar y con la experiencia de tres años de estudio de artes escénicas en una academia de New York. Allá se la había levantado el Mágico y la hembra estaba bien tragada y había interrumpido los estudios para casarse con el Joe.

El Mágico la había embrujado y ahora exhibía el trofeo por las calles del barrio y las discotecas de Bocagrande. Le metía unas martilladas bien públicas y ya en toda la ciudad se decía que se la estaba comiendo en una residencia de Barranquilla. Para las damas cartageneras, había sido un error de los padres enviar sola a la muchacha a un país tan degenerado como los Estados Unidos. María Clara se sintió muy deprimida y como tenía temperamento de artista —que era una manera aristocrática de decir que era bien puta— el Mágico había aprovechado la papaya y la había invitado a salir varias veces hasta levantársela.

Ahora el Mágico la tenía en su poder y era el amo de su cuerpo. Pero ese era sólo el primero de una lista de milagros nunca vistos en la historia.

Al principio nos asombraba pero después fue una costumbre ver al Mágico Joe Domínguez, bien aguajero, descender de su Ranger Ford con sus tres guardaespaldas y una botella de Chivas en la mano. Entonces nos decía, saben qué. muchachos, la acabo de botar por los 410 y nosotros no entendíamos de qué estaba hablando. Pero cuando compró un par de apartamentos en El Laguito y remodeló la casa de sus viejos comprendimos la naturaleza de su magia y supimos en verdad que era efectiva y producía costosos milagros.

El Joe empezaba a ser el gran putas de la pradera y por eso nos pareció natural que en las páginas sociales se anunciara su matrimonio con la distinguida joven cartagenera María Clara Fuentes Navarro. Allí estaba su foto sonriente, al lado de la mona que unos años antes lo había humillado y ofendido. Las malas lenguas decían que la familia Fuentes Navarro estaba quebrada y debía catorce meses al Club Cartagena. El Joe iba a pagarlas de contado con un cheque de caja menor, según sus propias palabras.

La boda fue por lo alto, con pajecitos y damitas de honor y Gobernador de Bolívar incluido, y un cura que dijo en la misa que un hombre humilde había recibido los beneficios del cielo y ahora quería compartirlos con sus hermanos y por eso el Señor lo premiaba con una hermosa niña a la que él mismo había bautizado, años atrás, en esa misma iglesia donde ahora la entregaba a un hombre generoso —el cura a veces se repetía— para que fueran una sola carne. Estábamos en la última fila pero nos sentíamos orgullosos porque el Mágico Joe parecía borrar en nuestro nombre una ofensa antigua y realizar un sueño que siempre se nos escapaba.

A la salida de la iglesia lo abrazamos y él nos dijo, en un estilo bien bíblico, que a donde él iba nosotros no podíamos seguirlo. Se montó en un Mercury años 40 y fue a pasar su noche de bodas en un hotel de las Bahamas. Luego los diarios publicaron que el comerciante José Domínguez Lambis y su señora estaban pasando su luna de miel en el Caribe, qué suerte la del Joe, un veterano, decíamos casi con envidia, muy vivo, el hombre tiene su carisma, o como él mismo dice esa es la magia del Joe Domínguez, y desde esos días se le vio poco por el Hotel y sólo sabíamos de su rumbo cuando su foto aparecía con senadores y políticos y sacerdotes que le pedían billete para hacer campañas políticas y obras de caridad en los barrios populares.

Pero no hay paraíso sin serpiente. O como dicen por ahí, todo lo que sube tiene que bajar. Así es la vida...

Los días negros del Joe Domínguez comenzaron una noche cuando apareció de repente en el Bellavista y nos invitó a conocer su finca. Estaba en su apogeo, contento de cumplir 28 años y tener dos hijos varones, una nena recién nacida y una fortuna que no sabía cómo gastar. Acababa de coronar una mercancía en Los Ángeles y regalaba plata, tenis Adidas y cajas de whisky Sello Negro, habanos Partagás y motos de alto cilindraje. No creía en nadie y cuando parqueó su Trooper frente a las escalinatas del Hotel nosotros sabíamos que estábamos por su cuenta.

La finca del Joe se nos abrió lujuriosa bajo las estrellas, con cuatro hembras que estaban en bikini junto a una piscina que tenía forma de trébol de cuatro hojas. El Joe mismo la había diseñado y nos explicó que cada hoja correspondía a un nivel de profundidad aunque ya sus hijos nadaban en la más profunda. El Joe estaba más hazañoso que nunca, y de entrada nosotros vimos que el hombre sólo quería que le rindiéramos pleitesía. Las hembras sólo lo atendían a él pero uno de sus escoltas nos servía el whisky y no permitía que en nuestros vasos faltara el hielo. A eso de las tres de la madrugada, el Joe chasqueó los dedos y otro de sus guardaespaldas le trajo un estuche de donde sacó un par de pistolas Beretta con empuñadura de nácar y se puso a jugar con ellas al estilo de los vaqueros del oeste, quieres probar la magia del Joe Domínguez, ah, quieres probar la magia del Joe, ah, y las hembras fueron las primeras en asustarse y levantarse, y entonces el Joe nos fue apuntando uno por uno, quieres probar la magia del Joe Domínguez, ah, quieres probar la magia del Joe Domínguez, y otra vez nos apuntaba y a veces disparaba al aire, y nosotros bien cagados del susto le decíamos fresco Viejo Joe, take it easy, somos amigos y él se reía de nosotros y nos servía un trago como un buen anfitrión y decía en un tono compasivo, mis amigos del Hotel, ay mis amigos del Hotel, y se reía y volvía a apuntarnos, quieres probar la magia del Joe Domínguez, ah, y disparaba y los escoltas se reían y él también se reía hasta que Francisco Valverde, bien emputado, le dijo que lo matara, mátame, mátame, si quieres, pero el Joe se le quedó mirando y le dio una de las pistolas y le dijo que caminaran a la playa para practicar puntería, y Francisco Valverde agarró el arma y lo siguió, y más atrás se fueron los escoltas y nosotros cerrábamos el grupo, fascinados por la proximidad de una desgracia. Francisco alcanzó a tumbar un par de latas de cerveza Aguila pero el Joe le dijo que una cosa era tirarle a un par de latas y otra muy distinta dispararle a otro sujeto que nos amenaza con una pistola, y luego apuntó a Francisco Valverde y este también levantó la pistola y también le apuntó, de tal manera que el par de hijueputas se estaban apuntando entre sí, mientras nosotros pensábamos que uno de ellos iba a dormir en la Funeraria Lorduy y yo creí que iba a ser el Joe porque Francisco estaba embalado y el Joe no tenía nada en la cabeza, sólo Chivas, y se demoraron casi una eternidad apuntándose el uno al otro, y el viento de la playa silbaba y a lo lejos se oía el rumor de las olas, y los dos se miraban como en un duelo de vaqueros y al final comenzaron a reírse y luego se abrazaron y nosotros suspiramos y les dijimos que se dejaran de maricadas.

Pero la noche apenas iniciaba y en el aire se presentía un ritmo endemoniado como si en unas cuantas horas fueran a suceder cosas capaces de modificar el ritmo de nuestro universo. Parecía que el asunto de las pistolas estaba cancelado y yo temía que de pronto el Joe nos involucrara en el juego de la ruleta rusa o cosa parecida. Pero no sucedió. Se quedó un rato en silencio y entonces se sirvió un trago y preguntó si nos acordábamos del mariquita empolvado que había bailado con María Clara, en la fiesta de grado del Colegio de La Presentación. Nosotros ya nos habíamos olvidado del cadete porque habían pasado muchos años pero todavía recordábamos el incidente. El Joe nos volvió a preguntar, se acuerdan, se acuerdan ustedes dos —se acuerdan o no se acuerdan— de lo que les dije una noche en las escalinatas del Hotel, se acuerdan o no se acuerdan, claro que se acuerdan, y nosotros respondimos que sí y el Joe chasqueó otra vez los dedos y yo miré a William y me acomodé en mi asiento y me empujé pleno el trago de whisky.

Uno de los escoltas regresó con un hombre de cara fatigada, vestido con una guayabera blanca. Lo reconocimos enseguida y a pesar de que ya tenía entradas laterales en el cráneo y cierta derrota en la mirada conservaba aún las huellas de una prestancia aristocrática y varonil. Tenía las manos amarradas sobre la espalda y permanecía de pie ante nosotros sin pronunciar una sola palabra. El Mágico Joe solamente dijo: «Este es el cadete». Y enseguida le dio un manotazo en los testículos. El hombre se dobló y luego cayó a los pies del Joe cuando el escolta le propinó un golpe por la espalda. El Mágico entonces le colocó el zapato sobre el cuello. Y allí se lo tuvo unos minutos mientras se reía y saboreaba su whisky. Nosotros también comenzamos a reírnos, hay que reconocerlo, somos unos hijueputas. El William fue el primero en levantarse de su silla para darle una patada en las costillas. Yo lo secundé y le metí un puntazo en el estómago. Francisco Valverde apenas nos miraba y sólo alcanzaba a decir ya está bien, muchachos, se acabó la diversión, pero nadie le hacía caso. El Mágico, William y yo levantamos al cadete por los aires y lo arrojamos de cabeza a la piscina menos profunda. El hombre emergió con la nariz ensangrentada y otra vez, fuera de la piscina, el Mágico Joe lo levantó a coñazos, mientras le repetía que a él nunca se le podía faltar el respeto. Allí quedó tendido el cadete. Luego el Mágico Joe volvió a sentarse y nos preguntó si queríamos más whisky. Nosotros le dijimos que sí.

A los pocos días se comenzó a hablar de la desaparición del cadete que ya para entonces era, según decían los diarios, capitán de fragata. Yo pensaba que cualquier día iban a tocar a mi puerta a preguntarme si alguna vez había visto al capitán Miguel Pestana. Por esos días dejé de frecuentar el Hotel.

El cadáver nunca apareció y aunque la ciudad toda sabía que el autor del crimen había sido el Mágico Joe Domínguez, nadie se atrevía a inculparlo. De todas formas, como dijo Francisco Valverde, fue una cagada innecesaria porque el Joe no tenía necesidad de quebrar a nadie, y aunque él siempre negó su participación en los hechos había un dejo de arrogante victoria en su voz, un aguaje que ya no era de clase parda ni de bacán de playa sino de hombre altanero, capaz de sobrepasar cualquier límite.

Desde esos días ni él ni nosotros fuimos los mismos. Lo fuimos perdiendo de vista y aunque lo seguíamos considerando un bacán a veces pensábamos que se había vuelto demasiado atarbán. Ahora no aparecía por el Hotel y sólo nos llegaban vagas referencias de su conducta. Decían que se había separado de María Clara y que estaba a punto de casarse con una reina de belleza. Nosotros no creímos tales chismes porque con todo lo atrabiliario que podía ser, el Mágico Joe siempre nos había dicho que la única debilidad de su vida era la familia.

Pero era cierto. Las hermanas de Francisco Valverde lo contaron una noche en las escalinatas del Hotel. María Clara le había preguntado si él era el asesino del cadete, y el Mágico Joe —al estilo de Al Pacino en la segunda parte de *El Padrino*— le dijo que no pero María Clara le aseguró que había sido él y le dio una cantaleta al mejor estilo cartagenero y le gritó en plena cara que a pesar de tener toda la plata del mundo seguía siendo un negro. El Mágico Joe le dijo que se había aguantado una humillación pero no dos y que lo mejor era separarse, y María Clara dijo que sí, que ella no quería seguir viviendo con un negro asesino, y el Joe hizo un disparo y María Clara le dijo que la matara, pero unos minutos más tarde, alertados por los vecinos, llegaron los papás de María Clara y le rogaron a su hija que le pidiera perdón a su marido, y María Clara le pidió perdón pero el Mágico Joe dijo que él no era Jesucristo y que no podía pasarse la vida perdonando, y entonces el papá de María Clara le mentó la madre y le volvió a decir que era un negro hijueputa, y la temperatura de esa discusión iba subiendo, hasta que el Mágico se fue de la casa no sin antes gritar que se iba a conseguir una negra más buena que todas las perras finas de Cartagena.

Y a los pocos meses lo hizo.

La nueva esposa del Mágico era, como dicen los locutores, una escultura de ébano, con ojos negros, nalgas macizas y movimientos de gacela. Había sido candidata del Chocó al Reinado de Belleza pero sólo había alcanzado el título de segunda princesa, algo que a todas las señoras del barrio y a muchos periodistas les pareció injusto. Nosotros la vimos en el Hotel Bellavista, donde se ofreció la recepción. Esa vez no estuvimos cerca de la mesa del Joe porque a su lado se habían sentado concejales, mafiosos y senadores. El Joe dijo esa noche, antes de viajar a Panamá donde iba a casarse, que su mujer era más hermosa que todas las reinas de belleza que coronaban en el Teatro Cartagena pero que nadie iba a permitir que una negra representara a Colombia en Miss Universo. Y todos los políticos celebraron su ocurrencia.

A su regreso de Panamá, seis meses después de su luna de miel, el Mágico Joe se encontró con la noticia de que un cargamento marcado se le había caído en Los Ángeles y la DEA lo había identificado como exportador. La misma foto de su matrimonio apareció en la página de *Sucesos*, pero sin María Clara, y ya no se leía que era comerciante sino «el presunto narcotraficante José Domínguez Lambis». Pero al Mágico Joe esa falta de objetividad periodística no le importó.

Para nosotros, el asunto no era la posible captura de Joe sino la dificultad de aceptar que venderle perico a los gringos fuera un delito de cadena perpetua y menos que se persiguiera a un bacán tan efectivo como el Mágico Joe Domínguez cuyo único pecado era ser millonario y compartir su riqueza con los pobres. Sin embargo, cuando en Bogotá mataron a un ministro que defendía la extradición, al mágico Joe le tocó esfumarse y mucha gente dijo que le había tocado rematar dos apartamentos que tenía en Santa Marta porque se estaba quedando corto de billete para sobornar a la policía.

Era el final aunque nosotros no lo presentíamos. Creíamos que el Joe poseía poderes sobrenaturales y mágicos escondites. Una noche, con dos órdenes de captura en su contra y para que todo el mundo comprobara la grandeza de su magia, se dio el lujo de aparecer por el Hotel con dos de sus escoltas. Estaba vestido de negro como un superhéroe nocturno y llevaba un sombrero adornado con una cinta roja. «Muchachos, ahora soy el hombre invisible», nos dijo con su tono hazañoso y confesó que se estaba gastando un billete largo para distraer a la policía.

«Sólo ustedes me pueden ver pero ni la DEA ni James Bond ni el F 2 me conocen y cuando me buscan yo desaparezco en la noche porque sigo siendo el mejor mago del mundo. Y todavía tengo guardado lo mejor de mi repertorio.»

Reímos con él y le dijimos que en verdad era el mejor mago del mundo pero en el fondo sabíamos que había venido a despedirse. Le advertimos que tuviera cuidado y él aseguró que estaba rezado y que las balas no le entraban. En la madrugada desapareció en un taxi, no sin antes hacer un cuatro con sus dos piernas, levantar las manos con las palmas hacia el cielo, y decir: «Esta es la magia del Joe Domínguez».

Fue la última vez que lo vimos. Durante casi dos años, su magia fue indescifrable para la policía que casi lo había dejado de perseguir. Pero su muerte apareció reseñada en las primeras páginas de los periódicos y a pesar de que era previsible resultó confusa. Había sido baleado por una banda rival en una cafetería de Medellín. Mucha gente del barrio no quiso aceptar que el Joe estuviera muerto. Sus padres y sus dos mujeres no dejaron ver el cadáver. Lo enterraron en secreto en un panteón familiar que él mismo se mandó construir. Hay quienes dicen que en el ataúd del Mágico Joe Domínguez sólo había un montón de piedras, que toda su muerte fue un montaje para burlar a las autoridades y a la misma DEA. Hay otros que dicen que el Mágico Joe se hizo una cirugía y anda tranquilo en Panamá con un nombre cambiado.

Sabemos que con el Mágico Joe cualquier cosa puede suceder. El William y yo estamos convencidos de que un día llegará de incógnito al Hotel. Al principio no lo reconoceremos. Y hablaremos con él toda la noche. Luego, al despedirse, doblará su pierna derecha, levantará las manos, palmas hacia el cielo, y en ese tono bien aguajero que ahora resulta inolvidable nos dirá:

—Muchachos, esta es la magia del Joe Domínguez...

(*Hotel Bellavista y otros cuentos del mar*)

ENTONCES

JUAN CARLOS BOTERO

Para Manuel José Cepeda

... el olvidado asombro de estar vivos...
OCTAVIO PAZ

Entonces —y sólo entonces— se sentó.

***

Entonces —y sólo entonces, porque tan pronto acomodaron los maletines con los equipos de buceo en el interior de la lancha, y abrieron las cremalleras y sacaron las aletas, las máscaras, los cuchillos, los fusiles y los cinturones de lastre, distribuyendo cada cosa en los distintos compartimentos ubicados debajo de las sillas, y ordenaron los chalecos con los arneses en un rincón donde no estorbaran, y colocaron los cuatro tanques de aire comprimido de pie, apoyados contra las paredes del casco y asegurándolos con elásticos para evitar que en el trayecto de saltos y brincos se soltaran o chocaran los unos con los otros, no vacilaron en poner en marcha los dos motores fuera de borda, y mientras Natalia soltaba amarras y recogía los cabos y las defensas, Alejandro tomó posición detrás del timón y empezó a maniobrar, apartando el casco del muelle con cautela, y apenas vio que estaban sueltos, libres, desatados, hundió los aceleradores hasta el fondo y en un par de segundos la proa estaba en alto como un animal encabritado y la lancha cruzaba el agua a toda velocidad, dejando una estela blanca y expansiva, de modo que no habían tenido siquiera una pausa para descansar, pero aun así no les importó, porque tan pronto sortearon la boca de la bahía, serpenteando entre las sombras de los arrecifes que se adivinaban bajo la superficie, salieron mar afuera, y los dos se dieron cuenta de que estaban tan entusiasmados con la idea de llegar al *Blue Hole* que se habían olvidado de lo que minutos antes se habían propuesto, reposar a la sombra de una palmera, sacar una bebida de la neverita de icopor, quizás fumarse un cigarrillo antes de zarpar, pero eso tampoco les importó, pues llevaban más de una semana esperando que cayera la brisa para darle la vuelta a la isla y bucear en aquel lugar, aunque eran conscientes de que lo usual durante ese mes de vientos intensos era que la brisa se mantuviera indefinidamente despierta y furiosa, y también sabían que, en esas condiciones, anclar en cualquier lugar del otro lado de la isla y más aún en la punta del sur sería sencillamente imposible, pues en el momento menos pensado se podría soltar el ancla o romper el cabo, y en cuestión de segundos el oleaje empujaría la lancha contra la costa y el casco reventaría en astillas contra los escollos, en cambio cuando despertaron aquella mañana y desde la ventana de la alcoba vieron que el mar había amanecido en calma, y un viento tibio apenas rozaba las sábanas, y las hojas de las palmeras escasamente se movían emitiendo un ligero sonido de susurros, sin pensarlo dos veces se alistaron deprisa, buscaron en el garaje los maletines con los equipos de buceo, los metieron sin cuidado en la parte de atrás de la camioneta y se dirigieron por el camino de tierra que bordeaba el mar a la ensenada donde yacía la lancha atracada en el muelle abandonado, y ahora que surcaban las olas extendidas y pasaban la primera punta de la isla, ambos sonrieron porque sabían que la decisión había sido correcta, pues el océano infinito carecía de crestas blancas y el cielo azul resplandecía sin nubes, de manera que parecía una mañana perfecta para bucear, y aunque el sol seguramente ardía con fuerza ni siquiera lo sentían debido a la brisa de la lancha en movimiento, pero de todas formas Natalia prefirió sacar de su bolso una crema protectora y después de aplicársela en el rostro esparció un poco sobre los hombros de Alejandro, y tan pronto terminó se dedicó a ordenar el interior del bote, enrollando las cuerdas y ajustando los cabos, y cuando Alejandro vio que los pasillos habían quedado despejados, sonrió y le dijo, comunicándose a gritos por encima del rugido de los motores, que sería mejor que alistara su equipo para tenerlo a la mano, ya que así podrían llegar al lugar indicado y proceder a anclar sin tardar en lanzarse al agua, pues por experiencia él sabía que preparar el equipo con el bote anclado, en ese sitio donde siempre había algo de oleaje, era la forma más segura de marearse, entonces la vio sacar sus cosas de los distintos compartimentos y escoger uno de los tanques, al cual le ajustó el arnés con el chaleco, apretando las correas con fuerza para que no se fuera a soltar, en seguida le atornilló el regulador, abrió la llave y la manguera se enderezó como si hubiese resucitado, y luego de comprobar en el manómetro la cantidad de aire que tenía disponible, buscó un cinturón con el lastre requerido, se aseguró el cuchillo a la pantorrilla y escupió varias veces dentro de la máscara, frotando la saliva alrededor del cristal, hasta que finalmente estuvo lista, entonces Alejandro le pidió que tomara el timón para que él también organizara su equipo, le indicó el rumbo y la distancia que debía mantener entre la lancha y la costa, la besó de paso en la mejilla y luego comenzó a preparar sus cosas, tal como lo había hecho Natalia, pero él se apresuró un poco más porque sabía que en contados minutos llegarían al extremo de la isla y allí el reencuentro de las aguas de ambos costados, sin que importase el día o el mes del año, generaba un encrespado choque de corrientes, lo que hacía que aquella punta fuera siempre la más difícil de sortear, así que apenas le alcanzó el tiempo para dejar su equipo listo y retomar el timón, entonces disminuyó la velocidad de los motores para que la proa no se fuera a golpear contra las crestas de las olas, y de esa forma, lenta y cuidadosamente, rodearon la costa, subiendo y bajando, cuando de pronto apareció el otro lado de la isla en todo su esplendor, vasto y magnífico, con la cinta inclinada de playa que se extendía, blanca e intensa, hasta el otro extremo, la paralela muralla de cocoteros, altos y encorvados, asomados al mar, la colcha de brumas estancadas desvaneciendo sobre la copa de las palmeras, y la pared zigzagueante del arrecife que protegía aquel costado de la inclemente embestida del mar abierto, y mientras Natalia observaba el paisaje al lado de su novio con el brazo alrededor de su cintura, Alejandro orientó la lancha hacia el naufragio que los marineros empleaban como una especie de faro muerto para señalar el final del arrecife, y los pescadores también empleaban, dada su cercanía, como punto de referencia para señalar la ubicación del estupendo sitio de pesca, el famoso *Blue Hole,* aquel naufragio que en realidad no era más que el oxidado esqueleto de un carguero encallado durante una densa noche de neblinas, y aunque en esa ocasión la tripulación entera se había salvado nadando hasta la costa, algunos decían que en los atardeceres el capitán aún hacía vigilia desde la playa de enfrente, como si quisiera seguir el desastre hasta lo último, presenciar el lento e implacable cataclismo de su nave hasta que no quedaran vestigios del accidente, y en efecto allí sobresalía el ruinoso costillar lamido por las olas, cubierto con crustáceos y coronado de aves que chillaban a su alrededor como si fuera un gigantesco nido de hierros corroídos, entonces Alejandro arrimó la lancha con destreza, maniobró hasta dejar la proa de cara al viento, esquivó un arbusto de corales que apenas se distinguía bajo la espumosa superficie, y cuando estimó que estaban bien ubicados, lo suficientemente distantes del naufragio y al pie de la primera caída de veinte o treinta pies de profundidad, le dijo a Natalia que soltara el ancla, y tan pronto sonó el *splas* del rezón como una cachetada en el agua, nuevamente cambiaron de puesto y la muchacha tomó el gobierno para mantener el bote en posición mientras Alejandro brincaba a la proa para comprobar que el ancla había llegado al fondo, y desde allí jaló la cuerda repetidas veces, la sostuvo un buen rato entre las manos y cuando la sintió templada y advirtió que, con respecto a la costa la lancha bamboleaba pero no se desplazaba de su sitio, anudó el cabo a la cornamusa de la proa y le dijo a Natalia, frotándose las manos del entusiasmo, bueno, bajemos ya antes de que vuelva a cambiar el tiempo, pero primero se besaron largamente y luego, sin más demoras, apagaron los motores y comenzaron a ponerse los equipos, entonces se ajustaron los cinturones de pesas, se colocaron los tanques, se calzaron las aletas, se pusieron las máscaras, Alejandro tomó por precaución un fusil de cauchos, se acomodaron en la borda de la lancha, el uno frente al otro, y se dejaron caer al mismo tiempo de espaldas al agua, hundiéndose de inmediato para evitar el vaivén de las olas e incluso un posible golpe de cabeza contra el casco, y como siempre les sucedía al bucear la magia del mar los envolvió al instante, pues experimentaron un cambio repentino y radical, como si hubieran ingresado en un mundo dramáticamente distinto, sereno y calmado, desconcertante en su silencio, donde sólo se mecían las algas y la corriente empujaba ligeramente algunos pecesitos de colores, pero a pesar de que el fondo estuviera en relativa calma, Alejandro no vaciló en nadar hasta el ancla para asegurarse de que las uñas del rezón estuvieran firmemente prendidas de las rocas, y mientras que él inspeccionaba el hierro, tirando de la cadena y verificando que no se fuera a soltar durante la inmersión, Natalia alzó la cabeza y siguió con los ojos muy abiertos la soga estirada que ascendía en diagonal hacia la superficie, hacia la silueta del casco que subía y bajaba, chocando entre burbujas contra las olas vistas por debajo, y cuando Alejandro se dio por satisfecho y le hizo la señal a Natalia uniendo el pulgar con el índice, procedieron a nadar hacia el remoto y túrbido borde del precipicio, pataleando suavemente, nivelando el peso del cuerpo con infladas cortas al chaleco, revisando de cuando en cuando los cristales del profundímetro y del manómetro, cada uno fijándose en el otro, en que tuviera todo bien puesto, y al cabo de unos minutos, casi sin darse cuenta, llegaron al vertiginoso cantil del *Blue Hole,* y sin ponerse de acuerdo los dos se detuvieron, deslumbrados ante el imponente abismo y la repentina transparencia, frente a ese azul turquesa que se disolvía en sí mismo y se oscurecía en una profundidad insondable y progresiva, ambos quietos, estáticos, asomados al hondísimo vacío que parecía reclamarlos, escuchando aquel silencio resonante agujereado por la ocasional explosión de burbujas, observando bajo sus narices la formidable pared de coral que se precipitaba perfectamente vertical, con algunas rocas monumentales como garrotes colosales que se desprendían del costado y la cantidad abrumadora de peces que entraba y salía a distintas alturas por huecos incontables, y así permanecieron un largo tiempo, recostados sobre el filo del precipicio, atónitos, inmóviles, apreciando la claridad y la calidez del mar Caribe, hasta que por fin parecieron reaccionar como si hubieran despertado de un encanto, entonces empezaron a descender, pero en vez de hundirse de cabeza simplemente se apartaron, se retiraron del inicio del declive con un paso hacia adelante y se dejaron caer de pies, jalonados hacia abajo por el peso del lastre, moviendo apenas los brazos, las piernas, resbalando lentamente hacia el fondo, apretando y soplando por las narices para aliviar la presión de los oídos, contemplando, al caer, la inmensa muralla de coral que ascendía y descendía tan grande como la fachada de una catedral, asomándose a las infinitas grutas y ranuras, a los hoyos y agujeros poblados de vida y movimiento, de destellos y colores fluorescentes, excitados con la adrenalina bombeando y el corazón retumbando en su pecho, y a lo largo de ese paulatino e hipnotizante trayecto hacia el fondo, sorprendieron a las chernas encuevadas que los miraban de frente con las agallas oscilantes, a las morenas enroscadas y boquiabiertas, a los pargos que se alejaban estudiándolos de reojo, a los erizos que ofrecían sus frágiles alfileres, a las cabrillas que se camuflaban y perdían en el contorno, a las barracudas con su jeta de perro feroz que se acercaban como troncos de plata y de pronto desaparecían sin rastro, a las langostas aferradas a las rocas con sus paticas de insecto tijereteando el agua con sus delicadas antenas, y por supuesto estaban tan absortos, tan fascinados con la fauna y el paisaje, que no se dieron cuenta de que estaban a punto de tocar fondo, de llegar al suelo de arena, fantasmal en su azulosa blancura, allí donde las agujas de los profundímetros marcaban poco menos de doscientos pies, sin embargo no se alarmaron y más bien se dejaron desplomar levemente hasta aterrizar parados en el lecho marino, levantando nubes de arena en torno de las aletas, entonces alzaron la vista y examinaron la intimidante pared de corales vivos que ascendía como un rascacielos hacia la indistinguible superficie, y se voltearon y observaron el suelo de arena, tapizado con pequeñas dunas como pliegues en una sábana mal estirada, el suelo que, treinta metros más allá, se inclinaba y volvía a caer, prolongando el abismo sin que nadie supiera a ciencia cierta hasta qué profundidad, entonces Alejandro le mostró a Natalia su mano abierta para indicarle que realizarían una parada no mayor de cinco minutos, y estaban en esas cuando vieron un par de jureles grandes que se dirigían hacia ellos, sin duda atraídos por el cavernoso gorgoteo de las burbujas, finos como atunes con los lomos de nácar y relumbres azules, pero además sorprendentemente dóciles y curiosos, lo que les pareció divertido porque los peces se pusieron a juguetear con Alejandro, mariposeando en torno de su máscara e incluso mordisqueándole los brazos y los hombros, hasta el punto de que se vio obligado a alejarlos, a apartarlos con las manos, así que ahuyentó uno y empujó otro, y en medio de esa inofensiva danza de maromas y piruetas ocurrió el accidente, pues sin proponérselo Alejandro ensartó al mayor con la punta del arpón y el pez pareció despertar con una descarga eléctrica, tirando y luchando, tratando de zafarse desesperadamente, soltando nubes de sangre que, a esa profundidad, no era roja sino verde, y Alejandro, con evidente pena, acercó el animal y lo terminó de atravesar para acabar con su agonía de una vez por todas, pero el jurel resistió, extrajo aparatosamente la varilla del fusil y quedó atado por la cuerda del arpón, dando vueltas en convulsiones, dejando temblorosas espirales de sangre y peleando con sus últimas fuerzas, de modo que, para aquietarlo, Alejandro lo volvió a acercar recogiendo la cuerda y con los dedos lo prensó de los ojos, sosteniéndolo mientras manoteaba con la otra mano para despejar la niebla de sangre, y al cabo de sus espasmos finales el animal se fue calmando hasta que se detuvo por completo, sin embargo, cuando Alejandro trató de desatornillar la punta del arpón con el fin de sacar la varilla, para su sorpresa la sintió dura, atascada, quizás pegada por el óxido y la sal, en todo caso, después de ensayar de nuevo hasta que pensó que se le iban a desportillar los dientes del esfuerzo, se vio forzado a entregarle el arpón a Natalia para que ella lo sujetara con ambas manos mientras él bregaría con la punta, entonces se colocó de frente a la muchacha para estar más cómodo, de espaldas al mar abierto, pero en el momento en que intentó hacer presión Natalia soltó la varilla y retrocedió contra la pared de coral, y cuando Alejandro alzó la cabeza para cuestionarla con la mirada y vio sus ojos desorbitados en la máscara, comprendió lo que eso significaba, entonces se volteó y por una fracción de segundo no reconoció la figura que tenía ante sus ojos porque parecía un círculo sin cuerpo suspendido en el agua, similar a un lápiz visto de punta, pero en seguida el círculo se transformó y así advirtió el lento y poderoso meneo de la cola, el inconfundible sesgo de las aletas, y faltando apenas un metro de distancia el tiburón giró, husmeando la sangre, explorando el territorio, desfilando su fuerza como en una pasarela, luego regresó y volvió a pasar delante de ellos, y Alejandro, paralizado con el pez sangrante en la mano, registró sus ojos negros e inexpresivos, iguales a los de una muñeca, su boca ligeramente abierta en medialuna, sus agallas ondeantes por el paso del suave viento del agua, las dos rémoras pegadas a la barriga blanca y, por último, la cola en forma de guadaña que impulsaba el cuerpo con un solo movimiento, constante y fluido, y de pronto, por el rabillo del ojo, Alejandro vio otro tiburón que surgía del costado izquierdo, después otro del derecho, y desde ese momento en adelante fueron apareciendo como si se estuvieran materializando en el agua, multiplicándose y confundiéndose los unos con los otros, seducidos por la sangre, surgiendo de las más remotas profundidades, acercándose cada vez más y desplazándose a distintas alturas, de manera que, desde la posición de Alejandro, unos parecían rozar el suelo de arena, otros permanecían al nivel de sus ojos y otros nadaban por encima de su cabeza con la silueta nítidamente recortada contra la luminosidad de la superficie, entonces él empezó a forcejear con el arpón mientras Natalia seguía petrificada contra la pared de coral, entre tanto llegaron más tiburones y en un momento hubo tantos que ni siquiera fue posible contarlos, y cuando Alejandro sintió que la situación iba a estallar de la tensión, la punta giró en su mano, así que procedió a desatornillarla, tratando de evitar cualquier acto brusco o repentino, sacó la varilla delicadamente por la herida que parecía una tronera de carne rasgada y arrojó el jurel lo más lejos que pudo, pero el animal planeó serenamente como un avioncito de papel, regresó y aterrizó allí mismo, casi a sus pies, con los ojos saltones y el lomo destruido, y en ese instante comenzó en serio el festín, porque los tiburones le cayeron encima como una manada de lobos hambrientos, azuzados por la sangre, disputándose la presa en un frenesí de dentelladas, partiendo y frenando como relámpagos, unos hincando los dientes en el pez y sacudiéndolo hasta arrancar un pedazo en flecos mientras los demás los perseguían como torpedos, entonces Alejandro, sin saber en qué momento él también había retrocedido contra la fachada de coral, sintió la mano de Natalia que subía a tientas buscando la suya, y al voltearse la vio tragando aire a bocanadas del pavor, y con esa imagen visualizó la magnitud del dilema en que estaban, porque si se movían los tiburones seguramente los atacarían, pero si se quedaban allí en pocos minutos se les acabaría el aire y jamás alcanzarían la superficie, aunque en realidad no tenían alternativa, entonces Alejandro se movió cautelosamente hasta colocarse delante de Natalia, pasó una mano por detrás buscando a ciegas la bomba de su chaleco y la infló una, dos, tres veces, de inmediato hizo lo mismo con la suya y en seguida empezaron a flotar, despacio e ingrávidos, Natalia sujeta de los hombros de su novio, protegida por el escudo de su cuerpo y Alejandro rechazando las embestidas de los tiburones con estocadas del arpón, ambos escalando menos rápido que las cadenas de burbujas que subían en trémulos hongos de plata, trepando pero sin perder de vista a los tiburones que alcanzaban a rozar sus aletas, y tan pronto lograron alejarse unos metros del macabro semicírculo de animales excitados, Alejandro sintió de nuevo la mano de Natalia, pero esta vez ella parecía pedirle con apremio que se volteara, así que giró en espiral sin dejar de ascender y apenas la tuvo de frente la muchacha de ojos enormes se cruzó la garganta con el dedo para indicarle que se estaba quedando sin aire, y sin poderlo creer Alejandro tomó su manómetro y comprobó que, en efecto, la aguja rebotaba contra las últimas libras, no obstante vio lo mucho que les faltaba para empezar a vislumbrar la remota superficie, entonces revisó su propio manómetro y vio la aguja marcando poco menos de mil libras, y mientras se decía que Natalia se había tragado el aire del susto, con una ráfaga de terror calculó que su tanque no les iba a alcanzar para los dos, pero aun así y sin más remedio tomó aliento y le pasó a Natalia la boquilla de su regulador, y cuando ella asintió después de respirar un par de veces, acezante y nerviosa, él reintrodujo el regulador en su boca, expulsó el aire de sus pulmones e inhaló sintiendo el golpe de aire helado, y de esa forma se turnaron el cilindro, subiendo ahora más rápido de lo que debían, los dos robando miradas furtivas entre el espacio de sus aletas, y todavía veían a los tiburones revoloteando y peleándose los restos del jurel, cada vez más pequeños y distantes hasta que se asemejaron a unas lagartijas moviéndose en el fondo de una cantera, y así fueron trepando, Alejandro consciente del peligro en que seguían y no sólo por la persistente amenaza de los tiburones, sino también por haber descendido a esa profundidad, por haber permanecido tanto tiempo en el fondo, por ascender sin aire suficiente para realizar una descompresión ni siquiera cercana a la establecida en las tablas reglamentarias, y consciente de que aún podría suceder cualquier cosa, pues en una situación como esa era imposible predecir el desenlace, ya que la persona podía llegar a la superficie a punto de desmayarse, o brotando sangre por los ojos o las fosas nasales, o con tal agotamiento que la podía dejar postrada durante días o, en el peor de los casos, con una burbuja de nitrógeno atrapada en alguna articulación, dejando consecuencias incalculables, sin embargo era un riesgo que tenían que correr porque al revisar de nuevo su manómetro Alejandro vio que les quedaban menos de trescientas libras de aire, pero allá arriba ya se adivinaban las diminutas crestas de las olas invertidas, barriendo la superficie sin cesar como el viento en un trigal, de modo que siguieron subiendo, soltando la mayor cantidad de burbujas posible, sintiendo los oídos al destaponarse, chupando la boquilla con todas sus fuerzas para succionar las migajas restantes porque sólo faltaban treinta pies, veinte, quince, diez... hasta que por fin rompieron la superficie, exhaustos y jadeantes, y sin vacilar Alejandro le arrancó la máscara a Natalia de la cara y le preguntó cómo estaba, y ella, aturdida y todavía temblando del susto, apenas pudo asentir con la cabeza, entonces él infló los chalecos con la boca y bracearon hacia la lancha que por fortuna seguía allí, bamboleando en el oleaje pero tal como la habían dejado, y en el instante en que tocaron el casco Alejandro experimentó una sensación de alivio como jamás había sentido en toda su vida, pero no tuvo tiempo para pensar en eso porque asistió a Natalia a quitarse el equipo, lanzó las máscaras y las aletas por encima de la borda, le ayudó a trepar la escalerilla, en seguida le alcanzó un tanque y luego el otro, y tan pronto se subió a la lancha y se desabrochó el cinturón de pesas, pudo apreciar la solidez del piso bajo sus pies, entonces miró a Natalia y la vio sentada con una inquietante expresión de incredulidad en el rostro, como si no pudiera creer que estuvieran bien, a salvo, vivos, de modo que se detuvo un segundo, respiró muy profundo, y examinó su mano apoyada contra la borda, sus venas salidas, sus uñas blancas, sus yemas arrugadas, y más allá observó la cornamusa de la proa, la cuerda templada del ancla, las incesantes olas del mar, cosas hasta triviales pero que en ese momento adquirían un sentido monumental por la sencilla razón de que estuvo a punto de nunca volverlas a ver, que faltó casi nada para no volver a presenciar el cabello empapado de Natalia, o los colores resplandecientes del agua, o el prodigioso cielo azul, o el perfil de la isla amurallada de palmeras, o un alcatraz como ese que parecía suspendido en pleno vuelo, y por primera vez en toda su vida se dio cuenta, en serio y de verdad, de que era mortal, entonces observó de nuevo a Natalia, muda, atónita, ella también mirando el movimiento continuo de la naturaleza, tal vez pensando lo mismo que él, sabiendo que si les hubiera sucedido algo fatal de todas formas esa ola habría seguido creciendo, enrollándose hasta desbaratarse en las arenas blancas de la playa, y ese pájaro habría chillado igual y todo habría seguido su curso natural sin emitir siquiera un escalofrío por sus vidas sofocadas, pero para Alejandro lo más aterrador no era eso sino reconocer que él era, efectivamente, mortal, y como si eso no bastara, efímero, y comprendió que ese hecho, obvio y elemental, hasta ahora no había sido más que un reconocimiento abstracto y racional pero no una aceptación profunda, una verdad de entrañas, ni se había traducido jamás en una despiadada toma de conciencia sobre su propia mortalidad, en ese instante la poderosa intensidad de la vida, su escalofriante fugacidad, pareció llenarlo, abrumarlo, inundarlo en forma aplastante, de manera que entonces, y sólo entonces— se sentó.

(*Las ventanas y las voces*)

NO SÉ POR QUÉ ME CASÉ CON VOS

JORGE FRANCO

Aurora comenzó a olvidar dónde dejaba las cosas. Se está poniendo vieja. No la vejez de la que se ha quejado desde sus treinta años, sino la que le advierte que su vida está caducando. Olvidó su edad desde el día en que no supo dónde guardó su cédula.

—Yo vi cuando ella misma la echó a la basura, hace doce años, cuando perdimos las elecciones los liberales —dice el Checo.

—Ganas no me faltaron —dice Aurora—, pero como sabía que a los otros no les iba a durar mucho la dicha, decidí guardarla hasta las próximas elecciones, pero entonces no la encontré. Vos me la escondiste, Checo.

—¿Para qué te la iba a esconder?

—Para sacarme plata del banco, yo te conozco.

—Si me conocés, sabés que no necesito plata.

—Para botarla en libros y rompecabezas. Para eso sí la necesitás.

Siempre buscaba culpables del embolate de su memoria. Cinco empleadas habían sido expulsadas por haberle «escondido», «robado» o «botado» joyas y dinero que ella misma escondía para evitar, precisamente, cualquier robo, pero siempre se le olvida el sitio exacto del escondite. También acusa a sus hijas de estar enredándole la cabeza; que le dicen una cosa hoy y otra muy distinta mañana, que le reclaman por cosas que ella nunca ha dicho.

—¡Si me quieren enloquecer, se les complicó la cosa! Afortunadamente todavía tengo la cabeza muy bien puesta sobre los hombros. Y todavía me queda cuerda para rato.

Fue hermosa. Todavía conserva rasgos que le han sido esquivos a la vejez. Piel blanca, porte altivo, perfil y boca finos. También sobrevive su mirada triste, herencia de algún inmigrante que nunca dejó de soñar con el regreso. Conserva el ímpetu de los de su clase, ajenos a la opulencia pero floridos en dignidad. Fiera, terca, maliciosa, desafiante, vivió a su antojo sin importarle los remilgos de la época ni el qué dirán. Tuvo muchos novios que quisieron casarse; a casi todos les dijo que sí, después que no, y luego a este que sí y al otro que no, y algunos la esperaron en el altar, pero ella, escondida, gozaba esperando también a esa novia que nunca llegó. Finalmente se casó con el Checo y todavía no sabe por qué.

—Al otro día del matrimonio supe que el Checo no era para mí —dice con frecuencia—. Me equivoqué de hombre, pero en esos tiempos no se podía hacer nada. Me hubiera casado con cualquier otro; me hubiera ido mejor.

En cincuenta años de casados ella no ha perdido la esperanza de una separación. A veces empaca y se va, pero el Checo ni se da cuenta de su ausencia.

—Me voy, Checo.

—¿Para dónde vas?

—Me voy del todo. Me aburrí.

—No te olvides de traer café. Se está acabando —le dice el Checo sin despegar los ojos de un libro.

Cuando regresa, después de algunos días, su esposo le habla como si acabaran de desayunar juntos.

—Aquí el hombre soy yo —decía ella cada vez que le tocaba salir a vender algún mueble, alguna cadena de oro guardada celosamente para atender emergencias de la casa, o a entregar ropa ajena que arreglaba en su máquina de coser. Si pagaran por no hacer nada serías el más rico de este país —insistía en su ataque cada vez que lo veía leyendo.

Él siempre ha sido así. No le gusta que lo llamen intelectual, sabe lo que pesa el título, pero los que lo rodean, al verlo siempre leyendo o utilizando palabras extrañas al hablar, lo llaman así. Menos Aurora, por supuesto. Ella no entiende qué puede haber en esas páginas que él devora, y que lo raptan de las responsabilidades y las obligaciones.

El Checo nunca tuvo un trabajo fijo. Escribía artículos para el periódico sobre cultura y política. Los primeros se los publicaron con más frecuencia, pero los segundos, se los colgaban casi todos. Era incisivo e inclemente en sus opiniones, y a los editores les gustaba capotear situaciones con sus escritos. Cuando el viento les soplaba a favor dejaban al

Checo con la mano estirada, y temblando por no poder entregarle ni un centavo a su mujer. Pero cuando necesitaban quien pusiera el pecho para enfrentar al gobierno, sin padecer directamente las represalias del poder, le publicaban al Checo todos sus desplantes, se amparaban en la independencia de sus editorialistas y luego lo confinaban un par de meses a un silencio forzoso. Aurora no aceptaba que su nevera dependiera de los ánimos políticos y de la vehemencia del Checo. Presionado por un sermón diario, se buscó un seudónimo para opinar de la cultura. No siempre había espacio para esos temas, pero gracias a los libros, a la música y a la pintura podía entonces pasarle un cheque a Aurora, con relativa frecuencia.

—Hoy tenemos papas a la Cervantes —decía Aurora, con sorna mientras servía la comida—, costillas a la Rossini y café Rembrandt.

El Checo nunca ha dicho nada. No se sabe si su silencio ha sido un arma o su única alternativa. Pero las burlas de ella lo llevaron a descubrir algo oculto hasta el momento: Aurora leía sus artículos. Así fuera sólo por curiosidad, Aurora no era ajena a su mundo. No estaban tan alejados como él pensaba.

Así como nadie entendía su silencio, él siguió sin entender las peroratas de su mujer. Cuando la conoció era una mujer tranquila, como todas; parecía tímida, por lo tanto respetuosa. No se creyó las historias de los novios que dejó plantados en la iglesia, ni las burlas de amor a tantos otros. A los seis meses se casaron.

—Lo primero que el Checo desempacó en la luna de miel fue una maleta llena de libros —cuenta Aurora con cierto encono—. De puro milagro nacieron las niñas.

Ellas eran el amor más grande del Checo. A puerta cerrada y aprovechando alguna ausencia de Aurora, les leía cuentos deliciosos con los que por fin entendieron que el oficio de su padre no era inútil ni vergonzoso. Ahora que está viejo, que el periódico quebró y que nadie más se interesa en sus artículos, ellas incluyen un par de libros en el mercado quincenal que les mandan a sus padres.

—Ustedes insisten en que comamos libros —les dice Aurora—. Parece que no quedaron contentas con toda la mierda que les tocó comer cuando eran niñas.

Aurora niega con furor cualquier tipo de afecto por el Checo. Pero los verdaderos sentimientos salieron de su escondite el día en que mataron a Gaitán, y el Checo tuvo que huir porque la intolerancia del gobierno no aceptó la franqueza de sus palabras escritas.

—Apuesto a que se fue con otra —dijo Aurora en medio de la conmoción—. Nadie huye solo.

Pensó que él la había abandonado, hasta que le enviaron a su casa una caja con cinco dedos, que supuestamente pertenecían al Checo.

—¡Lo mataron, lo mataron los godos! —gritó Aurora por toda la casa, con los dedos amputados entre sus manos.

Lloró ese día. Se sintió perdida al verse sola con cuatro hijas adolescentes; pero la violencia de los días siguientes les aplazó el duelo, y ellas se dedicaron a la supervivencia y a la búsqueda del cadáver de su padre. A Aurora le advirtieron que le iban a mandar el Checo en pedacitos, y cada semana le llegaba un trozo de cuerpo en un paquete. Una noche tocaron la puerta; abrió y encontró un sobre con un pene guillotinado.

—¡El Checo está vivo! —entró gritando al cuarto de las hijas—. ¡Su papá está vivo!

Las niñas brincaron y gritaron de felicidad, preguntaron por el regreso pero la misma Aurora lo ignoraba. Sólo sabía que el cuerpo que le mandaban por entregas no era el de su marido. Varios días después, el Checo volvió a su casa, al amanecer, con el cuerpo completo pero con el alma mutilada.

—Lo que tenés que hacer es dejar que los artistas nos sigan dando la comida —le dijo Aurora—. Dejá tranquilos al gobierno y a los políticos, y dedícate a escribir sobre lo que a nadie le estorba.

El Checo no volvió a ser el mismo. Le daba trabajo concentrarse en la lectura. Se refugió en los rompecabezas; decía que le exigían menos y que le ayudaban a recuperar la concentración.

—Ahora ni escribe —refunfuña Aurora—. Si al menos le pagaran por cada pieza que logra ensartar con otra.

—¿Dónde está mi lamparita? —pregunta el Checo.

—La están reparando —contesta Aurora.

—¿Todavía? Ya debe estar lista.

—Entonces, andá por ella.

—Pero yo no la llevé —replica él.

—Da igual. No me acuerdo dónde es el lugar.

Los dos se miran como dos hermanos que riñen. Cada uno busca un rincón de la casa y rápidamente se olvidan del asunto. En la noche vuelven a encontrarse para ver las noticias juntos, comen algo ligero, y desde que las hijas se fueron, cada uno ocupa un cuarto independiente.

—No sé por qué me casé con vos, Checo, pero... —le dice Aurora, todas las noches después del café.

El Checo, imperturbable, no dice nada. Se retira en silencio y se encierra a leer. Sabe lo que ese «pero» significa.

(*Maldito amor*)

EL DÍA DE LA PARTIDA

ENRIQUE SERRANO

> El sabio jamás renuncia a su independencia. Aun, en medio de la suprema tempestad, se comporta como un vir fortis, sólido y tenaz en sus propósitos. Sus palabras pueden parecer contradictorias a los oídos de los demás y escuchará a su paso a los pedantes tildarlo de loco, sin perder por ello la tranquilidad de su ánimo.
>
> SÉNECA

Los detalles de la muerte de un hombre siempre son enojosos. Y lo son porque recuerdan a los demás hombres su propia muerte y adelantan algunos trazos generales de lo que será nuestro futuro común. Pero estos detalles son útiles, pues conservan la intensidad de esos últimos momentos en los que todo se hace por vez final. Un gesto, una mirada, una palabra... se diría que la certidumbre de la partida exalta el valor de la vida y produce en el alma de los que aún no mueren un impacto profundo, la marca de un sello indeleble que dice: «Yo también seré aquel que hoy muere, yo también seré Séneca».

I

Séneca ha recibido en la mañana la orden de suicidarse, y su valerosa esposa Pompea Paulina lee en voz alta un trozo de un escrito que su marido ha terminado tiempo atrás. El día transcurre normalmente y todo respira una luminosa serenidad. Todo, salvo un ligero temblor en los labios del filósofo. Su cabello ha encanecido, pero su vigor está intacto, como corresponde a un hijo de la soleada Hispania. Lucio Anneo ha podido aguantar una andanada de reproches motivados por su riqueza excesiva; ha resistido la tentación de muchas conspiraciones —salvo esta—; ha soportado la prepotencia de los consejeros griegos y de los innumerables oradores romanos. Su pecho sabe lo que es el exilio, el escarnio y la soledad. No ha perdido el coraje, y en su alma navega todavía la Dama de la inteligencia, en medio de la desdicha abrumadora, producto de la impotencia.

Sin embargo, siente miedo. El miedo es poderoso y se mueve solo, arrastrándolo todo consigo. Cuando la vida está perdida, todos los hombres son iguales: pueden fingir valor, pero no pueden sentirlo. El valor es únicamente para los vivos. Unas horas más y todo habrá pasado. La conspiración de Pisón fracasó, y es la hora del tributo de sangre. Natal y Escevino confesaron. Más tarde, Lucano, Quinciano y Seneción. Todos los demás fueron descubiertos. Sólo la mujer libertina, la increíble Epicarnis, fue capaz de soportar el tormento sin denunciar a los otros: no es raro. ¡Las más grandes hazañas de la tozudez humana han sido realizadas por mujeres!

Es el día de la partida. Todos saben que el sabio cordobés no es un conspirador, pero también saben que el César lo odia desde hace años y que ha decidido deshacerse de él. Un tribuno llegó hasta la quinta, distante cuatro millas de la ciudad, para notificarle la inminencia de su propia muerte. Cuánto le habría gustado tener tiempo para decidirlo por sí mismo. Pero siempre es tarde cuando se es un vasallo. Y el mundo no marchará bien mientras los sabios se encuentren al servicio de imbéciles.

II

El agua que corre por el patio calma la inquietud de Séneca. El recuerdo de su riqueza, donada a Nerón para alegar una fidelidad en la que ya nadie puede creer, atormentará a otros; es la hora de respirar libremente el aire de la campiña y de despedirse de los placeres que brindan a raudales las anchas fuentes del mundo. Es hora de bañarse en las termas y de probar manjares sutiles y desconocidos. Es hora de masticar el opio, venido de misteriosas montañas perdidas en Oriente. Todo el lujo sensual y el colorido de los techos artesonados tiene sentido tan sólo para el hombre que no conoce la fecha y la hora exacta de su muerte.

De una manera o de otra, el miedo se transforma en tristeza, la angustia en desencanto y el dolor se aleja probablemente para siempre. «Si todos los hombres tuvieran la oportunidad de morir a menudo, no habría ninguno que no fuese sabio.» El ventanal de la cámara de estudio de la quinta deja pasar un viento leve hasta la cara de este hombre de sesenta años. «¿Cómo debo matarme?» Su esposa le contesta: «Derrama el vaso de tu sangre para que fecunde la tierra. Quizá se una al Tíber y llegue al mar. Puede ser que algunas gotas vayan a dar a Hispania». Y luego lloró, tan hondamente como sólo lo hace quien va a perder lo más querido en el mundo; Pompea Paulina amaba a Séneca, y el amor se resiente siempre por una ausencia inevitable.

«¿Dónde quedan, pues, los preceptos de la sabiduría; dónde la disposición preparada con el discurso de tantos años para oponerse a cualquier accidente y peligro inminente?», pregunta una vez más aquel que ya no requiere de ninguna respuesta. La serenidad sincera es el fruto de un desapego que él estaba lejos de poseer; no lo pregunta porque vea correr las lágrimas de su esposa ni porque pretenda enseñar algo a sus discípulos más fieles. Lo pregunta a Séneca, porque en él todo se resiste a morir, todo quiere persistir. Está sorprendido de la fuerza de su insensata esperanza, que quiere inventar proyectos y que anoche mismo soñaba con convencer a Estacio Anneo de sembrar uno de sus campos con delicadas frutas de estación. Hoy, después de años enteros de aguardarlo, es un día último, un día de despedida; el único día abrumadoramente real en la vida de todos los hombres.

III

Roma es un nido de víboras, en donde no bien la fortuna ha sonreído a alguno, un ejército de envidiosos y mezquinos se abate sobre él. Muchos años hace que Séneca vive en Roma, y su origen provinciano no ha sido un obstáculo para que su fama crezca y su fortuna aumente. No obstante, el fantasma de los celos de César ha rondado su cabeza, y hay muchos que le odian y que se alegran de su desgracia. Uno de ellos, Acrato, liberto del César, saqueador de templos y ladrón de imágenes sagradas, y cuya sacrílega mirada se ha posado sin recato en los cuerpos de las vestales, se ha dedicado a desacreditarle públicamente, queriendo acelerar su muerte. Todo hombre ruin busca afanosamente una víctima en la cual desahogar sus culpas. Así como este Acrato, muchos otros enemigos gratuitos le acechan desde hace tiempo, esperando en la sombra para clavar sus garras en la carne del cordobés. De nada ha valido ocultarse; han ido a buscarlo a su lugar de retiro para hacerle saber que están allí y que no lo dejarán en paz.

La desdicha no ha caído de repente sobre el hombre que tanto ha escrito respecto de la firmeza del ánimo. Cada golpe ha venido acompañado de otro golpe; cada flecha de otra flecha. Lentamente, el trozo de cielo que quedaba a Séneca se vuelve un jirón de tinieblas. Por fortuna, esta vez será la última. Los que sufren por detestarlo podrán por fin descansar mañana y él también descansará. Nada de esto turbará la Historia.

La vanidad propia del mundo y la falta de razón que lo rige demuestran una vez más que el filósofo tiene razón cuando desprecia a la lógica como «no procedente para la sabiduría» y la somete a frecuentes y punzantes burlas. La vida es el conjunto informe de impulsos y arrebatos del destino. Unos más rectos, otros más torcidos; no hay intelecto que los comprenda ni mente que los abarque. Si el hombre sensato no se dedica a esperar cualquier cosa de manos de la suerte, entonces irá perdiendo sin remedio la sensatez. Séneca se da cuenta de todo cuanto sucede, pero no puede gobernar las fuerzas que lo arrastran a la muerte; lo único que puede hacer es no pretender rebelarse en vano. Y no se rebela.

IV

Pompea Paulina quiere matarse con su esposo. Se lo ha dicho y él no se lo ha impedido. Con la solemnidad que tienen las cosas de todos los días cuando se hacen por última vez, los esclavos preparan un baño caliente para su señor. Cuando todo se ha dispuesto, Séneca baja los ojos hacia la afilada cuchilla que sin perturbarse en absoluto vaciará su cuerpo de sangre. Ha escogido esta forma de matarse, porque asegura que podrá contemplar su propia muerte y la verá venir despacio, como se atisba una nave en la distancia.

Tras un instante de vacilación, necesaria al cuerpo y a la mente para recibir la llegada de lo inevitable, Séneca empuña el arma y observa que su esposa lo hace también. Mirándose las venas con calma se hace una incisión profunda en la muñeca izquierda. La primera gota de sangre es para el arma, las demás las beberá la tierra con la misma avidez con la que absorbe las lluvias torrenciales de primavera. Pompea Paulina sangra, igual que él. La visión se hace turbia como para poder describir lo que se ve. Una pesadez lánguida se va apoderando de cada músculo, de cada movimiento, de cada impulso del aliento. La muerte hace su obra simple y eterna. La misma que perpetuamente ha hecho. Pese a ello, Séneca siente que su cuerpo delgado y viejo se demora en responder al último llamado. Las venas tienden a cerrarse y la sangre que contienen no acierta a desviarse de su rumbo. La inercia de la vida aspira a retar a la muerte; así vemos abrirse y cerrarse la boca de una serpiente decapitada o vemos temblar la pierna cortada en la batalla. Séneca pide ayuda a uno de sus amigos para apresurar la obra de la muerte. La angustia de no querer morir da paso a la impaciencia por morir pronto. El dolor es inútil cuando es definitivo.

Lucio Anneo convence a su esposa para que se retire a una habitación contigua. Nadie emite un sonido. El duelo ha comenzado desde mucho antes de la hora definitiva. El sol busca ocultarse y sopla un viento fresco venido del mar. En tardes así era un placer caminar por las arboledas floridas, hacer proyectos y abrigar esperanzas. La máscara trágica ha caído y sólo resta tener paciencia. No hay nada que no llegue; la cuestión es saber la magnitud del plazo.

V

César es un hombre doble. Abraza y besa a quien ha mandado a apuñalar. El origen de su alma es oscuro, y en sus ojos apagados se percibe esa dureza que caracteriza a los crueles y esa blandura que pone en evidencia a los pusilánimes. Desde niño, su espíritu ha abundado en contradicciones. No es un mal poeta ni un mal gobernante. No obstante, no es un buen hijo ni un buen hermano. Como hombre es mucho menos que un Catón o que un Pompeyo. Vanidoso y vulgar, se ha granjeado el desprecio de su pueblo. Pero, a decir verdad, no es mucho peor que cualquiera de sus soldados; se trata tan sólo de un hombre ordinario colocado en un lugar extraordinario. Sus muchos crímenes obedecen por igual a la desidia que a la perversidad. Otros ha habido en el pasado bastante peores que él, pero no han durado tanto en el mando. Si Nerón conserva el poder es porque los dioses así lo quieren. Cuestionar los motivos que puedan tener para hacerlo así es una tarea inservible.

Su inquina contra Séneca se debe a la furia que le produce la sabiduría de los demás y al desprecio que su espíritu siente por sí mismo. Sólo se puede odiar al que representa lo que no somos, lo que no podemos ser. Pero Nerón tiene las espadas, las legiones, la riqueza y la estupidez de su parte, y no hay pequeño rincón del mundo que esas cosas no conquisten. La virtud representada en un hombre, la autoridad moral o la lucidez, son escudos muy frágiles para protegerse del yugo de la ignorancia. La ignorancia es asesina y mata ingenuamente, torpemente. Hace olvidar al grasiento César que su ayo y maestro dedicó años para sentar las bases de su espíritu y que lo vio sonreír cuando era un niño ante el descubrimiento de las primeras letras y la irrupción temprana de la sabiduría. Este cordobés, profesor de retórica y de leyes, de gimnasia y de filosofía, fue en otro tiempo la gran ventana por la que se asomaba el joven Nerón a un mundo complejo y avaro. Séneca tuvo que sufrir la persecución de Agripina y bajar la cabeza ante el arribo de la fuerza bruta, la vulgaridad y la intolerancia. Resignado a merecer el poder por su virtud, debió servir de pedestal a una familia entera de canallas.

Nada ha cambiado: hoy lo hará una vez más. Será la última. Mañana brillarán los astros en el cielo y correrá alegremente el agua por las fuentes.

VI

El anciano de hoy fue el hombre maduro de ayer y el joven de unos días antes. Séneca, aunque agotado, desea la muerte lúcido y con el talante en alto. No se resigna a los arrebatos de la inconsciencia y no quiere cerrarse todas las puertas; aun la cobardía tiene grados, y la suya es pequeña: ha comprendido que hasta el miedo puede esfumarse cuando ya no tiene sentido tenerlo. La bañera ensangrentada se disuelve en sus ojos como se alejan las pesadillas, por intervalos más o menos regulares. Sus manos trepidan, y bañado en un sudor frío, se imagina atravesar un océano de bruma y de silencio, uno de esos mares que se llevan dentro durante años y que se vacían abruptamente en el momento de la muerte.

Su amigo, Estacio Anneo, gran médico, le convence de que apresure su agonía ingiriendo veneno seco, parecido a la ilustre cicuta de Sócrates. Lo traga difícilmente, porque su alma ya no quiere percibir nada; quiere, antes bien, vomitarlo todo. El corazón avanza en su pecho como si hubiera adquirido pies. Desde su entrañable probidad, el ayo de Nerón, el trágico y el orador, el sabio y rico comerciante, cavila dulcemente sobre los errores y torpezas del pasado. ¡Qué candidez hay en sus ojos, mientras se contempla en su recuerdo como si mirara a otro! Ve a su madre, reclinada en la vieja silla en su casa cordobesa. Ve a su padre, el estricto rétor Marco Anneo Séneca, solemnemente dedicado a sus libros. Ve a sus hermanos y a sus primos; observa los hermosos caballos de la infancia y la espada cartaginesa que poseyó alguna vez. Delira magníficamente, como arrastrado por una rápida embarcación de vela bellamente calafateada que gozara de viento favorable. Los momentos vividos se le arremolinan en la cabeza, pero terminan por llegar suavemente a su espíritu. Recuerda los lejanos misterios, en los que creyó ver el alma misma del mundo, atractiva e inalcanzable como la de una fiera. Recuerda antiguas pasiones y amores desgastados por el tiempo. Se ve a sí mismo y tiene ocasión de volver a amarse intensamente. Produce, tan sólo para sus ojos, el deleite y la desgracia de haber sido Séneca, precisamente Séneca y no algún otro.

Todo esto no ha sido suficiente para arrancar el aliento de su ser y desprender el alma de su cuerpo. Todavía sumido en la ensoñación, puede comprobar que se encuentra a medio camino del mundo de los muertos. Su mente trabaja ardorosamente para encontrar una solución. Uno de sus esclavos, un cartaginés moreno que hacía muchos años preparaba sus abluciones con hierbas y esencias españolas, lo transporta a un aposento donde hay un baño de agua caliente. El líquido hirviente y vaporoso salta sobre la piel de sus criados, mientras se oye decir a Séneca: «Consagro este licor a Júpiter librador». Entra al baño y ya no vuelve a salir, pues aquel vapor suspende su aliento, y su alma inicia el tránsito al Tártaro profundo y obscuro, al cual todos estamos destinados, sin excepción ni perdón.

Los soldados del tribuno impiden la muerte de Pompea Paulina. El cuerpo del cordobés es quemado sin rituales, como él lo había dispuesto en su codicilo. Cuando la noticia llega a oídos de Nerón, los consejeros griegos sonríen y el Emperador hace una mueca de espanto que termina en una carcajada. Sale para un banquete en las afueras de Roma, y lleva bajo su brazo algunos libros escritos por su maestro.

(*La marca de España*)

LA DESINTEGRACIÓN DE MI ABUELO

ANTONIO UNGAR

A un país que ya no existe, a Mónica Barbosa

Mi abuelo nació en mil novecientos cuarenta y cinco en un búnker oscuro, debajo de una estación de tren en donde cayeron cuarenta y cinco bombas aliadas de tres megatones cada una, durante media hora. Su primer grito no se oyó, porque supo nacer exactamente durante esa media hora, y al tiempo con su primer grito cayó una bomba grande que le hizo un hueco a la cúpula de lo que fue una iglesia y ahora es sólo una cúpula con un hueco, en las guías turísticas con cielo azul y en alguna película alemana en donde llueve y uno se aburre.

Mi abuelo gritó y pataleó, pero nadie quiso oírlo.

Lo limpiaron, lo lavaron, le cortaron el caucho que lo unía a algo que temblaba debajo de una sábana blanca y lo pusieron en un rincón del búnker, al lado del cuerpo de una madre gigantesca que lo miraba con ojos de vaca, como si fuera él un ternero que no era. Todo mientras otros señores con bigotes estaban muy ocupados en descifrar el gemido grave como el llanto de una ballena que salía de los altoparlantes de la estación de trenes pesando sobre sus cabezas, que les avisaba con cierto grado de precisión el momento en que todo temblaría y el miedo los haría cerrar los ojos y caerían piedritas de las vigas del refugio y la madre de mi abuelo lloraría un poco más, sonriendo, sin hacer ningún ruido, y mi abuelo le colaboraría con muchas ganas, las patas separadas y la boca abierta.

Mi abuelo, el pobre, se murió ayer.

Nunca entendió por qué para liberar a los judíos y a los comunistas de los campos nazis, los ingleses botaron bombas sobre la estación en donde mi bisabuela lavaba overoles antes de estar preñada, si precisamente los ingleses no eran comunistas y precisamente mi bisabuela era comunista, y aunque nunca llegó a ser judía le caían bien los que vivían en los áticos de los almacenes del barrio obrero.

No me liberaron de nada, los ingleses, decía mi abuelo, sólo me liberaron del vientre de mi madre, y de comer las tres comidas del día durante cinco años. Lo decía muy serio, y después soltaba una de esas carcajadotas alemanas que siempre están dirigidas a ninguna parte y nunca tienen eco, tampoco en los nietos.

Tal vez por eso se negó a ir a Londres, mi abuelo. Se negó a ir incluso cuando un jefe más gordo que él, el dueño de la compañía de Yunques, lo amenazó con mandarlo a Las Indias, que así le decían los alemanes a América del Sur porque la del norte sí era América, si no se iba a Londres a vender yunques, inmediatamente. Él respondió que inmediatamente Inglaterra no se merecía ni siquiera los yunques de la compañía, y afortunadamente no le entendieron el sarcasmo a mi abuelo porque si no nunca lo hubieran mandado a administrar una mina de oro abandonada en lo más hondo de la selva del Brasil, que en ese entonces sí era lo que uno se imagina cuando uno no es intelectual y le dicen: Brasil.

Y si no se hubiera ido a la selva, que era tan húmeda como para que mi abuelo tuviera que limpiar todos los días su cuchillo bávaro y su escopeta de cazar conejos de un hongo verde y pegajoso que se adhería por las noches, mi abuelo no se hubiera hartado de limpiar cuchillos y escopetas y matar zancudos y de no entenderle ni una palabra a los negros brasileños que siempre se reían de él antes de hablarle, y después de hablarle se reían más y con más ganas. Porque si todo eso no hubiera pasado, mi abuelo no hubiera cambiado su vestido de cazador de leones que le quedaba estrecho y sus botas de caucho, por un sombrero de paja y un vestido de hilo, y no le hubiera escrito al dueño de los Yunques diciéndole lo que pensaba de los yunques y de los negros brasileños y de los ingleses, y no hubiera emigrado a un pueblo que parecía sacado del sur de España y puesto en esta tierra nueva. Aunque mi abuelo nunca había estado en el sur de España, ni en el norte tampoco.

No habría tampoco conocido la meseta roja y más hermosa que mi abuelo iba a conocer y de la cual no volvería a salir hasta el día de ayer, cuando salió acostado en un cajón negro, sin decir una palabra, muerto, sobre un caro jalado por bueyes, con los ojos bien abiertos y los pies apuntando a otro pueblo parecido pero en cuyo cementerio no se pudría ningún inglés muerto en 1952, junto al que mi abuelo se negaba a acostarse.

Nunca hubiera conocido a mi abuela tampoco, que entonces era una gordita linda pero elegante, a la que mi abuelo tuvo que cortejar durante cinco años hasta que su padre, el de ella, lo dejó acercarse. No por el cortejo de alemán que consistía en hacerle visitas y sudar frente a ella, y ponerle óperas de Wagner en el megáfono, sino porque para entonces mi abuelo era casi el dueño de una fábrica de cemento que él mismo había hecho con sus manos y con las de Plinio, un tipo que conocí ayer en el entierro y que todavía puede estarse cinco minutos sin respirar, muy serio, y puede tomarse un petaco de cerveza en media hora.

El mismo tiempo que se demoró el bombardeo, mientras nacía mi abuelo.

Pero al fin se pudieron casar. Porque mi abuelo ya era el dueño de toda la fábrica. No hubo oposición al matrimonio, afortunadamente, porque si la hubiera habido mi abuelo habría acabado comprando también la casa y las sillas y la cama en donde yacía el pobre viejo tísico de su suegro, que no hubiera podido seguir venerando con rezos susurrados sus reliquias de la Independencia desde el lecho de muerte.

Precisamente a los diez días de haberse muerto el viejo, y a pesar del escándalo que quisieron armar viejas más viejas, mi abuelo, de común acuerdo con la hermana mayor de mi abuela, y con el cura del pueblo a cambio de una limosna pagada en cemento, y con Plinio, que preparó una fiesta con más carne asada y cerveza de la que nunca han visto en Berlín, se casó con mi abuela en la iglesia mayor, con botella de vino dulce, arroz cayendo entre los rayos de sol, música de cobres, niñas bonitas, hombres que llegaban a caballo y treinta voladores que explotaron sobre las cabezas y a mi abuelo le acordaron de algo.

Así fue la historia de mi abuelo, que se murió ayer.

Porque lo que vino después fue mi mamá, de la que no hay nada que contar. Que emigró a Bogotá, grande y pobre como todas las ciudades grandes y pobres, y se casó con mi papá que era un importante vendedor de cafeteras a domicilio como todos los vendedores a domicilio, que se dedicó a cocinar mermeladas en una casita pobre pero honrada en un barrio de clase media bastante media, en un barrio de periferia gris, y que cuando hizo suficientes mermeladas y mi padre vendió suficientes cafeteras nacimos mis dos hermanas mayores que ya están casadas y preñadas, y yo, que nunca voy a estar preñado y que nunca he querido vivir en esa ciudad y que nunca había escrito una palabra hasta estas palabras que quiero escribir sobre mi abuelo que se murió ayer, el pobre.

Exacto.

Entonces: Ayer se murió mi abuelo.

Yo estoy en este momento sentado en el penúltimo asiento de un bus oxidado, procurando escribir entre bache y bache, respirando hondo en cada curva que me acerca a la finca en donde mi abuelo fundó su fábrica de cementos. En vez de estar volviendo a la ciudad grande y fría, a una casa en donde una señora gorda se empeña en hacer mermeladas de moras negras mientras entierran a su padre en el pueblo más lindo del mundo; negándome a volver a una casa a la que mi papá a esta hora no ha entrado todavía. Mi papá, el pobre, que ya no vende cafeteras pero ahora trabaja en un banco, que es mucho peor porque cuenta todo el día la plata que otros se van a gastar en todo menos en cafeteras.

Otra aclaración. Yo soy comunista. Comunista de verdad. Y en este bus declaro que nunca más vuelvo a esa ciudad. Que aquí me quedo. No en el bus, pero sí en este pueblo y en esta finca que sin mucha dificultad voy a heredar convenciendo a Plinio de que nos tomemos un petaco juntos, aunque tal vez a mí me toque comprar unas cervezas por fuera del petaco, y aunque tal vez a Plinio le dé por gritar Viva El Partido Liberal y blandir machete en la calle.

Me gusta este pueblo.

Y voy a seguir haciendo lo que hacía en mi barrio, en Bogotá. Falsificando papeles para todo tipo de vueltas burocráticas, que son iguales en cualquier parte del país, y aquí además me voy a falsificar un buen título de Arquitecto, y voy a ser el único arquitecto de este pueblo de campesinos más buena gente que todos los vecinos que yo he tenido en mi vida, y voy a prohibir como arquitecto titulado en la Universidad de Roma que voy a ser, que se tumbe ninguna casa de este pueblo o sus alrededores, o que se construya ninguna. Y punto.

Sólo casas viejas.

Por orden del gobernador, mediante decreto que yo también voy a falsificar y le voy a hacer llegar al alcalde después de una llamada con voz de gobernador.

Así estamos pues.

Lo que me llevó a escribir estas palabras, entonces, además de la historia de mi abuelo, de la aburrición de mi papá, además de mis planes para el futuro, fue precisamente mi abuelo mismo. Su cuerpo, además de su historia. Su presencia. Su presencia y la vida que produjo alrededor cuando estuvo vivo; y cómo no, también el alboroto que causó su presencia, dura como una piedra, una vez que a su cuerpo le dio por morirse.

De mi abuelo muerto voy a decir algo, pues, cómo no: de su entierro, que fue como otro chiste de mi abuelo vivo.

Me gustó muchísimo, el entierro de mi abuelo, mucho. Hombre, sí. Al principio fue aburrido. Con el cura ese, antes de la peregrinación, en el pueblo, recordando cada detalle de una donación en cemento que significó el resurgir de su parroquia y la importancia que adquirió frente a otras parroquias, que también tenían una ayudanta bajita y gorda y musgo entre los ladrillos del piso y techo de zinc con goteras. Eso aburrió.

Pero no aburrió nada el cajón de mi abuelo.

Negro, pesado, sobre la tierra roja de la calle.

Y mi abuelo ahí acostado adentro, viendo todavía las nubes sobre el cielo azul al otro lado de su vidriesito bien limpio, con sus ojos grises.

Así hubiera querido verse a sí mismo, si hubiera podido venir a su entierro.

Duro, con los brazos ordenados a ambos lados del cuerpo, riéndose todavía, porque se murió en la mitad de otra carcajada sin eco, seca, que soltó en la mitad de la noche, en la mitad de la cama doble. Mi abuela no pudo oírlo, la pobre, porque mi abuela está muerta y enterrada hace quince años.

Me dicen, los que saben, que tomaba mucho mi abuelo. Yo lo entiendo. En eso también somos iguales. Además de ser ambos comunistas. Y además de llamarnos Peter Lübeck, porque aunque entre mi Peter y mi Lübeck haya un Martínez, somos casi lo mismo. Éramos. Altos, gordos, de pelo negro y nariz grande y ojos verdes.

Ambos de pasos largos.

Y ambos de voz gruesa. Mi abuelo decía antes de morirse que cuando él era joven y no había vendido ningún yunque ni había hecho ningún hijo, era capaz de romper copas de cristal llenas de champaña, con sólo llamar al mesero del restaurante. No creo que haya nunca entrado a un restaurante en Berlín, mi abuelo, pero lo de los vasos, sin champaña, se le puede creer. Tenía un pecho como de vendedor de yunques y una sonrisa de más de siete dientes y unos bigotes negros y gruesos y unos ojos chiquitos que le arrugaban toda la cara cada vez que se reía.

Pero yo estaba diciendo cuánto me gustó el entierro.

Acabó de hablar el cura. Una señora gorda, morena, de labios gruesos, que sudaba debajo de su monumental descote de luto, entró en un ataque de llanto tal que las flacas señoras elegantes tuvieron que carraspear hasta atorarse en su tiza. Y Plinio, que ya estaba un poco borracho, se llevó a la señora forrada de negro detrás de un guayabo que hay junto a la capilla, y le dio un trago de aguardiente y la puso a mirar: el cañón lejano, las nubes blancas lamiendo la otra pared de la cordillera. Y si no es porque el cura lo llamó directamente por su nombre, Plinio, ahí se quedan. Mirando las nubes.

Bueno, pues lo mejor fue lo que vino después. Aparecieron por una calle de piedra por donde apenas cabían, por donde las barrigas de cuero y pelos rozaban las fachadas de las casas más elegantes, dos bueyes monumentales. Dignos de mi abuelo; negros, con cachos gruesos, con collares negros por su muerte.

Me lo pude imaginar antes, a mi abuelo, parado junto a esos bueyes, acariciándoles el lomo. Pero no les acarició nada, se quedó muy quieto en su ataúd. Y yo entiendo. Con ese cielo, y ese olor del río oliendo a lo lejos, a monte y a hojas de tabaco secándose al sol, mejor estarse quieto.

Yo estuve solo, todo el tiempo.

Pero no tan solo. Porque como si yo no fuera yo sino mi abuelo, se me fueron pegando en la caminada de un pueblo al otro las amigas de mi abuelo. Que eran muchas. La de la carnicería, con su marido; la de la farmacia, con su papá; la de la plaza de mercado. Y todos caminamos durante media hora detrás de la carreta jalada por los bueyes.

Pero nosotros no sufrimos.

Sudamos, eso sí, y nos cogimos de los codos en las subidas, y vigilamos a una viejita que juraba entre sollozos que había alzado a mi abuelo cuando él no sabía decir ni mu. Los hombres más jóvenes iban más atrás. Hablando de problemas de la siembra de piña, de las herraduras de los caballos, de un incendio en el canei.

Plinio sólo era: iba, venía. Avisándole a mi abuelo antes de cada hueco, riéndose con el cura cuando él le decía que los muertos no oyen, y era como si el sol o la sonrisa de mi abuelo los hiciera reírse a los dos. Contándome anécdotas de las elecciones con mi abuelo, de los primeros días de la fábrica, de un asado de señoritas en el río, al que se metió mi abuelo sólo para dárselas de muy valiente y nadar hasta el borde del cañón, hasta donde el río desaparece y cambia de clima, para salvar una mantilla bordada de mi abuela, que sólo era una gorda linda.

Bonito. O no.

Como para que un periodista de esos europeos haga una película. Pues sí.

Y entonces aquí estoy yo.

Plinio ya se quedó dormido.

El señor que maneja el bus es un médico. Un médico antiguo. Casi alquimista. Es el que de verdad era el mejor amigo de mi abuelo. Ya me prometió que me daría sus discos y sus libros sobre el comunismo.

Cuando lleguemos a la finca.

Yo también me dormiría si pudiera, pero me da pena con el señor que maneja. Además el señor no se puede quedar solo en esta carretera, que de pronto se duerme y nos vamos todos a acompañar a mi abuelo. Y esa tampoco es la idea.

Lo mejor del entierro fue el final. Al final lo sacaron entre cuatro hombres del carromato. La de la plaza de mercado se acercó, agachó sus pechos y le dejó sobre la tumba un ramo de flores. Le llevó un beso con los dedos, desde su boca de dientes blancos hasta la boca de él, que siguió riéndose al otro lado de su vidrio ya frío.

Y ahí lo dejaron bajar. Despacio, rechinando las poleas sobre la tierra roja, debajo del cielo que hervía, debajo de todo ese azul. Cuando el peso negro se apoyó en el fondo, pasó una bandada de tórtolas.

Plinio se puso la mano en el pecho y gritó.

Hasta Luego Don Lubec.

Y el silencio de viento que vino después fueron las paladas rojas en el azadón de los dos campesinos que supieron lo que tenían que hacer, con esa caja negra tocando el fondo de la tumba. Que lo hicieron.

Y yo también lloré un poco, imaginándome lo que lloraría su mamá, la de mi abuelo, si lo viera aquí, hundiéndose en esta tierra roja.

Cuando salimos del pueblo sólo había un radio prendido en una cantina, en la única, vacía. Yo le dije a Plinio que si me daban la finca, él se quedaba con las gallinas.

Ahora el bus se mece. El hombre va a parar aquí. Suenan las chicharras. El viento es tibio. Están ladrando los perros, tal vez creen que el que viene es mi abuelo.

Pero mi abuelo se murió, hoy mismo, en la cama.

El que viene soy yo.

Peter M. Lübeck
12 octubre 1997

(*De ciertos animales tristes*)

EL REGRESO

JUAN GABRIEL VÁSQUEZ

But homesick unto death.
WITTER BYNNER, *The patient to the doctors*

Esto fue lo sucedido al volver Madame Michaud de la cárcel. Ocurrió en *Les houx*, la propiedad de la familia Michaud, y no fue reseñado en ningún periódico de Bélgica. Los episodios más antiguos de la historia ocurrieron treinta y nueve años atrás; fueron noticia comentada en todas partes, pero ya no debe haber nadie fuera de la familia que los recuerde.

Les houx es un terreno de unas tres hectáreas que el bisabuelo de Madame Michaud adquirió a finales de 1860, cuando el país era aún muy joven y en el principado de Lieja los terrenos próximos se adjudicaban sin mayor trámite. Ahí creció y vivió toda su vida el abuelo de Madame Michaud, y también su padre. Ahí nacieron Madame Michaud y su hermana menor, Sara, y ahí crecieron y vivieron ambas hasta que, poco después de haber cumplido cuarenta años, en septiembre de 1960 —un siglo había pasado desde que su familia se hiciera con la propiedad que era su emblema y su orgullo—, Madame Michaud fue llevada a juicio por el asesinato del pretendiente de Sara. Se la encontró culpable de haber envenenado al hombre con el raticida utilizado en los establos de *Les houx*, y fue condenada.

El nombre de Madame Michaud no importa, pero sí importa una aclaración con respecto a su apellido y a su estado civil. Michaud era su nombre de familia y el que figuraba a la entrada de la propiedad, así:

Les houx, propriété privée. Famille Michaud, 1860. Hasta aquel septiembre, Madame Michaud era todavía *Mademoiselle* Michaud; nunca se le había conocido un novio, y muy pocos hombres la visitaron más de una vez; pero nadie descartaba la posibilidad de que, incluso a los cuarenta, contrajera matrimonio, pues el terreno de *Les houx* valía por la mejor de las dotes y volvía a cualquiera de las dos hijas un buen partido. Pero cuando se supo que Mademoiselle Michaud era condenada a cuarenta y cinco años de prisión, en las bocas de la gente se fue instalando el *Madame*. Había en ello una mezcla de respeto y de lástima hacia una persona que ya no podría casarse, y a la que iba a ser imposible seguir llamando señorita mientras envejecía en la cárcel. Madame Michaud cumplió su condena seis años antes de lo previsto, y lo primero que haría, bien lo sabía todo el mundo, sería visitar la casa de *Les houx*.

El amor que le tuvo desde niña a la casa y a los establos, a los cultivos y a las arboledas y hasta a los terrenos desnudos que daban a la carretera, ese amor desmesurado, sería su tragedia. Desde que aprendió a caminar, su pasatiempo favorito fue recorrer en soledad los recovecos de la casa. No había un rincón de la construcción inmensa que no conociera y al que no hubiera sido capaz de llegar con los ojos cerrados. Esto puede no parecer grandioso si no se conoce la casa de *Les houx*. Por eso debo decir que tenía tres pisos, dos escaleras que accedían al segundo (una de la cocina y una del zaguán) y otra más que subía directamente al zarzo. Su perímetro era regular, un rectángulo cerrado y perfecto como una caja fuerte; pero por dentro era de diseño impar, llena de nichos y de esquinas impredecibles. Había un cuarto sin puerta al que se entraba corriendo el falso fondo de un armario: ahí, el abuelo había escondido papas y repollos de su cosecha para provocar la subida del precio durante el cambio de siglo, y el padre había escondido a una pareja judía durante la segunda guerra. Entre los dos eventos, el cuarto había pertenecido a la niña. Ella era por naturaleza solitaria, y ni siquiera su hermana sabía dónde buscarla a la hora de sentarse a la mesa o cuando alguien la necesitaba para algo. Se sabía que había estado en los establos porque llegaba oliendo a heno y a estiércol; se sabía que había pasado la mañana en la arboleda porque sus vestidos llegaban rasgados por conos de pino o estropeados sin remedio por la resina de los troncos. Cuando creció, sus padres se preocuparon: Mademoiselle Michaud visitó médicos y algún aprendiz de psicoanalista, porque a la gente le resultaba incomprensible que una joven de diecinueve años pasara todo el día sola en lugar de ver a sus amigas. Nadie entendía que no se la pudiera encontrar nunca en el mismo lugar de la amplísima casa; nadie entendía que desperdiciara los veranos vagabundeando por las tres hectáreas como un gato que orina para marcar su territorio. Empezó la guerra, y Mademoiselle Michaud ganó una súbita importancia en las funciones de la casa: durante los bombardeos nocturnos, cuando la corriente eléctrica de todo el país se cortaba para que los aviadores no ubicaran sus blancos, ella era la única capaz de encontrar objetos perdidos en la oscuridad, o de atravesar la propiedad de un extremo al otro si era preciso alimentar a los caballos o dar un recado al mayordomo. Todo ello determinó que, en 1949, cuando murió el padre de las niñas Michaud, la madre, que hasta entonces se había desentendido de esos asuntos, entregara la administración de la propiedad a la única persona que podía obtener resultados satisfactorios; y Mademoiselle Michaud tuvo la excusa perfecta para olvidar u omitir los ímpetus matrimoniales de los jóvenes de Ferrières o de Lieja o incluso de Lovaina. En ese estado, que para ella se acercaba al paraíso, pudo permanecer durante varios años. La casa nunca había conocido, ni conocería, un esplendor semejante.

En 1958 Sara conoció a Jan, un joven flamenco cuyo apellido nadie retuvo fácilmente: ni la madre, por falta de esfuerzo, ni la hermana, por ensimismamiento y desinterés. Todos los martes y todos los sábados durante dos años se le vio llegar en un Studebaker color de palo de rosa —que aparcaba frente a la casa, en el lugar que el padre había ocupado desde que compró su primer carro—, e irse apenas comenzaba a caer la noche. Rara vez coincidió con Mademoiselle Michaud en la casa: desde que lo veía cruzar el portón de entrada, ella desaparecía. Aquel hombre le resultó antipático desde el principio, y francamente repulsivo desde el sábado de verano en que llegó, no por la tarde sino antes de mediodía, con una cuadrilla de ayudantes cargados de varas de medir. Mademoiselle Michaud, desde varios rincones de la propiedad, los observaba sacar cuentas, medir el flanco que daba a la carretera, la superficie de la arboleda o la que ocupaban los terrenos sobre los que no se había construido ni nadie pensaba todavía en construir. El sábado siguiente, la misma rutina de mediciones se produjo; y al entrar a la casa, en la noche, Mademoiselle Michaud se sentó frente a su madre, que leía apaciblemente *Le rouge et le noir*. Mademoiselle Michaud guardaría para siempre ese dato nimio, porque en ningún momento de la conversación su madre cerró el libro o lo puso sobre su regazo para hablar. Con el libro abierto, el lomo de cuero fino hacia la hija inquieta, la madre explicó que Jan (y pronunció mediocremente el apellido) había pedido la mano de Sara: ella no había encontrado razones para negársela y en cambio más de una para concedérsela. Estando su padre muerto, la decisión le incumbía a ella sin deliberaciones de ningún tipo. Se casarían apenas llegara la primavera del próximo año. La primera semana de abril les parecía a todos un excelente momento.

Mademoiselle Michaud emprendió un lento estudio, del que quizás ella misma no se percataba y cuyo objeto era el futuro marido de Sara. Eso puede llamarse intuición, pero también desconfianza: la desconfianza de una mujer (porque ya, en este tiempo, Mademoiselle Michaud era una mujer) que nunca ha tratado con seres humanos; cuya amistad, en definitiva, se ha volcado siempre sobre los objetos de la casa, las vigas de un techo y las alfombras, la cal de las paredes y el cascajo del patio y la madera de un cobertizo. Las cosas y su organización en el espacio físico eran la compañía de Mademoiselle Michaud; era lógico, entonces, que la presencia del pretendiente y de sus hombres medidores la perturbara. Persiguió y espió a la pareja; su conocimiento del terreno en el que se movía le permitió pasar desapercibida. Vio sin que le importara que, cuando se encontraban solos en la sala de recibo, los novios no sólo se besaban, sino que la mano de él se perdía debajo del suéter de ella, y la de ella entre los pliegues de *tweed* de los pantalones de él. Vio, a finales de agosto, que el novio empezaba a venir más temprano, y Sara y él aprovechaban la siesta de la madre para esconderse en el cuarto detrás del armario, del cual algún tímido gemido se escapaba. Y a principios de septiembre vio que Jan usaba el teléfono del tercer piso para hacer una llamada de negocios. Habló del momento en que la mitad de todo esto le perteneciera; habló de la necesidad de poner tanta tierra inútil a producir. Los detalles que mencionó funcionaron sobre Mademoiselle Michaud con la fuerza de una catapulta. Por esos días debía ir a la frontera, donde los precios eran más bajos, para hacer una compra importante de viruta. Algún mercader pudo ofrecerle el molinillo que buscaba. Regresó a casa después de la cena, y ciegamente vació el contenido de su saquito, un polvo grueso y tosco, en el *pousse-café* del pretendiente. Jan no sobrevivió a esa noche.

La madre, sabiamente, envió a Sara a casa de una de sus amigas, en Aix-la-Chapelle. El juicio se llevó a cabo con celeridad, pues el dolo era notorio y la evidencia no hubiera podido ser más pródiga. Un camión vino a buscar a Mademoiselle Michaud para llevarla a la cárcel de mujeres, cerca de Charleroi. La madre no salió a despedirla. Imagino a la mujer que hasta los cuarenta años había vivido en el mundo de una niña, y que entonces había asesinado a alguien, mirando por última vez los predios de la familia. Dos días después, Sara, todavía enferma de náuseas, regresó a *Les houx*. No dormía, pero ese era el menor de los males. Antes de que nadie se diera cuenta, una anorexia la había llevado a la cama, un médico había venido a salvarle la vida, una terapia había comenzado y se llevaba a cabo puntualmente. Con el tiempo, su tristeza no fue más terca que la tristeza de cualquiera, y poco a poco revivió su apetito. Un accidente ocurrió cierto día: la madre quiso obligarla a probar la torta de macarrones que había comprado para ella en la pastelería de André Destiné, y que había sido siempre su favorita; Sara se negó y ante la insistencia perdió el control, manoteó demasiado cerca de la mesa que había junto a la puerta cristalera y su cachetada destrozó contra el piso un jarrón de cerámica local que había sido de la bisabuela. Notó el espacio sobre la mesa, el círculo que brillaba como una luna desde donde el jarrón había estado, inmóvil, durante tantos años. Se hubiera dicho que ese instante marcó el comienzo de su mejoría. Dijo que entraba más luz al comedor ahora; al día siguiente cambió la mesa de lugar; una semana más tarde, contrató a tres obreros que, junto al mayordomo, ampliaron el marco de la puerta cristalera en dos metros de cada lado, y la acabaron sustituyendo por un ventanal que iba del piso de parquet al cielo raso.

Nunca tuvieron noticias de Madame Michaud —ya era este el apelativo con el que el público hablaba de ella—; y Madame Michaud no tuvo noticias de ellas. Comentaba la gente que era como si la hubieran condenado al exilio más doloroso desde el principio, y, con el tiempo, el exilio se hubiera tornado en llano olvido. Pero no era así: Sara nunca olvidó que su hermana vivía en una celda por haber envenenado al hombre que la iba a hacer feliz. Madame Michaud, por su parte, no podía sentir la culpa que le endilgaban, ni el arrepentimiento por su actuación: su universo no contemplaba esos sistemas, porque no era humano; y las cosas no son culpables, ni las construcciones sienten arrepentimiento. Es un lugar común decir que perdió la noción del tiempo; pero contaban las carceleras de su patio que salía muy poco y que rara vez se relacionó con otra de las convictas, y que vivía, en todos los demás aspectos, al margen de cualquier evolución, ignorante a las rutinas del mundo interno y a las revoluciones del externo. Encerrada en el mínimo espacio de su célula, Madame Michaud no se enteró de que su madre había muerto de muerte natural durante el invierno de 1969, y nunca supo que, en su lecho de muerte, ella la había perdonado. ¿Se habría alegrado de ese perdón? Es una certeza imposible. Su compañera, que muy pronto agotó los deseos de conversar con ella, cuenta que Madame Michaud (cuyo pelo encanecía, cuya piel transparente se iba secando como la coraza desprendida de un eucalipto) se pasaba los días enrollando y desenrollando un pliego de papel sobre el piso de la celda. Por un lado aparecía impreso un viejo calendario traído de Francia: *1954 - Dixième anniversaire de la Libération* era la leyenda marcada encima de los meses y de los días. Sobre el reverso del calendario, Madame Michaud había dibujado a lápiz el croquis de *Les houx* con tantos detalles que su compañera exclamó, al ver el plano por primera vez, que conocía el lugar. No era cierto, pero la perfección de los detalles se había impuesto sobre su memoria. La ilusión, momentánea para la otra convicta, era perfecta para Madame Michaud: y sobre ese plano vivió los años de su reclusión, ajena a su vejez acrecentada. No es difícil imaginarla volcada sobre paredes que eran un simple trazo grueso, o creyendo esconderse detrás de muros que estaban hechos no de cemento y ladrillo, sino del sombreado cuidadoso de un lápiz inclinado.

Imagino que fue la buena conducta de la convicta Madame Michaud lo que, paradójicamente, propició la distracción de las directoras de la prisión de Charleroi. Nadie, durante los últimos años de su reclusión, pareció acordarse de ella; y es fácil pensar que muchos más años le habrían sido conmutados si ella lo hubiera solicitado antes de manera oficial. Cuando se decidió que merecía la libertad anticipada, le faltaban seis años para cumplir la pena. Pero diez años atrás, la misma merced le habría sido concedida: su comportamiento fue el mismo a lo largo de toda esa vida dentro de la vida que es una condena por homicidio. En diciembre de 1998, Madame Michaud fue convocada a la sala César Franck de la prisión, donde respondió a una serie de preguntas que querían confirmar su voluntad de regresar a la sociedad y ser un miembro útil de ella. Al final de la sesión, le preguntaron si prefería salir antes o después de las fiestas: ante la inminencia de su libertad, Madame Michaud no quiso pasar un día más en la cárcel. Los intendentes pusieron entre sus pertenencias (la *toilette* con la que había llegado y un calendario en cuyo reverso había el plano de una casa) un sobre con tres mil francos en billetes de quinientos. El diecinueve de diciembre, Madame Michaud pasó la noche en un motel de Charleroi —nadie la había esperado frente a los muros de la prisión—, y antes de que amaneciera ya estaba lista para regresar a *Les houx*. (A sus setenta y nueve años, Madame Michaud había perdido el sueño, y despertaba siempre con las primeras luces.) No le tuvo que explicar al taxista dónde quedaba la propiedad de su familia.

El taxi recorrió el sendero de entrada lentamente, pues había nevado y una capa de hielo volvía la superficie resbalosa. Madame Michaud limpiaba el vaho acumulado en su ventanilla para ver la casa, su casa, y debía pensar que abriría el portón y sería para ella como si ni un día hubiera pasado. No despidió al chofer apenas se bajó del taxi, quizás porque sintió que no era cascajo lo que pisaba bajo la nieve, sino grava suelta. Pero siguió adelante, y su mano se dirigió instintivamente al espacio donde siempre estuvo el aldabón: su mano cayó en el vacío. Le debió parecer inverosímil tener que buscar con la mirada la cerradura, y tener que intentarlo dos veces antes de accionar el mecanismo. Tuvo que pensar en la posibilidad de haberse distraído en el camino, de que el chofer la hubiera traído a una casa ajena. Miró a su alrededor. En su cara se leía la confusión. Madame Michaud se sentía desorientada.

En el zaguán, donde hubo siempre un ángel de piedra apostado bajo las escaleras, no había ahora escaleras, sino una biblioteca de flormorado, y el ángel de piedra era un sillón de lectura. Tres habitaciones se repartían el área que había sido treinta y nueve años antes el salón de estar: una para las armas de cacería, otra para los vestidos de invierno y otra que Madame Michaud no verificó, porque la vio oscura y quizás profunda (le pareció que una baranda descendía a una cava), y tuvo miedo de perderse. El primer piso era irreconocible; consoló a Madame Michaud el hecho de no poder subir al segundo —ignoraba por dónde hubiera podido hacerlo—, pues así se evitaba repetir los tanteos ciegos y la extrañeza, la dolorosa extrañeza.

Madame Michaud no estaba sola en la casa, pero la otra presencia no se hubiera delatado ni por todo el oro del mundo. Desde los rosetones del zarzo, Sara la vio salir, y fue como si sintiera ella misma el frío que golpeó a su hermana mayor en la cara. Sara no desperdició un detalle: ante su mirada ansiosa, Madame Michaud comprobó que una especie de cabaña sin paredes se levantaba donde había estado, según recordaba, el galpón de los caballos lusitanos, y enseguida, con la mano en la frente, descubrió que aquel jardín de plantas dormidas había sido antes la espesa arboleda. Agradeció que el taxi la esperara aún, porque no estaba segura de ser capaz de encontrar el camino de salida entre tantos senderos nuevos que conducían a tantas nuevas dependencias, a tantas construcciones recientes que Sara había proyectado y erigido con paciencia de artista a lo largo de treinta y nueve años, y que en muchos casos no estaban todavía ocupadas ni cumplían función alguna, porque su única justificación era reemplazar una memoria o un afecto en la mente de Madame Michaud para que ahora ella, en el puesto trasero del taxi, se preguntara adónde podía ir, qué lugar quedaba para ella en el mundo.

(*Los amantes de Todos los Santos*)

ECUADOR

Edición de Xavier Oquendo

CAMBIO DE CASA

CAROLINA ANDRADE

Cuando una ha adquirido esa mierda imprecisa a la que llaman madurez, se es consciente de que no se puede ocupar un espacio en forma indefinida por más a gusto que estemos en él. Yo sabía que en algún momento debía cambiar de casa, uno a uno se sumaban los motivos para llegar a ello pero, si he de ser franca, cada vez que me escuchaba pensar la palabra «mudanza», me volvía presa de la ansiedad y prefería retrasar mi zambullida en ese caos.

Aparte del desbarajuste, las mudanzas conllevan dolor pues, en su primera etapa, significan desgarrarse de un espacio cuyas resonancias existen gracias a nuestras voces. Al despegarnos de un lugar que hemos hecho nuestro, se provocan los más inesperados traumatismos: no sabemos qué hilachas de nuestra historia se quedan pegadas en las paredes de una habitación ni con qué perspectiva deformadora impuesta por dichas paredes vamos a estar marcados para enfrentar nuestra siguiente morada. Duele, porque de tanta convivencia se borran las fronteras entre quiénes fuimos y dónde fuimos.

Pero tenía que cambiar de dirección, la casa en que habitaba había dejado de estar en un sector residencial. Los gritos de los vendedores se colaban por las ventanas hasta hacerme sentir producto en oferta. Los ladrones millonarios robaban adefesios a los transeúntes en las esquinas y lo hacían con tal saña que no menos de una vez por semana debía limpiar manchas de sangre de mi vereda. Confieso: jamás vi heridos o muertos porque esperaba tras mis paredes el tiempo suficiente para no verlos, soporto sus rastros pero no la violencia en sí. Mi vivienda, además, había dejado de ser confortable pues tras muchos años de padecer pésimos servicios de luz, teléfono y agua, ya parecía una de esas casas donde no hay luz, teléfono, ni agua.

Con lo anterior hubiese podido vivir, me habría aceptado la reflexión de «en esta ciudad no hay un lugar mejor donde ir» y no me habría sentido obligada a mudarme, pero hubo algo más. Por alguna extraña razón, el servicio de correos tomó mi dirección como la del destinatario universal y me hacía llegar todo el material escrito imaginable. Cuando empezó a producirse el error hice un par de reclamaciones pero finalmente sucumbí a la estupidez burocrática y leí, leí, leí. Por obvias razones, mi material de lectura se caracterizaba por ofrecer información que a ningún otro conciudadano porteño y tercermundista le resultaría necesaria: situación del oso koala, del oso panda, del oso gris; detalle de todos los ríos que no debían existir y existían y de aquellos que existieron y ya no existían; todo tipo de propuestas políticas locales, internacionales e incluso interplanetarias; los avances de la lucha de la mujer, el indio, el negro, el colonizado, el menor, el síquico, el albino, el down, el judío ruso, el palestino, el sudaca, el chicano; *financial journals* con su prédica globalizadora; programas vacacionales que promocionaban los lugares turísticos conocidos y otros que garantizaban cómo evadir dichos lugares andando en bicicleta por los pueblos cercanos o velereando por mares vírgenes; toda clase de estadísticas que preocupaban al mundo actual pero que no me incluían. Tanta información que me hacía sentir desubicada y tantos papeles que no tenían lugar en mi casa terminaron por sembrar en mí la urgencia de buscar un nuevo espacio.

Como bruja que lanza el más temible de los maleficios, aquel que despierta las fuerzas oscuras del universo y hace chirriar los huesos de vivos y muertos, dije a mi familia: «nos mudamos». Así, de mi humilde voluntad, nació el pequeño remolino que en cuestión de horas fue creciendo hasta poner patas arriba muebles, ropa, libros, vajillas, lámparas, alfombras y provocó un ruido infernal que frustraba todo intento de comunicación. Había dicho «mudanza» y la palabra giró y giró en mi antiguo espacio hasta volverse un vendaval que abrió con total imprudencia puertas y ventanas hasta dejarlo todo expuesto. Al partir, mis bienes y yo nos confundimos con las más grotescas comparsas que impúdicas desfilaban por las calles de mi antiguo barrio.

Choro ratero violóla y denuncia coima que además trata de blancas robacarros y con justicia por mano propia. ¡Ay, qué pena un neonato abandonado con marihuana en pleno asalto bancario! Pilsener es pilsener. Vote el analfabeto y seremos país amazónico con pan, techo y el hombre que sí trabaja en la lista de los pobres. Mueve tu cucu. Ya es 5 de febrero, celebremos gesta interina. Mueve tu cucu. Héroes de Paquisha y Cenepa: ni un paso atrás que ahora sí negociamos dignidad funcional con barcelooona. Previsiones: se vuelan las tejas chubascos aislados cielo brumoso lluvia-lluvia-diluvio, corre, flota y mendiga. Otra de JJ, ñaño. Cenicerazo constituyente pide reforma y disposición con violación transitoria. Y ahora votemos por el otro, que aquel sí es arrecho, carnavalito, carnavalero.

En la mudanza se rompieron mis adornos más queridos.

Mi nueva vivienda se encuentra en una bendita e imprecisable periferia. No tengo teléfono, ni pienso dar mi dirección a nadie. Tengo televisión por cable y soy muy selectiva al momento de poner en pantalla cualquier discurso informativo. Mi familia ha terminado de acomodarse. Aún no terminó el dolor de la mudanza pero sabemos que podremos con él. Lo último que he decorado es un espacio muy mío al que denomino «mi estudio». No sé decir lo que es un adorno, pero estoy segura de que su definición debe incluir los conceptos de placer estético e inutilidad y, pese a esto último, los adornos tienen un enorme valor emotivo-artesanal, pues son el vestido que nosotros confeccionamos para nuestros lugares. Me costó renovar mis adornos porque sentía, por ridículo que parezca, que debía guardar luto por los anteriores. Un buen día me decidí y salí a comprar pirámides y las hallé de bronce, madera, porcelana, ónix. Pensé que, dada su perfecta frialdad, jamás me encariñaría con ellas. Ahora considero que adopté viejas creencias egipcias y, en lo más profundo de mí, yace mi fe en que las pirámides protegerán mi cadáver para mi vida en un mundo futuro. Hasta mientras, como las lisas paredes de una estructura piramidal, las horas de mis días fluyen contra la gravedad hasta agotarse en una cúspide, un punto final en el que vuelve a sonar el despertador, abro mis ojos y sé que debo volver a las bases para el recorrido de un día más. Un ritmo cómodo, un paciente compás de espera.

Cuando una ha adquirido esa mierda imprecisa a la que llaman madurez, se sabe que ningún espacio es para siempre.

(*De luto*)

EL SECUESTRO DEL MAR

BÁEZ MEZA

Cero

En el principio fue el agua. En el final no lo sé. El mar ahora es sólo un nombre al que hay que saberlo. Síganme. Estoy segura que todo está bien. No va a pasar nada. Confíen en mí. El rumbo es el correcto. Preciso. Nada más exacto como el derrotero escogido. Somos muchas. No somos todas pero somos. Adelante. Sí. Es adelante. No teman. Sólo síganme. Tengo la cabeza llena de ustedes. Nado. Nadan. Todo. Somos grandes y poderosas. Únicas en nuestra especie. Extinguirnos nunca. Vivir es el juego en el que chapoteamos. Aquí abajo hay una cicatriz de agua. ¿La ven? Indica el cuando de la nascencia de este océano. Mar Madre herida hace mucho ha. ¿Cuántas cicatrices adoran, adornan tu matriz que es el verdadero universo? Mareos. ¿Cómo avanzar si la cabeza es una aguja de marear? Dame la playa. Sí, dámela, Padre Mar mío, no me la niegues. Es lo único por alcanzar. Estamos conectadas entre nosotras. No podemos desotrarnos. Sólo en nuestro sí está el ser. Grandes y dadoras. Nunca una especie en extinción. Somos una especie de matriarcas. Soñantes de nosotras mismas. Sordas a los designios queremos fabricarnos una tabla de salvaciones. No somos piedras dormidas. Somos enormes moles. Islotes móviles con vida propia y con una muerte de aguas turbias. El despertar está en las palabras que pescamos al azar, al pasar, al zarpar. Guiadas. Resguardadas. Lideradas por esta sombra en la que me he embarcado. Sombra de mí. Sobra todo. En el mar todo zozobra. Es fácil describir las olas desde afuera. Cuando eres parte de ellas, no. Si toda la vida, todas las vidas, han sido ellas, no puedes. ¿Cómo escribir sobre ti, Madre Mar, si tú en ti misma eres una escritura? Ecos que me llegan, nos llegan, atraviesan a cada una de mis compañeras. Bogavantes. Remadoras mirando de frente al sol. Vagantes. Vagamundas. El mundo que vaga dentro de nosotras. No necesitamos ni mirarnos, ni siquiera podemos, para saber lo que somos. Nuestros ojos no deberían existir. Están inscrustados en nuestro rostro así porque sí: dos enormes canicas de color petróleo. Instrumentos oculares del universo. El oráculo está por escribirse y debe ser algo húmedo. No visible. Más bien tactable. Un oráculo yacente en un templo submarino. ¿Cuál es la ruta hacia ese lugar sagrado? Entre tantas llanuras abisales lo mejor es la oscuridad hecha de lodo pardo y algas que valen su peso en plata. Los movimientos centrífugos de esta agua tan vieja como las eternidades. Hermanas, hacia adentro. Visitemos el Gran Cañón submarino mientras millones de años pasan ante nuestros ojos.

El fin se acerca y nadie le teme. ¿No es verdad, camaradas? Congéneres abusadoras del estío. Alisio el viento que corre por encima de nosotras. El fin no es el final, es sólo dunas. Cuando arribemos el qué hacer tendrá una certeza. Por ahora sólo queda esta nada de nadar. Submarinas. Sumarias del olvido. No vacilen. El final puede ser el inicio de algo. Madre Mar no dejará a sus hijas en un desamparo tan cósmico. Qué cuerpos tan magníficos, exultantes, pacíficos los nuestros. Cuánta grandeza se esconde tras estas estatuas que somos. Nado sincronizado hacia los arenales donde se fabrican las clepsidras. No haremos el ridículo ante las eternidades. Llevo un huevo de tortuga en mi vientre. No tengo idea cómo haya llegado hasta allá. Si el evo es la medida de la eternidad, nosotras somos mesurables, porque en este mar donde todo empieza y acaba para volver a empezar todo es medido, medible, nada que no es, todo que está por medirse.

Uno

La enorme mole oscura descansaba sobre la arena jugando a ser dueña de la mañana. Eran casi las siete y la luz se sentía en la obligación de expandirse por todos los rumbos. De lejos parecía una roca colosal. Acercarse era constatar que lo único pétreo era el color oscuro de la piel del animal, piel tan lustrosa que fulguraba. Los curiosos empezaban a llegar uno a uno al lugar donde todo estaba aún por ocurrir. Eran del pueblo conocido como Arcadia, situado a trescientos doce kilómetros de la gran ciudad. Cuando llegó el tercer mirón el animal todavía respiraba, o al menos simulaba hacerlo, o quienes lo espectaban creían que lo hacía. El sol empezó su faena y deslustró gradualmente la piel de la creatura, hasta agrietarla como si fuera una porcelana mal cuidada que el Diablo (Dios no puede ser capaz de tanta belleza) dejó olvidada en la playa.

Quien primero lo vio todo fue una niña que jugaba en la arena a dibujar vientos volteadores de barcos. Con una rama trazaba lo que ella creía era su boca. Había logrado a la perfección la imagen de sus cachetes inflándose de tal manera que se podía ver cómo las ventiscas salían de él. Lo siguiente la niña lo recordará toda su vida como un sueño o una película de esas que proyectan en el altar de la iglesia de Arcadia. El cetáceo se le vino encima como un tractor raudo que deseaba aplastarla y luego dirigirse al pueblo. Había estado jugando tan cerca del agua que se habría ahorrado un susto si hubiera llevado su arte algunos metros más arriba.

La creatura no estaba sola. En cuestión de minutos empezaron a llegar sus compañeras. A la niña no le tocó más que evadirlas como si fueran rocas gigantes que buscaran apisonarla. Era un juego tan distinto de los trazos en la arena.

Este tipo de espectáculo era usual en Arcadia donde solían vararse desde tortugas y lobos marinos hasta delfines y orcas. El animal que protagonizaba el espectáculo pertenecía a esta última clase. El nombre correcto era orca falsa (orcus falsus en latín) y medía casi diez metros. Era todo un señor cachalote.

—Esto es signo de que algo malo va a pasar en Arcadia —dijo un aldeano.

—Sí —afirmó otro—. De seguro que sucede lo que hace veinte años cuando llegaron las ballenas un agosto y llenaron todita la playa.

—Fue el año de la gran marejada.

—Arcadia fue sepultada pero resucitó de entre los muertos.

Nadie quiso seguir hablando cuando pasó lo que pasó.

(*Inédito*)

ESE MALDITO GUSTO POR LA MÚSICA

LUCRECIA MALDONADO

Para Modesto Ponce

Es cierto que no son horas de llegar, es cierto también que por lo menos debí haber llamado, que el hecho de que tenga más de treinta años no me justifica de hacer lo que me da la gana, por lo menos mientras viva en esta casa, porque el que vive en una casa decente y sobre todo *la* que vive en una casa decente tiene la obligación de reportarse y de no hacer nada que parezca incorrecto porque es absolutamente impensable que a mis años, y con la formación moral, ética, católica, apostólica, romana y marianista que me has dado yo vaya a cometer cualquier desaguisado de esos que solamente los cometen vos ya sabes quienes. Es cierto, pero antes de que me sueltes todo el rollo que para ahorrarte el trabajo ya te lo he soltado yo, déjame explicarte, déjame sentarme un ratito aquí y mirarte a los ojos, a esos ojos que todavía son hermosos, que todavía miran profundo, como seguramente lo miraron a mi papi alguna vez en el pasado, alguna noche de frío, algún momento de desconcierto. Déjame ir hacia la radiola vieja, no el equipo nuevo con todo y CD que te regalamos por el último día de la madre en atención a tu impecable gusto por la música de los grandes maestros, y también para que escuches versiones regrabadas de tus tríos Los Reales y Los Brillantes que sí saben de música nacional, no como esa música chichera de los otros, no tampoco el tres en uno que nos compraron vos y mi papi cuando íbamos entrando en la adolescencia y venían las fiestas y bailábamos *sugar sugar* y después Gary Glitter y vos ya me decías cuidado Isabelita no te pondrás esas faldas tan cortas y provocativas, entonces yo me ponía un overol de mecánico con una blusa de granjero de Iowa y vos te ponías hecha un brazo de mar y después se te llenaban los ojos de lágrimas y murmurabas para nadie «cómo me gustaría que se arreglara un poquito, parece de esas *hippies* de la calle, así quién se va a fijar en ella», pero bueno, esa es otra historia, yo quiero que vengamos ahora a la radiola de cuando éramos chiquititos, que saques los discos con que nos arrullabas mientras nos dabas la papilla de plátano con limón, esa música que la María decía que era de muertos, que mejor te consiguieras algo de Julio Jaramillo, de Leo Dan o de Palito Ortega. Pero vos nada, dale que dale con tu Bach y tu Vivaldi y tu Mozart y tu Chaikovski y mi papi también dale que dale con su Ravel, su Ponce y su Villa-Lobos, y nosotros desmamantándonos con eso para que después en la escuela y en el colegio unos que tenían el triple de plata que nosotros nos dijeran raros y nos dijeran hechos los muchos y nos dijeran que esa música no les gusta porque no entiende, como si fuera de entender la música, te das cuenta, pero no me pongas esa cara, mejor pon uno de esos *Concerti Grossi* que hacen parar los pelos de todo el cuerpo de la pura belleza pura y déjame seguirte contando mientras el disco se abre con el scratch scratch de huevos fritos porque entre la papilla de plátano y limón con Bach y este momento han pasado muchos años, exactamente una treintena, mami, una treintena en la que también aparecieron los Beatles, Serrat, los Inti Illimani, Víctor Jara, Mercedes Sosa, los Quilapayún y la Nueva Trova Cubana, tantas cosas que aparentemente eran distintas pero en el fondo eran tan iguales, y aunque vos te hicieras la recta, la católica, la conservadora y la qué sé yo qué más, bien que te emocionaba verme enguitarrada en los concursos intercolegiales repitiendo aquello de *yesterday tu nombre me sabe a yerba corazón maldito te recuerdo Amanda gracias a la vida el pueblo unido jamás será vencido muchas veces te dije que antes de hacerlo hay que pensarlo muy bien y dónde pongo lo hallado*, aunque después te tranquilizara ver que pese a mi linda voz como decía todo el mundo la cosa no iba por ahí y te horrorizaba que me fuera a los festivales y a los conciertos sin saber con quién ni qué iba a hacer después ni a qué horas iba a volver y me recibías detrás de la puerta blandiendo una escoba que casi nunca servía para nada más que para asustarme cada vez menos porque creo que ese tipo de conductas te dictaban tus propios terrores, ¿no? Terror de que repitiéramos el año, terror de que cometiéramos pecados mortales y nos muriéramos sin confesión, terror de que nos metiéramos en las drogas, terror de que nos hiciéramos guerrilleros, terror de que yo, la única mujer, la mimada de todo el mundo, la benjamina, fuera a perderme en una de esas vueltas en las que vos, pese a tus buenas intenciones, a tus ganas de protegerme, a tus oraciones y a tus bendiciones ya no podrías acompañarme. Tanto miedo, mamita, tanto miedo que yo también fui absorbiendo, y si te cuento todo esto es porque de pronto no me vas a entender, aunque veo que ya se te ha suavizado la expresión (¿será Vivaldi?) y que más bien me miras con curiosidad porque seguramente intuyes como todas las madres que me pasó algo importante, que me pasó algo inclusive agradable, pero también presientes que no te va a gustar del todo, como nunca te gustó que me matriculara en cuarto curso de Sociales a donde van los recontra hiper ultra vagos en lugar del famosísimo y nunca bien ponderado Físico-Matemático-Químico-Biológico de donde salieron ilustres abogadas, maestras de ciencias sociales, amas de casa y empleadas de banco entre unas dos o tres médicas e ingenieras para sacar la cara; así como tampoco te agradó la idea de que me inscribiera en una carrera tan poco prometedora como la de Literatura, pero cuando después me viste tener éxito en mis diversos y variados trabajos se te fue pasando el disgusto de a poquito y hasta llegaste a felicitarme, olvidando las terribles peleas, tus llantos y mis gritos, las enfermedades nerviosas que te iba a ocasionar mi perdición, la preocupación porque de qué va a vivir esta guagua, diosmío, y tal vez tenías razón, mami, tal vez la tienes y la tendrás siempre, aunque ahora te pongas contenta y cada vez que traigo un ejemplar de la revista a la casa busques a escondidas mi nombre entre los créditos y te sientas orgullosa sin decirle nada a nadie y a veces todavía suspires, más para mantener la costumbre que para otra cosa «Dios mío, si por lo menos te hubieras decidido por las leyes...» y yo hecha la que nada, pasando de largo mientras te ayudo a recoger la ropa limpia del patio, pensando de repente que se te han acabado los consejos y se te han transformado los terrores, sobre todo después de la muerte de mi papi cuando vino la tía Julieta a vivir con nosotros para acompañarte pobrecita viuda a vos y a mí pobrecita huérfana de veinticinco años que necesitábamos tanto consuelo y solidaridad como si ella pobrecita solterona no necesitara nada de nadie, bien que encontró su oportunidad de tener por lo menos con quien comentar las telenovelas que se traga de dos de la tarde a ocho de la noche y con quien recordar el pasado y con quien hacer sobremesa y chismear de vez en cuando, pero no la culpo, mami, después de todo cada cual vive como puede y tiene derecho de encontrar sus caminos y sus consuelos, por eso mismo sé que al verla de repente junto a nosotros te cambiaron de golpe los terrores y te vino uno solo enorme y doloroso de que yo también me convirtiera en lo que es ella: una pobre y triste Julieta sin Romeo pasado, presente ni futuro, una perpetua casta y pura virgen, aunque siempre pensando que la virginidad hay que perderla como Dios manda, es decir, después de varios «no» dichos en tono airado al frenético que pretenda robárnosla sin pedirnos permiso, después de por lo menos una petición de mano, y unas cuantas despedidas de soltera, después de las firmas en el Registro Civil y sobre todo después de la bendición del cura, el vestido blanco, la felicitaciones y los regalos de todos los que puedan enterarse —mientras más, mejor— ¿no es cierto? pero yo cada vez más lejos de eso, mamá, cada vez con relaciones más esporádicas, más amistosas que nada, y vos y mi tía tratando de empujarme al matrimonio pero siempre con mucho temor de de pasito no empujarme a la perdición, sentándose a tomar café conmigo y con cualquier amigo que trajera a la casa y casi siempre echándolo todo a perder de un plumazo, sufriendo porque mi primera relación medio amorosa en los ya lejanos años universitarios era un *hippie* melómano (igual a ustedes) y drogadicto a quien mi alma cristiana quiso inútilmente salvar del fango del vicio pero él terminó salvándose solo cuando se casó con una chica que ya llevaba cuatro meses de embarazo, y ahí acabó todo de una vez y para siempre, pero eso pertenece al pasado, como dices vos misma, gracias a Dios pertenece al pasado, aunque el presente sea a veces tan oscuro y una termine haciéndose tantas preguntas siempre que comenzaba a surgir alguna ilusión después abortada por la voluntad de Dios, por la mala suerte, por la timidez o porque sencillamente apareció por algún lado alguien con más atributos y sobre todo con más entrenamiento en esto de conseguir y mantener las parejas, y vos y mi tía mostrándome la buena cara y diciéndome que la soltería también puede ser disfrutada y sobre todo aprovechada para hacer el bien a los demás, pero en cuanto no me veían suspirando y lamentándose qué va a ser de ella, diosmío, tan sola como se va a quedar, y pidiéndoles a mis hermanos que me presenten algún amigo con cualquier pretexto, que me lleven al cine, que hagan fiestecitas en donde no falte algún soltero o viudo porque con divorciados es pecado. Por eso mismo se pusieron tan felices hace seis meses, cuando comencé este nuevo trabajo como asistente del jefe de redacción de la revista *Gestos*, un cuarentón viudo y atractivo cuya foto sale de vez en cuando en alguno de los artículos de opinión, y entonces ustedes, unas quinientas mil veces más entusiasmadas que yo comenzaron la ronda de consejos: coqueta sin ser atrevida, insinuante sin caer en la vulgaridad, pintada y arreglada con discreción, ni se te ocurra ir a trabajar en bluejean, interésate por él pero no seas confianzuda, hazle ojitos discretamente, pero si se quiere propasar plántale una cachetada bien plantada, en fin, las dos felices pero imperativas después de una no autorizada ronda de investigación: verás que tienes que apurarte porque hay secretarias y compañeras de trabajo y cuñada y alumnas de la universidad que han de estar igualito que vos así que esta vez ponte las pilas y no te preocupes si no te enamoras porque eso viene con el tiempo lo importante es que se enamore él Isabelita, y yo diciendo que sí a todo pero ni coqueta ni atrevida, ni insinuante ni vulgar, ni más arreglada que lo que el buen gusto y la buena educación exigen, yéndome a trabajar con bluejean cada vez que se me ocurría, sin demostrarle ningún tipo de interés particular, más bien un poco confianzuda cuando comenzaron los chistes y las conversaciones, sin hacerle ojitos para no verme obligada a darle una cachetada nada menos que a mi jefe, aunque desde el principio me hubiera pedido que lo llamara Andrés a secas, y aunque tuviera esa sencillez tan pero tan encantadora, viudo hace tres años y medio por obra y gracia de un derrame cerebral inexplicable, con cuatro hijos entre los dieciocho y los cinco años, casi siempre afable, cordial y sonriente, pero de vez en cuando con ojeras, pálido, pensativo, preocupado, casi siempre bueno para un cacho colorado o un destello de inevitable sal quiteña, pero a veces retraído, silencioso, melancólico, y sobre todo después del matrimonio de su hija mayor, una que otra mañana con los párpados inflamados, con esa hinchazón de llanto nocturno sin trabas que el espejo me devuelve a mí también cuando la soledad me atenaza justo a las doce en punto, pero yo por lo menos puedo maquillarme y disimular un poco mientras que el pobre nada, le toca venir a trabajar así y todo el mundo se da cuenta y las secretarias cuchichean y los amigos le dan palmadas en la espalda y yo no digo nada y vos y mi tía pero mijita, aprovecha, hazle algún comentario discreto, muéstrate tierna, hazte la que te importa y lo peor es que sí me importa pero qué puedo yo hacer qué puedo decir frente a ese dolor que no sé si es la viudez o el agobio de los hijos o la soledad o qué mismo, Andrés Suárez tan alhaja tan simpático tan buena gente para qué también justo antier alegrándose al ver que alguien nos había puesto un toca casetes en la oficina y diciendo «Bueno, Isabel de mi vida, ahora sí que nos vamos a poner las pilas» y ayer nomás instalando un casete que me obligó a levantar la cabeza y exclamar sin darnos tiempo a nada: «Samuel Barber», y él: «Pucha, qué pronunciación, ¿no eres del Americano?» y yo, poniéndome roja: «No, soy de La Inmaculada», y en el fondo de mi ser recordando la cara sonriente y la voz erudita de mi papi al decir «El *Adagio para cuerdas* de Samuel Barber se tocó en los funerales de Franklin Delano Roosevelt» y evocando también aquel pésimo chiste que comienza con la pregunta «¿Cómo estás Delano?» todo de golpe, pero en seguida el Andrés Suárez: «¿Te gusta, entonces? Es del carajo, ¿no? A uno se le pone la carne de gallina». Y los dos oyendo un rato hasta que de repente se acabó e irrumpieron los primeros acordes de la *Bachiana No. 5* de Villa-Lobos, esa que vos no puedes oír sin que se te llenen los ojos de lágrimas, y yo, en un arrebato de vulgar entusiasmo: «¡Qué bestia, Andrés! ¡Qué del putas, como dirían mis sobrinas!» y él, un poco sonrojado por una especie de modestia: «A que veas nomás con quién estás trabajando». Y así toda la tarde, mamá, mientras desfilaban por el aire Leo Brower, Gluc, Piazzolla, Händel, y sobre todo los Diosesdedioses, mamita, vos que sabes tan bien: Bach y Vivaldi, en unos allegros que estremecían todos los órganos del cuerpo y en unos lentos que eran una delicia para el espíritu hasta cuando fue la hora de irnos y de repente el Andrés me soltó un poco tímidamente la propuesta: «Oye, ya que nos encanta la música, ¿no quieres venir a mi casa? Mis hijos se me adelantaron a la playa antier y yo ya tengo todo listo para irme mañana temprano, así que nadie nos va a molestar. Nos tomamos un cafecito, conversamos y oímos toda la música que se pueda». No me pongas esa cara mamá, porque es exactamente lo que yo pensé y recordé: tu gesto y el de mi tía Julieta recalcando que cuando eran jóvenes era muy peligroso subirse sola en el auto de un hombre, y peor ir a una casa vacía de papás, mamás, hermanos, hijos y hasta perros, porque sólo nos esperaba una gatita romana acurrucada en un rincón de la sala, maullando lastimeramente al recibirnos: «Le voy a encargar donde mi papá», aclaró el Andrés, como si yo le pidiera explicaciones mientras le llenaba un platito con comida. Luego me dijo que me acomodara en la sala pidiéndome disculpas por un desorden inexistente. Y comenzó la música. Vos te hubieras sentido en el paraíso, mamá, con todo ese Chaikovski, con tanto Mozart, con el Diosdedioses Bach en todas sus formas, y papá, si anda en mi corazón como yo creo firmemente, debe haber estado dando brincos de gozo al oír el *Bolero* de Ravel y los *Preludios* de Villa-Lobos hasta que a eso de las nueve de la noche el jefe Andrés Suárez mandó a traer una pizza y pasamos a algo más ligero mientras tomábamos un café y empezábamos a conversar de la vida en general, a hacer chistes y a comentar sobre cualquier cosa que no fuera clima, fútbol ni política, sino la música, el cine, Dios y dios, la familia, los padres y los hijos, la soltería y la viudez, para encontrar que ambos coincidíamos en aquello de poner un disco de Serrat, derrumbarnos aparatosamente en el primer *Ay, mi amor, sin ti no entiendo el despertar,* subir el volumen a toda para que nadie nos oyera sollozar en el segundo *ay, mi amor, sin ti mi cama es ancha* y de repente veo venir su dedo hacia mi mejilla y recoger aquello que se me está cayendo sin que me hubiera dado cuenta y levanto la vista y miro sus ojos también mojados, su nariz levemente enrojecida y temblorosa y luego, de a poquito me toma la barbilla y —horror para la tía Julieta— me roba un beso con sabor a orégano y café, se retira sonriendo y murmura: «Hace como seis meses que tengo ganas de hacer esto» y yo, encendiéndome de pies a cabeza: «Qué falta de confianza, me hubieras dicho antes», y él, justificándose: «Es que te veía tan lejana, tan en tu mundo y en tus cosas», y yo, bromista: «Hubieras traído antes el casete, entonces». Mal chiste, yo sé, mami, pésimo chiste para ese momento que de repente iba cobrando magia y misterio porque él me preguntaba en medio de *Cómo me dan pena las estatuas* y *cantando al sol como la cigarra* qué música era la que más quería oír y yo le decía, sin vacilar, que cualquier *Concerto Grosso* de Vivaldi que tengas y él se levantaba y de repente cambiaba la atmósfera y aunque tratábamos de hablar como al principio ya no podíamos porque en alguna parte se había despertado aquello que vos y mi tía temían tanto, ese deseo de que las pieles se juntaran aunque sea comenzando por las yemas de los dedos y luego por las manos recorriendo despacio los párpados, las mejillas y los perfiles de los labios para aprenderlos bien y de repente su voz: «Sólo si quieres, Isabel, sólo si vos quieres», yo sí quiero sí sí y él, avanzando hacia el centro de mi cuerpo con sus manos, repitiendo cada vez con menos convencimiento: «Te va a doler un poco», y yo, al recordar todo lo que me había dolido todo durante tanto tiempo, qué importa un dolor más o menos breve, un dolor más en la vida que de eso está hecha, porque así me enseñaron ustedes, con la música y la moral de la mano, valle de lágrimas que de repente se cambian por sensaciones insospechadas mientras sus labios y sus manos y su piel entera van recorriendo mis poros y mis nervios y ya no sé dónde está mi ropa ni dónde estoy yo misma y duele duele duele pero sólo un poquito mientras Vivaldi, el Andrés y yo estallamos en un allegro violento y desconocido que no es sólo la música sino también volar sin detenerse dentro de una misma y abandonarse y dar y recibir al mismo tiempo y esa felicidad de muerte en los músculos y las vísceras que termina poco a poco en un abrazo y unas palabras por primera vez dichas con la inocencia de la primera pareja del mundo después de conocerse, porque es así, ¿no, mami? así y no de otro modo, vos lo sabes tan bien como yo aunque hayas tenido tanto miedo y aunque ahora el desconcierto te descomponga un poco la cara y tal vez en el fondo de tu corazón tengas ganas de coger la escoba con que me recibías en los años universitarios y darme por primera vez los cuatro o cinco escobazos que nunca pensaste ni de broma, mamá. Qué más quieres que te diga. Es muy posible que si muero en este momento me vaya directo al infierno, como me enseñaron en las clases de religión del colegio. Yo no sé si hice bien o mal, mamá. Tampoco sé qué vaya a pasar mañana, o dentro de ocho días, cuando él regrese de la playa y yo haya tenido tiempo de ver mejor las cosas. Pero sí te puedo asegurar que nunca antes en mi vida sentí un calor tan dulce en el corazón, como cuando nos dieron las cinco de la mañana acurrucados en la alfombra bajo la misma frazada, tomando un café preparado por él, mirándonos a los ojos sin apenas hablar ni tocarnos, mientras en la grabadora se iba terminando de a poquito una *Soledad* de Astor Piazzolla que, de alguna manera, también era la nuestra.

(*Mi sombra te ha de hacer falta*)

CON OLOR A PIZZA

XAVIER OQUENDO

Te lo cuento porque eres la única que está conmigo. Tengo que hablarte de lo que viví esta noche, de lo contrario no podría dormir, y la noche sería larga y quejumbrosa.

Todo pasó en una pizzería, en la que no comimos nada. Sólo unas cervezas fueron las compañeras de la aventura. Una aventura sin precedentes, sin lugar común, inolvidable.

Después de esta experiencia he roto mis esquemas, y con ello he llegado a descubrir que tengo esquemas. La famosa frase del *rompimiento de esquemas* se hizo eco en mis adentros, en los interiores de mis almas. Porque, además, he llegado a creer que soy un hombre de almas múltiples. Esto es muy agradable, uno puede contemplar en varios espejos las diversas personalidades que viven en uno, pero sobre todo los silencios. En esta noche de pizzería la pasé silencioso. No dije una sola palabra, y eso que había cerveza, que en otros días me ha inducido a la charla.

Éramos cuatro en la mesa, pero parecíamos uno solo. Algo nos envolvió esa noche, era un halo brillante y ambiguo, algo esponjoso que nos abrió —o me abrió— *todos los universos*.

Todo olía a pizza en esa noche. Un fuerte aroma a orégano traspasaba las fosas nasales de los tuberculosos y los sanos. El orégano tiene olor a movimiento. Yo sentía que el simple olor del orégano de pizza era el olor de toda la ciudad, de todo el mundo.

¡Qué noche! Es que no te imaginas ¡qué noche!

Era un joven, digamos que no más de veinte años. Lucía como lucen los jóvenes rebeldes. Ya sabes: cabellos largos, pantalones *jeans* que reflejan sus caminos, unos anchos y duros zapatos. Sencillo el tipo. Junto a nosotros, se tomó tres o cuatro vasos de cerveza. Pero no eran vasitos de cerveza, cada uno contenía medio litro del exquisito elixir de los alemanes. Y se los tomó con una rapidez impresionante.

Creo que no pasaron de tres a cuatro pizzas de tiempo.

Él se llama como cualquiera. Digamos que Juan o Carlos, aunque este era Pepe. Pepe a secas, como cualquier otro Pepe que se mira y que se topa en la calle. Pepe y pizza suenan bien. Huelen bien juntos.

Yo sentía que sonaba el queso. ¿Tú sabes cómo suena el queso...? El queso tiene todo el sonido de los astrolabios juntos. Imagínate, oírlo evaporarse y blandirse, como si fuera el hierro en fundición. Yo oía al queso. No se lo olía a cabalidad porque el orégano acaparaba todos los olores, pero el queso tiene su sonido. Es ese ¡shissss! que tienen las cosas frías en las masas calientes; es ese derretirse encima del potaje mientras el horno le quita la aspereza. De ese sonido te hablo. De ese ingrávido sonido que tienen las pizzas. Porque si el orégano es el olor de las pizzas, el queso es el sonido.

Te decía que era Pepe, y que estaba muerto de ganas de cerveza, como si nunca hubiera sentido en sus labios la espuma líquida de una cebada fría y escarchosa.

Se hizo una pizza en medio de la primera mitad de las cervezas.

Yo bebía despacio, en ese claustro de orégano y queso, sentía a la cerveza como un espíritu.

Pepe las bebió con premura. Algo tenía que decir.

Fueron diez chistes a lo máximo. Eso sí, ¡qué chistes más buenos! Ya te imaginarás: los pastusos en forma de pepitos, y los pepitos en forma de gallegos.

Pepe se iba haciendo a las cervezas.

Hubo un nuevo ingrediente. El pimiento salió intacto. Estrenó su sonido. Era el contundente detalle. ¡Qué ganas me agarraron de saborear la crujiente imagen del pimiento! Ganas de saborearlo con pasión, después de un rato de éxtasis conversacional.

Pepe le daba a las cervezas.

Creo que se prepararon tres o cuatro pizzas. No fueron más.

Todos estábamos entre la incertidumbre y el desasosiego, para ponerle título a nuestro estado de ánimo. Salimos del éxtasis de la lectura. Nos reuníamos a leer, y después el café o la cerveza eran nuestros acompañantes —depende quién tire la moneda—. Las cervezas ganaron —jamás las pizzas—, y corrimos por ellas, con la ilusión de un estudiante que corre a visitar a la primera novia.

Estoy seguro que le pusieron durazno a la piña. Yo no me equivoco, si la pizza hawaiana es mi favorita. Era durazno, porque todo empezó a tener su color. El durazno es el color de las noches infalibles de bohemia. Es un amarillo mezclado con luz baja, la madera que forraba las paredes de la pizzería y el humo del cigarrillo.

Siempre fumamos mucho. En las tertulias nos da por hacerle al humo de cada día. Porque fumar es más placentero cuando se está acompañado, y aún más, cuando la compañía es una cerveza espumeante, y un penetrante olor a durazno.

Pepe es de esos hombres que hablan y no los olvidas jamás. No sé si me explico; mira, él es como lo que fue Velasco Ibarra para mis papás: una joya de la lengua. ¡Qué monólogo! Es que no te imaginas el monólogo que se lanzó. Él explora las palabras, como si estuviera espulgando a un can. Me explico más: él es un catador de las palabras. Y no es que sabe todo el diccionario. Le bastan las palabras de su personal *Larousse* para poderse expresar.

Oí a la masa adherirse al molde de pizza. La masa y su levadura trasmiten melancolía. Qué tristeza que tengo cuando la masa queda así: toda hecha masa. Enharinada y mezclada con pizcas de secretos que los italianos utilizan para que crezca el grosor de la capa de trigo, y entonces sea la base de una sorpresa culinaria. Realmente sin base no hubiera nada. En ninguna parte. «Oda a la masa», se llama, esta parte. La masa de pizza es lo más difícil de preparar. Debe ser como los ingenieros con los cimientos. O como el escritor con la primera frase, con el primer cimiento de su arquitectura literaria.

Pepe tiene una voz grave, fuerte, y en ese momento era tan mágica como la maniobrería de Houdini. Qué voz más conductora, más llevadora, más rítmica. Daba la impresión de estar oyendo *El yerbero* de Celia, comenzando a mover las plantas de los pies, hasta volvernos orquesta, haciéndole cómplice al piso.

Él lo dijo sin miedo: *Me gusta la droga.*

Lo dijo así, te lo juro. Fue su boca la que habló. Nos preguntó a todos si la habíamos probado. Yo bajé la cabeza e hice un gesto de desorientado. En ese momento perdí el hilo del juicio. Sólo escuché la palabra *marihuana* en boca de Pepe. Aunque en su voz cualquier palabra podría sonar bellísima. No te digo que es Velasco Ibarra.

La cebolla canta en la pizza, yo sé. La he probado en el cebiche, pero allí baila. Pusieron cebolla a la pizza, y todo comenzó a cambiar. El ambiente se llenó de ínfimos corpúsculos cebollinos. Si aquí no lloré, no te preocupes, no lloraré nunca en la historia. Te imaginas, el monólogo y la cebolla en mezcla, como un ingrediente de la historia.

—*Marihuana,* dijo Pepe. Y todos comenzamos a oírlo, como se oyen a los Beatles o a Silvio, después de un día cansado. Dejamos la pacatería por un lado y la voz de Pepe comenzó a sacar los devaneos de su vida.

—*Fueron días llenos de gracia. Entre amigos. La marihuana y nosotros formábamos un triángulo.* ¡Te imaginas lo que nos decía! Si eso parecía la historia de una pareja. Pepe hablaba como yo respiro, con eso te digo todo. Pero cuando yo respiro agitado, no así nomás.

—*Pasé unos días de fiesta con la droga. Te juro, hermano, que vi otro mundo, que me embarqué en la audacia de ser otro, que mantuve un amor con los violines de la noche, que los dedos se me volvían piedras, y las piedras mariposas. Fue la marihuana mi rictus, mi limón con sal, mi playa, mis arenas, mis desiertos fríos, mis oleajes sin tempestad. Mi vida.* Esto me acuerdo, y esto no es nada, absolutamente nada, para lo que dijo después.

Mira, te lo juro, Pepe convoca al precipicio de sus palabras. Él asombra, como los eclipses. No sé si me explico. Él fue el mundo por un día. Y sólo hablaba de drogas.

El jamón es tan rojo y tan exquisito, que fue la luz de la pizza. Iluminó la mágica alcoba de la masa lisa, donde están de fiesta todos los ingredientes.

—*Bailábamos sumidos en el mágico mundo del «chafo». No es nada malo, es como un tabaco, pero más rico. Al principio te provoca arcadas, pero después... después sólo quieres saber de estimulantes. Vivir con ellos, hasta que la noche se haga día y el sol se retraiga en los inviernos. El «chafo» se vuelve tu compañero.*

Yo no sé la posición que tenía, pero me dolían las nalgas. Quería pararme y gritar del miedo. ¡Sí! Al principio tuve un miedo veneno, que se me fue coagulando mientras pasaba la magia de su voz, de su ingenua ternura con olor a pizza.

—Es falso cuando te hacen creer que todo es malo. Esta sociedad pacata, metida en las faldas monjas, en los curas sotanas, en los rosarios de besos, es falsa. Es verdad, la hierba te hace tronar, te hace mal, pero te hace respirar como deben hacerlo las jirafas, con su enorme cuello; con la droga te descubres, y eres muchos, eres vital.

No sabes lo que significó para mí. Era terrible. Estaba aterrorizado. La cerveza y el miedo me hicieron orinar más seguido. Pero te juro que me hubiera plantado como roble en esa silla con tal de seguir escuchándolo.

Recuerdo que pusieron tomate a ni sé cuántas pizzas. Serían siete u ocho que se prepararon, cuando olí el misterioso elixir del tomate. Ese color se expandía por la memoria de mis sentidos, me hacía masticar el dulce proceso del manjar. El tomate es un capricho divino en toda mesa, pero en la pizza es el elemento principal para deshuesar el piropo de un trozo en cualquier boca.

El tiempo pasó dos cervezas con olor a tomate.

—Tuve serias crisis con mis padres. Los viejos son la nota. Full moral y nada más. Ellos creen que no soy feliz. Pero lo soy. Tengo todo ese cargamento de hierba en el alma. En serio, locos, la hierba es alma. Es un montón de cosas, es un brillo, mucho mejor que todo el brillo de las espátulas de cualquier pintor. Es un brillo que levanta. Yo sé que es mala, que al final te mueres, pero la verdad uno puede morir de tuberculosis, sufriendo más, en cambio yo moriré volando, tronado, en unas cuevas que nadie puede descubrir, sólo yo, sólo yo...

Después de esto, el miedo fue convirtiéndose en expectativa. ¿Qué estaba haciendo este tipo con su vida? Yo, que vengo de un colegio de curas, tuve que escuchar semejante monólogo. Se me incendió el corazón.

Sé que las aceitunas brincaban en el fuego del horno de leña en ese momento. Entre la cuarta y quinta pizza sentí el leve sonido aceitunado en la pasta. Sabía que las aceitunas no podían faltar en esa noche de bohemia, llena de seres alucinados.

Yo fumaba y escuchaba. Era mi doble función con intervalos de cerveza en la boca. Quería pedirle que se callara, pero su discurso era envolvente. Era como el olor a pizza con todos los sabores y colores —una pizza arco iris, que no se inventa.

Te juro que estuve entre dos espadas: la una de bronce y la otra de cal, y entre las dos luchaban. Quería morirme y revivirme en ese discurso, en ese perfecto ensayo sobre la libertad y la lengua. Estaba atormentado, inconcluso.

No quise moverme de la silla hasta que Pepe nos diera una pausa, pero jamás se pausó, siguió cantando la perorata más larga y bella que he escuchado en los últimos tiempos.

—Tuve serias broncas. No es que toda esta magia venga gratis. Tienes que luchar como en una guerra sin armas, pero con inconsciencia, frente a la conciencia. No sé si con eso me explico, pero es un asunto de fuerza y ñeque. Todo esto es una nota, todo es un lío donde el resultado es el viaje; el viaje sin final, pero hondo y delicioso.

En eso el peperoni, como un flash, hizo su aparición. Yo sentía que en la décima segunda pizza, apareció el peperoni, como un potaje con alma. Sabía que estaba cerca de mí como un suspiro frente a la moza, como una ráfaga que se mira y no se toca. El peperoni es un cuento dentro de la gran literatura que es la pizza. Pero es indispensable, sobre todo si se sabe que dentro del preparado de la pasta no hay intención del lampreado. La pizza número doce, rebotó frente al peperoni.

Pepe, como si no sintiera el fuerte olor, siguió con su declaración, que para mí se fue convirtiendo en una declaración de principios, en una nueva Biblia aplicada a su amor por los estupefacientes, a lo que provoca sin ser consecuencia del ser, y es sólo una consecuencia de la casualidad.

Sabía que sus amigos lo indujeron y que él, sin sospechar el cactus maloliente de la droga, se chupó el manjar de diablo y, ya con ella, como un saltamontes, corrió a buscar la libertad. Porque estoy convencido que la libertad es lo más buscable en nuestras vidas llanas y ligeras.

Sabía que la aventura de la amistad estaba en otro lugar que podría llamarse droga o juego o desgracia. Sabía que la libertad no ha estado en el sistema, sino en los astros, y que para llegar a ella, se debía explorar el corazón de los hombres, inducido por la manía de buscar algo... Ese algo era la droga en Pepe: los hongos, la heroína, la felicidad disfrazada de pastilla.

Su monólogo iba creciendo mientras iba tomando el respiro de la cerveza.

—Yo soy feliz con la droga. Es mi amiga, mi enemiga, mi control, mi necesidad, mi madre, mi torcaza azul, mi poema, mi ilusión, mi escuela, mi preparatoria, mi kinder garden, mi derecho al piso, mi pito deseado, mi computadora, mi astro, mi motor, mi silente compañía. Con ella fui de viaje por las estrellas, conocí el secreto lunar de la luna, la diadema de Júpiter, la novia de Plutón, la sonrisa de las estrellas. Ella me condujo tanto al vómito como a la flacura, al ardor como a la condena. Yo soy ella; ella está en mí como una epidemia, como un eructo diario, como un sarcófago impuesto, como un sueño...

Mientras el monólogo iba creciendo yo iba bajando. Me iba diluyendo como un hielo por entre las piernas. Veía los rostros de mis amigos. Ellos cantaban conmigo a ojos corales el testamento de la inconformidad y la virtud. Sentimos nuestra piel empolvada con levadura de pizza y cerveza. Nuestras conciencias estaban embadurnadas con el kafkiano monólogo, repleto de una alegoría enferma de lenguaje. Vimos el eufemismo pasar como un glosario de vitalidad.

Después del invisible punto que Pepe ponía a sus intermedios cerveceros, yo sentía que aún había aire. Y sentía también el peso de las pizzas que pasamos preparando en la imaginación.

Los champiñones llegaron casi como en una danza contemporánea. Sabía que ellos estaban inmersos en la felicidad de la masa. Ellos rebozaban en la salsa eterna de ese sabor entre prohibido y humano que es la criptógama planta, repleta de ímpetu. Los champiñones se bañaban en las diferentes salsas de las veinte o treinta pizzas que recorrieron nuestros olfatos, como prisioneros del ritmo y la danza con que se hornea la pizza.

Pepe: su voz. Es que yo no sé si alguna vez me vas a entender cómo sonaba esa fonética en mis oídos. Él hablaba de drogas y yo comencé a sentir su monólogo como el discurso preciso de la felicidad. Yo, que soy un hombre de vida discreta, que apenas he salido del caparazón, y me he hundido en los rasgos azules de los libros sacros, de las composiciones sin malas palabras, de los bonachones libros de consulta y esperanza. De jamás una fiesta en lugar de Camus, de nunca una conquista que no sea Isadore o Emily.

En esta noche oí la voz de la experiencia, mezclada con la brutalidad, y tuve ganas de irme al infierno, después de haber creído leer mucho, y no conocer nada. Quería viajar al purgatorio, colgado de los índices de Pepe, y zambullirme en el maravilloso discurso de terror, en esa noche llena de veneno necesario.

A Pepe no lo voy a olvidar nunca. Es demasiado gigante como para entregar su osamenta a las calles del olvido. Pepe es una nueva ola en mis mares. Pero una ola gigante. Diría casi que Pepe es como la lectura que hice de Kavafis, Jayyan o de Vallejo, ya que después de ellos las vidas cambian, se mutan, se transparentan.

Dejaré de ir a la iglesia y postrar mis meniscos frente a las estatuas de madera. Dejaré de rezar las plegarias poéticas. Dejaré estacionado en alguna esquina sin nombre el nombre de mis confesores.

—Estoy consciente de lo malas que son. El vuelo con ellas puede ser totalmente peligroso. Pero me dieron algo que yo nunca tuve: libertad, sosiego, armonía. Estaba preso de mí, encerrado en mis miedos como una cerbatana en boca de shuar. Yo sé que me voy a morir primero, tal vez, que ustedes. Pero sé también que todos moriremos, tarde o temprano, y que nos haremos polvo. Seremos ceniza. Ya no compactos, sólo etéreos, sólo huesos y pellejo deforme. Por eso cada uno es libre de buscarse y encontrarse cuando se palpa la libertad. Sólo en la libertad se pueden alojar las penas, las ilusiones, el amor. En las prisiones sólo canta Miguel Hernández, todos los demás preferimos viajar a nuestra manera.

Cada vez que Pepe hablaba, un ingrediente nuevo aparecía en la pizza de mi impaciencia, como una nueva maravilla. Cada vez que lo escuchaba sentía campanillas en las piernas. Cada vez el mundo daba vueltas a mi alrededor como tiovivo.

Te das cuenta lo que aprendí, lo que conseguí después de esta conversación. No conseguí ni siquiera probar la hierba, el hongo, el polvo. Tampoco conseguí cambiar mis actitudes, mis sensaciones, mi corazón. Menos aún conseguí modificar mis ansias por amar u odiar. Peor aún darle un consejo a Pepe, o decir que está equivocado, y que se saliera de las drogas, porque de lo contrario se iba a morir, y que si no lo hacía le retiraría mi saludo. ¡No! Lo único que aprendí fue la libertad. Pero la libertad como concepto. Esa libertad que cada uno se hace, se va haciendo como un muro, y luego se rompe el muro. Como la placenta, que ya lista se rompe, y entonces uno se sale y se recalienta en la vida.

Pepe no es un condenado. Está enfermo, pero se siente libre. Y yo, que no soy un drogadicto, que no he probado el sabor del tabaco ni del trago, que apenas tomo «coca cola» por la sed bestial y alienante de conocer América. Yo que fui tan buen escolar, que nunca perjudiqué a nadie, que no molesté a los profesores, estoy preso en mí.

Crees entonces que conversar con ese maldito cara de pizza no me va a cambiar la vida.

Si le digo a Pepe que deje la droga ¿qué tendré yo que dejar para entregarle a él? Por Dios, aconséjame, dime algo. Este sentimiento es un don nadie, es un sórdido pecado, es una connotación despiadada.

¿Dime lo que puedo hacer? Tú debes saberlo. Tú, que oyes a todos, que hablas con todos. Tú que tienes fama de consejera, de imitación de buena madre. Tú que espulgas mi cabeza y mis sueños. ¡Debes ayudarme!

***

En la calle vi a Pepe de cabellos largos y rizados. Cruzaba por un paso peatonal, cuando el semáforo en rojo daba opción a los transeúntes.

Alcancé a gritar su nombre.

Él, presuroso, con un gesto casi robótico, regresó a ver por donde se expandió el eco.

—*Hola* —me dijo.

Nos encontramos en la vereda. Se lo veía mejor. No estaba pálido, ni con ojeras. No tenía el pensamiento haciéndole bailar a sus pupilas. Se diría que en aspecto estaba muy bien.

—*He dejado el asunto... gracias por escuchar* —me dijo, con esa misma voz de tenor sofocado por el tráfico de la ciudad.

Yo, viéndolo, como si se tratara de mi ídolo, le dije:

—*¡Qué bueno!*

Y sonreí con él. Quería decirle que fuésemos a comer, a tomar algo en alguna parte, pero mi emoción al verlo curado de ese vicio me hizo enmudecer. Yo sabía que no estaba mintiendo. Algo de coherencia y de soledad rodeaban las cuencas de sus ojos, ya blancos de impotencia.

—*Me voy volando al trabajo. Por qué no me llamas, a ver si nos reunimos a preparar una pizza. Recuerdas esa noche. ¿No sentiste la receta cruzar por nuestros olfatos? La hice la otra vez, y me quedó de maravilla* —me dijo—, y yo lo vi tan serio, que estuve a punto de decirle que el sistema lo había acorralado, como a mí, como a todos. Pero preferí callar. Sólo hablé con un gesto de afirmación a su pedido. Le di la mano y me fui.

Iba cruzando la calle, pensando en la libertad, en la condena, en aquello que he llamado la dulce condena.

En eso Pepe me grita:

—*¡Hey! No se lo contaste a nadie ¿eh?*

Me di la vuelta, y en el tráfico le dije:

—*Descuida, sólo a la almohada.*

(*Desterrado de palabra*)

PARAGUAY

Edición de Milia Gayoso

ATRAPADO

NELSON AGUILERA

¡Sáquenme de aquí! Gritaba el mozo del presidente aquella tormentosa noche del jueves. Nadie le oía. Los guardias se refugiaron en el ático del Palacio de López y los gritos no podían vencer la muralla de truenos y relámpagos que los hacía retumbar en la amplia sala que servía de cárcel al atrevido servidor que por utilizar el baño del mburuvichá no escuchó cuando alguien echó llave a la cerradura de la puerta principal. Los minutos de embeleso por las revistas *Playboy* ubicadas en un pequeño mueble de mimbre al lado del bidet hicieron que el pobre quedara prisionero nada más y nada menos que en el lugar de trabajo del hombre más poderoso de la República del Paraguay.

No tuvo otra alternativa que abrazar la resignación de pasar la noche en ese lugar. Entreabrió la cortina de la ventana que da a la bahía y vio cómo los pequeños y frágiles techos de las casas chacariteñas danzaban con el viento una sinfonía rota de esperanzas acompañada con el llanto de niños y el grito de mujeres mezclado con las vociferaciones masculinas llevadas por un torbellino hasta la misma oficina presidencial.

Al enfrentar la imposibilidad de su escape comenzó a hurgar en los cajones del escritorio de su Excelencia. En el primer cajón encontró una carpeta titulada «A ser vetadas». Era un montón de proyectos de ley para mejorar la salud, la educación, el hambre campesina, la falta de rutas, la asistencia a los indígenas, la protección del medio ambiente, la ley del libro y la del techo propio. Se sorprendió al ver que todos estos papeles estaban manchados con yerba de tereré y las puntas devoradas por el hambre de los sempiternos roedores, huéspedes inamovibles del Palacio.

En el siguiente cajón encontró una lista de hombres y mujeres. Algunos nombres subrayados en rojo, otros tachados y otros encerrados en círculos. Al pie del documento rezaba la leyenda «Diputados y Senadores para el siguiente periodo y los infieles». No pudo descifrar quiénes eran para diputados y quiénes para senadores, sólo siguió hojeando el documento y encontró otra lista de empresas nacionales e internacionales con sumas dolarizadas al lado de cada una de ellas. Miles de preguntas rondaron la cabeza del infeliz garzón y miles de posibles respuestas invadieron sus atrofiadas neuronas.

Su curiosidad insatisfecha le empujaba a seguir su trabajo de detective o espía del pueblo, misión que hasta el momento no se le había cruzado por la mente, pero ante el encierro involuntario decidió adoptar ese oficio aunque sea por una sola noche en su vida.

Al abrir el tercer cajón quedó boquiabierto ante el despliegue de fotos y notas de esas modelos que aparecen en la televisión y en los periódicos amarillistas. Se regodeaba ante las posiciones presentadas y las escuetas invitaciones en cartulina de primera. «Dormir contigo es dormir con el poder», «Quisiera sentir la fuerza del poder en mis entrañas», «Te espero esta noche, mi potro» y así seguía la infinidad de textos sugerentes unos encima de otros en el pulido cajón del hombre más deseado de la República del Paraguay.

En el cuarto cajón pudo divisar dos o tres anatómicos CK y unas cuantas cajetillas de condones de diferentes tamaños, colores y sabores. Algunos eran suecos, otros italianos, alemanes, americanos, argentinos y hasta brasileros, lo sorprendente es que el presidente no apoyaba la industria nacional ya que ni un solo condón paraguayo había en su cajón sibarita. El mozo guardó un ejemplar de cada uno en su profundo bolsillo derecho.

Al llegar al quinto cajón se encontró con un montón de revistas deportivas donde aparecían las robustas y prolongadas figuras de jugadores negros cuyas relucientes cabezas y sonrisas de marfil reflejaban la alegría de hacer tantos con pelotas en una cesta de hilo y metal. Hojeó algunas páginas pero como estaban en inglés las dejó de lado y prosiguió su trabajo de Sherlock Holmes.

En el sexto cajón encontró una Biblia, grande y llena de polvos. Pareciera que este cajón nunca fuera abierto por la máxima autoridad. La sacudió golpeándola con la mano derecha, soplándola para ver cómo una nube de pelusas se lanzaba al espacio cubierto de incertidumbre. La abrió ceremoniosamente donde un señalador marcaba los capítulos veintiocho y veintinueve del libro de Proverbios escrito por el rey Salomón.

«Cuando predominan los justos, la gente se alegra; cuando los malvados gobiernan, el pueblo sufre. El gobernante insensato aumenta la opresión; pero el que no es codicioso tendrá larga vida. El rey que gobierna a los pobres con lealtad, afirma su trono para siempre. El gobernante que hace caso de mentiras corrompe a todos sus servidores. Muchos buscan el favor del gobernante, pero sólo el Señor hace justicia.» No necesitó leer más para entender que estas palabras no habían penetrado la coraza del supremo cacique paraguayo.

Un estruendo iluminado lo sobresaltó de golpe y se apretó la Biblia contra el pecho antes de bajarla cuidadosamente sobre el vidrio que cubría el escritorio. Luego se detuvo a mirar un enorme borrador colorado y un bolígrafo bañado en oro en el mismo centro del mueble. Los dos objetos estaban como exhibiéndose, como haciendo gala de su vedetismo por encima del cenicero lleno de colillas y el aún oloroso vaso de whisky escocés. También resplandecía por su atractivo un pisapapeles plateado en forma de un coche BMW que celosamente presionaba unos documentos extranjeros. Un poco más allá había una pila de decretos escritos y borrados, borroneados y copiados, blancos puros e inmaculados unos y otros tantos renegridos, grisáceos y rayados, pero todos, absolutamente todos llevaban la inigualable ascendente y a veces ebria y sinuosa firma del primer mandatario.

De allí dirigió su mirada hacia la pared de donde algunas figuras de la historia paraguaya proyectaban una seriedad de antaño, y de sus miradas fluía una gran responsabilidad pintada del color de la época. Se imaginó a los otros presidentes que pasaron por ese despacho, hasta a aquel que violó a la canta-actriz italiana en pleno palacio. ¿Qué se sentirá al tener que gobernar un país tan rico y tan empobrecido (gracias a los políticos) como el Paraguay? Otro rayo le devolvió a la realidad y dejó a Albino Jara en el pasado con su pinta de macho almidonado, su apetito carnal incontrolable y su mancha de ultrajador empedernido.

La torrencial lluvia seguía sin cesar. Las calles de Asunción se convertían en caudalosos ríos, el frío retozaba en las plazas donde ya no estaban al acecho los asaltantes, los travestís ni las prostitutas. Sólo los niños de la calle envueltos en bolsas de hule negro, y apuñalados por el hambre aplacada con cola de zapatero, se acurrucaban bajo el techo de las galerías de la cerrada Catedral Metropolitana. Un mojado y estrepitoso silencio se apoderó de la capital, mientras el servidor presidencial, moreno y retacón, en medio de imparables bostezos se acomodaba en el sillón de los López a disfrutar de uno de los tantos videos calientes de su Excelencia.

La quietud de la lluviosa madrugada fue interrumpida por las metrallas y los cañones, que no lograron despertar al atrapado ni apagar las rayas horizontales que chillaban en la pantalla del televisor. Las puertas del despacho presidencial fueron abiertas por otras manos pintadas de rojo y una ráfaga de viento zarandeó las páginas de Proverbios donde el nuevo huésped leyó: cuando hay rebelión en el país, los caudillos se multiplican, cuando el gobernante es entendido se mantiene el orden, y despertó al mozo para que le trajera una taza de cocido con leche.

(*Héroes y antihéroes*)

HUYENDO DE LAS AGUAS

MILIA GAYOSO

Al amanecer cargaron en la canoa algunas ropas y alistaron también la olla negra de hierro, la hervidora, la paila renegrida, el brasero y la pequeña bolsita de carbón. Rosaura colgó de un alambre los fideos y las galletas duras y alzó bien alto (al final de la tapia) las cosas que dejarían al marcharse al atardecer o a la mañana siguiente.

Él había improvisado un sobrado de caranday en el pequeño rancho (suficiente como para tenderse a dormir los cuatro) si es que la noche volvía a sorprenderlos en el mismo lugar. Ella miró el horizonte y vio agua por todas partes y a las lejanas casitas semicubiertas por el río desbordante.

A lo lejos venía navegando una canoa con dos ocupantes y ella creyó reconocer a su compañero que había salido con otro vecino a buscar algún lugar aún seco donde poner a salvo a sus familias. No eran ellos, sino otros desahuciados que huían también de la crecida. Miró a su niño que dormía en un leve colchón instalado sobre las tablas (vigilado por el perro que ante cualquier movimiento ladraba avisando a la patrona). Entonces bajó a la canoa para acercarse más al agua y poder lavar algunas ropas de su hijo y pensó en el guiso de fideos del almuerzo que se había secado esperando al comensal que no volvía.

... a lo lejos, islas de camalotes pasaban llevadas por la corriente.

Cuando terminó de lavar, volvió a subir al segundo piso improvisado de su rancho para acomodar los pocos objetos que llevarían en su éxodo, y pensó en sus plantas que quedaron bajo agua, en los baldes de lata que solía utilizar para acarrear agua del río, en la hamaca del nene que quedó bajo el ybapovó, en el banco alargado que miraba hacia el norte, y en su huerto naciente donde las lechugas comenzaban a reverdecer compitiendo en altura con las plantas de locote y donde la papa que enterró para hacerle puré a su hijo comenzaba a echar brotes verdes que se asomaban tímidamente de la tierra.

Acomodó en el sobrado el brasero y la olla para recalentar el guiso cuando Armindo volviera, o para agregarle algún trozo de cecina y más agua agrandándolo para la cena, si es que su vuelta se retrasaba.

... un pedazo de isla flotante con un pequeño sauce también iba pasando.

El niño se inquietó en el colchón y ella posó sus manos sobre la frente sudada, comprobando con preocupación que estaba teniendo algo de fiebre. El perro la observó con los ojos brillantes, porque entendió en sus ademanes que algo extraño le ocurría a su pequeño amo.

Rosaura fue a buscar a la canoa la botella con alcohol y ruda que solía utilizar para bajarle la fiebre a su pequeño... y estaba revolviendo su viejo bolsón cuando el ruido de un pequeño cuerpo cayendo en el agua la hizo volverse hacia el agujero del rancho que antes correspondiera a la puerta. Un sudor frío le recorrió el cuerpo mientras un grito desgarrador salía de su garganta llamando a su hijo. Sólo un pequeño remolino en el agua le indicó que el cuerpito ya se había hundido.

Saltó con desesperación hacia el sobrado y lo encontró durmiendo, con el hocico del perro en su mejilla izquierda, totalmente ajeno al gran ruido que provocó al caerse el pequeño venado que su padre había cazado el día anterior y que se secaba colgado de un alambre en la tapia exterior, estaqueada con adobe y picanillas.

(*Cuentos para tres mariposas*)

LAS HORMIGAS

CLAUDIA MARÍA GONZÁLEZ FORTEZA

Cargadas y contentas lo llevaban en andas a la guarida más cercana. Allí sería mucho más útil que en el basural donde lo habían encontrado.

Daba casi la medianoche cuando el hallazgo creó entre ellas una alegría inexplicable. Un objeto arremolinado y meditabundo yacía torpemente tímido y delicioso en el suelo húmedo y frío. Los restos de basura lo anidaban como a un pajarito y el bullicio de las maquinarias, que saboreaban la podredumbre de las defecaciones humanas, lo arrullaban tiernamente.

Al principio no entendían lo que estaba sucediendo. Histéricamente hambrientas recorrían el basural en busca de comida. El invierno se acercaba y sabían que la nieve no tardaría en conquistar el territorio que decidieron ocupar para construir la colonia.

La pobreza en la que día a día sucumbía la civilización, dejaba huellas importantes en el vertedero. La posibilidad de elegir ya no se daba como una vez. Ahora todo era igual, la diferencia había desaparecido y con ella la posibilidad de hurgar entre la basura buscando una opción nutritiva.

La colonia empezó a desesperarse y, entre las botellas de plástico, las latas de sardina vencidas, los sobres de sopa pulverizada y los preparados sintéticamente culinarios, se dispersó.

Se guiaban por los olores nauseabundos, por los gases mortecinos de los microbios supervivientes.

El contacto somático entre ellas les recordaba la urgencia de la vida, el límite de lo inexorable, la magnitud de lo terriblemente uniforme que se desdibujaba ante sus patas lisas y puntiagudas.

Una corriente de aire trajo la novedad. La primera comitiva se organizó y emprendió la expedición. A lo lejos se divisaba el lugar exacto del hallazgo.

El montículo que cubría el alimento parecía inofensivo. Lo encontraron aún caliente. Había apenas llegado al mundo y un cartón de Coca Cola le cubría el rostro de sangre coagulada. Era pequeño. Sus moléculas se estaban terminando de ir para dar lugar a la muerte de lo inerte, cuando un suspiro rasgó el cielo elevándose hasta brillar junto a una estrella pequeñita. La oscura noche allí perdió su voz.

Las hormigas emprendieron una carrera feroz, lograron arrancar al tímido arremolinado de entre los dientes metálicos de las poderosas maquinarias que, insensibles, amenazaban la sobrevivencia de la colonia.

La alegría fue grande entre todas. La eyaculación indeleble de los vicios de la modernidad trajo consigo la alienación de la gran especie humana.

En medio del basural el meditabundo estorbo humano fue el milagro de la dialéctica culta, noble y cortés y la salvación de la colonia.

Las hormigas lo levantaron en andas y lo llevaron hasta la guarida más cercana. Hicieron una incisión en el cuerpecito putrefacto, le extirparon el corazón y se bebieron su sabiduría.

(*Cuentos breves del olvido*)

LA PUERTA PAR

MABEL PEDROZO

El doctor Edmundo Molina se presentó con nombre y apellido desde la puerta entreabierta de la subcomandancia, pero tuvo que agregar que era el médico a quien quisieron asesinar hacía unas horas en el Hotel Anteus para que el comisario levante la vista y se le quede viendo con ese aire de todopoderosidad que adopta la gente uniformada.

Le preguntó si venía por su declaración.

«No», le dijo, lo que quería era hablar con el hombre a quien arrestaron frente a su puerta —habitación 36, segundo piso— empuñando un cuchillo de carnicero.

—Para qué lo quiere ver —interrogó el comisario, esta vez con voz de que no preguntaba siguiendo el procedimiento sino porque en serio sentía curiosidad.

—Es la primera vez que me quieren matar —hizo notar el médico, y hubiese querido que el comisario fuese su amigo para que esa frase baste, pero no lo era—. Quiero saber por qué.

El comisario no tenía instrucciones respecto a una situación como aquella, excepto que no debía demostrar que no la tenía, de manera que levantó el tubo de color verde mate del teléfono y pidió que alguien venga.

—Oficial, informe sobre el arrestado por intento de homicidio.

—En celda de reclusión, mi señor comisario.

Hubo un pequeño relatorio de antecedentes después de que se trajo el parte policial y que el comisario decidió que podía compartirlo con la víctima, acodado a estas alturas sobre su escritorio y con una taza de café humeante que se llevaba a la boca porque quedaba mal que no lo hiciese.

El hombre se llamaba Andrés Cardozo, 39 años, soltero, no se le conocía familia y podría ser el «homicida de los números pares» como le llamaron en los periódicos cuando comenzaron los asesinatos en los hoteles y en los barrios residenciales.

Siempre gente que se hospedaba en pisos y habitaciones pares, y en hotel de numeración par, como el Anteus, ubicado al 2004 de la avenida Potosí. Las residencias seguían el mismo patrón, pero nunca una huella, un testigo, nada, hasta esa llamada a las ocho y treinta y cinco de la noche de la recepción del hotel que pedía una patrullera porque había un hombre parado frente a una de sus habitaciones, con un cuchillo en la mano.

Cuando la policía llegó el sospechoso no se resistió, pero tampoco colaboró con una declaración. Cuando le dijeron que su silencio empeoraba las cosas, sólo respondió que no le importaba.

—Si es posible, si a usted no le compromete, quiero hablar con él —insistió el médico.

Caminaron por corredores que se cruzaban con otros iguales y que, según el comisario, tenían el propósito de prolongar la agonía del detenido ya que no hay peor cosa que la incertidumbre del tránsito.

Por decir algo el doctor contó que formaba parte de la comitiva de médicos que participaban del congreso de proctología organizado por la universidad nacional, pero el comisario ya lo sabía y su silencio indicaba que no estaba interesado en conocer detalles.

Llegaron frente a una puerta parecida a todas las que le antecedían, pero esta fue desllaveada por el oficial. El olor a óxido de las celdas y la mirada de gente igual a todo el mundo del hombre que levantó la vista desde el fondo de la estancia recibieron a los recién llegados.

El médico preguntó si podía quedarse a solas con el detenido, y el comisario, que no quería perderse el encuentro, tuvo que irse pero dejó al oficial parado en la puerta, lo que significaba que de todas maneras se enteraría de lo que fuese a ocurrir.

—Buenas noches —el doctor Edmundo sintió que cualquier cosa que dijese en ese momento no sería la indicada, así que no se esforzó—. Supongo que podemos tratarnos como conocidos.

El hombre de la celda lo miró con curiosidad.

—Soy el doctor Edmundo, el de la habitación del Anteus. A usted lo apresaron frente a mi puerta.

El detenido parpadeó.

—Disculpe que lo moleste en esta situación tan difícil por la que está pasando, pero es que no entiendo por qué me quiso matar. Llegué hace tres días a esta ciudad, no salí del hotel ya que allí es el congreso y pedí comida en la habitación porque me aburre la compañía de los colegas. ¿Me quería matar a mí, específicamente, o le daba igual que sea cualquiera que esté en esa habitación?

El detenido tosió.

Acostumbrado a hacerse una idea de la gente con sólo verla, al doctor le pareció que estaba frente a un hombre instruido, no un asesino atávico de los que se habla en los libros de medicina legal. Un fumador, además, ya que la tos era inconfundible.

—¿Usted qué cree? —le preguntó el detenido.

Su voz sonó cálida, como el tufo de una habitación que se mantenía cerrada pero donde se adivinaba un pote de talco abierto, o un agua de anís filtrando sus esencias dulzonas por las grietas de un corcho de botella.

—Le daba igual, verdad, que sea otro o que sea yo. Pero por qué no entró, por qué se quedó en la puerta, por qué no terminó lo que fue a hacer —se sorprendió de lo que decía, ya que sonaba como si lamentase que las cosas no hubiesen llegado a más—: Perdón, es sólo que no tiene sentido para mí.

—¿Y usted por qué no abrió? —preguntó el hombre detrás de los barrotes.

Era lo peor. Que él también pregunte. Pero era cierto lo que decía. El doctor Edmundo no abrió cuando escuchó el timbre de la puerta. Dos, tres veces, largas pausas y otra vez el silbido metálico, como quien está decidido a no irse hasta que lo atiendan.

Cuando cerró la llave de la ducha, tomó la toalla que colgaba del rodillo pero no se secó, sino que bajó la tapa del water y la cubrió con ella. Entonces se sentó encima, desnudo, el agua tibia corriéndole por la cara, y con la tijera de cortar cutícula escarbó la uña del pie derecho que lo torturó desde la mañana.

No abrió porque tenía atrapada la punta de la uña y dejar que se le meta de nuevo en la carne hubiese sido no sólo doloroso, sino también arriesgado, porque quién le decía que tendría otra oportunidad de separarla de la piel enrojecida.

—Me estuve bañando —resumió.

—No entré porque usted no abrió —le respondió el detenido.

El médico admitió cuando se le preguntó, que lo que le afectó de aquel encuentro fue la franca indiferencia con la que lo miró el hombre que pudo ser su asesino.

Detrás de los barrotes el sospechoso escuchó cuando la puerta se cerró y se sintió aliviado de que el silencio recupere a su alrededor su dimensión totalizadora.

En parte, él también mintió.

Esa noche llegó al hotel sin llamar la atención, subió al segundo piso y cuando se detuvo frente a la habitación 36, imaginó lo del baño ya que en los hoteles todos se bañan a las ocho y media de la noche. Llevaba un destornillador en el bolsillo, y si no forzó la cerradura fue únicamente porque un aroma a champú de vainilla lo detuvo.

Venía de la habitación. Se escurría por la línea encajonada de la puerta, por el cerrojo plateado, por la mirilla, un vapor que antes que por su nariz fue capturado por su piel, por sus ojos, por algo dentro suyo que le detuvo la respiración. Su mamá olía a vainilla. Y ese olor era igual a ella.

Yo conocí las versiones de ambos, del médico y del detenido, en mi calidad de abogado de gente que no quiere uno, o que no se lo puede pagar.

Me dieron el caso del hombre detenido en el hotel. «Usted está fuera en dos días», le prometí, y así fue, ya que pararse frente a la puerta 36 no lo convertía en «el asesino de los números pares», y tener un cuchillo en la mano no significaba que quisiese degollar a alguien, aunque la verdad es que mi olfato me confirmó ambas cosas antes de que el señor Cardozo lo haga. Era el asesino, y sí quiso matar al médico.

El doctor se mostró convencido de que su destino lo puso frente a la uña encarnada con el único propósito de alejarlo de la puerta, y el ex detenido —que debe estar camino a mi oficina en este momento— no quiso contarle lo del champú de vainilla. «Es algo personal», me explicó, y lo dejó pensando lo que quisiese.

Lo que yo afirmo finalmente, y antes de ir a atender la puerta donde alguien que ya debe ser mi cliente está tocando, es que hasta la casualidad tiene que ver más con el asesino que con la víctima.

Punto final.

Lo veo desde acá, desde el pasillo, la luz amarilla del farol mecida por el viento de junio que hamaca su sombra de sobretodo y manos enguantadas encima del cerco de ligustrinas recién podadas de la entrada.

—Buenas noches, pase por favor.

No me responde, pero sé que entrará conmigo y que quizás le invite un café y hasta tengamos una conversación. Pero ahora, parado en el corredor, bajo el farol que en su balanceo revuelve su sombra con la mía, tiene los ojos fijos en los números que identifican mi residencia: el 612 de la avenida 18 de Octubre.

(*Juego de sábanas*)

PERÚ

Edición de Carlos Dávalos

EL ACOSO

JORGE EDUARDO BENAVIDES

A Luis Guembes, quien —estoy seguro— sabrá leer entre líneas.

—Ha atacado otra vez.

La voz de Martha temblaba y en sus ojos pude leer el esfuerzo que hacía por contener las lágrimas. Tardé un poco en asimilar la noticia y cuando por fin lo hice sólo atiné a quedarme impávido observando el periódico que temblaba en la mano de mi mujer. Me acerqué a la ventana, ahora necesitaba aspirar el aire frío del que había venido huyendo al salir de la universidad, y contemplé la negra tintura de la noche que respiraba serena. Diez pisos más abajo la ciudad se entregaba a la pirotecnia de sus luces de neón, a la tensa embriaguez de sus juegos nocturnos, al calorcillo agradable de los cafés y restaurants que todavía atendían de noche, a los escasos cines que aún daban función nocturna y en fin, a una vida que trataba de no desconectarse totalmente de la normalidad.

—Estás temblando —oí la voz apagada de Martha a mis espaldas.

Sí, estaba temblando y no era el aire esponjado y frío de agosto que agitaba las cortinas de la ventana; era la certidumbre de que Aquella Presencia tanto tiempo temida se encontraba otra vez entre nosotros, rodando nuestros días, apagando nuestras noches con sus pasos gruesos, acechando cada uno de nuestros actos para atacar al menor descuido, buscando sobre todo a los que como yo se le habían enfrentado abiertamente la primera vez. Y la ciudad, allí abajo, ignoraba el peligro que volvía, después de años, a cernirse sobre ella.

—¿Estás segura? —pregunté tontamente mientras aceptaba el café.

—Martín llamó confirmando: fue en San Marcos.

—¿Un profesor de... Sociología? —indagué.

Martha asintió mudamente y me mostró el periódico. Tal como lo esperaba la noticia era pequeña, redactada con la evidente intención de pasar desapercibida, entre fotos ambiguas y más noticias, casi al final de la cuarta página. Una foto pequeñita mostraba casi difuminado al profesor sanmarquino, señalado por uno de esos círculos que se suelen colocar irrespetuosamente alrededor de los indicados, entre colegas y alumnos sonrientes: Otro tiempo, qué duda cabía. El profesor dejaba mujer e hijos, sus restos serían velados en el entierro programado para mañana por la mañana, etcétera. Eso era todo. No se daban mayores detalles y me imaginé el trabajo del periodista para redactar aquellas líneas destinadas a no ser leídas, a servir de envoltura para pescado o a terminar en cualquier vereda de la ciudad con la nítida huella de un taco de goma sobre el titular.

—¿Qué es lo que sabe Martín? —me desplomé sobre un sofá, derrotado porque mis sospechas eran ciertas; primero serían los sociólogos y en el país no quedaban muchos, es decir aquellos cuyas ideas nunca eran bien vistas por los demás. Pensé en Santibáñez: habría que alentarle, sacarlo de ese terco escepticismo que lo mantuvo inmune la primera vez, cuando Martín y yo apenas empezábamos en la enseñanza y le admirábamos la convicción, la inquebrantable fe en sus ideas, el solemne desparpajo con que recibía los insultos y las críticas más ácidas de sus oponentes intelectuales; habría que recordarle las canas, las pequeñas derrotas que iban minando nuestras vidas y haciéndonos más vulnerables a un nuevo ataque: Casi lo mismo que dice el periódico, la voz de Martha me devolvió a la realidad; estaba muy preocupado y toda la tarde intentó comunicarse contigo.

Me encaminé al teléfono.

—No está en su casa. Dijo que lo llamaras mañana temprano.

—¿Adónde iba? —me alarmó la suerte que pudiera correr mi amigo, con Aquello suelto por las calles, con la noche propicia para un ataque y siendo Martín una víctima ideal.

—No lo sé, sólo dijo que tendría cuidado —me explicó Martha rescatando la tacita de porcelana de entre mis manos—. Martín conoce tan bien como tú dónde es más probable un ataque; evitará la universidad. Además no es muy posible que vuelva a aparecer sino en una semana o dos, recuerda cómo fue la primera vez...

La voz de mi mujer no sonaba muy segura, probablemente pensaba lo mismo que yo, que ahora era distinto, que si había vuelto era precisamente porque ya no tenía miedo y —era inevitable pensarlo— había crecido, era más grande, más peligroso.

***

Esa noche evitamos comentar nada más sobre el asunto. Durante la cena intercambiamos algunas palabras sobre la necesidad de comprarle ropa a Fernandito —había que ver la velocidad con que crecía—, del clima asqueroso, sí, tienes razón y a propósito, cuídate esa tos, hace tres noches que te escucho silbar así el pecho; hoy vino la señora Otilia a lavar la ropa, qué barbaridad, qué mujer tan entrometida. Tratábamos de contener con nuestros comentarios triviales la lenta avalancha del espanto que asfixiaba una noche azul y engañosamente tranquila. Pero era en vano, ambos nos sentíamos demasiado tensos para seguir manteniendo aquella absurda complicidad de pásame por favor el pan y fíjate si queda azúcar en el anaquel chiquito. Cada ruido llegado de afuera nos alarmaba, obligándonos a detener el metálico trajín de nuestros cubiertos. Entonces nos mirábamos en silencio buscando tranquilizarnos mutuamente: El señor García nunca encuentra sus llaves; otra vez se ha quedado afuera el perro de los Gómez, pobrecito; pero era en vano, la posibilidad del acecho volvía a desbaratar nuestra mal fingida despreocupación y cada ruido encendía el miedo en los ojos de Martha y estoy seguro que en los míos también.

Casi al finalizar la cena un estrépito de latas caídas irrumpió en nuestra calma de utilería haciéndonos saltar; ya estaba aquí, dispuesto a atacar, sediento de víctimas, buscando entrar por la cocina y armando un alboroto impune para atemorizarnos, hijo de puta. Corrí hacia la puerta y desesperadamente cogí un cuchillo, sintiéndome más desarmado aún con aquel insignificante artefacto para untar jaleas y mantequilla; de cualquier manera estaba dispuesto a enfrentármele aunque sea con mis propias manos. Pensé en Martha y en Fernandito que dormía en su cuarto, ajeno a todo desde la inviolable inocencia de sus seis años; pensé en el viejo Santibañez, en Martín y en Cecilia, compañeros silenciosos de esa lucha diaria cuando la primera vez; pensé en la despiadada burla de su rastro maligno, en la muerte sin reposo de todas mis horas evitando su ataque desde que supe que existía; y ahora *estaba ya aquí*. Abrí la puerta de la cocina con brusquedad casi salvaje pues aflojar las riendas de la cordura erizando mis instintos de lucha me permitía aturdir el miedo que me sofocaba. Me recibió el temor tibio y rosado de mi hijo, en pijama, que sostenía un gato crispado: Perdón, papi, le estaba dando leche y quiso escapar.

Tuve que apoyarme en el umbral de la puerta y traté de sonreír; estaba empapado en un sudor frío y meloso. Martha, que había corrido tras de mí, cogió al niño que se prendió fuertemente de ella, quizá presintiendo el peligro que empezaba a merodear la casa. De repente se encontraba ya afuera y no lo sabíamos; el miedo lo atraía, el miedo y su olor de sopa rancia, el odio que infundía en los que sabíamos de su existencia y también el olor peculiar de algunos libros. Me dirigí a la biblioteca y sin vacilación saqué de los estantes los volúmenes cuyo olor podría atraerlo. Eran cerca de treinta, casi todos material constantemente utilizado para preparar mis clases. Libros que yo cogía con el mismo respeto del que vuelve antídoto el veneno y que Martha miraba con recelo porque sabíamos que años atrás había empezado así: un olor sólo perceptible para aquel olfato agudo y luego, el ataque mortal.

Martha regresó a mi lado después de dejar al niño durmiendo. Vimos el noticiero de las diez y sin transición cambiamos de canal para ver el de las once, con el inconfesable deseo de saber algo más; fue inútil. Nos enteramos que el paro de transporte continuaba por tiempo indefinido, los alimentos escaseaban y la pantalla nos ofrecía serpenteantes colas de varias cuadras que empezaban en las desvencijadas puertas de los Mercados de Apoyo a la Economía Popular; dos ministros habían renunciado en lo que iba de semana y el país continuaba hundiéndose en una crisis sin precedentes —pese a la sonrisa escéptica y lavada de temores del comentarista— pero ni una sola vez se informó sobre el mayor peligro que corríamos.

—Es evidente —suspiró Martha— ese tipo de noticias no le convienen al gobierno.

Antes de acostarnos aseguré bien puertas y ventanas.

***

Dormimos mal. Sentía el sofocado y constante quejarse de mi mujer que daba vueltas en la cama y tuve lástima por ella, por mí, por la impotencia de saber que era preferible no rescatarla de la pesadilla en la que, con seguridad, se hallaba sumida. Hubiera sido peor despertarla y devolverla así a una realidad diurna que empezaría con la lenta irrupción de la mañana, el correr del agua, la radio y las noticias, el café y las tostadas, el mundo ahí afuera; la resignación de caminar la garúa diez, quince, veinte cuadras para los miles que se apiñan en los paraderos absurdos; el asombro congelado ya de tanto observar el paso cotidiano de las tanquetas tras las lunas temblorosas de la oficina; la desesperanza que soplaba por las calles como un viento maligno y ahora Aquello, olfateando que la ciudad entera ignoraba su presencia, que sólo unos pocos (quizá Martín, Santibáñez y yo solamente) habían tomado conciencia de sus pasos rampantes de bestia al acoso, y que ni siquiera estos sabían a ciencia cierta dónde se encontraba, cuándo volvería a atacar, bajo qué circunstancias, quién sería la próxima víctima.

El teléfono repiqueteó insistentemente disipando los vapores de la noche atrapada en nuestra habitación por las cortinas cerradas, cuando la respiración de Martha empezaba a hacerse sosegada. Yo no había pegado un ojo y me sentía algo amodorrado, fumando sin cesar y con un libro del que no había leído más de una página.

Era Martín.

—¿Ya te enteraste? Esta vez la noticia salió en dos periódicos.

Martín, un hombre que rara vez perdía la calma y que en toda ocasión demostraba comportamiento y modales intachables, ni siquiera me saludó; su voz era entrecortada y tensa.

—Sí, ayer Martha me informó. Estábamos muy preocupados por ti ¿dónde fuiste?

—A quemar libros... —y reparando en lo que dije—: ¿Ayer? Yo me refería a lo de hoy día.

Me senté y de la arrugada cajetilla extraje un cigarrillo. Era el último.

—Explícate.

—Ayer fue un profesor de Sociología, San Marcos —Martín hablaba atropelladamente, casi confeccionando un telegrama—. Una insignificante noticia en un periódico...

—de oposición —concluí yo, instándole a hablar.

—No explicaron gran cosa. Hoy fueron tres más; dos profesores de la del Pacífico y uno de nuestra universidad.

—¿Quién era? —le pregunté a quemarropa, aunque estaba seguro de la respuesta.

—Santibáñez.

El círculo se cerraba. El próximo podía ser cualquiera de los dos, por lo menos la posibilidad crecía alarmantemente, de ahí la agitación que dominaba a mi amigo, normalmente un frío y meticuloso crítico de Literatura; la muerte de Santibáñez debía haberlo trastornado. Nos quedamos unos segundos sin atinar a decir nada. Afuera la llovizna golpeaba con terca obstinación las lunas y los techos de los edificios, escurriéndose como tentáculos grises por las paredes, enfangando calles y letreros, cubriendo la ciudad con un manto turbio que zigzagueaba por las veredas empozándose en las grietas y desniveles del asfalto. Quedamos en encontrarnos en el lugar de siempre, Martín dijo tener un plan y era urgente que conversáramos; antes de colgar traté de tranquilizarlo aunque sin mucha convicción: mis temores de la noche anterior eran confirmados; había vuelto luego de un sueño provechoso, había vuelto hambriento y más grande. Había percibido la escasa resistencia que se le ofrecía y rondaba sin temor las universidades, eligiendo sus presas con regodeo anticipado. Luego serían los institutos, los centros culturales, en fin, la intelectualidad entera. Cuando llegara a atacar colegios y academias sería demasiado tarde (en el hipotético caso de que quedara alguien para combatirlo); en las fábricas y en las oficinas, en las empresas y en los ministerios ya habría hecho presas fáciles. Me imaginé un mundo de hinojos aplacando su hambre tal como exigían los lunáticos que lo adoraban.

Martín me había citado en el Café cercano a la universidad de la que éramos profesores, y al que acudíamos con frecuencia. Al colgar me encontré con los ojos despavoridos de Martha, apoyada en el umbral de la puerta del dormitorio. Instintivamente se había llevado una mano al pecho, como buscando aliviar la opresión, el ahogo que crispaba su rostro. Comprendí que ya no era la jovencita con la que me casé diez años atrás; la encontré demasiado pálida, el cabello recogido en un moño apresurado que dejaba escapar algunas hebras castañas. Una infinidad de arrugas avejentaba aquel rostro en el que hasta hacía poco se mantenían firmes las pinceladas de su belleza. Me acerqué a ella y la abracé con ternura, intentando protegerla y sentí que su firme apretarse contra mi pecho era más protección que deseo de ser protegida.

—Voy a hacer café —compuso la voz en la que pude percibir una nota crispada, un intento por no derrumbarse. Mis manos se quedaron con el recuerdo demasiado efímero de su fragilidad.

Caminé hacia la cocina y mientras seguía el mecánico quehacer de mi esposa con los trastos, le conté en pocas palabras la conversación sostenida con Martín. Evité referirme a Santibáñez; Martha lo conocía y el saber que se hallaba entre las víctimas hubiera sido demasiado para ella.

—¿Qué piensan hacer? —su voz había recobrado en algo la serenidad.

Confesé que aún no tenía muy claro cómo podríamos enfrentarnos y se lo dije sin ambages; ambos sabíamos que tarde o temprano —más temprano que tarde a juzgar por la celeridad con que se habían sucedido los ataques— llegaría hasta nosotros, husmearía nuestra aversión y eso lo excitaría igual que a una fiera olfateando el miedo de su presa. A medida que hablaba iba apoderándose de mí un odio incontenible. La primera vez que estuvo entre nosotros, cuando sólo conocíamos de sus ataques por las noticias que traían los que regresaban del exterior, noticias que nos parecían absolutamente irreales por la lejanía, por las condiciones tan disímiles que imperaban en aquellos países donde atacaba, había acabado con muchos colegas, varios de ellos amigos míos. Ahora se trataba de Santibáñez. El próximo podía ser Martín o con mayor razón yo, qué más daba. Se sabía fuerte, poderoso, nadie le era rival, sus ataques de ritmos angulosos y elásticos no dejaban huellas, sus víctimas no lo eran nunca. Nada era cierto y todo confuso, la realidad se volvía ante su presencia un puerto inaccesible y sombrío. Ni Martín ni yo estábamos dispuestos a dejarnos atrapar sin presentar lucha. Ofuscado caí en cuenta que me estaba resignando a ofrecer una batalla perdida.

Antes de salir rumbo a la cafetería donde me esperaba Martín le indiqué a Martha que envolviera en plástico los libros que había separado la noche anterior y que los llevara ella misma a algún lugar, lejos de posibles curiosos, donde pudiera quemarlos.

Al llegar a la puerta oí su voz desde la cocina, pidiéndome algo que no recordaba haberle oído nunca con tanta preocupación:

—Cuídate.

***

Afuera me recibió el aire cortante de la mañana. Una turbia llovizna enfangaba las calles con esmerada fiereza, desde hacía dos días más o menos, formando una pasta lodosa que salpicaba bajo la presión de los neumáticos y formaba un reborde negro en los zapatos de la gente apiñada en los paraderos, gente que esperaba en vano ver aparecer por la esquina más alejada de la avenida la trompa resoplante de un microbús. Un vaho respirado muchas veces atravesaba las calles y tras los montículos de basura acumulados por tres semanas de huelga municipal emergían las figuras decrépitas de niños de rostro avejentado, que recogían en un costal mugroso lo que les parecía aún utilizable, mordisqueando un pan seco o lechugas descompuestas. Los buses del servicio estatal que aún rodaban por las calles no eran suficientes para transportar tantas personas dispuestas a pagar lo que sea con tal de no perder su trabajo por límite de faltas, eficiente excusa de empresas y fábricas para cerrar por quiebra, y en cada paradero recibían golpes airados e insultos de quienes no tenían la suerte de poder subir. Se rumoreaba que de persistir la huelga de transportistas camiones del ejército recorrerían las arterias principales de la ciudad para aliviar en algo el problema. Como si se tratara de una marcha, una protesta contra la realidad, la lógica, lo normal, grupos desesperados de gente caminaban en dirección opuesta —una especie de conjuro para reingresar al pasado— con la absurda esperanza de encontrar en los paraderos iniciales algún microbús. Muchos se resignaban a recorrer los varios kilómetros hasta la oficina, la fábrica, la tienda, y ya ni siquiera volteaban intentando detenerme a mí o a los que como yo viajaban en automóvil particular —lujo condenado por el propio presidente—, confundiéndonos con taxis. Consternado, intenté llevar algunas personas en mi auto, pero apenas aminoré la marcha corrió hacia mí un tropel de estudiantes, empleados, obreros y secretarias en los que la frecuencia de las huelgas y paros habían dejado un aire de populazgo fraterno que los hermanaba sin distinciones: Una rubia jovencita se prendió de la manija posterior del auto y la mano cobriza de un hombre la arrancó sin mayores contemplaciones. Todos vociferaban desesperados y peleaban, aullando por subir. Tuve que alejarme de allí mientras contemplaba por el retrovisor la realidad demencial en la que se hallaba sumido el país, reflejada en esos rostros congestionados en los que una situación sin precedentes iba minando lentamente todo vestigio de dignidad en las personas.

***

Martín bebía café en una mesa alejada, acomodado en la penumbra cálida de aquella cafetería en la que el infrecuente olor del jamón y el aroma del express reducían nuestras preocupaciones por breves momentos. Supe de inmediato que ese ambiente de mentiras aromáticas, construido por una necesidad urgente de sentirnos todavía vivos, ya no existía más. Lo noté en la tensión que se dibujaba en el rostro mal afeitado de mi amigo, en el cigarrillo que temblaba ligeramente en su diestra, en la gravedad de sus gestos. Tuve la certeza maligna de que ya no nos quedaban espacios, como cuando solíamos reunirnos a desayunar allí, comentando noticias para no perder contacto con la esperanza de una vida mejor, y luego cruzábamos a la universidad, Martín rumbo a sus clases de Literatura y yo a tratar de desbaratar el desaliento de mis alumnos en clase de Sociología Peruana. A veces prolongábamos nuestras charlas por más tiempo del permitido, generalmente ocupados en desentrañar el alambicado despliegue técnico de alguna novela contemporánea o simplemente discutiendo de fútbol, mundana afición que nos dominaba sin mayores pretensiones.

Durante años nos reuníamos en aquella pequeña cafetería, en un principio porque la preferíamos al bullicio académico que imperaba en la de la universidad, y luego porque hasta en nuestros silencios compartidos latía la tácita promesa de no dejarnos doblegar por el desaliento que soplaba puertas afuera. A veces llegaba Santibáñez y entonces las charlas se prolongaban durante horas en una relación que bajo la afabilidad de nuestras bromas y chanzas era conciencia pura y siempre presupuesta del acecho innombrable.

De vez en cuando, incluso, llevábamos a Martha y a Cecilia para volver a sentirnos jóvenes, para sacudir la tensión de nuestros días en los que parecía haberse detenido un invierno maligno y sin concesiones, cargado de presagios y noticias alarmantes, de alzas continuas y disturbios, de saqueos, movilizaciones, paros y rumores que engordaban en las conversaciones cotidianas, una cadena de espanto que estremecía de extremo a extremo la ciudad. En la cafetería conversábamos de literatura, de cine, de nuestros siempre aplazados proyectos, de los viajes de Martín y de mil cosas sin importancia, siempre evitando pisar los casilleros del presente, jugando un ajedrez de locura, tratando de mantener cerradas las puertas de un futuro lóbrego y desatinado. Pero en algún momento alguien bajaba la guardia y soltaba un comentario sobre la última huelga de las textiles, la barbaridad que costaban los cigarrillos, el último ataque terrorista o la escasez del azúcar. Imposible mantener dos o tres horas de charla sin tocar alguno de esos hilos que conducían a la situación general del país, arrastrados por el peso invencible de la realidad. Entonces se hacía un brusco silencio porque la presencia de Aquello asomaba el hocico por las lunas que daban a la calle; el temor de que el clima empezaba a hacerse propicio para sus ataques, que volvería para cercarnos más y más cada día que pasaba, rondando con su mal humor de entierro, y que en cualquier momento despertaría.

Ese momento había llegado.

(*Cuentario y otros relatos*)

DESPIDIENDO A FELIPE

CARLOS DÁVALOS

Llego a casa y lo único que quiero hacer es tirarme en mi cama a dormir toda la tarde. La jornada estuvo atroz, estuvimos marchando todo el día y para colmo salió sol. Cuando entro veo que no hay nadie en el comedor, por lo general siempre está mi familia reunida, almorzando. Qué raro, pienso. Al subir a mi cuarto encuentro sobre mi cama un terno negro y sobre él, una nota. Es la letra de mi madre.

> Hijo:
>
> Hoy es el entierro de tu tío Felipe. La misa va a ser en la parroquia del María Reina, a las cuatro. Seguro que te habías olvidado, ¡ay amor! tú siempre tan volado. Te estuvimos esperando, pero como no llegabas nos tuvimos que ir. Este es el terno que te debes poner, nada de jeans y esas cosas. Así que apúrate. Pobre de ti que no vayas, te quedas sin carro el fin de semana.
>
> P.D. Te puedes llevar mi carro, pero maneja con cuidado. Fíjate que estás sin brevete.
>
> Tu mami.

¡Mierda! Esto era lo único que me faltaba. Justo ahora que estoy muerto de cansancio. Lo peor de todo es que al huevón del tío Felipe ni lo conozco. Lo he visto un par de veces hace un culo de tiempo cuando apenas tenía uso de razón y a las justas me acuerdo de su cara. Sé que vivía fuera y se mató la semana pasada de puro desesperado. Había conseguido casarse con una modelo (que, según me contaron, estaba buenaza). Pero el compadre sufría de impotencia y por más pastillas, hierbas y aparatos que utilizó nunca se la pudo tirar. Ahora tengo que ir, no quiero quedarme sin plata y sin carro para el fin de semana.

Me meto un duchazo. Utilizo agua fría para que se me quite la modorra, al salir del baño siento que mi estómago hace ruidos extraños. Es el hambre. Le paso la voz a Juanita y le digo que me prepare el almuerzo, hay tiempo. Me pongo el terno. No sé cómo han hecho, pero me queda exacto, siento que si me dan una orquídea estaría listo para ir a la fiesta de promoción. Bajo. En la mesa del comedor está mi almuerzo servido. Veo la hora y son cinco para las cuatro. Acabo al toque y subo de nuevo para cepillarme los dientes. Cuando vuelvo a bajar prendo el Civic de mi madre. Todavía tiene ese olor a nuevo que me encanta. En la radio anuncian, de repente, el entierro del tío Felipe, dicen que los restos del ilustre empresario peruano van a ser enterrados en los Jardines de la Paz. Me cago de risa, no sabía que el huevón era tan conocido.

Antes de ir a la parroquia pienso en pasar por el Fiqui, a que me venda un poco de coca. Cuando llego a su casa meto un par de silbidos, es como la contraseña. Al minuto sale el Fiqui. Está con un buzo y descalzo, tiene la barba crecida de un mes, y una pinta de drogadicto que nadie se la quita. Se acerca al carro y me da la mano. «Qué tal, compadre», me dice, «¿como es hoy?». Le pido veinte soles de la de siempre. «*No problem*», me dice y se mete a su casa de nuevo. Espero. Siento que sería imposible soportar toda la tarde sin un poco de cloro, me ha pasado ya varias veces. A los cinco minutos se vuelve a abrir la puerta de su casa. El Fiqui sale con las manos en los bolsillos. Mira a un lado y al otro. Empieza a caminar de lo más tranquilo en dirección a mí. Cuando llega, saca las manos de los bolsillos y a la vez que se apoya en la puerta, suelta la mercancía que cae sobre mis muslos. Le pago. Veo que son dos falsos, cada uno de diez soles, supongo. No la reviso porque el huevón ya es de confianza y yo soy algo así, como su casero. Me despido y le digo que estaré regresando el fin de semana.

El camino lo hago en cinco minutos. El carrito sí que está de puta madre y corre como los dioses. Al llegar, el primer problema es la estacionada. Todo está lleno de carros y se ve mucha gente. Para mi suerte un carro sale de la farmacia Deza y me puedo estacionar ahí. Se acerca un tipo y me dice para lavar el carro, yo le digo que sólo lo cuide. Entro a la farmacia para no hacer roche y crean que vengo a comprar. El lugar parece más un supermercado que una farmacia, venden de todo. Decido comprar una gaseosa. Veo la hora: cuatro y veinte. Empiezo a caminar con dirección al colegio; el sol, como nunca está matando, a pesar de estar en julio. Llegando al lugar encuentro un montón de gente que está escuchando a un padre que junto al ataúd está recordando al tío Felipe, dice algo así como que fue un ilustre empresario que luchó por el progreso del país y que gracias a él se crearon muchas fuentes de trabajo, bla, bla, bla.

No han pasado ni cinco minutos y ya me aburrí. Dentro de toda la gente que hay no veo a nadie conocido, imposible ubicar a mis padres. Algunas viejas están llorando con pañuelos en la mano, aunque se les nota fingidazas, llegan a conmover. El padre empieza a dar la bendición a todos los asistentes y a mí me entran unas ganas de cagar increíbles. No lo puedo evitar, el almuerzo de Juanita empieza a hacer efecto, creo que le eché mucha mayonesa. La gente se empieza a santiguar y hacen una cola para ver al muerto y darle el pésame a la esposa que no la puedo ver. Yo trato de ubicar el baño, pero con tanta gente me es imposible. Me alejo de la multitud, le pregunto por el baño a un tipo que parece trabajar en limpieza y este me lo señala. Acelero el paso y entro. Cuando me percato de que hay papel higiénico me siento a cagar.

Al terminar salgo y me lavo las manos. Me doy cuenta de que me he tirado más de veinte minutos ahí dentro. Me acuerdo de la cocaína y decido probarla. Me acerco a la puerta y le echo seguro. Saco de mi billetera la pequeña envoltura y vacío un poco del contenido en una tarjeta de crédito que ya no utilizaba mi madre y se la cogí de la cartera. Trato de acomodarla lo mejor que puedo y meto una aspirada que me descongestiona la nariz por completo. Veo que el Fiqui no me ha engañado, como siempre me ha vendido de lo mejor que tiene y además me doy cuenta de que me ha dado un poco más. Para emparejar aspiro un poco más por la otra fosa nasal. Pienso: esto es el mejor descongestionante, qué gotas ni qué ocho cuartos. Vuelvo a guardar todo en mi billetera y me percato de que no quede ningún residuo.

Salgo y ya no veo a la gente, el lugar está vacío. Me fijo dónde está el ataúd y veo que a su lado está la que debe ser la esposa. Un par de señoras que son las últimas en darle el pésame, vienen en dirección contraria a mí y salen por la puerta a la calle. La esposa ya me vio, o sea que no me queda otra más que acercarme. Me meto las manos a los bolsillos y acelero un poco el paso. La tipa está sollozando, pero no lo hace escandalosamente. Estoy pensando en qué le voy a decir, siempre es un problema eso de saludar a los parientes de un muerto, no sabes qué decirle, me parece recontra hipócrita eso de «lo siento», cuando en verdad te da igual si se murió o se ganó la lotería.

Al acercarme me empiezo a poner nervioso. La tipa es un mujerón, no hay duda que el tío Felipe se mató con razón, yo hubiera hecho lo mismo. Tiene el pelo rubio oscuro y es bastante alta, sus ojos color caramelo están llenos de lágrimas. Está, obviamente, vestida toda de negro, pero trae una minifalda que le dejan ver sus piernas que son perfectas. Al acercarme le doy un abrazo, pero no le digo nada, sólo le sobo la espalda. Ella interpreta mi silencio y me da las gracias. Su voz le salió algo quebrada, supongo dos cosas: o que realmente siente la muerte de su marido o estuvo ensayando toda la semana.

—Sois el hijo de Rossy y Andrés, ¿no? —me dice de repente con un acento que no es de acá, lo que me sorprende. No sabía que la tipa era española.

—Sí. ¿Cómo lo sabes?

—Tus padres me dijeron que venías en un momento y ese parecido a tu padre nadie te lo quita.

Es algo que tengo que cargar para toda la vida, si alguna vez tuviera que negar mi origen paternal, no podría, estoy condenado hasta morir. Se hace un silencio que incomoda, trato de salir diciéndole que nos vemos en el cementerio, le doy un beso en la mejilla y me doy media vuelta.

—No quieres ver a tu tío por última vez.

Era justo lo que no quería, ver un muerto. No me queda otra, le digo que está bien. Ella levanta una parte del ataúd y yo me acerco. Lo veo. Me entra un escalofrío y un poco de náuseas que logro controlar en el acto. Está casi transparente, su cara está hinchada y tiene como un tajo en el cuello que es lo que quedó después de la ahorcada. Le han puesto algodones en las fosas nasales y en la boca. Lo que sí, trae una cara de arrecho única, se ve que no la veía hace tiempo, el pobre. Mira huevón, pienso, tanta plata y no poder tirar, qué jodido, tío, reza por mí para que eso nunca me pase.

Unos tipos se acercan y levantan el ataúd, están los cuatro vestidos igual. Aprovecho para retirarme. La viuda sigue a los tipos que salen con el ataúd en los hombros y se dirigen a la calle donde está toda la gente esperando a que el muerto salga para seguirlo en caravana. Yo me meto al baño por una línea más que la necesito urgente, eso de ver al muerto me rayó un poco el cerebro. Ya adentro, jalo un buen poco, cuando de repente, de la caseta del water, sale alguien. Mierda, pienso, no me había dado cuenta de que alguien estaba dentro. Trato de guardar todo desesperadamente, pero es imposible, me pillaron. El tipo es un señor cincuentón, gordo, pelado y con unos bigotes bien cuidados. Trae unos lentes por donde me ve medio sorprendido cuando se da cuenta de lo que estaba haciendo. Yo trato de hacerme el cojudo lo más que puedo, pero los residuos en mi nariz me delatan. El tipo abre el caño y empieza a lavarse las manos y me mira por el espejo. Yo algo sonrojado me doy la vuelta y decido irme cuando siento que me habla.

—Tú eres el hijo de Andrés y de Rossy, ¿no es cierto?

Volteo sorprendido. Me acerco. El tipo sonríe.

—Sí.

Levanta su mano derecha y la apoya sobre mi hombro.

—Sobrino. Yo soy primo de tu mami, ¿no te acuerdas de mí?

Ni idea, su cara me es tan desconocida que dudo de lo que me dice, pero cuando me empieza hablar de mi madre y de mi infancia, caigo con que algo suyo tengo que ser.

—Yo te he visto en pañales, compadre, hasta te los he cambiado.

—Seguro, pero no me acuerdo.

—¡Bah!, qué importa. Oye, sobrino, no tendrás algo que te sobre para este pobre viejo.

—Justo, era lo...

—No querrás que tu mami se entere de que su hijo anda metido en estas cosas.

El huevón ya me cagó. No hay cosa peor que invitarle a quien no quieres, pero no me queda otra, lo merezco por descuidado.

—Bueno, creo que acá me queda algo todavía.

—Ese es mi muchacho. Sabes cuando yo era chiquillo, así como tú, también le metía duro a la pichicata. Estaba de moda la huevada, todo el mundo la usaba, ahora veo que sigue vigente.

Le pongo la tarjeta con algo de cloro y se lo ofrezco como diciendo «jala y no jodas». El compadre la coge y jala con desesperación.

—¡Ah!, qué bueno está esto, tú sí que sabes conseguir de la buena, muchacho. ¿Cómo me decías que te llamabas?

—Pablo.

El tío ya me cansó, si no fuera porque tenemos la complicidad del cloro ya lo hubiera mandado a la mierda hace rato. Pero esta vaina nos tiene como unidos, a mí más jodido que a él obviamente, pero unidos por el mismo delito. Guardo todo y me limpio la nariz. Para mi suerte el tío se metió lo último que quedaba del primer falso, así que ha visto cómo se ha acabado.

—¿No tienes más, sobrino?

—No, era lo último que me quedaba.

Cuando termino de fijarme que no haya ningún residuo extraño, salgo del baño. Dentro, donde se estaba velando al muerto, ya no hay nadie, sólo una monja que pasa a unos metros. Camino hacia la calle y veo que ya no está el carro funerario. La cantidad de carros que había ya no está, seguro que todos se han ido detrás del muerto. Me acerco a uno de los chicos que cuidan los carros y le pregunto hace cuánto han salido y me dice que no más de cinco minutos. No hay problema. Decido esperar un rato más para darles tiempo a que avancen, no me gustaría estar yendo en caravana a veinte por hora. Cruzo la calle y me acerco al auto, el sol ha cedido y el terno ya no me incomoda tanto, como que se ha amoldado a mi cuerpo, puedo esperar dentro del carro sin ningún problema. Cuando de repente escucho un grito que me llama. Volteo. Veo al jodido compadre, que dice que es mi tío, cruzando la pista.

—Espera —me dice.

Hago un gesto de desagrado y no hago nada por evitarlo. Está trotando hacia mí en medio de la pista. La escena es realmente patética, su barriga se mueve de arriba abajo, su calva brilla. Viéndolo bien se parece a Danny de Vitto. Me río. Es mejor que amargarme la vida, ya suficiente he tenido con haber venido hasta acá.

—Sobrino, méteme una jaladita al cementerio, mira que estoy sin carro.

Caballero, no más. Asiento con la cabeza y veo que el tío saca un pañuelo y se lo pasa por toda la calva limpiándose el sudor. Estando dentro del carro le digo que vamos a esperar un rato para darles tiempo a que avancen, para no llegar antes que todos. Me dice que no hay problema. Enciendo la radio y pongo algo de música suave. Tiro mi asiento hacia atrás y pongo las manos detrás de la nuca, le digo que si quiere haga lo mismo. Me imita. Me empieza a entrar flojera y cierro los ojos. Empiezo a recordar lo que pasó esta mañana en el colegio a la hora de la marcha, cuando me hicieron hacer más de cien ranas por hablar en la fila. Fue horrible hacerlas con el sol que, raramente, había salido, y con el uniforme que no ayuda para nada. Después me hice el que me dolía el estómago y me fui a la enfermería, pero a la media hora vino el de normas educativas y me sacó diciéndome que otra vez no se la hacía.

—Sobrino, ya vamos. Se hace tarde.

Abro los ojos y me doy cuenta que he cabeceado un buen rato. Me había olvidado que el compadre estaba a mi lado y que tenía que ir al entierro. Veo la hora y son cinco y veinte. En la radio suena *Fell on Black Days* de Sound Garden. Levanto nuevamente el asiento y veo que voy a tener que correr para llegar a tiempo, aunque sea para el momento en que lo están tapando. Prendo el carro. El chico que cuida se acerca y me hace señas para salir, yo saco un sol de mi bolsillo y se lo doy. Cojo la Conquistadores hasta llegar a la Javier Prado, ahí piso a fondo.

—Qué rico carrito, qué bien corre. ¿Es tuyo?

—No, de mi vieja.

—Debe estar dolida por la muerte de su hermano.

—Ni tanto, no se llevaban bien y estaban algo distanciados. Pero sí, en algo le ha afectado.

—Qué tal historia la de mi primo, ¿no? Suicidarse por no poder tirarse a su mujer. Qué jodido, ¿no crees?

—Sí, debe serlo.

—Pero hay algo más, sabes. Algo que sólo muy pocos saben.

—¿Qué?

Volteó y lo veo con unas ganas de soltar todo lo que sabe, de contarlo todo.

—Te lo voy a contar porque me caes bien y sé que eres de confianza y, además, es bueno que lo sepas para que veas cómo era en verdad tu tío Felipe —enciende un cigarrillo—. Mira, tu tío no sólo se mató por eso. Lo que nadie sabía es que a él también se le quemaba el arroz, o sea tú me entiendes, pateaba con las dos piernas.

—¿Quieres decir que era cabro, maricón?

—Exacto, Pablito, a tu tío le gustaban los hombres a mil, era una loca. Imagínate, una vez me invitó a una fiesta en su casa de playa en el sur. Quiso que yo atracara con él. La huevada no era una fiesta, era una orgía sobrino, todos contra todos, había traído a unos tipos de no sé dónde: grandazos y fuertotes que le bailaban. Yo no atraqué, por supuesto, le dije que yo no era de esos y así que se disculpó y me dijo que siempre había pensado que yo era como ellos, pero que lo perdonara por el error y para recompensarme me sacó una chola pintada de rubio, despampanante, que me la terminé culeando. Y me dijo que por favor no se lo contara a nadie.

Lo escucho y no sé si creerle. Pero analizo la situación y llego a la conclusión que no tiene por qué mentirme, no hay razón alguna. El tipo en este caso se ve sincero, me ha revelado un gran secreto. Además el tío Felipe ya está muerto y no puede ser para perjudicarlo.

—Entonces, quieres decir...

—Jorge, llámame Jorge. Mira, hemos compartido tanto y ni siquiera sabías mi nombre.

—Entonces, Jorge, ¿quieres decir que la española era pura pantalla?

—No tanto así, él, después, me confesaría que sí le gustaban las mujeres, pero que los hombres le alocaban —me dice y se ríe.

—¿Entonces no se mató porque no podía tirarse a su mujer?

—En parte sí, pero él estaba enamorado de un tipo, un empresario igual que él, que lo abandonó al enterarse de que era impotente y no sé qué más, todo un lío entre ellos. Tu tío no lo soportó y se mató.

Aunque al tío Felipe no lo conocí bien, tengo que reconocer que la historia me ha afectado en algo, además de lo inusual que es y hasta lo graciosa que puede parecer. Y sobre todo porque ha sucedido en una familia que es tan conservadora como la de mi madre, que si se entera de la verdadera historia se muere del horror. Por mi parte me ha dejado pensando. Uno suele hablar de las personas cuando ya están muertas y en este caso no es la excepción. Todos hablan ahora del tío Felipe como si fuera una especie de héroe. Todos parecen sentir su muerte y comentan lo catastrófica que fue. Pero muy pocos saben la verdad y si la hubieran sabido en vida lo hubieran rechazado, eso seguro. Lo sé porque conozco de qué pie cojea la familia, que si dejas de ir a misa un domingo te miran feo. Pero ya está muerto y mejor es dejarlo así, sin que nadie se entere.

Llegamos al cementerio y estoy en segunda subiendo el cerro. La subida es en forma de caracol y todo se ve verde. En la parte de arriba es donde está, en sí, el cementerio. Este es el primero de estilo americano que hay en el Perú, donde realmente entierran al muerto debajo de la tierra. Donde todo es verde y la vista es realmente preciosa. El carrito responde bien a la subida. Llegando, lo estaciono. Bajamos. Corre un viento espantoso que hace flamear todo el terno y a mi pelo despeinarse. Desde acá arriba se puede ver casi toda la ciudad. Es impresionante. Podría quedarme horas de horas viendo todo ese paisaje sin inmutarme. Veo que el compadre de Jorge se adelanta y se dirige donde está todo el tumulto de gente, no me apresuro en seguirlo, más bien espero a que llegue. Empiezo a caminar y el viento me cae de lado tirándome todo el pelo hacia un costado. Eso me hace recordar que para la marcha del 28 de Julio me han dicho que me lo corte, no sé si lo haga, peor aún, no sé si vaya a marchar, prefiero que me jalen en conducta. No sé por qué obligan a los alumnos a marchar en fiestas patrias, deberían prohibir eso. Es casi inhumano. Ni que fuéramos soldados.

Llego justo cuando están terminando y están poniendo flores sobre el lugar del entierro. A un lado, dos tipos con uniforme del lugar se limpian el sudor y ordenan las palas y los instrumentos que utilizaron para enterrar al difunto. Se pueden escuchar algunos sollozos. Trato de ubicar a mis padres. No los veo. Un padre se acerca vestido de negro y con una Biblia en la mano. Empieza a hablar. Encuentro a mis padres que están del otro lado. Hago un amague para que me vean. Cuando lo hacen, mi madre me saluda con la mano y me hace una seña señalándome el reloj. Le hago un gesto de resignación y todo queda ahí. Me tenían que ver, si no, no me creían que había venido. Sentada cerca del ataúd veo a la viuda, la quedo mirando. De repente levanta la mirada y nos quedamos mirando un rato.

El Padre está hablando del tío Felipe. Sólo habla maravillas de él, del ejemplo que era para los demás. Siento que todo esto es una farsa, que no tiene sentido. Si el Padre ese hubiera sabido que el tío Felipe era gay, no lo hubiera aceptado, no sé, si siquiera estaría hablando así de él. Pero a veces hay que ocultar las cosas para ser aceptado, eso es lo jodido.

Me alejo un poco del tumulto, ya no quiero oír. En verdad, no sé qué hago acá. Me siento un hipócrita más, un huevón más que vino para que después, en la siguiente reunión no lo miren mal por no haber asistido. Estoy acá y punto. Para que el fin de semana no me dejen sin auto, esa es la verdad, no hay más. El tío Felipe me importa un bledo.

Me alejo.

Pienso en ir al baño y terminar con el otro falso de coca que aún me queda en la billetera. Mi participación en esto se terminó, mi madre me vio y está todo conforme. Cojo el auto. El baño está dos vueltas abajo del cerro, así que si voy caminado llego mañana.

Al llegar bajo me acerco al baño y veo que está cerrado. Trato de encontrar a alguien que pueda tener la llave. No hay nadie. Justo afuera del baño hay una máquina que bota latas de gaseosa y dos teléfonos públicos, pero ni una persona. Estoy ansioso por meterme un tiro, pero no me atrevo a hacerlo ahí afuera, me cago de miedo que alguien venga. Miro al frente y veo que la capilla está abierta. Me empiezo a acercar. Es bastante grande para ser una capilla, ya parece una iglesia. Entro. Veo que no hay nadie, sólo alguien que está en la primera fila arrodillada, seguro que rezando. Pienso que no hay mejor oportunidad en usarla para jalar. Pero busco un lugar que sea seguro. Con la mirada veo que a los lados están los confesionarios. Están vacíos. Empiezo a caminar en punta de pies para que el eco de los tacos de madera no haga bulla. Ya dentro saco mi billetera y la cocaína. Por un instante siento un pequeño remordimiento en utilizar ese lugar para drogarme, pero pienso en que se han hecho cosas peores en ese tipo de lugares. Detrás mío está la estatua de San Martín de Porres. El negro parece verme y pedirme un tiro, «mi escoba por una línea», pienso, y me cago de risa.

Jalo.

Cuando termino vuelvo a guardar todo. Prendo un cigarrillo y me quedo ahí, sin ganas de salir. Después de todo pienso que no es tan malo estar dentro de un confesionario. Se respira cierta paz y tranquilidad que roza con lo divino. Me imagino lo que me diría un Padre si le contara las cosas que hago, como eso de venir duro al entierro de un tío gay al que nadie en verdad conocía. Seguro que me diría: reza diez Ave Marías y cinco Padre Nuestros, y no peques más. Así de simple, creerá que con eso solucionó todo, entonces yo me iría, rezaría y luego volvería a hacer lo mismo. Es lo que hace todo el mundo. Creo que nunca más me voy a confesar en mi vida.

Cuando me doy cuenta veo que casi he terminado con el resto de coca que me quedaba. Veo mi reloj y me percato de que ha pasado poco más de una hora, casi sin darme cuenta. Esto de pensar en la religión me ha hecho perder la noción del tiempo. Arriba en el entierro ya no debe haber nadie. Mejor, pienso. De repente siento pasos que se acercan. Pienso que podría ser algún sacerdote y se me pone la piel de gallina. Me quedo dentro y no abro la puerta para nada. Los pasos se sienten con mayor intensidad. Me quedo dentro esperando, cuando la puerta se abre. Levanto la mirada y veo a la española, esposa del tío Felipe. Me quedo mudo, no sé qué decir. Ella entra y vuelve a cerrar la puerta. La noto extraña. No me dice nada. Trae una cara de aguantada que lo dice todo. Me empieza a bajar el cierre y me la empieza a correr. Yo me quedo atónito, paralizado. Sin posibilidad de reaccionar. No le digo nada. Estoy algo duro, así que me cuesta trabajo excitarme, desearía un huiro para desarmarme. Al cabo de un rato me suelta y se empieza a bajar las pantys y el calzón. Ahora yo estoy que la quiero reventar. No le digo nada, no la vaya a cagar. Estamos incomodísimos, pero se logra poner sobre mí.

Mientras la veo encima mío me acuerdo del tío Felipe, aunque no me acuerdo bien de su cara me lo imagino en el cielo, masturbándose viendo la escena.

Cuando terminó se fue sin decir una sola palabra, sólo se arregló y se fue. Yo luego salí y no vi a nadie fuera. Ahora estoy en el carro, confundido, pensando en lo que pasó. Lo peor es que no abrió la boca para nada. Estoy camino a casa. Ya ha oscurecido y se siente un poco de frío. Antes de llegar, me acuerdo del pelo y decido pasar por la peluquería a cortármelo, no sé por qué lo hice. Al llegar a casa subo directo a mi cuarto, mis padres me llenan de preguntas de por qué llego tan tarde, pero no les respondo. Al entrar cierro la puerta y me quito todo lo que traigo encima. Abro mi mesa de noche y busco un Diazepán que espero me ayude a dormir. Voy al baño y me lo tomo con un trago de agua del caño. Me echo en mi cama y cierro los ojos. Trato de dormir, que es lo que debí hacer en un principio, y sólo espero no soñar con el tío Felipe.

(*Nadie sabe adónde ir*)

MATACABROS

SERGIO GALARZA

No importaba el día que fuera, pero mejor si era viernes o sábado. El grupo se reunía en la misma esquina de siempre, a esperar a que Polo, el único con carro, pasara a recogerlos. ¿Para qué? ¿Para ir a huevear a Barranco o a Miraflores dando vueltas como unos fracasados? ¿Para ruquear? No, muy pasado de moda. ¿Para hacer alarde de que ellos ya andaban sobre cuatro ruedas, mientras que los demás seguían a pie? Menos. ¿Entonces? Pues para levantar cabros, ¿y culeárselos?, nada que ver, ni que fueran unos degenerados. Ellos se los levantaban para darles un escarmiento.

Eran como la *Hermandad de la Justicia*. Polo se parecía bastante a Keaneu Reeves, con esa cara de chico bueno e inocentón que les fascinaba a las hembras de quince para abajo, aunque él no era el jefe. El jefe era Kurt, el enigmático del grupo, siempre vestido de negro y con la cabeza rapada en forma de una esvástica, al estilo skinhead. Su rostro denotaba dureza y cuando decía algo jamás lo repetía dos veces. Largarto y Apache completaban el cuarteto. De estos no había mucho que decir, salvo que eran fumones, les jodía el estudio y el riesgo los atraía con la fuerza que puede ejercer el vacío sobre un suicida.

—¿Y? ¿Adónde vamos? —pregunta Lagarto.

Es viernes. La noche está agradable, como que es verano. Polo al volante, tranquilo pero ansioso de que la acción comience ya. Van por la Benavides.

—¿Qué tal el Spa? —propone Apache, arreglándose las solapas de su casaca a lo James Dean.

—No mejor, vamos al Vogue-Vogue —vuelve a intervenir Lagarto.

—¡No seas huevón! —voltea Kurt, que va de copiloto.

Tiene razón, ya los conocen ahí. Hace dos semanas que fueron por última vez.

Estaban sentados en una mesa. Un grupo de cabros, altos, morochos, con sus minifaldas al tope y blue jeans al cuete, escandalosos como ellos solos, no dejaban de mirarlos. El plan era el que todos conocían. Sacaron a bailar a los cabros, confundiéndose entre la muchedumbre, tratando de separarse lo más posible pero sin perderse de vista. Las paredes estaban decoradas con luces de neón, que formaban figuras de hombres desnudos acariciándose unos a otros. En la pista de baile, los cabros ensayaban sus mejores pasos, disforzándose a más no poder. Un par de lesbianas agarraban escondidas en un rincón. La discoteca no era exclusivamente de cabros, como estaba escrito en el cartel de la entrada: SÓLO PARA HOMBRES SIN PREJUICIOS. A Polo le daba risa cada vez que lo leía, al igual que al resto, menos a Kurt, que nunca se inmutaba con nada. Las parejas continuaban bailando. De pronto, el sonido de una sirena, proveniente de un faro rojo instalado en el techo y que daba vueltas sin parar, interrumpía la canción que estaban tocando (mayormente baladas en ritmo techno) y los cabros se alborotaban como mariposas. Cierto, eran como mariposas en un día de primavera, llenos de color y de vida, oliendo a perfume de mujer, dulce, a sudor, a alcohol, a lápiz labial de fresa, de ciruela, de uva, revoloteando con los brazos en alto en señal de libertad. Siguiendo el plan, Kurt salió con su cabro de la discoteca y lo llevó al estacionamiento, a la parte más oscura, donde Polo se había cuadrado. No había nadie. ¿Dónde estaban? Se suponía que el resto estaría esperándolo para reducir a la víctima y llevársela donde no pudieran quedar huellas. Para cuando aparecieron los tres, el cabro estaba inquieto, sospechaba que algo andaba mal y le pedía a Kurt que se fueran a otro lado. Nada pudo hacer este. El cabro echó a correr al ver que Lagarto y Apache iban hacia él, no con buenas intenciones. Lograron atraparlo pero sus gritos desesperados alertaron a una mancha que salía de la discoteca. Polo y Kurt arrancaron en el carro. Apache se subió a la volada. Lagarto, que no se había percatado de la situación porque se hallaba ocupado en patear al cabro, los alcanzó a las justas y se colgó de una puerta. Polo miró por el espejo retrovisor.

—¡Acelera, carajo! —gritó Apache.

Una turba enardecida corría tras ellos, agarrándose los senos para que no se les cayeran, quitándose los zapatos, sujetándose las pelucas y tirándoles lo que tuvieran al alcance: carteras, peines, espejos. Polo aceleró hasta que la imagen en el retrovisor se volvió tan pequeña, que ya no pudo verla.

Desde ese día, el grupo andaba peleado, Polo y Kurt más que todo. No se hablaban. Kurt le echaba la culpa a él solo de que el plan se malograra. Polo, a su vez, buscaba lavarse las manos culpando a Lagarto y Apache. Pero en realidad, ninguno se salvaba. Habían actuado demasiado lento, desincronizados.

El hecho de que estuvieran peleados, no impedía que salieran de noche a limpiar las calles, como ellos llamaban a sus excursiones nocturnas.

Por el momento las discotecas quedaban descartadas. Con lo que les gustaban. Los cabros eran coquetos, divertidos, buena gente quizás, pero cabros. Les invitaban trago y hasta coca, pero ahí sí que no atracaban. El trabajo no se podía mezclar con el placer. Porque, eso sí, lo suyo lo consideraban un trabajo ante todo. Y si no les ligaba con un cabro, se desquitaban con los fletes, esos mariconcitos que se levantaban las viejas o los viejos. Por lo general, los viejos. Pitucos, por supuesto. Alguna vez se sintieron tentados de hacerlo ellos también, pero con una vieja. Se ganaba bien, los fletes más cotizados llegaban a sacar hasta quinientos verdes en una sola noche. Eso, sin contar que había tías envidiables. ¿Y las putas? No, con ellas no se metían, les daban pena, ya tenían suficiente con que los tombos se las cargasen a la comisaría para tirárselas, y quitarles su dinero.

Después de discutir sobre adónde ir, compran unas cervezas y listo. En la radio, Queen toca *I want to break free.*

—Cambien a esos maricones —pide Lagarto.

Kurt mueve el dial. Esa otra canción se le hace conocida. Es David Bowie quien canta. Busca otra emisora, nada bueno, pura salsa y pacharacadas. Por último, coge al azar un cassette de la guantera.

—Qué buena canción —dice Polo.

—¿Y no? —apenas mueve los labios Kurt.

Se refiere a *Foxey lady,* el himno de batalla que usaban cuando eran chiquillos y ruqueaban juntos. Nunca les fallaba una.

Cruzan la Angamos.

Apache no participa de la conversación que ahora se genera sobre los viejos tiempos. Permanece absorto, tratando de contar los carros que van en dirección contraria. Él no se acuerda de los viejos tiempos, porque todavía no paraba con ellos. Lo suyo era el fútbol y las películas de vaqueros, en las que siempre estaba de parte de los indios. Hasta que se aburrió de todo eso y el día que Polo le pasó la voz para salir a limpiar las calles, no dudó en acompañarlo. Pero ahora ya no era lo mismo, como que el asunto iba perdiendo la gracia y se volvía monótono.

Cruzan la Javier Prado.

Apenas cruzan, Polo se sale de la Arequipa, directo al Touring. Se estacionan en una esquina. Puras putas viejas y tristes, ni siquiera para tirarse un buen polvo. Nada de cabros. Suben al cine, quizás estén por allí. Muy tarde para cuando llegan, un viejo calvo se está levantando al último en un Mustang. Piensan qué hacer durante un buen rato, al final, optan por ir a la Canadá.

Están subiendo por la rampa de acceso a la Vía Expresa. Polo y Kurt ya se hablan. Bien. Kurt cambia de caset. Pone el volumen al máximo. Los parlantes retumban en sus oídos. *Looking for adventure, in whatever comes our way.* Polo pisa el acelerador a fondo, luego aminora la marcha. Han llegado.

Van despacio. Los cabros comienzan a asomar sus rostros pintarrajeados, con el cabello teñido, lo que en vez de disfrazarlos, acentúa aún más sus rasgos masculinos. Los que están desprotegidos lo hacen tímidamente, y los que están acompañados no tienen reparo en mostrar sus atributos. «Rosquetes de mierda», masculla Lagarto. A Apache le desagrada ver ese espectáculo. Les lanzan besos, se quitan la ropa, agitan sus sostenes, están hechos unas locas, adoptan poses de mujer fatal. No cabe duda, no nacieron para ser hombres.

Hecho el reconocimiento, los cuatro se ponen de acuerdo, es más seguro atacar al que han visto oculto entre unos arbustos. Está completamente solo.

Cuadran en una bocacalle y se bajan. Polo abre la maletera, saca los bates de béisbol, están algo abollados, uno está roto. Lagarto y Apache cogen los suyos, ellos van a esperar en la esquina a que Kurt traiga al cabro. Polo se queda en el carro. Observa el cielo oscuro, sin una estrella que ilumine las calles, ni lluvia que moje las veredas. La luna tampoco ha salido, ¿o es que está tan lejos que no puede verla? Lagarto le hace señas con la mano, Kurt ya viene, no ha tardado mucho. Él es bueno para eso, engaña a los cabros con facilidad, les habla bonito y arreglan la tarifa al toque. Apenas aparecen sus siluetas, Polo enciende el motor. Kurt sujeta al cabro del cuello, Lagarto le mete un batazo en el abdomen, Apache vigila. Bastan unos cuantos golpes más para poner fuera de combate al cabro. Lo suben al carro, Apache le tapa la boca con ambas manos, se fija en que su prisionero lleva puesto tan sólo una mini rosada, un sostén negro y zapatos de tacón. Está vestido como casi todos los cabros. También tiene aretes, pulseras y un medallón de fantasía en el pecho. ¿Su cartera? Debe de habérsele caído. El grupo discute sobre a qué lugar llevarlo. ¿A la playa? Muy lejos. Y por ahí cerca es peligroso. Polo maneja hasta que encuentran un callejón.

Declaraciones de amor, nombres de grupos de música desconocidos y barras de fútbol, pintan las paredes del callejón. Hay basura por montones y huele a orín. Lucy (el cabro) está en el centro del círculo que han formado sus secuestradores. Tiene la nariz rota producto del puñete que le metió Kurt cuando se quiso escapar al llegar. Apache y Lagarto esperan impacientes que Kurt dé el primer golpe. Se la tienen jurada a Lucy. El primero, porque durante el camino, Lucy le mordió una mano hasta hacérsela sangrar, y el otro porque le escupió la cara cuando le preguntó cómo se llamaba.

Kurt se acerca a Lucy, inclina los labios hacia un costado como examinándolo, achina la mirada. Le mete la mano debajo de la mini.

—Esto es lo que te gusta, ¿no? —le pregunta, acariciándole los testículos. Sonríe y se los patea—. ¡Vas a volver a hacerlo! —le grita.

Lucy está en el suelo. El resto se le tira encima y comienzan a golpearlo.

—¡Toma, cabro de mierda!

—¡Muere por maricón!

—¡No queremos volver a verte!

Están eufóricos. Todos por igual. Lagarto le arranca el sostén y se lo pasa por el cuello para ahorcarlo. Polo le revienta una ceja. Apache le muerde una oreja. Lucy trata de defenderse como sea, pero no puede, son como perros en celo, se levantan y lo patean. Pueden sentir cómo el cuerpo de Lucy ya no opone resistencia, se va ablandando poco a poco, no debe de quedarle ni un hueso sano. Kurt se limita a observar. Apache parece un verdadero indio guerrero, con esa franja de pelos parados en la mitad de la cabeza y pelado a los costados. A Polo le arde la mejilla, Lucy ha alcanzado a arañarlo cuando estaba en el suelo, se seca la sangre con su vividí de los Megadeth, y lo patea con más furia de la que puede sentir. Lagarto se baja la bragueta y orina apuntando a la cabeza de Lucy. Polo y Apache lo imitan. Ríen como enajenados, como huevones que no entienden qué les pasa, fuera de sí. Hasta que sus miembros erectos dejan de chorrear y se suben las braguetas. Lucy está irreconocible, tiene el rostro hinchado y la carne morada, celeste, verde. Ni siquiera ha gritado, no ha tenido tiempo para hacerlo, los golpes le han caído uno tras otro. Casi no respira. ¿Está muerto ya?, se preguntan. Seguramente.

—¿Qué hacemos? —exclama Polo.

Kurt lo mira, le quita un zapato a Lucy, se arrodilla sobre este y comienza a golpearlo en la frente con el tacón del zapato, una y otra vez. Un poco de sangre salpica la cara de Apache, esto le recuerda a los *Buenos Muchachos,* sólo que ellos no pegan mafiosos sino cabros. Lagarto y Polo cierran los ojos. Para cuando los abren, Kurt le ha clavado el tacón en el cráneo a Lucy, y le ha arrancado las tetillas con las uñas. Kurt está de pie. Lucy aún lleva en el pecho el medallón de fantasía, es uno de esos que se abren y tienen una foto adentro. Apache se lo saca. No hay ninguna foto.

—Vámonos —dice Polo.

Suben al carro. Desde allí observan el cuerpo inerte de Lucy, su cabellera negra con rayitos de sol, su rostro, o lo que queda de él. Lucy, Lucy, muerta como un gato arrollado.

—Lástima que todos los cabros tengan que pagar por el que te cagó —le dice Lagarto a Kurt.

Miran el cuerpo una vez más, y luego se van.

(*Matacabros*)

LOS GARFIOS DE CARRERO

PEDRO JOSÉ LLOSA VÉLEZ

Cuando abrió la puerta estaba más desgastado que nunca.

El Altamirano Carrero que yo conocí, ese verano del ochenta en casa de Adriana, era una mueca despoblada, un mediocre integral: indefinido de estatura, de rasgos, de idea; un híbrido consumado, ni mucho ni poco de nada. Era el transeúnte vulgar, casi el cholo común de no ser por esa piel membranosa, epidérmica, tan delgada que le dejaba a trasluz unos músculos compungidos y unas venas hinchadas. Esa tarde, sin embargo, estaba como nunca antes lo había visto: sucio, fruncido, barbón. El tiempo lo había sacado de la medianía estética, ahora parecía un mendigo.

—¿Puedo pasar? —tuve que preguntarle, sin olvidar la impertinencia que estaba cometiendo al ir a buscarlo.

—¿Para qué? —dijo—. ¿Qué quieres?

—Hablar contigo.

—¿Hablar? ¿Qué vamos a hablar tú y yo?

—¿Puedo pasar?

Sobre una mesa de madera tornillo esquinada en la soledad de un patio, de esos patios que hacen las veces de vestíbulo comunitario en los callejones del Cercado, se sentó con un gesto ágil y recostó la espalda en la pared de adobe.

—¿Qué quieres? —me preguntó sonriente, burlón, como si quisiera provocarme.

—Proponerte un negocio.

De pronto comenzó a rebotar sobre la madera picada, sin hacer sonora la carcajada escondida que lo estaba convulsionando por dentro.

—¿Y cuál es el negocio?

Intenté recostarme yo también en el adobe, pensando con ingenuidad que al raspar el hombro de mi camisa contra esa pared de tierra, suavizaría mi tensión, y podría devolverle el mismo tono trivial, y sobre todo, la misma sonrisa inmóvil, que contaminaba todo de incredulidad.

—Quiero que busques a Adriana.

No era fácil hablarle. Estaba dispuesto a proponerle lo que para mí era la única solución a un problema insoportable. Quería que la buscara, que se revolcara con ella como alguna vez lo había hecho antes de que Adriana estuviera conmigo, y que finalmente se dejara desechar por ella. Altamirano la había tenido en su poder durante dos años, había ejercido su derecho de propiedad como con cualquier objeto, sentando desde el comienzo grilletes invisibles para asegurarse una fidelidad perruna; luego la había desembarcado de su vida. Sin esto último, a ella no le quedaría esa avidez mutilada y subconsciente que sentía por él.

—¿Buscarla para qué?

—Buscarla pues, no te hagas el huevón, tirártela, volver a ilusionarla.

Al principio, la despojó de toda la inocencia que podía haber en una muchacha de diecisiete años. En un mes agotó todas las dimensiones ortodoxas del sexo natural. Después, comenzó con innovaciones que le diluyeron su barrera de lo permisible. Cuando ella perdió su capacidad de renuencia, empezó a soportar delirios sadomasoquistas, nauseabundas madrugadas con la acidez de improvisados ungüentos y el olor empalagoso de inciensos caseros, para terminar sucumbiendo a violentas y anárquicas sesiones, en donde Carrero le infligiría garfios invisibles de dependencia y sumisión.

—¿No se supone que esa chamba la haces ahora tú? —preguntó, esta vez más desconcertado y menos atrevido.

—No se supone, la hago. Pero tú sabes perfectamente que tus excesos la arruinaron. Ella piensa que es porque tú fuiste el primero en su vida, o porque agotaste tu imaginación con su inocencia. Pero yo no creo que fuera por nada de eso: simplemente fue porque un día, así como la convenciste, la dejaste.

Ella me contó toda la historia. Cuando recién intentaba acercarme, tenía que pasar por el espantoso calvario de verla llorar de buenas a primeras cuando le rozaba la mano, cuando nos quedábamos solos, cuando le miraba los labios en silencio. Cerraba los ojos y con la cabeza derrotada empezaba a lagrimear por esa historia que llevaba adentro. Fue inevitable que me contara toda la humillación a la que había sucumbido por alguna especie de amor mal entendido hacia Carrero, pues sólo así, ella podría sentir que el demonio del recuerdo estaba siendo enfrentado.

—Tú sabes que no hay nada fuera de lo normal —dijo, ahora sí completamente serio—. Me cansé y terminé la relación. El problema es que es una mocosa y por eso ha quedado así. Pero no entiendo para qué quieres que ahora me la tire. ¿A qué viene todo eso de que sigue contaminada conmigo? Si has venido a rendirme algún tipo de cuentas tardías o a joderme...

—No te estoy jodiendo. Estoy hablando en serio. Quiero que la busques y que vuelvan a sus andanzas. Tres mil dólares por la payasada que tienes que hacer. Mil ahorita y el resto al final. Sólo búscala y estoy seguro de que ella va a acceder. Después simplemente espera. En menos de dos meses va a ser ella la que te mande a la mierda. Entonces te pago el saldo y listo.

—Estás loco —me dijo, un poco menos tenso.

—Yo estoy loco y tú necesitado, así que coge nomás la plata y comienza. Tienes que rondarla, convencerla de nuevo, comenzar a tirártela y esperar. A nadie le pagan por eso, así que aprovecha.

Ante su mutismo, dejé el dinero sobre algún residuo de aserrín, sobre esa mesa de tornillo tan podrida como él.

Frente a su familia, en la calle, con sus amigas, en las miles de reuniones a las que íbamos con Adriana, yo sabía que ella se sentía mejor con un empresario como yo, que con el anónimo y mediocre Altamirano, que le sirvió sólo en la contienda física. Carrero era un mecánico que vivía en los quintos infiernos y cuya educación, costumbres y mundo, chocaban con los de Adriana en modos y veces infinitas. Pero algo debía tener, ya que con manos callosas y modales primitivos, la conquistó por completo y logró incluso que ella postergara todas sus incompatibilidades con tal de tener el disfrute ininterrumpido de su intimidad.

Yo la conocía desde siempre, antes, durante y después de Carrero, pero fue recién cuando esa relación se fue a pique, que comencé a descubrirla y a tenerla para mí.

Adriana no impactaba por su belleza pero sí por su inteligencia. Impresionaba en sus discusiones por la lucidez de sus ideas, enmarcadas en una sonrisa disforzada, residuo pueril de años recientes; pero apagaba todos sus gestos y se inmovilizaba por completo cuando aparecía el tema Carrero. La amistad que tuvimos al principio me permitió conocer los pormenores de esa tortuosa historia. El tema escapaba de su coherencia, la anulaba, la hacía reconocer que era tan humana como cualquiera, y que Carrero había sido la única tentación ininteligible de su corta vida.

Cuando a veces el trago y la ansiedad de la noche nos dejaban a los pies de su cama, y por fin podía emprender el cauce rítmico y ascendente del placer, de pronto, sin ninguna razón más clara que la que yo podía intuir, liberaba la palma de su mano en el aire y con los gestos menos indispensables, me daba a entender que me detuviera. Perdóname, me decía a veces, otras ni siquiera eso. Se liberaba de mi peso, enterraba la cara en la almohada y yo sabía que ya estaba llorando.

Pero a pesar de todo eso, siempre tuve la convicción de que Adriana no había quedado encadenada a Carrero por toda la historia vivida, sino simplemente por el orgullo natural de haber sido desechada y por la frustración lógica a la que ese tipo de rompimientos lleva. Por eso, si es que el tiempo se pudiera retroceder, y entonces ella lo dejara a él, todos los demonios morirían. La propuesta hecha a Carrero, por ende, era una manera de enmendar el pasado.

Ella debía acceder porque su pasión todavía la dominaba, pero como sería consciente de lo que ahora arriesgaba, no tendría alternativa a tener que caer en la clandestinidad. Así, jugando a dos manos, en algún momento yo debía hacer un amague de retiro y ella, guiada esta vez por algún instinto racional y consciente de que ahora podía resolver el caso a su manera, debía deshacerse de él.

La primera vez que Carrero la llamó, yo estaba detrás de todo. Me incomodó haber tenido tanta razón en confirmar que Adriana fácilmente aceptó ese encuentro y asumí que al menos en ese primer momento, se limitarían a las paredes de un café tan clandestino como ellos. Pero asumí mal, pues no pasó media hora cuando se pararon y Altamirano la hizo subir a un taxi. Desde el lugar oculto de donde podía verlos, salí desbocado a seguirlos.

Terminé en un hotel en Santa Anita, a muchos kilómetros de ese café, y, medio descompuesto por el impacto, emprendí el regreso hacia mi casa.

Al día siguiente, amanecí con la estúpida curiosidad de querer saber cuánto rato había delirado en ese hotel de mala muerte, y me fui por la mañana, dispuesto a sobornar al recepcionista por información:

—Se apellida Carrero, busque en la lista de anoche.

—Ah, sí —dijo sin buscar mucho—, Altamirano Carrero. Estuvo hasta las dos, como cinco horas.

De pronto me siguió otra curiosidad absurda. Quería saber si Adriana se había registrado con otro nombre.

—La señorita Adriana Rosas —me dijo.

Ni siquiera se había preocupado en dar otro apellido la muy pendeja, pensé.

—¿Por qué, algún problema? —el tipo me regresó a la realidad.

—No, no, sólo quería saber con quién había venido Carrero —respondí, tratando de decir cualquier cosa para no parecer sorprendido.

—No se preocupe, maestro —me dijo con una complicidad sumisa que acababa de comprarle con unos dólares—, no ha venido con mujer ajena, esa señorita es su pareja, ellos vienen aquí todos los viernes desde hace tiempo.

(*Viento en proa*)

VACACIONES EN EL HYATT

SANTIAGO RONCAGLIOLO

El Hyatt Hotel se eleva imponente como una flor de prosperidad entre los modernos edificios de Vitacura en Santiago. Desde las miles de ventanas de sus miles de pisos se vislumbran las construcciones para ejecutivos de Providencia y la misma Vitacura, el pacífico verde de los montes que rodean la ciudad y el río con agua, además de otras cosas lindas que tampoco hay en Lima. Tras los cristales (porque no son lunas, son cristales) polarizados, encapsulados en ese pedacito de tierra prometida, mi viejo y yo teníamos por cuatro días un cuarto elegantísimo, preparado por algún organismo internacional para que él no recalase en algún hotelucho de sólo cuatro estrellas a llevarse una mala impresión de Chile, país hospitalario de gente linda, cariñosa y perfumada, al menos en el Hyatt.

Mi viejo tenía una convención de Derechos Humanos o algo así en ese hotel. Nunca he entendido qué hace él y siempre ha sido muy incómodo explicarle a mis amigos qué carajo es un sociólogo, pero parece que en otros países la gente que hace eso sí tiene dinero. «En fin, nosotros nacimos en el país equivocado», siempre dice él. Y creo que es cierto. Desde que me bañé por primera vez en la piscina, lo único gratuito de ese lugar de mierda, supe que yo debí haber nacido en el Hyatt.

Y fue una suerte saberlo, muy buena suerte, porque en realidad yo no iba a ir a ese viaje. Pero la línea aérea que llevaba a mi viejo lo estafó elegantemente con un vuelo sobrevendido, así que él se quejó. Nadie le hizo caso, supongo que por sociólogo. Pero además de sociólogo es astuto y se volvió a quejar agregando a su dirección en Perú la de un amigo suyo que vive en Bélgica y agregando a su nombre el título de Gerente de Operaciones Internacionales, sin especificar de qué. Al día siguiente le mandaron dos pasajes y una carta avergonzadísima por el maltrato, un caso absolutamente aislado en nuestra línea y perdone usted, que nunca más le hacemos una porquería así a gente de su categoría, seguramente tiene usted una amante culona que le gustaría llevarse a su convención en Chile y echemos tierra sobre este asunto antes de que se entere alguien más arriba. Muchas gracias, hasta luego. Mi viejo no tiene ninguna amante y si la tiene le da vergüenza llevarla a un hotel de gente demasiado internacional. Y así llegué yo a Santiago, pasando un huirito furtivo por la aduana y pensando que el país de la música de Los Prisioneros tenía que ser un país genial.

Pero no era tan genial, aunque tenía sus cosas buenas. Lo bueno era la piscina. Y no pagar alojamiento. Yo dormía de polizonte en una bolsa de dormir que habíamos metido al cuarto, «hace un frío de mierda en este país» explicaba mi viejo al botones, «y no me diga que va a prender la calefacción porque esas cosas siempre explotan. Yo vengo de Perú y sé muy bien lo que son las calefacciones». Lo malo era que todo el resto de cosas sí las debíamos pagar y no teníamos cómo hacerlo. Por eso todas nuestras noches eran iguales. Metíamos a escondidas al cuarto a un amigo mío que había vivido en Lima y a un amigo suyo de la convención, y bebíamos un incomprensible pisco chileno con denominación de origen.

Las conversaciones de esas noches solían girar alrededor del mismo tema. Mi amigo Fernando las inauguraba diciendo:

—Ustedes los viejos perdieron la oportunidad histórica de construir un país democrático, po.

Y se acomodaba los lentes con seguridad de líder estudiantil. Y el amigo de mi viejo, el Toribio, respondía:

—Ustedes los jóvenes desperdiciaron nuestra herencia revolucionaria con su apatía, huon.

Y sacaba documentos del Partido Comunista, otra de esas cosas lindas que no hay en Lima, y se ponía rojo y tensaba los bigotes a lo Emiliano Zapata. Rápidamente, mi viejo y yo resultábamos exiliados del combate intergeneracional. Él, porque se emborrachaba y se dormía. Y yo, porque me evadía imaginándome que alguna de las gringas ejecutivas del restaurante se volvía loca una mañana, colgaba en el perchero a su gringo encorbatado, almidonado y forrado en seda, y me arrastraba hasta su cama. La imaginación puede ser tan dulce... y los polos de Metallica tan poco atractivos en ese pulido y majestuoso paraíso polarizado.

Así pasé tres días tirado en la piscina gratis y fracasando con todas las mujeres del hotel. Porque si tu bolsa de viaje asciende a veinte rascuaches dólares, hazte la idea de que la única que te hará caso es alguna camarera cubana desesperada por casarse con un extranjero y poder comprar un jabón, y creo que a esas no las dejan entrar a Chile que es un país democrático y perfumado. Y pasé tres noches, más bien trasnoches, de amena y etílica historia nacional. Y a todo esto, ni una maldita canción de Los Prisioneros y yo casi arruino la convención cuando le pregunté a uno de los organizadores «dónde están los prisioneros» y todos se pusieron muy nerviosos. Después mi viejo me explicó que esas cosas no se preguntan en las convenciones de Chile porque luego no lo iban a invitar ni a Bolivia por llevar agitadores en potencia y se acabó el Hyatt y se acabaron los piscos y las gringas de mi amor y mi fracaso. Entonces comprobé que esos tíos sabrían mucho de Derechos Humanos pero de música no entendían un carajo.

La cuarta y última noche, el camarada Rafa agregó a las consabidas botellas de pisco un helado de Suspiro de Limeña «que aquí es muy rico y muy tradicional, huon» y que no había en Lima, por supuesto. Bebimos y comimos helado, todo muy turístico, y comenzó el debate de costumbre. No sé si ellos en realidad creían que estábamos interesados en oírlos o sólo querían dormirnos para quedarse con el trago. Como fuese, el tema de despedida era algo como «en qué generación se jodió Chile» y mi viejo se durmió antes de lo habitual y yo, como no tenía un revólver para resolver la situación con ímpetu revolucionario, preferí huir a comprar cigarros.

Pero el Hyatt polarizado, perfumado y elegante no es el mejor lugar para comprar cigarros. Cuestan la madre, y aunque yo tenía todavía mis veinte dólares y ya era hora de gastármelos, tampoco tenía muchas ganas de subir a compartirlos con el alegre grupo de obsesos de mi cuarto. Ante mí, las puertas automáticas del Hyatt se abrían como un escape al paraíso de la libertad. Y así tentado cometí mi primera y última salida del local con el glorioso y patriótico objetivo de comprar puchos.

Pero no sabía dónde estaba.

En las avenidas de Vitacura no hay peatones. La Kennedy tiene ocho carriles recorridos sin cruces a ochenta kilómetros por hora por un parque automotor de última generación. No hay semáforos. A miles de revoluciones por minuto, el viento te puede cortar la cara como un navajazo, especialmente en horas punta como los viernes por la noche.

Me armé de valor, me persigné y, con los dedos cruzados, empecé a correr al máximo de mis fuerzas. El suelo vibraba bajo mis pies y los autos parecían silbidos de colores, siempre demasiado cerca. En un momento casi tropiezo entre dos vías y un rojo estremeció mis oídos como una rápida amenaza. Nunca vi la muerte tan cerca, nunca pensé lo horrible que sería morirme atropellado por el carro que siempre soñé tener. Pero crucé con un ideal fijo en mi mente: no regresaría a ese cuarto sin un cigarro orgullosamente barato en la boca.

Llegué al final vivo y sudando como un cerdo, sólo para confirmar que en Vitacura no hay peatones, y por eso tampoco hay bodegas ni ambulantes. Y aun si los hubiera, seguro que no tendrían cigarros porque en los países desarrollados fumar es un delito, o por lo menos una demostración de falta de cultura y gusto. Atrás mío, la avenida continuaba zumbando. Tal vez no me mató la primera vez a propósito porque esperaba que volviera fracasado para darme el tiro de gracia. Ahora no tendría la oportunidad, la muy zorra. Me quedaría toda la noche ahí si era necesario hasta que no pasen carros. Yo tenía un huiro, lo podía todo.

Saqué a mi bebé del bolsillo donde había dormido todo este viaje y me lo metí a la boca. El chasquido del encendedor me encendió a mí también. Al fin libre. Ya que no exitoso, al menos drogado. O eso creía. Hasta que llegaron las luces. Rojas, azules y peligrosas luces de sirena policial. Marrones uniformes de carabineros. Voces metálicas de alerta:

—Buenas noches. ¿Qué hace usted por aquí?

Carajo, hasta los policías son educados.

—Nada, sólo paseaba. Soy turista.

Mi cajita de fósforos temblaba con mi bebé adentro.

—Ah, turista. ¿Su pasaporte, por favor?

Lo saqué.

—¿Usted es peruano?

Me miró con frialdad. No le hacía mucha gracia, parece. Yo me imaginé a mi viejo abandonando su convención para sacar a su hijo de la cárcel y pensé que ahora sí no lo iban a invitar ni a Huacho.

—Está bien. Buen viaje. Disfrute Chile.

Y eso fue todo. Me costó creerlo pero empecé a caminar para que no se me note. El patrullero no se movió ni apagó las luces. Yo doblé la esquina y seguí avanzando cada vez más rápido. Todo tranquilo, hasta vereda había. Y ni un alma en la calle. Todos estaban en sus autos. Perfecto. Dos cuadras más allá hice un segundo intento en medio del vacío. Miré a todos lados y saqué mi cajita de fósforos, ya con la angustia de la abstinencia forzada.

Pero ahí estaban otra vez las luces.

Y la marrón autoridad.

—Sigue paseando usted...

—Sí. Me encanta esta zona. Vitacura es muy... próspera. Sí.

—Qué bueno que esté contento. Adelante.

Esta vez la indirecta era obvia. Agradecí, felicité, traté de gorrear un cigarrito pero ellos no fumaban, y comprendí que esta noche no habría ni siquiera eso.

Y regresé a la Kennedy para encarar al Hyatt que se reía de mí con carcajadas que sonaban como una lluvia de monedas. Noche de mierda, sólo iluminada de rojo y azul.

Pero aún quedaba una luz, un resplandor blanco de felicidad.

Al otro lado, al costado del hotel, el Parque Arauco se erigía como un palacio del futuro. Todo un mall de verdad, el emporio de comprador. Un lugar que tiene desde ropa de cuero hasta cunas de caoba. Todo para el hogar. Y para el guardarropa. Ahí tenía que haber puchos.

Y tercamente embarcado en mi misión, volví a cruzar la estampida de fuego y metal de la Kennedy. Una vez más, varias veces más, oí la amenaza de la destrucción, acompañada ahora con una extraña variedad de exclamaciones en dialecto que no entendí. Mejor, creo.

Tras cruzar sudando en medio del invierno comprobé que tenía todas mis partes en su sitio y me dirigí resuelto a mi objetivo. Ahí estaba el Parque Arauco, sueño dorado del comprador compulsivo, y ahí estaba también el puente peatonal que no vi antes y que me habría permitido cruzar sin necesidad de arriesgarme a morir. No importa, la aventura es lo que cuenta. Aunque sea esa cojudez de aventura.

En el Parque Arauco hay casas de cambios, música de ascensor, mujeres preciosas vestidas de cuero, libros que no puedo comprar, pasajes de avión, taxis con taxímetro, tiendas Benetton, faldas que no puedo tocar, tiendas Gucci... pero ni un maldito cigarro. Busqué por todas partes, pregunté en cada tienda ante el estupor de los vendedores, estos turistas son tan ocurrentes. Traté de encontrar algún fumador en la cafetería para suplicarle porque en algunos países puedes pedir cigarros por la calle sin que crean que eres un pirañita. Pero ahí no había fumadores y yo sí parecía un pirañita. Bajé y subí las escaleras mecánicas y las otras, el sudor recorriendo mis mejillas, la angustia deformando mi rostro, la garganta seca y necesitada... Sin éxito. A veces le doy demasiada importancia a cojudeces, lo admito. Pero en ese momento, ese cigarro que no había era la razón de arriesgar mi vida, era el objetivo de mis vacaciones, era lo único que podía salvar el viaje de ser un fracaso total, el fracaso brutal de dos fracasados en el corazón de la soledad polarizada. Y ya nada podía evitar eso. Suena idiota pero me senté y quise llorar de rabia, de aburrimiento y de frustración. Los viajes deberían ser ocasiones para divertirte, para hacer cosas nuevas, en vez de martirios de humo llenos de borrachos sobrepolitizados. Pero en realidad, los viajes son sólo buenas ocasiones para mentirle a tus amigos sobre cuánto te has divertido y a cuántas mujeres te has tirado, e inventar frente a ellos todas las cosas que te gustaría hacer si no fueras un mediocre como ellos. Y me tragué las lágrimas, harto de mi estúpida muy buena suerte.

Pero Dios escuchó mi sordo llanto. Si Dios existe, es evidente que está en el Parque Arauco. ¿Dónde más podría sentirse cómodo? Así que es un buen lugar para llorar. Cuando levanté mis ojos rojos de llanto reprimido (reprimido porque tampoco se trata de ponerse a hacer mariconadas en un sitio de gente bien), un yuppie se acercaba a mí. Sí, a mí. Un ángel salvador con aroma a Ralph Laurent. Llevaba abrigo y terno pero yo creía recordarlo con jean y polo blanco. Usaba lentes, pero sus ojos en mi memoria estaban hinchados y morados de tanto huiro, y usaba unos zapatos que no se parecían a las ojotas reventadas que yo le creía. Era Gustavo. Y me dio el abrazo más oportuno que me hayan dado en mi vida.

—¿Qué chucha estás haciendo acá? Y esos ojitos... ¡Estás estonazo, huevón!

—¿Quieres un huiro?

—Yo ya no fumo esas huevadas. Vámonos, te invito un trago.

Subimos a un Mazda RX7 y arrancó volando por la Kennedy. Ahora yo era parte del zumbido y hacíamos vibrar la pista. En una esquina vi al patrullero estacionado y tuve unas incontrolables ganas de bajar la ventanilla y mentarles la madre. Gustavo me contó de su vida. Se había ido a estudiar a Chile hacía cinco años. Ni más había sabido de él. Ahora administraba una empresa química, «No sé ni cómo se hace una aspirina, pero pagan bien». Estaba muy diferente. Yo estaba igualito.

Fuimos a un bar que hacía su propia cerveza. Mucha gente linda, buena onda. Confirmé que en Chile, o no hay pobres, o los esconden de los turistas. Gustavo me explicó que Los Prisioneros eran una brillante estrategia de marketing de Pinochet. Yo tomé cerveza roja y él se pidió una azul. Había puchos.

—Cuatro días de mierda, huevón. Acá nomás en el Hyatt.

—Mierda de lujo.

—Ni creas. Una convención.

—¿Mercantil?

—Derechos Humanos.

—Ah, mierda.

Después de una cerveza verde y una guinda, fuimos a una discoteca alternativa. Eso significa algo así como una discoteca en la que no se baila. Tocan tres tipos con sintetizadores y canta una chica en una lengua extraña, y nadie hace un ritmo que haya que seguir ni nada de eso. Si quieres moverte, puedes bailar con el parlante. No se negará. Gustavo no estaba muy vestido para la ocasión pero igual fue para enseñarme. A mí me dio la impresión de que estábamos en Dinamarca o algún país así. «Es que este país es de la puta madre» dijo Gustavo, «hay de todo».

—Oye. ¿Y cómo es eso de que ya no fumas? Si eras un tremendo pasado, huevón...

—La marihuana te duerme mucho. Yo necesito mantenerme despierto, activo.

—Bueno, pero ni que fuera la única posibilidad. También...

—¿Qué?

—Nada.

—No, dime qué.

—Nada. Se me olvidó.

—Dímelo de una vez, huevón. Y no andemos con rodeos. ¿Te metes coca también?

—Bueno, un poquito.

—Gracias a Dios. No podía más. ¿Vamos al baño?

Gustavo tenía un falso que habría bastado para estimular a un ejército. Aunque no sé si bastaría para él, que jalaba como un desesperado. Yo no quise ser menos con mi anfitrión. Salimos tan duros que nos habrían podido usar para mezclar los tragos. A los cinco minutos, estábamos hartos de esa sucursal de Finlandia. Pero Gustavo como siempre, tenía la solución.

—A veces llevo a los ejecutivos de visita a un bar de minas. Hay show de desnudas y todo eso. ¿Cacháy?

—Cuando jalas te pones muy chileno, huevón.

—¿Quieres ir o no?

—Mira, Gustavo. A mí en realidad no me gustan esos lugares. Me parecen falsos, sórdidos...

—La entrada es gratis.

—Vamos.

Lo primero que se ve al entrar al Lucas Bar es una barra vacía de hombres pero llena de botellas y luces de colores, todo tan elegante como las prostitutas de alto vuelo que rodearon a Gustavo como un enjambre y a mí ni me miraron. Tomé nota mental de eliminar los polos de Metallica de mi guardarropa turístico. Gustavo se las quitó de encima con la clase que sólo da la experiencia y subimos. El show se presentaba en el segundo piso. Y estaba a punto de empezar.

El público tenía un claro sesgo socio-económico-racial, como diría el Toribio. Eran todos empresarios coreanos. La mayoría ni siquiera hablaba español pero tampoco lo necesitaba. La comunicación era muy primaria, y de todos modos la música sonaba demasiado fuerte. Nos sentamos y de inmediato comprendí por qué la entrada era gratis. Todos los tragos costaban quince dólares, sea cerveza o whisky, y venían bien cargados. Dije adiós a mi bolsa de viaje y me preparé para disfrutar mientras las putas finalmente se me acercaban para pedirme cigarros. En diez minutos casi me desbancan la cajetilla. La tuve que esconder.

La primera que salió fue Gina, presentada por una voz en off que la anunciaba como un «despampanante derroche de sensualidad rubia». Era cierto. Gina se derrochaba con una canción de Madonna mientras se quitaba la ropa. Llegó hasta el sostén ante las carcajadas idiotas de los coreanos y los aplausos igualmente subnormales de los dos peruanos. La verdad es que estaba muy buena. Y eso no es nada, dijo Gustavo, espérate que salga Sandra. Es espectacular.

Pero Sandra demoró. Primero salieron dos vestidas de novias, «las irresistibles mellizas del Amor», a hacer una especie de baile lésbico con música de Whitney Houston. Y luego apareció Giovanna, «la inolvidable mujer de fuego», que fue la primera en desnudarse entera y tenía buenas razones para hacerlo. Tras ella llegó Verónica, «Verótica, catarata de placer», entre aplausos enfervorizados. Ella era la más atrevida para bailar aunque no se quitó el calzón. Se acercaba a los sillones (no había muchas mesas) y se contoneaba seductora entre las babas de los asistentes. Hasta se nos acercó a nosotros, pero cuando yo estaba a punto de pararme a bailar con ella apareció un pelado que no era coreano y posiblemente tampoco empresario, pero estaba tan borracho que parecía. Verónica llegó a bailar con él un ratito antes de que lo sacaran discretamente, porque ese no era lugar para escandalosos.

—No dirás luego que no te he paseado bien. ¿Ah?

—Gustavo, necesito otro par.

—Vamos al baño.

Llevamos nuestros tragos para que no nos los roben. El ambiente del Lucas Bar obliga a emborracharte. Tienes tantas ganas de bailar y hay tantas mujeres dispuestas que te gustaría estar completamente zampado y feliz. Pero cada mujer te cuesta cien dólares para el local y otros cien para ella. Y además nuestros tragos tenían que durar toda la noche so pena de expulsión, así que ese whisky fue el más lento de mi vida. Y también uno de los más alegres. Jalar en ese baño de mármol con ceniceros en los urinarios me puso tan bien que ni siquiera le comenté a Gustavo que la coca chilena es una porquería. Tendrán helado de Suspiro y pisco de origen, pero en lo otro no nos gana nadie.

Regresamos del baño justo a tiempo para ver a Sandra. Gustavo no había exagerado ni un poquito. Esa mujer era un incendio ambulante y bailaba como una diosa. Hasta se trepaba a los barrotes de la pista de baile y estiraba las piernas hacia nosotros como pidiendo que se las acaricien. Y ella sí se quitó todo. Gustavo y yo la aplaudimos con pasión. Ella cerró el show.

Ya con todos los asistentes morados de ganas, la voz en off anunció el baile. Nosotros salimos disparados a la pista que al menos era gratis.

Yo bailé con todas menos con Sandra porque Gustavo la tenía monopolizada. A la segunda canción, invariablemente me decían «Creo que tus amigos se están yendo» y entonces yo entendía que si no iba a consumir tenía que soltar el plato. Y pasaba a otra. Una de ellas me dijo que había peruanas entre sus colegas. Me señaló a una. La pobre era de las más feítas pero igual la saqué. Se llamaba Melissa o algo así:

—¿Tú eres peruana?

—Sí.

—Yo también. ¿Bailamos?

Ella se rió y aceptó. Bailamos una de Luis Miguel. No una balada, no ponen baladas. Si quieres tocar carne, la tienes que pagar.

—¿Desde cuándo estás en Chile?

—Hace como cinco meses.

—¿Siempre trabajando aquí?

—Sí.

—¿Cómo llegaste?

—Una amiga me trajo.

—¿Y conoces a otras peruanas?

—No.

Parecía incómoda. Supongo que no te preguntan muchas cosas personales en ese trabajo. Pero una compatriota es una compatriota, y hay que tratarla con respeto y cariño. Además, yo sabía cómo alegrarla con sabor nacional:

—Tengo coca. ¿Quieres?

—Bueno.

Le pedí que me espere y corrí donde Gustavo que no había dejado de bailar con Sandra.

—Gustavo, pásame el chamo.

—Huevón. ¿No quieres gritarlo un poco más fuerte?

—Mira dónde estamos. Todos aquí deben ser narcos o por lo menos pichangueros. Pásamela, por favor.

Gustavo miró para todos lados por seguridad y me la pasó fingiendo que nos dábamos la mano. Como si nos estuviéramos saludando en medio de la pista de baile dos cojudos que entramos juntos. Qué disimulado, que hábil, qué huevón.

Ya con el falso, corrí hacia Melissa o algo así, quien estaba bailando con un empresario coreano vestido de lanilla inglesa y corbata de seda.

—Disculpe, la chica está conmigo —dije yo.

—¿Estás loco? —dijo ella.

—Huan Chin Chau —dijo el empresario coreano.

—Conseguí la coca —sonreí yo.

—¿No ves que estoy ocupada? —se enojó ella.

—Ciao Wuan Ying —acotó el otro.

—Bueno. ¿Quieres jalar o qué?

—¿Y tú quieres que te saquen a patadas de aquí o qué?

—Yang Tao Schek Puh —concluyó el coreano.

Y se fue. Mi compatriota se puso furiosa, me dijo que no me le acerque y qué creía yo, que ella estaba trabajando y yo venía a quitarle los clientes, que dónde se ha visto. Era feíta, pero cuando gritaba no se veía tan mal. Vino uno de los mozos, un gorila de 3x8 metros, y pensé que mi noche terminaría ahí. Pero ella no me denunció. Le dijo que estábamos conversando. El gorila se fue, yo le hice una seña con la nariz y ella me siguió hasta afuera. Todo iba bien. Entramos a un callejón cercano y saqué el falso. Jalé:

—No está mala, pero la peruana le da vuelta y media.

Jaló en silencio y me pidió un cigarro. Se lo di:

—¿Sabes? Ya que estamos aquí solos, tal vez podríamos... Tú sabes, celebrar este encuentro de compatriotas.

—Ya sabía ya, que no era por buena gente.

—No lo tomes así, sólo se me ocurrió. Tú eres tan bonita que...

—¿Sabes qué? Ya me voy.

—¿Por qué?

—La próxima vez, al menos ponte una camisa, imbécil.

No trates de ponerte romántico con una puta, pensé. Sólo están haciendo su trabajo. Yo nunca me he levantado a una, pero supongo que no deben ser lo más ardiente del mundo. La seguí sin tratar de suplicarle más. Cuando llegué a la puerta, un guardián más o menos del tamaño del Hyatt se me paró enfrente.

—Uhté no encha, pelao.

Así dicen ellos «Usted no entra, señor». Me quejé, grité, berreé y amenacé con denunciarlos al consulado. Pero el guardián del tamaño del Hyatt era incomovible y me habría matado de un pisotón, «Uhté no sabe tratar a las mujieres, huon». Qué le habría dicho la peruana de mierda esa. Al cabo de un rato de rogar y ofrecerle drogas al guardián, me rendí y empecé a caminar hacia el hotel. Creo haber oído las carcajadas de Gustavo mientras me iba, aunque tal vez fue mi imaginación.

Anduve durante dos horas más o menos hasta llegar al Hyatt. No importaba, de todos modos había sido una buena despedida, en casa uno no hace estas cosas todos los días. Necesité todo el resto del falso para cobrar energías durante la caminata. En el ascensor sentí el cuerpo como un poste. Rígido. En ese estado no iba a poder dormir en tres días. Pero también tenía la solución a eso.

Prendí mi huiro al principio del pasillo y caminé hacia el cuarto paso a paso, con la calma que da una noche bien aprovechada. El sol empezaba a colarse por los cristales. Una gringa vieja en leotardos abrió su puerta para hacer sus ejercicios matutinos. Le sonreí. Se quedó petrificada mirándome avanzar, yo saboreando mi triunfo sobre la frustración. En mi cuarto, Fernando y el Toribio seguían resolviendo el mundo. Y todavía no se ponían de acuerdo.

(*Crecer es un oficio triste*)

ÚLTIMA VISITA

RICARDO SUMALAVIA

—Te envié el libro hace tres semanas —me respondió a través del hilo telefónico, con un tono de voz enérgico que, sin llegar a ser insolente, no admitía réplicas.

—Pues aquí no ha llegado —no pude más que decirle la verdad, aunque para él no lo pareciera.

—Eso es imposible —replicó—. Espera.

No se preocupó en tapar la bocina del teléfono y pude oír cómo llamaba a gritos a su secretaria y luego al mensajero de la editorial.

—No cuelgues —me indicó.

Del otro lado de la línea escuché pasar las páginas de un cuaderno y, finalmente, un «aquí está, aquí está», que no se dirigía a mí.

—¿Me oyes?

—No me he ido.

—Ante mí tengo el cuaderno con los cargos de envío. Y está muy claro. El libro fue dejado en tu casa. Tenemos la firma de quien lo recibió. Incluso, el mensajero me acaba de decir que como tu edificio está enrejado, tuvo que esperar mucho e insistir hasta que apareciera la sirvienta y recogiera el libro... Sí, la firma es de ella, ¿no es cierto? —la pregunta seguramente fue dirigida al mensajero.

—Sólo debo decirte que el edificio donde vivo no tiene rejas de seguridad, no tengo sirvienta y no tengo el libro.

—Entonces el libro fue dejado en otra casa. ¡Gente de mierda!... Espera.

Esta vez sí tuvo cuidado en cubrir la bocina. Únicamente oí murmullos. Luego me sorprendió la voz nítida del editor.

—¿Tu dirección es Avenida Sánchez Carrión 327, interior 4, en San Isidro?

—Ahí está el error. La avenida y el número son correctos, pero el distrito no. Mi edificio está en Jesús María.

—¿Entonces hay doble numeración?

—Así parece. Yo nunca antes me había fijado en ello.

—¡Gente de mierda! Igual no debieron aceptar el libro. Voy a enviar al mensajero para que lo recupere. Y tú no te preocupes; mañana mismo el libro estará en tu casa.

—No tengo apuro —le dije, tratando de atenuar esta complicación.

—Mañana está en tu casa. Estas cosas no pueden suceder.

Después se despidió, no sin antes cambiar el tono de su voz, más conciliador, y agradecerme por las reseñas de sus libros editados que yo había publicado en una revista literaria.

—No olvides de llamarme apenas recibas el libro robado —dijo el editor y colgó.

No tendría por qué tratarse necesariamente de un libro robado, pensé. Es frecuente que en Lima haya confusiones debido a la doble numeración de las calles. Además, tratándose de una sirvienta, quizás ni le haya prestado atención a los nombres en el membrete; y lo mismo con el mensajero de la editorial; a ellos sólo les basta verificar la dirección y tener un acuse de recibo firmado entre las manos.

Bajo estas circunstancias, este libro, que era el primero enviado a mi casa y no a la revista, debido a su suerte de extraviado cobraba importancia frente a los demás, y quizás ahora me vería obligado a redactar y publicar una reseña favorable lo antes posible. Lo mejor que podría hacer, me dije entonces, era olvidarme de esta situación imprevista y continuar con lo mío.

Habían pasado dos días después de la última conversación con el editor y el libro aún no había llegado. No intenté llamarlo, pues quería desentenderme del asunto. Sin embargo, sospechaba que él terminaría por llamarme primero. Pasaron otros días para que el editor lo hiciera. Empezamos a hablar de varios libros y autores, de sus proyectos, de los míos, de los libros que yo seguía prometiendo pero que todavía no había escrito.

—A final de cuentas, ¿cómo terminó la historia del libro robado? —pregunté movido por la curiosidad y creyendo que era la mejor manera de hacerle saber que ese libro jamás llegó a mi departamento. Su silencio me indicó que buscaba las palabras convenientes.

—El mensajero volvió a ese edificio, pero no pudo recuperarlo. Yo creo que hizo bien en dejarlo, ¿no crees?

—No te entiendo. ¿Por qué piensas que yo puedo responderte a eso?

—Yo tampoco entiendo mucho —bajó la voz y agregó—: El mensajero me contó que salió nuevamente la sirvienta a atenderlo y ella le dijo que no podía devolver el libro porque el destinatario, familia y dirección, eran correctos.

No conseguí decir nada. El editor continuó:

—El mensajero trató de explicarle lo de la doble numeración. Le dio tu nombre completo...

—¿Y?

—La sirvienta ratificó que vivías allí y que tu esposa se llamaba Margarita Linares.

—Tú sabes muy bien que mi esposa se llama Adriana.

—Exacto. Por eso no quise inmiscuirme más.

—¿Qué quieres decir? ¿Que convivo con dos mujeres en la misma avenida y en casas simétricamente opuestas? ¿Estás loco?

—Bueno, es sabido que tu relación con Adriana no anda del todo bien.

—¡Eso es ridículo! ¿De dónde has sacado semejante barbaridad?

—¡Escúchame! Por esa razón te dije que no me quería inmiscuir. No te molestes conmigo. Es mejor que no se hable más de esto.

Se disculpó con un pretexto y dio por terminada esta conversación.

Esa misma tarde, al regresar a casa, Adriana me recibió con un beso y un paquete en las manos.

—Lo enviaron de la editorial. Dicen que es otro ejemplar.

Se lo agradecí con otro beso y llevé el paquete a mi estudio. Lo dejé sobre mi escritorio, sin ganas de abrirlo. Desde la conversación con el editor no había dejado de pensar en Adriana y en los chismorreos que circulaban entre los demás. No podía entender cómo se habían originado esos rumores. Ni siquiera habíamos tenido grandes discusiones, ni en la intimidad ni ante nuestras amistades. Si bien nunca he sido de los que abrazan, besan y hacen mimos constantemente a su pareja, intentando demostrar a todo mundo el gran amor que uno pueda sentir, tampoco creo haber sido indiferente con ella ni recuerdo haberla dejado de lado por perseguir a otra mujer. Pero en ese momento, en mi estudio, viendo ese paquete cerrado con el logotipo de la editorial en una esquina del sobre, inevitable y extrañamente, culpé al libro. La desazón que no me dejaba tranquilo se originó con el extravío de ese libro, y no precisamente con ese ejemplar, sino con el que debería estar en la casa de esa tal Margarita Linares, que decía ser mi esposa. Por lo tanto, aunque no tuve cómo justificarlo, creció en mí la idea absurda de que esa mujer me aclararía toda esa confusión.

Muchas conjeturas pasaron por mi mente. Me dije primero que a lo mejor se trataba de la esposa de un homónimo, pero lo descarté de inmediato, y no por lo inverosímil de tenerlo viviendo en tan caprichosa simetría, sino porque mi apellido es único en esta ciudad, en este país, y todo el que lo posee es irremediablemente un familiar mío; que, por lo demás, no éramos tantos y creía conocer a todos gracias a las reuniones que organizaba mi padre, el mayor miembro vivo de esta familia. Luego quise vincularla a algún primo mío poco frecuentado, con una segunda esposa que yo desconocía o quizás una amante dispuesta a correr riesgos. Entre otras presunciones, esta última fue la que me movió a hacer una visita al otro lado de la avenida. Si para algunas de mis amistades era admisible que yo tuviera una amante, quería conocerla.

Elegí un sábado. No me atreví a contarle nada a Adriana. Preferí alejarla de las habladurías que gravitaban sobre nosotros y Margarita Linares. Recién cuando estuve a dos calles del edificio en San Isidro, me di cuenta de que le daba más importancia a la mujer que a su pareja, mi supuesto usurpador. No lograba explicármelo, pero preferí pensar que ese hombre no existía y que, si vivía en ese departamento, debería ser un familiar que pronto reconocería. Como es mi costumbre, imaginé mil formas de enfrentarme con quienes fueran a aparecer; sin embargo, como también me es habitual, titubeé al ver aparecer a la sirvienta luego de insistir un buen rato con el timbre del interior 4. Según mi plan original, iba a preguntar por mí, darles mi nombre completo y acabar con la patraña desde el comienzo.

—Necesito hablar con la señora Linares —fue lo que me atreví a decir.

—No creo que lo pueda atender. La señora está muy ocupada con el señor.

Sólo entonces, sabiendo que no tendría otra oportunidad, le dije mi nombre.

—Le repito que la señora Margarita está ocupada.

Era obvio que mi nombre no le decía absolutamente nada.

—Ustedes han recibido un paquete, un libro, que era para mí. ¡Tienen que devolvérmelo!

La sirvienta cambió de expresión y me pidió que aguardara un momento. En esos breves minutos, antes de su retorno, me infundí valor, pues estaba seguro de que el hombre que vivía allí no era ningún pariente mío, sino un simple ladrón, un impostor. ¡Gente de mierda!, recordé las palabras del editor.

—La señora Margarita le pide que suba.

Camino a su departamento fui perdiendo las ganas de discutir. Me parecía ridículo, fingido, pelear por un libro que sólo me servía de pretexto para estar ahora allí sin saber precisamente por qué. El edificio era bastante moderno y no parecía albergar ladrones de libros ni mucho menos.

La sirvienta me hizo entrar y me indicó que esperara en el recibidor. La decoración del departamento reunía muebles rústicos, cortinas oscuras y pequeños adornos que eran detalles que demostraban que la pareja había visitado gran parte del mundo. Sin embargo no había un solo retrato de familia.

En una pequeña mesa, junto a un aparador, entre facturas y correspondencia, vi el sobre vacío con el logotipo de la editorial. Me acerqué y lo tomé. Sobre el lugar donde debería estar mi nombre como destinatario, había un papel adhesivo blanco con el nombre de Braulio Mendoza escrito en una vieja máquina de escribir. No pude evitar sonreír, ya que si existía un nombre opuesto al mío, era este. Debí haberme marchado de inmediato. Nadie en esa casa podría aclararme nada sobre Adriana y yo, y el destino de ese libro ya poco me importaba. Pensaba esto cuando apareció Margarita Linares, descubriéndome con esos sobres en la mano.

—Le debo una explicación y una disculpa —me dijo Margarita.

—Yo también —dije avergonzado mientras dejaba su correspondencia de donde la tomé.

Me pidió que la acompañara a la sala. Yo la observaba tímidamente, temeroso de que descubriera mi turbación. Margarita era una mujer unos diez años mayor que yo. Tenía una expresión cargada de abatimiento, dibujada sobre una piel descolorida. Me la imaginé llevando una máscara de ella misma, dejando traslucir un atisbo de belleza en sus cejas delineadas y negras, y su mirada afectuosa para un desconocido como yo.

Se sentó en un sofá y se llevó la mano a la frente, evidenciando lo difícil que le resultaría darme explicaciones. Me adelanté y le rogué que se serenara.

—Estoy bien. Sucede que no sé por dónde empezar.

—Si desea puedo hablar con su esposo.

—No. Él no puede atenderlo. Está muy enfermo.

—Si la enfermedad de su esposo tiene que ver con el libro —señalé el sobre vacío—, puede empezar por ahí.

—Sí, tiene razón. Ese libro no le fue devuelto a causa de mi marido. Vea, yo sé que usted comprenderá. Mi marido está enfermo desde hace tres años. Y no quisiera abrumarlo con detalles al respecto; sólo permítame decirle que Braulio está en cama, sin ganas de ver a nadie. Su enfermedad lo mantiene deprimido y trata de dormir el mayor tiempo posible. Cuando puede, lee algunos libros que le compro —no conseguí evitar un gesto de ironía—. Perdóneme, no vaya a pensar que robo libros para mi marido.

—Disculpe, yo no pretendí sugerir nada. Es que aún no consigo comprender.

—Mi marido conoció hace varios años al editor que le envió el libro a usted. Por alguna razón el libro llegó a esta casa justo cuando Braulio recaía en su enfermedad y se sumía en sus depresiones. Yo no sabía qué hacer. Creí que si le mostraba el paquete dirigido a él cambiaría en algo su ánimo. Desde hace mucho tiempo nadie lo visita ni recibe cartas. En realidad, él se ha encargado de espantar a sus allegados. Incluso su familia sólo llama por teléfono y pide hablar conmigo para saber cuál es el estado de Braulio. Únicamente su padre insiste en visitarlo, pero los hermanos de Braulio han notado que retorna muy afectado después de cada visita. Ahora prácticamente le tienen prohibido venir aquí. Le pido disculpas. Sé que no debí quedarme con su correspondencia. Después regresaron por el libro y yo le di aquellas indicaciones a mi sirvienta. Espero no haberlo metido en problemas. Braulio aún leía el libro y me resultaba imposible quitárselo sin mentirle otra vez. El nerviosismo me llevó a afirmar que yo era esposa de usted.

—¿Y le gustó el libro a su esposo? —volví a mi recurso de aligerar las tensiones.

—¿Cómo?

—¿Si le gustó el libro a Braulio?

Ella intentó vanamente sonreír. Levantó la mirada hacia el techo, como una niña que no se aprendió la lección u oculta un secreto infantil. Un atisbo de su juventud perdida se asomaba.

—Con sinceridad, me dijo que era una novela muy aburrida.

—Bueno, así me evita una mala lectura.

Esta vez la sonrisa se marcó en su rostro.

—Le pido que se quede con el libro. A mí me enviaron otro ejemplar y este ya lo dieron por extraviado —mentí.

—No lo puedo permitir.

—Déjelo así, por favor. Además, creo que no debí venir a molestarlos —confesé.

—No, usted tuvo todo el derecho de reclamar lo suyo.

Me levanté y le dije que tenía que marcharme. Ella sólo asintió con un ligero movimiento de cabeza. Fui hasta la puerta y, al detenerme, di media vuelta, creyendo que la tendría detrás de mí, pero ella no me había seguido. Se mantuvo en la sala. No supe qué hacer. Margarita me observaba, indecisa, envuelta en una desesperanza que en ese instante me hubiera encantado desaparecer. Me despedí de ella, abrí la puerta y, a mi paso lento, sentí su mirada súbitamente intensa sobre mí. Me juré no volver, aunque era consciente de que yo no cumpliría con mis palabras.

De regreso a casa ya tenía decidido llevar otros libros a Braulio Mendoza. Busqué todos los sobres que yo había recibido de la editorial y les coloqué un papel adhesivo, tal como había hecho Margarita. Los primeros paquetes los dejé con la sirvienta, quien me veía extrañada, precisándome a cada entrega que la señora Margarita no estaba de acuerdo. Pero una tarde fue la propia Margarita quien bajó a recibir el nuevo libro. Al verla venir creí que recriminaría mi proceder; no obstante me lo agradeció, porque, según ella, su esposo estaba menos irritable, aunque su enfermedad no parecía revertir.

Desde ese día escribí muchas reseñas de la misma editorial, a pesar de las suspicacias de mis compañeros de redacción y los exagerados agradecimientos del editor, quien, gracias a lo que yo esperaba, abundó en envíos de publicaciones recientes. Y mientras redactaba estos artículos, Adriana se aproximaba a mis espaldas, contenta de ver mi entusiasmo y, cruzando sus brazos alrededor de mi cuello, leía en la pantalla cada palabra que yo escribía pensando en el libro de turno. Afortunadamente ella no controlaba el destino de estos libros y con seguridad creía que estos ejemplares se perdían en el laberinto de mis estantes.

Cierto día Margarita me reveló que sabía previamente qué libro le dejaría, pues leía las reseñas que aparecían días antes en la revista que ahora ella compraba sin falta. Aquí debo aclarar que nuestras conversaciones solían ser bastante breves, al menos hasta la tarde en la que, con evidente ofuscación, me pidió que la llevara a otro sitio, a algún café quizás. Me confesó que Braulio esos días estaba atravesando una crisis terrible y que ella no lo podía controlar más. Por eso en el departamento había preferido dejar a la sirvienta y a una enfermera que acababa de contratar a sugerencia del médico.

Sin medir mi imprudencia le sugerí ir a un café algo apartado, pero me respondió que eran muy pocas las veces que ella salía y que nadie repararía en ella ni la reconocería.

—Sólo recuerdan a una mujer joven, no a mí.

Dimos unas vueltas sin rumbo fijo y, casualmente, llegamos a un café en el límite entre su distrito y el mío.

—Mi casa está del otro lado —le dije.

Ella pareció no escucharme. Encendió un cigarrillo y lo aspiró con fruición.

—El primer cigarrillo en meses —dijo.

La débil humareda por momentos le brindaba una seguridad que a ella le hubiera gustado mantener aquella tarde, pero cuando acabó los pocos cigarrillos que le quedaban, su rostro volvió a aquella belleza opaca que me movió a rozarle la mano en más de una oportunidad.

De regreso, ya dentro de su edificio y a sólo un piso de su departamento, nuestros pasos se resistieron a avanzar. Entonces Margarita se recostó sobre uno de los lados del pasillo, cerca de la escalera, y, mirándome con dolida ternura, me pidió que la besara.

Los siguientes libros que llevé también fueron leídos por Margarita. Ello me obligó a que mis reseñas en parte también fueran escritas para ella. De alguna manera quería compartir mis impresiones, a pesar de nunca hablar de los libros que le dejaba para su esposo y ahora para ella.

Las salidas al café continuaron, pero, cuando regresábamos a su departamento, la timidez no permitió que los besos se repitieran. Sólo algunas veces la abracé, buscando con torpeza unos labios que se resistían a los míos; y al parecer nos deleitábamos escasamente con nuestras respiraciones agitadas, únicas dádivas que nos fueron permitidas.

En uno de los pasillos del edificio, yendo a la casa de Margarita, con una novela escrita por un amigo y recientemente editada, me topé con un anciano que era llevado del brazo por un hombre que parecía ser su hijo. El anciano al verme quedó notoriamente impresionado.

—Es él —dijo débilmente.

—No, papá. No incomodes al señor. ¡Vamos!

Continué subiendo las escaleras, sin dar mayor importancia al incidente. La sirvienta me recibió. Me dijo que la enfermera no había venido ese día y que la señora Margarita estaba hablando por teléfono, pero que pasara igual, que ella me atendería pronto. Efectivamente, Margarita estaba sentada junto a una consola, hablando por teléfono. Me saludó agitando los dedos y, señalando la sala, me indicó que la esperara allí. La obedecí y me dediqué a observar sus delicados adornos. Desde donde yo estaba no alcanzaba a ver a Margarita; sólo oía su voz. De pronto me di cuenta de que estaba cerca de la habitación de su esposo. La puerta estaba ligeramente entornada. Eso me decidió a asomarme, conocer al fin a Braulio Mendoza, la persona que aniquilaba el esplendor de esta mujer que me necesitaba. Lo primero que descubrí fue un tanque de oxígeno junto a la cama, del cual salía una cánula que estaba conectada al otro extremo con una mascarilla que cubría parte del rostro de un hombre muy enfermo. Seguramente él dormía bajo efectos de sedantes. Parecía mucho mayor que Margarita, aunque era seguro que tenía menos años de los que aparentaba. Aun así, era imposible no ver en él a un hombre agónico. Crucé la puerta y, más cerca de él, quedé sorprendido y espantado del parecido entre Braulio y yo. Sus labios delgados, su mentón anguloso, sus pómulos ahora resecos, eran una lacerante simulación de mis facciones. Retrocedí unos pasos y tropecé con el marco de la puerta. Sin dejar de observar a Braulio, temiendo que se despierte, llevé las manos hacia atrás, tanteando la superficie y buscando asirme de algo. Las aparecidas manos de Margarita me rescataron. Ella me sacó de la habitación como quien muestra la salida de un laberinto.

Le di un beso en la frente y le dije que no podía quedarme más en esa casa. Ella pareció entenderme y se despidió con un débil beso en los labios.

—Quería decirte que iremos a Estados Unidos para probar otro tratamiento. Nos dicen que el lugar es semejante a una casa de reposo —nunca supe si lo dijo para tranquilizarme. Le deseé mucha suerte y salí de su departamento, ya sin sentir ninguna mirada a mis espaldas.

Al llegar a la entrada del edificio, noté que el anciano y el hombre estaban dentro de un auto estacionado a sólo un metro, con las ventanillas bajadas, viéndome salir.

—Te dije que era Braulio... Es mi hijo. Llámalo —clamó el anciano.

Fingí no oír y me encaminé en sentido contrario, hacia mi casa. Luego escuché el encendido del auto y volteé para ver cómo este avanzaba con lentitud, subiendo automáticamente las ventanas polarizadas, tras las que desaparecía el rostro del anciano, quien no había dejado de mirarme, incrédulo a lo que seguramente le decía su acompañante.

(*Retratos familiares*)

URUGUAY

Edición de Gabriel Peveroni

MIÉRCOLES

INÉS BORTAGARAY

Casi las siete de la tarde. Bajo corriendo del ómnibus. Cruzo la calle sin mirar. Paso por la puerta de la pollería y huelo el cuero rostrizado de los pollos. Alzo la vista. Nadie mira desde arriba, por supuesto. El terapeuta no espera a sus pacientes mirando ansioso desde la ventana. Si está ansioso igual no lo hace. Un paciente ansioso podría darse cuenta desde abajo y todo daría lugar a un malentendido. Llego y el corazón se sacude porque estoy cansada. Aprieto un botón en el portero eléctrico. Espero. Me apoyo en el vidrio de la puerta del edificio. Mi garganta se infla y desinfla. Todavía estoy cansada. Atiende el terapeuta: ¿Sí?, con la i prolongada. Yo sé que él sabe que soy yo. Igual pregunta sí, por las dudas. Yo digo: Inés, con voz de tímida. El ruido sordo abre la puerta del edificio. ¿Abre?, me dice. Empujo un poco con la mano o con todo el cuerpo si es necesario, pero no, está cerrado. No, le digo. Bajo, me dice. En ese momento, miércoles a siete de la tarde, me apoyo nuevamente contra el vidrio de la puerta. Sé que va a demorar. Siempre demora un poquito en bajar. Miro enfrente, al hotel. Es un hotel chico y gris, de dos pisos. Un poco triste. Tiene un cartel de neón. No se llama Iberia pero el nombre es parecido. En el mismo momento en que me apoyo, un hombre abre la ventana del medio del segundo piso. Carga un perro blanco, peludo y con rulos. La luz del cuarto es amarilla y veo paredes descascaradas. El hombre es veterano y un poco calvo. Tiene una nariz grande y roja. Se asoma a la ventana y mira hacia abajo, a la derecha, a la izquierda, nuevamente abajo, y enfrente, pero no a mí, sino en general. Después de todo cierra de nuevo la ventana. Mi corazón se queda completamente quieto. No veo al terapeuta que abre la puerta. El vidrio deja de apoyarme y me sobresalto un poco. Me doy vuelta, lo saludo, y subimos en el ascensor.

Miércoles siguiente. A las siete de la tarde estoy parada en la puerta del edificio del terapeuta. Hoy llegué un poco antes. Toco timbre. ¿Sí? Inés. ¿Abre? No. Bajo. Enseguida me apoyo y miro la ventana del medio del segundo piso del hotel de enfrente. Espero algo que llega. El hombre abre la ventana sosteniendo el perro blanco y pelumbroso. Saca casi todo el pecho fuera y mira hacia abajo. En ese mismo momento una señora rubia y cubierta de chales sale por la puerta. La puerta queda justo abajo de la ventana del medio del primer piso, y de la ventana del medio del segundo piso. La señora tiene unos cincuenta años, es ancha y lleva cartera. El hombre mira desde arriba. La mujer mira hacia arriba mientras cruza la calle. El hombre levanta la mano que no sostiene al perro y la saluda. La mujer lo saluda y sonríe. El hombre da un paso atrás, mira enfrente (creo que a mí, pero no estoy segura). Después cierra la ventana. Sigo mirando un poco más, por las dudas, pero no vuelve a aparecer. La puerta de vidrio se abre y entro.

Tercer miércoles. Siete y cinco de la tarde. Me bajo corriendo del ómnibus, enojada por la tardanza. Estoy segura de que el hombre ya abrió la ventana. Corro hasta la media cuadra y me lleno con el olor del pollo al spiedo del local de al lado. Toco timbre mirando la ventana del hotel. La ventana está cerrada. La puerta no abre. El terapeuta me dice que baja, y yo estoy preocupada porque el hotel está quieto. Me apoyo de nuevo en la puerta. Pido que salga, que salga. La puerta del hotel se abre. La señora rubia sale caminando, apretada por zapatos chicos. Cruza la calle. Mira ella también a la ventana del medio. Nada. La ventana no se abre. La señora se aleja hacia la esquina. La cabeza le cuelga un poco del cuello, como una carga. La cartera la voltea al costado. Debe ser pesada. Me doy vuelta y miro hacia dentro. El terapeuta no aparece todavía. Me pregunto por qué tarda. Vuelvo nuevamente a la ventana y la ventana se abre en el momento en que la miro. El señor se asoma. Se agacha. Agarra al perro. Lo sube, cargándolo con una mano. Se asoma de nuevo. Mira hacia el costado. Mira insistentemente hacia el costado. Pasan unos segundos. El hombre deja al perro en el suelo, y antes de cerrar la ventana mira al otro costado, y luego a mí. Está cansado.

Ese día mi terapeuta me recuerda el inicio de las vacaciones. Decidimos cambiar el horario (siempre corro para llegar). No estoy allí los miércoles siguientes.

(*Ahora tendré que matarte*)

MIXED EMOTIONES

AMIR HAMED

Aquí mi trofeo de guerra, un zippo de veterano, inextinguible después de tanto olvido y trampas bobas de Vietnam. La leyenda cuenta que lo inventaron para proteger al ansioso, cuando la noche es gazapera de enemigos y los nervios sólo dan para fumar. Fue lo primero que vio Alejandro Ramela, en una plataforma de tren, cuando lo comunicaron devuelto a la vida; es, junto a un par de souvenirs fragmentados, todo lo que parece haber subsistido de él, salvo esto que va siendo hora de contar.

Nunca se sabe dónde empiezan, ni siquiera cuándo terminan. Podría haber comenzado en las junglas asiáticas, percudidas de napalm, o después de una derrota frente a Argentina, directo, vía satélite; o en cualquiera de los recitales de los Rolling Stones a los que asistí desde un Philco brasilero, blanco y negro. En rigor, comenzó en aquella edad preinternet, en uno de esos siglos empachados de guerras, cuando los bares eran sólo blancura de tuboluxes. En uno de esos bares me esperaba Alejandro, a punto de enfilar hacia una Chicago resonante a gangsters, a retumbar de economistas y a los acordes de Junior Wells, a la que no quería regresar sin hacerme entrega de regalos.

Aquí los tengo: una camiseta de algodón, proveniente de un recital de los Stones en Chicago o Milwaukee, junto con fragmentos de una botella de tequila comprada en el Free Shop del Kennedy.

La camiseta es sencilla y obscena como todo lo de esas momias estridentes. El frente es previsible; la misma lengua exorbitante acompañó la música de la mejor banda de Rock'n Roll, la oyeran en Saigón, en Louisville o en un barrio de Treinta y Tres, donde yo mismo había zapateado el concierto a fuerza de Norteña tibia, olvidándome, frente al tembleque o ceniciento de la pantalla y el escenario faraónico, de eso que siempre había optado por decirme: la vida debía ser en todas partes más o menos la misma canción. Claro que en Treinta y Tres no hay estación de trenes secuestrando tu nena o tu vida; hay apenas una banda de blues —cuyo guitarrista esto escribe—, y escasean los veteranos de guerra.

Alejandro me sabía malversando literatura en aulas itinerantes de la campaña, me entendía más bien amancebado, y ese fin de semana de carnaval, se extrañó de mis canas tempraneras. A mi vez, pensaba encontrarlo más gordo, y dudaba si el arquetipo al que se iría acercando sería el de un artista junkie y desenfrenado o el de sigiloso lector en las babilónicas —así me dicen que son— bibliotecas de Northwestern. En realidad se lo veía igual a cuando nos dormíamos y geminábamos pesadillas en las clases de latín, con ansias de conocer mundo, aplaudir en vivo a los Stones y, mientras esperábamos la señal para embarcarnos, nos aturdíamos remojando a Virgilio y Cicerón en espinillar y componiendo canciones de a tres tonos para una banda que jamás tocó en público.

En una mesa junto al rincón, encrespado el cráneo por las aspas de un ventilador de techo que removían el aire caliente y el olor de las milanesas, se mostraba displicente, remojando en whisky su rutina de ojos perdidos (esquivando a dos morochas escotadas y parloteantes en la mesa de al lado) y nadie hubiera dicho que le habían sucedido cosas terribles. Al verme llegar, pidió uno doble para mí, antes siquiera de saludarme. Hubiera preferido abrazarlo pero, estaba visto, el saludo no podía ser demasiado efusivo. Conversábamos, sin mayor criterio, de nuestras aventuras escolares, de conciertos, de la selección nacional y, faltaba más, de libros recientes. Interrogando, porque lo remoto nos abre la imaginación o el humor, sobre si se había vuelto borderline o coach potato, en una semisonrisa respondía que, mucho peor, quisieron darle una pensión.

Insensiblemente, las caras de los parroquianos nos derivaron hacia el televisor, sin volumen, que reiteraba flashes de misión punitiva estadounidense en mitad del desierto. Traté de desviar la atención de semejante paisaje, que aunque insonoro escondía niños muertos o averiados por el hambre, improvisando una oda turbia con prodigios de la civilización norteamericana, v.g. Bob Dylan, el Pontiac del treinta y nueve que tenía mi viejo, Silicon Valley o la Pepsi Diet, Henry Miller, Mac

Donalds, Allen Ginsberg, los aullidos de Janis Joplin, Henry Ford. Él, con ya varios tragos amontonados en el pincho de los tickets, retrucaba aspado sí, claro, my dear smart ass: no alcanzaban las galaxias para almacenar los prodigiosos fanáticos que vomitaron, por ejemplo, en el recital de los Stones, sin dejar de lado la chatarra semoviente que multiplicaban allí, no sólo tecnócratas latinoamericanos sino sobre todo, repetía como si fuera un estribillo de Chuck Berry, Vietnam (era algo así como, «los hollejos de Vietnam», y percutía con los dedos, un back beat que zamarreaba, para mi consternación, la botella de tequila). Antes de poder inquirir yo si se trataba de una canción nueva, me preguntaba si alguna vez había bombardeado una población civil o si tenía heridas de guerra.Probé desviar la charla hacia los vasos vacíos. Alejandro iba a reclamar otro escocés pero se le habían acabado los pesos y, como era muy tarde para trocar moneda, convidé yo con unos Old Times del país. Mientras, para apaciguarlo, comenté que esa camiseta era para mí una quimera sobrevenida trofeo, un vellocino de algodón, explicité. Pero a Alejandro ya cualquier cosa lo amartillaba; pasó a informar que —como yo— algunos yanquis buscaban Eldorado en camisetas. Otro tipo se había soñado poseer una y acaso finiquitarse con ella puesta, pero empezó a masticar hielo sin rebajarse a explicaciones. Intenté sonsacarle el resto con unos huevos gramajos, también de mi bolsillo, y preguntando si había seguido las eliminatorias para el mundial. La suerte ya estaba echada, de todos modos, y no había tópica capaz de alejarlo de sí mismo en una abandonada estación de tren en los confines de Chicago (Desplaines, creo que se llama), en una grumosa noche de verano, esperando el tren, acaso tan relleno de alcohol como en ese carnaval montevideano, acaso aprestándose en lo hondo para nacer de nuevo.

Yo debía estar sobrio, pero no menos mareado. Todo lo que tenía eran dos camisetas, Vietnam y una región de Illinois, y trataba de ordenarlo entre la heterodoxa concurrencia que, atronadora, trocó a las jovencitas iniciales en una especie de convención de lubolos o del club de admiradores de la Reina de la Teja. Resignado a no poder derivar la charla, casi le supliqué diera magnitud y orden a su narración. Como para otras cosas, el ambiente no ayudaba, y nuestros vecinos de mesa no se privaban de percutir y desoxidar retiradas de los Nuevos Saltimbanquis, que vocifera una radio latosa encasquetada por alguien al mostrador, directamente, decía una voz, desde las canteras del Parque Rodó, en esta noche ideal para espectáculos al aire libre.

El tren elevado de Chicago conoce una terminal con plataforma morrocotuda. Por lo visto, para Alejandro un escenario bluesero servía de punto de partida o acaso de conclusión a lo que yo ignoraba si era un teorema, una historia o una elegía estrábica. En todo caso el escenario de los Stones era como un portaaviones (su caletre, ostensiblemente, deambulaba entre perímetros desmesurados y llovía y el recital no había sido en Chicago, sino en Wisconsin). Él, aprovechando el último fin de semana de vacaciones y movido por el ardor deportivo o la amistad, hizo trabajosas conexiones en el elevado para contemplar un partido contra Argentina en la parabólica futbolera de un platense microbiólogo que vivía precisamente ahí. Es decir, ni en Wisconsin ni en Vietnam.

El partido fue por el Sudamericano y se jugó en Brasil, precisó, amoscado por mi semblante detectivesco, y la casa de aquel amigo se cimentaba en Desplaines, donde hay esta estación con un andén tan mayúsculo. Se habrían vaciado una botella, y solo, a eso de las dos de la mañana, aguardaba el incierto tren que lo llevaría al norte de la ciudad. Uruguay había perdido y el calor era bochorno. Siendo el único aspirante a pasajero en su leit motiv, la plataforma, se echó sobre un banco, apoyó la cabeza en el bolso, y no sabe cuánto esperó. Regado por una luz caudalosa, no se imaginó posible receptor de un ataque, con nada más un bolso envasando un libro. En todo caso, no pudo saber si se durmió. Al abrir los ojos no pensó que podía haber muerto. Chispeaba un encendedor y alguien le tendía un Marlboro que no vaciló en aceptar. Entre los treinta y cinco o la cuarentena, enarbolado detrás de un bigote aparatoso, un individuo tal vez fornido pero en derrota, le sonreía, le daba fuego y se presentaba. Era Sam Meham, veterano de guerra, quien le señalaba a alguien más, plegado sobre un asiento, del otro lado de la plataforma. El otro era un negro, mucho más negro que cualquiera de los que tamborileaban detrás de nosotros y, explicaba Meham, había querido acuchillar a mi amigo.

Basta conocerlo para saber que recibió la noticia con la misma cara, entre incrédula y divertida, con la que me lo estaba contando. En todo caso era grato recordase con vida. Por último ya venía el tren y el Meham, tras acercar su encendedor de sobreviviente en Haiphong y reportarse ex sargento recién salido del hospital, lo invitaba a Cicero, a tomar unas copas, es decir, a celebrar. A pesar de su nombre, Cicero nunca fue lugar para latinistas sino para mafiosos. Siempre había querido visitar ese barrio, por la paradoja del nombre, porque Frank Nitti, allí y en el blanco y negro de *Los Intocables* había tenido sus madrigueras y destilerías. Volvió a ofuscarse ni bien Smart Ass, es decir yo, imitando la voz en off de la vieja serie, recordó que las persecutorias Fords de Elliot Ness eran compradas en Montevideo. Lo cierto es que, si agregamos cierta amiguita de Alejandro stripper a cuatro dólares la hora en un bar de Cicero, todo volvía irrenunciable la oferta.

No me omitió algunos detalles como que no había striptease, ni siquiera camareras en topless; llegamos a un bar con dos porteros mofletudos y a los que por alguna parte se les asomaba una culata. Meham señaló que eran '45 y, reconociendo un extranjero en mi amigo, le advirtió le iba a mostrar cuán desierta vivía la gente por esos rumbos. Alejandro se sonreía calibrando que ese varón melancólico era su cicerone en Cicero, su Virgilio por algunos dark-sides de la ciudad de los vientos. En el bar repleto algunos bailaban algo de Prince o de Madonna, el yankee pidió dos bourbons y el de acá descubría una muchacha consumida y rubia que lo miraba con insistencia. Al contarlo, Alejandro se reía. En el bar, en el otro bar, la rubia también sonrió, un tanto imperfectamente: le faltaba la dentadura. Ella se disculpó: es que estaba muy aburrida.

La radio gangosa y un negro que se acercaba hacia nosotros pervirtiendo la melodía —si bien no los lyrics— nos daba un estribillo de los Stones, Mixed Emotions, después de Malevaje por Alberto Castillo y Tamboriles, tamboriles, también por el mismo intérprete. Entre hipos y buenas maneras, visteando mi regalo envasado, un parroquiano nos pedía si lo convidábamos con un trago, mangazo providencial, ya que no teníamos un peso más. Destapamos, el mozo nos trajo un vaso; el negro probó el tequila, nos dijo que no era grappa. Nosotros ratificamos y volvimos al tortuoso vaho de pub en Cicero, donde se multiplican las pantallas de T.V. y una camiseta de Northwestern le terminaba de complicar la vida a Alejandro Ramela, nacido cerca del Parque Rodó y acaso renacido en Desplaines.

En la barra del Sullivan's manguerearon bourbon hasta vaciarse los bolsillos de Alejandro. Si bien nunca supo que debía agregar medio litro de escocés a los que mi amigo estaba mandándose, Meham luego diría no saber cómo el del bolsito logró resistirlos. Bebedor plácido, Alejandro ya sospechaba en Meham un alcohólico bastante más acabado que el negro que, desinteresado de historietas gringas, se alejó poco antes hacia la radio, tarareando, acaso irónico, no voy en tren, voy en avión, no necesito a nadie, a nadie alrededor. Entre trago y trago, en la barra de Cicero, Alejandro computaba consecuencias y contradicciones en la historia de Meham, más alerta que yo cuando escuchaba la suya, porque mi pescuezo nunca ha estado en juego.

Meham entre los suyos era un perdedor y su vida era inenarrable; a lo largo de un fin de semana, sin embargo, se la contaría toda a mi amigo. Ya en el Sullivan's los tímpanos de Alejandro fueron siendo infiltrados por pantanos asiáticos, trampas bobas, vísceras de viejos y niños. Al ritmo de Prince o de Madonna, Alejandro se esforzaba por discernir el zumbido de millones de mosquitos, una noche en que su interlocutor fue el decimosexto en violar a una adolescente amarilla, el espesor de las bolsas de plástico en que los compañeros de Meham iban regresando a casa, o de adivinar, entre la euforia de las luces del pub el deslumbramiento del NAPALM; en fin, cosas casi tan horribles como la derrota frente a Argentina, cosas que aquí sólo se cuentan a un amigo. Oía, además, cómo el mismo héroe de aquellas infamias había forcejeado con un negro en el andén de Desplaines y arrojado un cuchillo a los rieles mientras alguien, con la cabeza desenvainada sobre un bolso, dormía sin sospechar que le estaban salvando la vida.

Alejandro, junto a los durmientes, se había convertido en princesita encantada a merced del tren de los otros mundos. Una alteza cenagosa —a juzgar por el salvador que la noche le había adjudicado— a la cual, para que se despabile de una vez, le están contando su propio cuento. Se descubrió la estrella de un drama mudo (fotograma, a su vez, en la épica crasa de Meham). Le llegaba el turno de presentarse al resurrecto del relato y anticipar que poco tenía para decir de él: aturdía alumnado en Northwestern University, sin alejarse mucho del campus. Detestaba ponerse a hablar de él, y más de trastos como su biografía escolar, pero eso al menos se presentó como un charco plácido dentro de la saga de sordidez que, en cada sílaba dificultosa, iba desgranando el bigotudo.

Ahora sí Alejandro creyó estar soñando porque el otro no sólo se machacaba la frente con la mano comprimida, felicitándose de una amistad tan flamante y prestigiosa; además transmitía esa condecoración a los parroquianos y a las dos mujeres que, tras la barra, no paraban de aturdirlo con bourbon. En la estación, viendo a mi amigo dormir tan despreocupado, Meham lo había pensado —y ahora no se lo perdonaba— un vagabundo. Todos, en aquel vaho, brindaron por el error. Yo me alegré y me serví más tequila; por fin aparecía la otra camiseta encajándose en el puzzle: Meham nunca consiguió infiltrarse en un aula de Northwestern; como a tantos otros, lo habían rechazado. Nada codiciaba más que una T-shirt, una camiseta de Northwestern que pedía en retribución, ya por haber salvado una vida, ya por haber asesinado en nombre de todo lo bueno y decente o, luego pensaría Alejandro, por vagabundear hambriento entre bares y hospitales. Alejandro, propietario de una de los Wild Cats, el equipo de basketball de la universidad, pensó que, con esa camiseta, la aparición mostachuda se hundiría sosegada en su madriguera. Pero cuando el narrador dejaba entrever un cauce, probablemente etílico, para su aventura, un vaso vacío nos desbandó. El negro —Erwin Cardozo, ex half derecho de la tercera de Rampla Juniors, a poco lo supimos— pedía otro traguito, maestro, y muy civil se sentaba para prosearnos de su vida.

Al mapa ya bastante disperso de la charla se le agregaban la cancha de Rampla y algunos caserones dormidos de Capurro, pero olvidado del entorno, a pura tequila, a puro purgante, Alejandro proseguía. Meham llevaba tres días sin comer y la invitación a un desayuno en Mac Donalds, al salir del Sullivan's, con un sol amarillo molestándoles la borrachera, fue el detalle que completó la catástrofe. Ahí se ganó la admiración enfermiza, el intratable afecto de Meham, a quien nadie jamás trató tan bien, desde su niñez remota con guantes de baseball y pasteles de calabaza. No pudo no llevarlo a su casa, olvidar su propia embriaguez y seguir forrándolo con comida y alcohol, teniéndole cada vez más miedo durante cada minuto de aquel domingo largo.

Todo el jamón, todos los huevos, todo el pan, todas las salchichas Dubuke, que eran, entre libros, fotocopias y discos, las vituallas de mi amigo, no calmaron al huésped. Agradecía la hospitalidad hasta el estropicio y, en tanto más se irrigaba con gin, cada vez más desesperado, aclaraba lo que Erwin Cardozo temía: no era gay, que su benefactor no confundiera. Pidiéndonos cigarrillos, eructando tequila, algo descontextualizado, Cardozo proclamó que entonces ese gringo resultó, sin vueltas, puto, y yo que no; en todo caso poco importaba, por favor déjenos seguir.

Al mediodía se volvió previsible que la camiseta de los gatos salvajes, donde no se leía Northwestern University, no era del sueño de Meham. Tampoco se dejó caer desplomado por el último trago de gin o por la inhabitual digestión sin soltar otro detalle: la noche anterior, la del sábado, la que había terminado o empezado en la estación de Desplaines, en el hospital para veteranos, un facultativo, antes evasivo y de lentes, lo había desahuciado. Se oía la palabra cirrosis, se veían cicatrices de esquirlas de mortero y de granada. Extenuado e insomne, con pujanza sólo para sostener la resaca, para el recelo, para el instinto,

Alejandro se aplastaba en el sofá, mientras aquel enorme prójimo, Sam Meham, dormía sonoramente en toda su cama.

Atardece en las ventanas y Meham, sin olvidar la camiseta, la guerra, el médico, y recordando ahora una mujer negra y dos hijos que lo despreciaban, volvió al mundo, al living de la casa de Alejandro, para comerse los pocos restos. El anfitrión, pretextando la famosa privacidad que se lleva por allá y recordando que a la mañana debía vérselas con un grupo de jovencitos tempraneros y ansiosos, pidió ser dejado a solas, a fin de preparar los trabajos de la semana. Más tarde, a medianoche, Meham podría volver; en la mañana del lunes comprarían la camiseta.

En cinco horas, el bigotudo, que no conocía la zona, tenía tiempo para perderse definitivamente. Alejandro, sin embargo, no la sacó tan a precio. Tuvo que informarle dónde encontrar un bar, y ocho dólares, todo lo que había en su bolsillo. También se resignó a recibir los signos de la próxima novedad: el lunes, estrenando una camiseta, Meham pensaba adelantarse a la cirrosis, a las tenaces esquirlas, pensaba tener el valor al menos para eso. Solo, calibrando que a esa altura del mundo no es bizarro alojar suicidas, Alejandro sustituyó los libros por Brasil-Paraguay, también por el Sudamericano, también vía satélite. Los paraguayos ingresaron con suplentes para no arriesgar jugadores, precisó Erwin Cardozo y, a propósito, su propia trayectoria atlética fue clausurada un jueves, con fractura expuesta de tibia y peroné. No nos mostró las marcas, pero sí unos bolígrafos, único residuo de su último empleo en Sylvapen. Nos ofreció uno a cada uno y aseguró que funcionaban; cortésmente, lo más cortésmente posible, los rechazamos. Como para librarse de insistir, preguntó si aquel gringo, Meham, había vuelto.

El mozo, ya desempacado de su casaca mugrienta, encajaba las sillas sobre las mesas. Cuatro patas, ocho patas, doce patas de madera estirándose hacia el techo; las aspas del ventilador no se movían; afuera un canilla anunciaba *El País* de los domingos, y la radio, y Gardel, nos avisaba que ya no hay en el bulín aquellos lindos frasquitos y piantá de aquí, no vuelvas en tu vida. Según parece, a media noche, muy puntual, Meham, en vez de llamar por el portero eléctrico, golpeaba la puerta. Ocho dólares no podían haber pagado la borrachera que lo ensanchaba, ni siquiera las latas de cerveza que, sonriendo turbio, estiraba hacia Alejandro. Alguien más, en el bar de la esquina, se había apiadado de su encendedor de veterano. Dio algunos pormenores que explicaban la Budweiser, se sentó en alguna parte y en el monólogo emergió un revólver aguardándolo en otra parte de la ciudad. Iba a ser uno más, decía, entre los anónimos muertos que siguen muriendo en Vietnam, es decir en Orlando, Brooklyn, Chicago o Nuevo Mexico. Sin atender detalles del lugar, algún carraspeo del mozo, el silencio de la radio, la luz del sol ansioso filtrándose en el piso y la cortina metálica, Cardozo servía tres largos tequilas, estos sí, definitivos.

Lento hasta la histeria en la madrugada afónica, el soliloquio dipsómano descarrilaba de su corredera de agradecimientos; Meham carcajeaba entre gargarismos diciendo que, por una vez, le iba a ganar al tío Sam, y participó su testamento. Nadie reconocería su cadáver indocumentado; por lo tanto, después de papeleo a ser firmado la tarde siguiente, Alejandro Ramela, nacido en algún rincón de Sudamérica, podría cobrar, para siempre o por mucho tiempo, una pensión de veterano: Sam Meham comenzaba por regalarle el encendedor.

Imposible interrumpir ni desviar el monólogo que se arrastraría, obsesivo, tartamudeante, circular como la voz de Alejandro al recordarlo. A estas alturas el sudor frío en las manos y la sequedad de la lengua eran más que el cansancio de una noche de vigilia, que toda posible piedad, que ochocientos dólares más al mes. Ni a Erwin Cardozo le cabían dudas: no era aquel gringo quien iba a morir; en el del birrete universitario, poca curiosidad por volverse a Montevideo en bolsa de plástico. En estos casos, ya se sabe, el muerto es siempre el otro.

De alguna manera, llegó la mañana. Alejandro, con dinero reciente de un cajero, pagaba otro desayuno, en otro Mac Donalds. Los párpados de tres o cuatro yankees relojeaban a un Meham exaltado porque iba a entrar, por segunda y última vez, a Northwestern. Si bien mi amigo al menos en esto era preciso, difícil no imaginarle a Meham un revólver abultando; pero arreciaba el calor y el ex sargento había decidido bañarse, quién sabe después de cuánto, y embutirse para la ocasión en una camisa de Alejandro. Por caminos sinuosos, entre una muchedumbre de edificios indiferenciables, fueron a la cafetería de la universidad. Es en ese edificio donde venden las camisetas, pero hay otro, que Meham no debía conocer, en donde el hipotético resurrecto —quiero decir, Alejandro— tenía su oficina. Usted se portó como un criollo, decretó Cardozo; no hubo llamadas ni policías que buscasen a Meham sentado entre las mesas de plástico de la cafetería, aguardando con veinte dólares de Alejandro abriesen la Book Store para comprar el trapo, salir del campus y, con el vuelto (compró la más barata) emborracharse una vez más.

Al menos hasta el presente, las clases en Treinta y Tres no nos obligan a carraspear tres horas desangrados por los nervios. Una antesala que quisiéramos fuera de un almuerzo apacible y no del encuentro con un hombre desamparado y ebrio, que desentona con la prolijidad obsesiva de una universidad circunspecta. Ahí estaba, nomás, fumando borracho en el mediodía, y en el pecho de la camiseta lila, debajo de los bigotes, se leía Northwestern. Meham sonreía y notificaba no haber creído que el de acá fuese a regresar; Alejandro dijo aquí estoy, pretextó ir solo para procurarse un almuerzo antes de salir y seguramente ironizó algo acerca de su destino, al robar, de la cafetería, un cuchillo de mesa, disimulable en un bolsillo, para ir a enfrentarse, al menos con el estómago lleno, al excesivo Meham y a lo que fuera.

Lo cierto es que se desmayó o, como se dice, perdió el sentido después del último sorbo de tequila, golpeando con la cabeza la botella vacía que se deshizo en el suelo y no hubo forma de recuperarla. Soy algo enclenque; Cardozo me ayudó a sacarlo a la mañana ciega y a meterlo en un taxi. Mientras el detallista ex half derecho comunicaba que a Alejandro no se le veían marcas, fue preciso recordar que no hay viaje gratis. De los bolsillos del desmayado salieron unos dólares y, antes, un encendedor plateado y con capucha; también, por suerte, las llaves. El viejo pedernal a gas todavía frotaba y daba fuego. Se leía U.S. Army: no había nombre, sólo una cifra.

Como no se recuperaba ni en la puerta de su casa, lo acarreamos al dormitorio y le dejamos los pies tapados. En la vereda, intenté regalarle, en recompensa —Alejandro no se hubiera ofendido, sigo creyendo— la camiseta con los conciertos, pero esta vez le tocó a Cardozo declinar. Me pidió, en cambio, uno con filtro y le dejé la caja de Marlboro de Alejandro, por fortuna extraviada en mi bolsillo. No me costó aceptar, esta vez, la lapicera y unos trozos de la botella que se había guardado vaya uno a saber por qué. Mentras se alejaba, Erwin Cardozo tarareaba Mixed Emotions. Lo demás es previsible; al atardecer de aquel domingo volví a ver a mi amigo y terminamos cantando blues.

Ya son siglos sin saber de Alejandro. Me gustaría contarle que, no obstante la lengua de la camiseta es rosada de tan descolorida, me enfundo en ella toda vez que mi banda toca; también que las canciones con él compuestas, hace tanto, siguen encajonadas. Acabo de apropiarme del encendedor. Ayer, en un lugar impensable, encontré un bolígrafo con el cual esta historia no ha sido escrita.

(*Buenas noches, América*)

PIEL DE CONEJO

HELVECIA PÉREZ

Su llegada a nuestras vidas fue casi tan misteriosa como la desaparición...

Un día, sin previo aviso, mi madre volvió del pueblo con una cajita blanca de cartón, con varios agujeritos. Fui corriendo por el camino a alcanzarla y a ayudarla con los paquetes y los bolsos, pero desde que la vi, lo que más me llamó la atención fue la cajita: amarrada con un piolín cruzado arriba, mamá la sostenía en la mano derecha y no la soltó ni para saludarme, como hizo con los otros bultos.

Cuando pregunté, me dijo que era una sorpresa y mientras caminábamos yo no dejaba de mirarla; hacía un leve balanceo en el andar y yo me fui convenciendo: allí venía algo vivo. No podían ser pollitos, porque yo bien conozco la forma de las cajas de pollitos y porque ellos pían de una manera inconfundible; lo que más me extrañaba era el silencio.

Cuando llegamos, estaban mis hermanos y todo fue un gran revuelo, los caramelos y los regalos y yo me distraje con el cuaderno de tapas verdes y muchas hojas rayadas y blancas.

Mi hermana juega con unas tizas en la pizarra, a mi hermano los championes nuevos le quedan como pintados y yo sentada en el piso acaricio mi cuaderno y miro de reojo a la cajita que ha quedado en el rincón.

—¿Qué es esto? —pregunta mi hermano pequeño, y parece que ha llegado el momento.

Mi madre coloca la pequeña caja sobre la mesa; mi hermano se para arriba de la silla, yo levanto en brazos a mi hermana para que vea. Mamá desata con delicadeza la moñita del piolín, le quita la tapa a la caja y allí está, agazapada, una parejita de conejillos: ella blanca y él gris, asustados; mi hermano mete la mano diminuta y acaricia a la conejita blanca. Mi hermana quiere tirársele encima y yo los miro, todos miramos en silencio y los bichitos agazapados, nos muestran el lomo, las cabecitas escondidas, les brillan los ojitos negros sobre fondo rojo.

Claro que nunca más veríamos a los conejos tan quietos, porque de ahí pasaron al suelo; ese día jugamos mucho con ellos, hasta que estuvieron más vivos y despiertos; a mí me encantó acariciarlos, nunca había sentido a un animal de piel tan suave.

Luego todo se complicó, mi madre se ocupó de otras tareas y todo aquello que fueron caricias se convirtió en zamarreo, porque la piel tan suave también estaba buena para agarrarla y apretarla y tirarla y así fue que mi hermano lo hizo y se armó el lío...

Fue el único día que los tuvimos tan cerca.

Después, los conejos pasaron a tener casa: unos cajones grandes de madera que a uno de los lados tenían —también de madera— varias rejas. Los colocaron altos, lejos del alcance de los otros bichos y de las manos de los niños atrevidos.

Yo, de todas maneras, como soy un poco más alta, con mi mano llego a acariciarlos y a verlos cómo se mueven de un lado a otro de la jaula, porque son muy inquietos. No paran de moverse en ningún sentido y con las bolsas de hinojo que traigo de la orilla de la carretera en la venida de la escuela, se han vuelto unos animales grandes y gordos. Tampoco han parado de tener hijos; así es que cuando nacen nuevos pequeños podemos verlos, pero nadie puede acariciarlos.

Sí, yo sé que tengo ese privilegio, cuando voy a darles el hinojo, o zanahorias, en el tiempo de las zanahorias, me subo arriba de un cajón y ahí me quedo acariciándolos, a los dos viejos y a todos los otros. Porque después hubo muchos, muchos, y hubo largas filas de jaulas altas, e incluso unas arriba de otras, en doble hilera.

Hasta que un día llegó la peste. Todo el mundo hablaba de la peste de los conejos. Una tarde, sorprendí a mi hermano jugando con la bolsa de hinojo —hacía como que fueran juncos, los movía como los mueve el viento— y estaba llorando; cuando le pregunté por qué me dijo que era por la peste de los conejos.

Nunca los vi morir y eso me da un poco de desconfianza. Un día cuando llegué de la escuela y fui a darles el hinojo, faltaba uno; al día siguiente, varios. Así, en menos de una semana, en mi casa ya no había conejos. Unos cuantos días después, ya nadie más hablaba de ellos.

(*Palpites*)

EL DR. ASH ESTÁ UN POCO LOCO

GABRIEL PEVERONI

Un solo click. El último antes de irme de la oficina. La línea azul dice que ingresa un mensaje. Uno solo. Un único mensaje electrónico. Y para peor, sin remitente conocido. La tentación puede más. Sin peligro de archivos adjuntos con virus, lo abro. En el cuerpo del mensaje, firmado por un tal Dr. Danny, se lee una solicitud formal, tan impersonal como curiosa, de colaborar en la tarea de recolectar historias sobre amores virtuales.

El extraño Dr. Danny prepara, según indica la carta de presentación con el sello de una universidad que desconozco, un trabajo de tesis. Le contesto que no, que nunca me había pasado, que apenas si utilizo el correo electrónico para escribirme con amigos y por razones laborales, que mi experiencia en verdad no le serviría para nada. Envío mi pronta respuesta. Espero por si el extraño está conectado. Otro click. Nada. Espero. Otro click y la línea azul avisa de un nuevo mensaje. Otra vez el remitente dice Dr. Danny, aunque en su segunda aparición sin sellos ni formalidades.

Danny insiste en que le confíe alguna historia. En sus palabras noto que se divierte en su tarea de pirata, de buscador de historias. Es un coleccionista. Padece una patología similar a la mía. Así que me dejo llevar.

Danny no tenía rostro para Ash. Ash no tenía rostro para Danny. Desconocían en qué ciudad vivían cada uno y sus edades, tales fueron las reglas de su relación, pero Ash logró inmiscuirse en el oscuro y paciente trabajo de Danny. Fue así que el confesionario que había abier-

to Danny a través de sus múltiples amigas y amigos cibernautas comenzó a ser confiado, de segunda mano, a Ash. Pero a Ash todavía le faltaba algo.

Me sentí un verdadero espía, vigilando de muy cerca la transformación que tuvo Danny durante el par de meses en que duró nuestra profusa correspondencia. Día tras día me mantenía informado de sus nuevos confidentes y de qué manera se iba involucrando con ellos. No tardé en darme cuenta que Danny era débil, que no podía manejar la distancia necesaria para su investigación, por lo que se enredaba con cada una de sus fuentes de información. Mi tarea era alentarlo, en cada caso, a llegar al fondo de cada historia.

Lo que en un principio eran simples historias de una chica enamorada de un chico que no conocía, se fueron transformando, gracias a mis consejos, en tortuosas relaciones múltiples que el propio Danny vivía con excitación. Muy pronto él me comenzó a contar de sus culpas, de la depresión que estaba viviendo, de que se sentía un estafador y de que le asustaba el no saber cómo poner fin a tantas historias que comenzaban a dolerle.

Danny no tenía rostro para Ash, pero se lo imaginó en una lujosa oficina, vestido con ropa Armani y utilizando los ratos libres de su trabajo para tocarse con sus amantes virtuales. Ash tampoco tenía rostro para Danny, pero creyó esa torpe descripción en la que Ash dijo ser un obseso consumidor de heavy metal y por lo tanto adorador del cuero, las motos y los pelos bien largos. Pero Ash era más bien reservado, sólo le bastaba con tomar opinión sobre algunas historias y alentar a Danny en su trabajo de tesis.

Coleccioné las decenas de correos que me envió Danny y pronto también empecé a vivir esas historias como si fueran mías. Seguí con ansiedad su rollo erótico con Carmen, una bogotana que le escribía dos o tres veces por día. También el triángulo en que se metió cuando sedujo a una limeña de nombre Inés que a su vez estaba enamorada de un chileno que conoció en una sala de chat. Y envidié su esfuerzo por conquistar a Lucía, una madrileña lesbiana a la que supongo le cayó simpática la curiosidad académica. Además de esas historias, llamémosle principales, Danny tenía una decena de historias secundarias de interés, bastante más que esas tonterías tipo telenovela venezolana en las que dos desconocidos se enamoran y siguen desesperados hasta el *happy end,* o sea el casamiento. Una de las que más me impactó fue la del relato de las relaciones en tiempo real de un mexicano apodado Danger Wolf, que era fanático del *netmeeting.* En su primera incursión, según Wolf le contó a Danny, se encontró con una adolescente italiana de dieciséis, y pese a la incomunicación y confusión lingüística, terminaron desnudos y masturbándose mientras se veían por los monitores y se escribían con torpeza. Eso era verdadero cibersexo, aunque a mí me parecían opciones obscenas para mentes faltas de imaginación. Se lo comenté a Danny, y fue ese mismo día que le sugerí que se hiciera pasar por mujer abriendo otra casilla.

Danny no tenía rostro para Ash, menos ahora que la ropa Armani que había imaginado estaba manchada del rouge de su otro personaje, al que bautizó Lisa. Lisa no tenía rostro para Ash, y menos sabían Danny y Lisa de ese metalero amante del cine bizarro que les hacía de confidentes. Pronto los enredos sentimentales de Danny pasaron a segundo plano, y los amantes de Lisa comenzaron a brotar también en el monitor de Ash.

No pasó demasiado tiempo de la aparición de Lisa, que dejé a Danny. Ya no me eran particularmente atractivas sus historias y me aburrían sus culpas por el hecho de coquetear con chicos haciéndose pasar por mujer investigadora. Eso sí, no lo abandoné sin antes conocer la rapidez con que Danny-Lisa se enganchó con un argentino llamado Luis, un ecuatoriano de nombre Lucas y un par de españoles. Esos cuatro fueron los amantes principales de Lisa. Antes de despedirme para siempre le pasé otra dirección, la de un supuesto amigo al que le vendría bien la aparición de Lisa en su vida.

Así fue que el primer mensaje que recibí de Lisa lo contesté al otro día, y pronto se inició una ardiente relación por e-mail que duró unas dos semanas. Mi nuevo nombre fue Tomás. Realmente era difícil advertir que detrás de Lisa estaba Danny, aunque lo supiera, y me impactó la manera en que me fue envolviendo en su atrevida histeria de seducción. La espera por los mensajes de ella me generaban cada día mayor ansiedad. Una tarde, hace apenas dos días, llegó un mensaje desesperado, dirigido a Tomás.

«No sé cómo empezar esta carta, pero me decidí a hacerlo porque no me gusta seguir mintiendo. No soy una mentirosa, eso creo, pero me vi envuelta en estas últimas semanas en una avalancha de deseos y excitaciones que no pararon hasta que me enfermé hace unos días... Por eso decidí que debía enfrentarme a ustedes, es que los quiero, los deseo, a cada uno a su manera. A todos les estoy escribiendo la misma carta. Si quieren, olvídenme, me lo merezco, soy una tonta y una estúpida por dejarme llevar... No puedo seguir así, mintiéndome y mintiéndoles... Estoy deprimida y mucho... Soy débil, como ustedes. Besos. Lisa.»

Danny no tenía rostro para Ash, quien en realidad deseaba el rostro travestido de Lisa. Ash tampoco tenía rostro para Lisa, porque ella se había imaginado a alguien que se llamaba Tomás. Pero Tomás reapareció y le contó avergonzado a Lisa que en verdad era Ash, y que lo perdonara, que sólo estaba jugando y que era él peor farsante. Le dijo también que se sentía una mierda. A las pocas horas, un nuevo mensaje volvió a sacudir a Ash. Era de Lisa, que decía que ella se sentía muy torturada, porque se había enamorado de Ash —cuando juntaba información haciéndose pasar por Danny y divertida de coquetear con chicas—, y que también se había enamorado de Tomás. Y que ya nadie le creería nada. Por cierto, Ash se volvió un poco loco.

Hoy se cumplen dos meses del primer mensaje que recibí de Dr. Danny, y apenas fue ayer que recibí la carta en que Lisa me dice que es Danny el que no existe. Después de meditarlo un rato, decidí borrar todos los mensajes que guardaba celosamente de mi correspondencia con Danny y con Lisa. Ya no existe Tomás. Tampoco Ash. Luego, mecánicamente, abriré otra maldita casilla de correo.

(*Inédito*)

ANASTASIO MÉNDEZ, EL SOLDADO DE APARICIO

GABRIEL SOSA

Entre 1910 y 1916 Río Grande do Sul vivió aterrorizada por un asesino de leyenda, un monstruo con forma humana que diezmó la población local sin piedad, y que convirtió a los habitantes del estado en rehenes de su furia. Un asesino sin nombre, un matrero salvaje, acechó durante esos largos años los caminos de todo Río Grande, de norte a sur y de este a oeste. Cada noche, siempre en lugares distintos, una, dos y hasta cinco o seis personas caían víctimas de su cuchillo. Lo llamaban El Degollador, y nunca nadie supo su verdadero nombre ni la razón de sus crímenes.

Las víctimas eran encontradas en cañadas, a los costados de los caminos, incluso en sus propias casas. Todas, sin excepción, degolladas de oreja a oreja. Casi nunca se constataba que hubiera un robo, sólo a veces faltaban unos billetes de algún bolsillo, o algunos alimentos de algún rancho. Tampoco había signos de lucha, ni motivos aparentes para el asesino. Este llegaba en silencio, degollaba a su infortunada víctima y seguía su rumbo. Ningún camino, ningún campo, ningún pueblo estaba a salvo. Hasta en los suburbios de Porto Alegre aparecieron muertos con la garganta abierta. Una vez tres morenos, gente de mala vida, fueron encontrados a pocas cuadras del centro de la ciudad con las gargantas rajadas, aunque en ese caso se sospechó se trataba de algún ajuste de cuentas que quiso hacerse pasar por crímenes de El Degollador. Igual, nunca se aclaró nada.

Desde peones y desharrapados hasta hacendados que se aventuraban solos por la noche, El Degollador no despreciaba a nadie, hombres o mujeres. Jamás se supo que matara niños, pero también es cierto que muchas de sus víctimas deben haber quedado sin encontrar. Una noche, en una de sus hazañas más terribles, luego de despachar al que hacía guardia en la puerta entró al rancho donde dormían seis soldados y un teniente. Cuando los encontraron, varios días después, cada uno de ellos estaba envuelto en su manta, arrollado como en sueños, sobre un charco de sangre seca lamido por las alimañas.

De a poco, entre la maraña de leyendas sobre demonios y fantasmas, una imagen se abría paso. Un gaucho como tantos, sólo que más silencioso y solitario, con el pelo desgreñado y la barba tupida y ya canosa. Se lo veía a veces en los alrededores de un pueblo, de una estancia, de un puesto militar. Esa noche morían dos personas, y al otro día el gaucho silencioso ya no estaba.

Se formaron patrullas para buscarlo, cuando ya se había perdido la cuenta de cuánta gente había muerto, y cuando en Río Grande ya no se salía de noche, y se aseguraban doblemente los postigones de las ventanas. A esa altura no hacía falta que nadie inventara historias de El Degollador, o que dijera haberlo visto. Cada paraje había recibido por lo menos una vez su visita mortal, y las historias que ya nadie contaba, porque nadie quería escucharlas, eran reales. El Degollador no era una leyenda, era un terror real y cercano.

Por fin una noche, casi de casualidad, una patrulla militar encontró a El Degollador agazapado sobre su víctima. Quién sabe qué descuido del asesino había permitido que los soldados, que como se sabe son la gente menos sigilosa del mundo, se acercaran hasta el cruce de caminos en el cual cortaba su última garganta. Unos tiros disparados casi al azar y con miedo estuvieron a punto de perdonarlo, pero una bala rebotó en una piedra y fue a metérsele en la rodilla, con poca fuerza pero la suficiente como para encajarse en la articulación y dejarla inútil. El Degollador huyó bramando, y los milicos dudaron antes de seguirlo. Cuando se acercaron al cadáver y vieron el rastro de sangre de su presa se dieron cuenta de que era humano, pero igual necesitaron la valentía que da la montonera para seguirlo. Lo encontraron al amanecer, pálido de dolor recostado contra un árbol, casi inmóvil por la pérdida de sangre. Cuando los vio llegar les gritó insultos y los amenazó con el cuchillo, como una fiera herida. Los soldados, prudentes, lo mataron a tiros de lejos, como a un perro. Su cadáver se exhibió diez días en el pueblo más cercano antes de ser llevado a Porto Alegre. Nunca nadie lo reconoció, nunca nadie supo decir quién había sido ese animal, y pasó mucho tiempo antes de que la gente saliera por la noche sin miedo, antes de que se atreviera a dormir con las ventanas entreabiertas. Y mucho tiempo más pasó antes de que las leyendas de El Degollador fueran eso, leyendas que se pueden contar sin terror.

***

Cuando Saravia fue herido de gravedad en Masoller, los generales de su ejército decidieron llevarlo a una estancia cercana para intentar curarlo. Fue una triste caravana nocturna la que salió escoltando la carreta que llevaba al caudillo malherido, rumbo a una casa apenas a dos kilómetros del campo de batalla donde esperaban poder montar un hospital improvisado. Ya casi llegaban cuando un soldado les salió al paso.

—Buenas noches, señor —dijo el guardia, al reconocer a quien venía al frente de la escolta—. ¿Vienen a presentar los respetos?

Los soldados se desconcertaron. Nadie les había informado que justamente en esa casa estaban velando a dos comandantes, amigos personales del General. Era demasiado mala noticia para el herido en sus condiciones, y mucho peor meterlo en el mismo sitio del velorio. Ya pasaba de la una, la noche estaba fría y húmeda.

—La estancia de Luisa Pereira no está lejos.

El viaje parecía corto y fácil, y mejor alternativa que llevar al General a una casa con dos de sus amigos muertos. Se decidió desviar la caravana buscando una mejor oportunidad.

Fue un error, y un error grave. Recién a las once de la mañana, después de una pesadilla interminable de caminos pedregosos y hondonadas oscuras entre la sierra, pudieron llegar a la casa de doña Pereira, con el General delirando y consumido por la fiebre.

La gente de la estancia salió a recibirlos, alertados por un jinete que se había adelantado. Un cuarto se había preparado lo mejor posible para el herido. Mientras llevaba a los caballos para que abrevaran, un sargento quiso sacarse una duda con el peón que lo guiaba.

—¿Qué lugar es este, compañero? —preguntó—. ¿Cómo se llama el paraje?

—Sepulturas, señor —fue la breve respuesta.

El sargento sacudió la cabeza, triste.

—Mala idea fue —murmuró el sargento Méndez, sin que nadie lo escuchara.

***

Diez días duró la agonía del General en aquel setiembre de 1904, diez días de gente que iba y venía llevando las novedades a un lado y al otro. Mientras peores eran las noticias que salían del hospital improvisado, peores eran las que llegaban. Enfrentamientos, desbandadas, derrotas. Los oficiales discutían entre ellos y no aceptaban órdenes, y divisiones enteras se disolvían y volvían a sus pagos, simples montoneras de gente sin sentido al no tener junto a ellos a su líder. El General agonizaba al mismo tiempo que su ejército.

El último día amaneció despejado. Un inesperado viento tibio anunciaba la primavera, y todos se sintieron reconfortados al sentir el aire suavemente perfumado. En el pasto duro del invierno se podía notar una leve sombra verde jugosa. La gente empezó a sentirse esperanzada. El médico de Saravia hasta sopesó la idea de abrir las ventanas del cuarto del herido, para ahuyentar un poco los olores a encierro y curaciones, pero decidió no arriesgarse. Igual no hubiera importado, porque a la una y media de la tarde el General se murió.

Los más allegados comenzaron la triste tarea de preparar el demacrado cuerpo para los últimos homenajes. Lo desnudaron y lo lavaron, y lo vistieron con su mejor traje mientras esperaban que trajeran una buena bandera nacional en que envolverlo. En eso estaban cuando llegó una delegación del frente, para intercambiar novedades. Todos salieron de la habitación, aliviados por la oportunidad de respirar un poco de aire fresco y ver el sol, aunque fuera con la excusa de dar la mala noticia. Los diez días de convivir con la muerte los habían dejado exhaustos, aun a los más curtidos.

Nadie se fijó que en un rincón, solitario, quedó el sargento Méndez, encogido de dolor, casi incapaz de moverse. Lloró en silencio un rato antes de acercarse al lecho del difunto para darle su último adiós.

—Hasta siempre, General —murmuró, y con mano temblorosa acarició el pelo de su caudillo muerto. Entonces notó una fina cadena de plata que rodeaba la garganta del difunto, asomando entre el cuello de la camisa y el pañuelo anudado. Tiró suavemente, y una pequeña cruz de plata, muy trabajada, quedó al descubierto. Sin pensarlo dos veces desprendió el broche de la cadena y se metió todo en el bolsillo.

—Un recuerdo, General —dijo tímidamente—. Discúlpeme.

Se oyeron voces que se acercaban, y Méndez volvió a su rincón. Los oficiales recién llegados entraron a dar sus respetos, y justo en ese momento llegó la bandera que pensaban usar como mortaja. Respetuosamente envolvieron en ella el cadáver, y en una camilla muy similar a la usada para sacarlo del campo de batalla diez días antes lo llevaron hasta el vehículo que debía trasladarlo al lugar de su velorio.

Méndez salió el último, demasiado dolorido por la muerte del General como para sentir remordimiento por el robo que acababa de cometer. Lentamente se dirigió hacia donde los caballos esperaban ya ensillados, listos para la última escolta del caudillo. La carreta partió traqueteando y los hombres salieron detrás, con Méndez cerrando la fila. Todos tenían las miradas bajas y los hombros encorvados, y la noche que comenzaba a caer se los fue tragando uno por uno, hasta que ningún sonido ni movimiento perturbó la quietud del campo.

Luego de la muerte de Saravia, Méndez prosperó. Se casó, tuvo tres hijos y pudo comprar algunas cuadras de buen campo en el rincón más alejado de Tacuarembó. Hizo algo de fortuna y nunca mencionó, ni siquiera en privado, su pasado de soldado.

También empezó a beber y a jugar, vicios oficiales de la gente de campaña, los únicos de los que hablan abiertamente. Al principio con moderación, luego más y más frecuentemente llegaba a su casa bien entrada la noche, tambaleándose sobre el caballo, a veces con el cinto vacío, a veces con un puñado de billetes arrugado. Nunca, a diferencia de la mayoría de los borrachos, farfulló o murmuró, por más ebrio que estuviera. Su borrachera era silenciosa y fría, y aunque tenía la mirada turbia siempre supo dónde estaba. Con el tiempo ganó una merecida fama de hombre violento, y por fin adquirió la costumbre de desaparecer varios días de su casa para vagabundear cada vez más lejos buscando juego y alcohol, como si no pudiera convencerse de que eran lo mismo en todas partes. Su esposa, asustada, jamás se atrevió a reprocharle sus alejamientos, que a esa altura eran alivios para ella.

Una noche de domingo Méndez jugaba al monte con varios troperos brasileros en un almacén de un pueblo chico, muy lejos de su casa. No le quedaba plata, ni siquiera reservas. Tenía una mano que no podía perder, y además necesitaba caña para mantener su borrachera. Lo pensó mucho, miró las cartas muchas veces y por fin, parsimoniosamente, sacó de debajo de su camisa una cadena de plata y una cruz.

—¿Cuánto da? —le preguntó al tropero moreno con quien se enfrentaba mano a mano.

Arreglaron un precio, el moreno cubrió la apuesta y jugaron. Méndez perdió. El moreno largó una risotada, juntó la plata que estaba sobre la mesa y sostuvo la cruz delante de sus ojos, burlón. Se rió de nuevo y la guardó en un bolsillo. Méndez, sin decir una palabra, salió del almacén, subió al caballo y se fue a pasar la noche junto a una cañada cercana.

Al otro día emprendió el regreso a casa. Llegó como siempre, hosco y en silencio, y su mujer lo trató de la misma manera. La siguiente semana la pasó sobrio y ensimismado, sentado en un tocón junto al rancho, sin dirigirle la palabra a nadie. Su esposa y sus hijos lo evitaban, al igual que los pocos peones. Una mañana se levantó temprano, ensilló el caballo, juntó unas pocas cosas y salió al galope. Nunca volvió, para alivio de muchos.

Le llevó varios meses ubicar al moreno, pero lo logró. Fue justo en la frontera, en un bar miserable. El tropero, borracho, casi ni supo de qué le estaba hablando. Luego de mucho discutir y rememorar, pudo a duras penas recordar que de la misma manera que la había ganado la había perdido, jugando contra otro tropero, o a lo mejor un soldado o un comerciante, en algún pueblo del interior de Río Grande. Aunque a lo mejor se acordaba mal y se la había regalado a alguna mujer en Bagé, de la que no retenía ni el nombre.

Méndez se enfureció, hubo gritos, discusiones, y el tropero terminó en el suelo, sangrando por una herida en el vientre de las que no se curan. Méndez salió, subió a su caballo y se internó en Brasil. Nada más se supo de él.

***

En las cercanías de Bagé había una estancia. En esa estancia, lejos del casco, había un montecito junto a una cañada. Y oculto por el monte, junto a la cañada, sobrevivían apenas el techo y las paredes de un rancho, largo tiempo atrás abandonado, donde una tarde de tormenta repentina dos arrieros de paso, de los últimos de su oficio, buscaron refugio. En el rancho, asombrados, encontraron dos pequeños baúles cerrados, casi consumidos por la humedad. Los abrieron, luchando contra las oxidadas bisagras. Uno estaba lleno hasta el tope, otro sólo hasta la mitad.

Contenían cruces, cruces de plata, de oro, de bronce, de madera, de piedra, cada una con su cadena, cordón o lazo. Muchas con manchas marrones, resecas de años. Incontables cruces de todo tipo, pero ninguna la correcta.

(*Orientales excéntricos*)

EL HORMIGUERO

HENRY TRUJILLO

Todavía se recuerda por aquí el día que enterramos a la niña Alicia. Todo estaba lleno de crespones negros. Más que la cantidad, llamaba la atención, para quien fuera recién llegado, el silencio de la gente que acompañó el cortejo. No se oían condolencias, ni murmullos, ni sollozos. Hasta las ancianas que solían llenar con sus alaridos los entierros de los solitarios estaban mudas de espanto. Los padres de Alicia permanecieron lejos, y al féretro lo llevaron personas extrañas en medio del silencio, cargado de angustias y resplandores del mediodía.

El cortejo marchaba lentamente hacia el cementerio. Yo, en realidad, ya no recuerdo bien ese día que quedó sin tarde. Recuerdo sí una noche anterior a ese día, cuando Alicia desapareció. Ella se había ido a jugar con Martín y Diego a los galpones de Rodríguez, que en aquella época daban para el fondo de casa. La única forma de llegar allí, no siendo por el frente, que ese mes permanecía cerrado, era atravesando mi patio y la quinta que tenía a continuación donde, debo decirles si es que están dispuestos a creerme, ese verano crecieron zapallos de un tamaño que nunca antes se había visto. Los gurises acostumbraban cruzar el alambrado desde la casa de Diego a la mía, y de ahí a los galpones. Esa tarde los vi cruzar como a las cinco. Yo daba vuelta tierra de este lado de las cañas, así que no me vieron. Pero yo sí los vi a ellos. Los dos varones corrían, la niña pedía que no la dejaran atrás. Después los perdí de vista un largo rato.

A las seis, cuando terminé de trabajar, todavía no habían regresado. Creí haber visto a Diego, de reojo, caminando en el techo del galpón.

Pensé que podía caerse y me acerqué para gritarles un rezongo. Pero cuando llegué ya no había nadie en el techo ni en ninguna otra parte que pudiera ver. Guardé la pala y el azadón en un cajón que tengo al lado de la cocina y volví para cerciorarme. No vi a nadie.

A las nueve apareció la madre de Alicia. Ya hacía un rato que llovía fuerte y su hija no aparecía. Para peor acababa de encontrar a Diego y Martín a dos cuadras de allí, junto a la cañada. Habían estado jugando en el terraplén hasta que cayeron las primeras gotas. En ese momento, Alicia había emprendido el regreso a su casa y ellos se habían refugiado en el almacén de Medina. Hacía de eso como una hora, y no la habían visto más. Y como usted sabe, ella es muy obediente, decía la buena mujer, si se le dice que vuelva a las siete vuelve a las siete, y más con la lluvia, tiene que haberle pasado algo. Y así seguía todavía cuando llegamos a la casa de Diego. Pero Diego se había acostado temprano y estaba dormido. Parecía tener fiebre, explicó su madre, y había querido irse a la cama apenas llegó. Fuimos entonces a la casa de Martín, que sí estaba despierto.

Enseguida que empezó a llover Alicia se fue para la casa, dijo Martín. Yo y Diego nos fuimos corriendo a lo de Medina y estuvimos ahí hasta que vimos que la lluvia no iba a parar, y entonces nos vinimos derecho para acá. Y yo a Alicia le dije: andá derecho para tu casa que si no tu mamá te va a retar. Ahora no recuerdo bien todas las palabras de Martín, pero recuerdo que me miraba y las soltaba una tras otra sin vacilar. Yo estaba fastidiado por tener que salir a buscar bajo la lluvia, casi a medianoche, una gurisita sinvergüenza que se había escapado, y no le di importancia a todo eso. Lo cierto es que buscamos toda la noche. Preguntamos en casa de todos los amigos y los parientes donde pudiera haber ido, y también en la comisaría, donde a veces iba porque los milicos la dejaban jugar en el patio. Allí dimos parte de la desaparición y regresamos. Nadie sabía nada de ella.

En el camino de vuelta pasamos por el terraplén. El terraplén, que fue construido para sostener la carretera nueva, corre paralelo a la cañada. Con la lluvia, el hilo de agua se había transformado en una correntada que golpeaba los costados de las casas. No veíamos el agua, sólo la escuchábamos.

—Es inútil —dijo alguien—, de noche es inútil.

Decidimos terminar la búsqueda al otro día. Cuando llegué a casa eran casi las dos de la mañana y continuaba lloviendo. Yo me había arrepentido de pensar mal de Alicia. Algo le había sucedido.

Al día siguiente también fue inútil. La cañada se había inundado por completo. Veinte años antes, un intendente imaginativo había resuelto canalizar la cañada para evitar que las inundaciones transformaran la zona en un pantano cada vez que llovía. Ahora ya no había pantano, pero sí un chorro de agua que amenazaba llevarse hasta el Río Negro a cualquiera que se atreviera a poner un pie dentro. Recorrimos un poco ambas orillas, de todos modos. No esperábamos encontrar nada. Pero no había más para hacer.

Al mediodía volví con mis almácigos. Fue allí, enterrado en el barro, que vino a verme el agente de la policía, enviado por el comisario para averiguar lo que ya todo el mundo sabía. Le conté que la tarde anterior había visto a los tres niños cruzar por detrás de las cañas. «¿A qué hora?», preguntó. Le dije que a las cinco y él repuso que era extraño. Ellos habían dicho que habían salido de la casa de Diego hacia el terraplén. Estábamos conversando aún cuando aparecieron Diego y Martín, cruzando por el alambrado. El policía les preguntó sobre lo que yo le había dicho.

—Claro —contestó Martín—, cruzamos por acá para ir al terraplén.

—¿Por qué no lo dijeron? —preguntó el agente.

—No nos acordamos —contestó él alzándose de hombros. Al final el milico se fue. Yo fui a buscar la pala para hacer un almácigo nuevo y descubrí que no la había guardado en la caja. Empecé a revolver todo, la caja, el galponcito, la cocina, debajo del fregadero, donde también guardo algunas cosas, y siempre Martín y Diego detrás.

—¿Por qué no me ayudan a buscar, par de zánganos? —les dije.

Se quedaron mirándome.

A veces me pasa que soy distraído, y no veo las cosas que están bajo mis narices, así que renuncié a buscar por el momento y me metí en la cocina. Los dos gurises me siguieron y se quedaron de pie, como esperando una orden. Yo andaba con pocas pulgas, volví a rezongarlos y los mandé de nuevo a buscar la pala.

Encendí la radio mientras calentaba el agua para el mate. Pensé que tal vez mencionaran nuestro pueblo en el informativo. Una vez, cuando mataron un botija en Drable, hasta fueron periodistas de Montevideo. Pero ahora no hubo caso y en la radio no dijeron nada, aunque todavía no habían pasado veinticuatro horas. Y ojalá no pasaran más, pensé, qué carajo, pobre gurisita, y ojalá que estuviera muerta antes que otra cosa peor, aunque lo mejor es que estuviera viva, claro. Entonces descubrí que Martín y Diego me miraban desde la puerta.

—¿Y ahora qué quieren?

—La pala.

Y Martín la puso frente a mí. La pala. Resulta que estaba junto a la higuera, al lado de las cañas. Se le debió haber olvidado ayer, explicaba Martín, cuando estuvo dando vuelta tierra. Tan distraído no soy, pensé decirle, y además la pala estaba limpia. Si realmente la había olvidado, debió ser después de haberla limpiado, y en ese caso estaría depositada cerca de la casa, no al lado de la higuera. Un golpe en la puerta me sacó de esas cavilaciones.

Era la madre de Martín que venía a buscarlo. Con los ojos bailando detrás de los lentes contó que la habían encontrado, sí, la habían encontrado, pobrecita. Dios me libre y me guarde, y en qué estado, parece que la violaron, pobrecita, qué gente inmunda y roñosa, no se les puede decir otra cosa, parece que la subieron a un auto, pobrecita, mire que yo no quiero decir estas cosas delante de los niños pero me los llevo porque ahora todo el mundo está asustado y no quiero que el mío ande solo, que dicho sea de paso estaba ahí mirando con los ojos muy abiertos. La madre lo llamó. Martín obedeció sin protestar y fue hacia la puerta, pero antes de salir se volvió y llamó a su amigo, que había quedado como clavado en su sitio.

Me quedé escuchando la radio y tomando mate, mientras la ventana se pintaba de gris. Inútil, no pasaban nada. Nadie se acordaba de nuestro pueblo ni aunque lo borraran del mapa. Sin querer me puse a pensar en Alicia y tuve que asombrarme de lo poco que me había fijado en ella. Quizás porque molestaba menos que sus amigos, aunque siempre estaba corriendo tras ellos. Diego seguía a Martín y ella seguía a Diego, que estaba mirándome desde el otro lado del alambrado, a través del patio, mientras regresaba a la quinta a terminar lo que estaba haciendo.

Al rato de estar trabajando, caí en la cuenta de que Diego me observaba fijamente, ahora al lado mío. No pronunciaba una palabra.

—¿Qué te pasa? —le pregunté—. ¿Se te perdió tu amigo?

—¿Se enteró ya? —preguntó él.

—¿Enterarme de qué?

—No encontraron a Alicia. Lo único que encontraron fue un zapato de ella tirado al lado de la cañada.

Levanté la cabeza sorprendido, pero no me miraba. Señalaba hacia las cañas.

—¿Vio los almácigos?

—No. ¿Qué tenés con los almácigos?

—Están llenos de hormigas.

¡Carajo! Era cierto. Las hormigas negreaban entre las plantitas como si fueran un único animal. Rascándome la cabeza, me puse a pensar cómo era posible que de la noche a la mañana surgieran como de la nada.

—Yo sé dónde está la olla.

Volvió a sorprenderme, y tampoco ahora encontré su mirada. Me hacía señas para que lo siguiera. Fue hacia las cañas y señaló un montículo de barro del que surgían a puñados. Me incliné a mirarlas con mayor detenimiento. Entraban y salían con rapidez llevando todo tipo de pequeñas cosas, blancas, rojas y negras.

—¿Cómo las descubriste? —pregunté.

Me había dejado solo. No lo había escuchado irse, pero tampoco tuve tiempo para pensar más, pues desde la entrada venía avanzando un vecino que saludaba. De lejos meneó la cabeza, comprensivo, al verme inclinado sobre el montículo de barro. «Hormigas», dijo, «sí, también se me han ganado el fondo de casa», y habló un poco más de un veneno que estaba usando, que era el mismo que yo había usado alguna vez, y cuando le pregunté si le daba resultado recordó por qué había venido. Era para preguntarme si estaba dispuesto a dar una mano al otro día, que iban a buscar el cuerpo de la pobrecita esa que se perdió siempre y cuando la correntada hubiera bajado un poco. Así que al otro día tendríamos que darnos un baño en el chiquero, que otra cosa no era la cañada, con el agua hasta el pecho, nadando entre cuanta porquería se les ocurría echarle adentro a los vecinos. Pensé con tristeza en los días de mi niñez, cuando la cañada era un hilo de agua que corría perdido entre los ligustros, y donde íbamos con mis amigos a cazar sapos y cangrejitos de agua dulce. En aquel tiempo no ocurrían estas cosas.

Y ahora estábamos allí, con el agua hasta la cintura, nadando entre porquerías, batiendo el lecho de la cañada con palos a riesgo de que la correntada, todavía fuerte, nos arrastrara hasta el más allá. Al menos el hedor había disminuido. En las orillas, en el espacio entre casa y casa, los que no participaban de la búsqueda esperaban con paciencia que apareciera el cadáver, y mientras tanto tomaban mate y conversaban.

Pero llegó el atardecer y no se encontró nada. Empapados y tiritando se resolvió archivar a la niña como desaparecida, o muerta, o lo que correspondiera. Cuando dejamos atrás el puente sobre la cañada ya nadie parecía acordarse del asunto. O mejor, parecía que hubiera pasado a formar parte de todos aquellos sucesos que, siendo dolorosos, ocurren tan lejos que sólo merecen comentarse en las charlas que los vecinos sostienen sobre los alambrados. De pronto, el tiempo no muy favorable para la próxima cosecha ocupaba la mayor parte de las preocupaciones. Los hombres sencillos y avejentados caminaban, cabizbajos, y señalaban las nubes violetas en el horizonte.

Yo no podía olvidarme así nomás, porque encontré que Martín y Diego me estaban esperando, sentados en el escalón de la puerta de casa.

—¿Vio las hormigas? —preguntó Martín, clavando los ojos en los míos.

—¿Se puede saber qué tienen con las hormigas?

—¿Le va a poner veneno en la olla?

—¿Me van a ayudar?

—Claro.

Martín continuaba con la misma mirada irrespetuosa que usaba siempre. Diego a veces lo miraba y a veces me miraba a mí, sin parar la vista en ninguna parte. Puse el agua a calentar y fui a cambiarme la ropa mojada. Después volví a la cocina, tiré despacio la yerba vieja, pensando en todo eso. Ellos permanecían en silencio, aunque Martín estudiaba, como solía hacer, la colección de botellitas que tenía en el aparador, sobre la cocina. Diego, sentado, miraba mi espalda mientras yo continuaba sacando la yerba del mate.

—Bueno —dije al fin—, mañana voy a comprar el veneno. ¿Me van a ayudar, entonces? Vengan de tarde.

—Claro —respondió Martín—. Mañana venimos. Vámonos, Diego.

Quedé solo. Encendí la radio y terminé de aprontar el mate mientras pasaban las noticias de las ocho. Tampoco hoy mencionarían a nuestro pueblo. Me senté a mirar lo que quedaba del cielo por la ventana. Traté de no pensar en hormigas, ni en Martín, ni en Diego, ni en nadie. De Alicia no me acordaba más.

A las nueve apagué las luces y me acosté. Rígido, mirando el techo. Dormí sin soñar nada, con sueño de cansado y de quien quiere olvidar, casi sin darme cuenta. Cuando abrí los ojos, ya el primer relumbrón de la mañana aparecía en la ventana.

Despacio me levanté y prendí la radio. La voz de Gardel se desgranó en una guitarra metálica y gimiente. Tomando mate, esperé que se pusiera claro del todo. Entonces tomé la pala y me fui hasta el hormiguero.

Hundí la pala en medio del montículo, hasta que tocó algo más duro. La saqué y volví a hundirla, ahora en el borde. Entró en la tierra negra y húmeda con toda facilidad, y al tirar del mango la parte superior del hormiguero se desprendió como la tapa de una cacerola. Dentro, el cadáver de Alicia flotaba en un hervor de hormigas, que entraban y salían de su vestido rosado, de sus ojos y de su boca, llevando pequeñas cosas negras, rojas y blancas. Tenía los pies muy juntos y las manos cruzadas sobre el pecho, como si estuviera rezando, como acomodan a los muertos en la funeraria.

Demoré media hora escasa en quitar la tierra que la cubría y rodeaba. Al final, eran las ocho. Cansado, regresé a terminar el mate. Era temprano para ir a molestar al comisario.

(*El fuego y otros cuentos*)

VENEZUELA

Edición de Juan Carlos Chirinos

ESCRITORES FAMOSOS

ALBERTO BARRERA TYSZKA

Cuando Hugo Chávez ganó las elecciones, Arismendi nos citó a todos en la biblioteca. El martes en la noche en la biblioteca, dijeron que dijo. Arismendi dirigía el taller de narrativa en la Escuela de Letras de la Universidad Central. Era flaco y alto, no huesudo, que es lo que sigue cada vez que alguien describe a un flaco alto. Arismendi tampoco fumaba. Ni tenía éxito entre el alumnado. Ese semestre, en el taller, nos habíamos inscrito diez estudiantes y, ya para ese martes en la noche, sólo quedábamos seis.

—¿Ustedes quieren llegar a ser escritores famosos? —preguntó.

Nadie supo qué contestar. Nadie supo a qué venía la pregunta. Jorge y yo nos miramos, como desdoblando una duda. Creo que en el fondo estábamos intimidados. Éramos unos renacuajos de 18 años, sin demasiadas experiencias, un apenas que se estrenaba en la universidad. Y, sin embargo, Arismendi insistió: ¿quieren o no quieren ser escritores famosos? Dijimos que sí. Como niños a los que se les pregunta si saben qué es un coleóptero. No queríamos quedar mal.

Arismendi veía, en la nueva y peculiar circunstancia política del país, un pasaporte maravilloso, una ruta directa a nuestra probable gloria literaria. Según sus cálculos, más temprano que tarde, la revolución bolivariana obligaría al mundo a poner sus inestables pupilas en Venezuela. ¡Por fin nos había llegado una gran oportunidad! Debíamos comenzar a escribir, de inmediato, relatos de resistencia, dramáticos episodios de perseguidos latinoamericanos, narraciones cargadas de una difícil heroicidad en lucha permanente contra la amenaza totalitaria. Tenemos que recuperar la tensión entre la intimidad y la tragedia histórica. ¿Alguno de ustedes ha leído a Marina Tsvietáieva? Les voy a traer un libro de ella para que vean. Arismendi tenía un entusiasmo de acero inoxidable. Pensaba firmemente que debíamos seguir el ejemplo cubano. ¡No te digo yo un Cabrera Infante o un Reynaldo Arenas, pero la cantidad de escribidores de quinta que a cuenta de Fidel están en Miami, en Berlín o en Barcelona! ¿No lo entienden? ¡Este es nuestro momento! ¡Un chance así sólo se presenta una vez en la vida!

Al principio, Jorge y yo pensamos que Arismendi se había vuelto loco. A Jorge lo conocí el primer día de clases. A los dos nos gustó Mariana, hasta que descubrimos que a Mariana le gustaba Angélica. A partir de ese tropiezo, de ese agujero en el orgullo, comenzamos a hacernos amigos. Fue él quien me contó sobre Arismendi. Es un escritor sin mucha suerte, decía Jorge. No era un tipo demasiado conocido. Había ganado un premio de narrativa en 1986, un dudoso concurso de provincia, convocado por la Asociación Nacional de Ganaderos alrededor de un único tema: «Motivos Rurales». Tenía una novela publicada que, por suerte, decía Jorge, había pasado por debajo de la mesa. Sin embargo, era frecuente verlo como jurado de diversos premios literarios. Jorge tenía su propia teoría para explicar el asunto. Arismendi, con notable frecuencia, llena todos sus textos con citas de los clásicos. Como si, más que contar algo, quisiera mostrar que quien escribe es un hombre muy culto. Eso decía Jorge. En cualquiera de sus narraciones, siempre aparecen referencias a autores y obras importantes de la literatura universal. Arismendi escribe frases así: «Y entonces, Cheo Camejo se sintió, de pronto, igual que Laurence Sterne al llegar a Calais». De esa manera, poco a poco, comenzó a hacerse fama de ciudadano que ha leído mucho, dueño de una frondosa cultura, de persona ideal para el oficio de jurado de concursos.

Aquella noche, después de la propuesta de Arismendi, Jorge y yo nos fuimos a beber. Casi siempre íbamos a alguno de los bares de ficheras que quedan cerca del antiguo terminal de autobuses, en los bordes del centro de la ciudad. Ese tipo de locales deplorables le encantaban a Jorge. Es una cuestión de honestidad, decía; esto es lo que nos merecemos, repetía sonriendo, mientras pedía más cerveza y otra caja de cigarrillos, por favor. En aquellos días no se hablaba de otra cosa sino de política. El país completo estaba intoxicado. Para Jorge, Chávez era un farsante, un payaso. Yo, en cambio, había votado por él en las elecciones.

Creía en su discurso en contra de la corrupción, en contra de los privilegios. ¿Cómo un país tan rico puede tener más del 60 por ciento de su población en condiciones de pobreza? Es igualito a los otros, ya verás, decía Jorge. No seas pendejo, algo así respondía yo. La madrugada nos sorprendió, descuidando la discusión y mirando a dos de las mujeres que trabajan en el lugar. Estaban ebrias, sentadas alrededor del inodoro del baño, medio abrazadas. No se podía precisar qué hacían ahí. Quizás alguna de las dos acababa de vomitar. Ambas parecían mareadas. Tampoco podía saberse si reían o lloraban, si reían y lloraban, todo al mismo tiempo. Una era gordita y de poca estatura. Vestía unos shores negros y unas botas baratas. La otra era morena pero yo la recuerdo muy pálida, quizás estaba enferma. Tenía el pelo ensortijado y una sonrisa melancólica. Un borracho, afuera, junto a la barra, las esperaba. Parecía furioso. Mostraba su impaciencia haciendo sonar una botella de cerveza sobre el mostrador. Les gritaba algo que ya no recuerdo. Pero las dos mujeres seguían igual, sin hacerle ningún caso. A veces se agarraban de las manos. Con las nalgas pegadas al piso, como dos morsas sin pasado, sin edad, vencidas por la luz del bombillo que guindaba desnudo del techo del baño.

Fue en un instante, cuando la gordita ladeó la cabeza y de pronto reparó en nosotros. La puerta del baño estaba entreabierta y, desde su posición, parecía que la mesa junto a la que Jorge y yo estábamos de repente se hubiera detenido frente a sus ojos. Con un gesto, casi risueño, nos preguntó si podíamos ofrecerle un cigarrillo. Ese ademán mínimo fue suficiente: el borracho rompió la botella contra el borde de la barra y se quedó con un trozo de vidrio en la mano. Yo me incorporé rápidamente, no sé muy bien para qué. En realidad no iba a pelearme con el borracho. Quizás me paré con la intención de salir huyendo, pero tampoco lo hice. Me quedé de pie, mirando las botellas de ron que estaban en el estante detrás de la barra, mientras el encargado del lugar y otro sujeto trataban de controlar al borracho, y las dos mujeres reían o lloraban, y se abrazaban de nuevo, apoyando los codos en la taza del excusado.

—¿Tú crees que así vas a llegar a ser un escritor famoso? —preguntó Jorge, en medio de una carcajada, cuando salimos del bar hacia la noche.

Una semana después, Arismendi ya estaba organizando nuestro futuro libro, una antología del novísimo cuento rebelde venezolano. Ahí, en esas páginas, estaríamos todos, es decir, los seis que formábamos parte del taller, y el mismísimo Arismendi, quien aseguraba estar trabajando ya en un par de cuentos.

Seguía vehemente, aunque nos pedía discreción: no vaya a ser que nos roben la idea, ¿ah? Arismendi llegaba a cada encuentro con enormes cantidades de material para nutrir nuestra inspiración. ¿Vieron lo que salió en la prensa? ¡Con la nueva constitución se alargó el período presidencial y se aprobó la reelección inmediata! ¿Alguno escuchó el discurso de anoche? ¡Cinco horas, carajo! ¡Estuvo cinco horas hablando! A mí me late que ese podría ser un buen tema: ya Chávez ha realizado tantos viajes al exterior que se calcula que, este año, le ha dado la vuelta al mundo tres veces. ¡Esto no es una revolución! ¡Es un lujo petrolero! No, no es algo que yo les quiera imponer, pero se me ocurre: cada vez que el Presidente dice que quien no está con él, está contra él, recuerdo la gran tradición literaria latinoamericana de la narrativa del dictador. Sólo es una sugerencia.

Hasta que, una tarde, Jorge dijo que no, que él, más bien, sólo quería escribir un relato sobre su padre. A Arismendi se le arrugó el páncreas. Jorge ni se dio por enterado. Su padre era un pensionado del Seguro Social. Tenía casi ochenta, mala salud y peor humor. El cuento era, según Jorge, sencillo: con el paso de los años, su padre se había ido convirtiendo en un hombre desconfiado, con un gran temor ante lo que lo rodeaba. Ese miedo lo había ido llevando a tener una relación enfermiza con el dinero, con el escaso dinero que tenía. Obsesionado, caminaba todos los días hasta una agencia bancaria, cercana a su casa, con la intención de constatar que sus ahorros seguían ahí: en la cuenta que le había dado el Seguro Social. No había manera de convencerlo de lo inútil y descabellada que era tal acción. Se ponía peor: empezaba a sospechar que por una oscura intención estaban intentando evitar que fuera al banco. Algunas veces llegó a hacer el mismo viaje y el mismo trámite dos veces: mañana y tarde. El desenlace de la historia tenía que ver con la mañana en que el padre de Jorge, saliendo del banco y en plan de regresar a su casa, se detiene frente a un espacio, una breve habitación rodeada de vidrios, donde hay cuatro cajeros automáticos. Mira el lugar como si lo mirara por primera vez. De repente, parece tocado por una iluminación. Como encandilado ante un hallazgo superior, observa cómo la gente consulta su saldo en pequeños papelitos que luego tira al suelo. Aprovecha, entonces, la salida de un cliente para introducirse en el recinto. Desde entonces, cada día, pasa varias horas ahí, recogiendo con algún disimulo los papeles del suelo y leyéndolos rápidamente. A veces sonríe. Otras, con cierta rabia, devuelve el papel al suelo. En ocasiones se guarda alguno en el bolsillo de su pantalón. Y eso es todo, dijo Jorge.

Nos quedamos por unos instantes en silencio. Yo le pregunté si la historia era real. Jorge tan sólo asintió. Arismendi, algo incómodo, le preguntó si su padre era chavista. Mi padre no sabe en qué país vive, contestó Jorge.

Cuando terminó el semestre casi nadie había terminado su cuento. Arismendi dejó la universidad, o tal vez lo corrieron, quién sabe. No lo volví a ver sino tres años después, en el entierro de Jorge. En todo ese tiempo, la situación en Venezuela había empeorado de manera catastrófica. Más que un país éramos un naufragio. Los setenta y cinco mil millones de dólares que, gracias a los altos precios del petróleo, recibió la revolución bolivariana, habían pasado a formar parte del eterno arte de las evaporaciones de nuestra historia nacional. El país estaba en quiebra. Teníamos casi dos millones de personas desempleadas. Los índices de pobreza no habían variado. Las denuncias de casos de corrupción se multiplicaban lujuriosamente. La única obra palpable del gobierno era un nuevo avión presidencial. Aun así, el discurso de Chávez continuaba siendo un grito de guerra. La sociedad estaba radicalmente dividida. Sólo se podía ser chavista o antichavista. La violencia era como una humedad que nos empapaba a todos, que nos envolvía, contenida pero en guardia, siempre a punto de. Se decía que desde el gobierno se organizaban brigadas armadas para enfrentar a cualquier disidente. Colgada en un lugar cercano al palacio de gobierno, firmada por las células bolivarianas, una pancarta decía: «No nos asusten con la muerte porque somos amantes del martirio».

El 11 de abril, una multitudinaria marcha, convocada por la oposición, fue atacada por las balas de unos francotiradores. Murieron 20 personas. Una de ellas fue Jorge. Yo no estaba ahí, no fui a la movilización. Me enteré de todo a través del noticiero. Me enteré de Jorge porque un amigo me llamó. En esos momentos todo era confuso. Un grupo de gente intentó aprovecharse y dar un golpe de Estado pero el alzamiento, torpe y autoritario, no duró tres días. Cuando los militares le devolvieron el poder al Presidente, nadie entendía qué ocurría. Un video le mostró al mundo a algunos miembros del partido de gobierno disparando desde un puente en contra de la muchedumbre. También dijeron que había mercenarios contratados por los golpistas para matar algunos manifestantes y producir el caos. Nunca se supo qué pasó. Siempre tuvimos más muertos que verdades. Cuando estábamos en la morgue, esperando el cadáver de Jorge, un funcionario, algo apenado, nos dijo que todo había sido una lamentable casualidad. El disparo ha podido darle a cualquiera. A ti, a mí, a cualquiera. Mala leche.

Pocos meses después vi la reseña en los periódicos. Arismendi presentaba un libro de relatos. Por fin aparecía una foto suya —flaco, alto, no huesudo— en la portada de las páginas culturales. No fue difícil deducir que había persistido en su objetivo: el libro se llamaba *Días de sangre*. El titular de la prensa anunciaba que eran «historias de un país en resistencia». La presentación se realizaría el 11 de julio, en la noche y en una importante librería, como parte de los actos de conmemoración de la masacre del 11 de abril. Hernán Martínez, un dirigente de la sociedad civil opuesto al gobierno, tendría la responsabilidad de ejecutar las palabras de honor. Prohibido olvidar.

Llegué tarde a la librería. Había un grupo bastante grande de personas. Casi todos hablaban sobre el éxito de la marcha que se había realizado ese mismo día. También había vino. En una mesa, en una esquina del local, estaban dispuestos pequeños grupos de libros, alrededor de un cartel que repetía el titular de la prensa: «historias de un país en resistencia». Tomé un ejemplar y lo hojeé de manera rápida. Como pellizcando con la vista cada título, el inicio de cada relato. Hasta que llegué al séptimo cuento. Se llamaba «Saldo en Rojo». Era la historia que había escrito Jorge, la historia de su padre yendo al banco, anclado en una pecera llena de cajeros automáticos, recogiendo papelitos. Arismendi había maquillado el relato, agregando, además, la propia experiencia de Jorge, inventando que el anciano era antichavista, un héroe asesinado en la marcha del 11 de abril. Casi se me cayó el libro al suelo. Como una piedra. Estaba paralizado. No sabía qué hacer. Alcé la cara y traté de buscar con la mirada a Arismendi. Nunca lo vi. Luego oí que alguien comentaba que una juez acababa de dejar en libertad a los francotiradores que hacía tres meses habían disparado, desde el puente, en contra de los manifestantes. Así le respondía el poder a la oposición. Sentí la lengua llena de óxido. Salí. La noche sólo fue un aliento verde.

Tomé un taxi sin saber muy bien adónde ir. Media hora más tarde me encontraba en ese bar de ficheras, cerca del antiguo terminal de autobuses, sentado en la misma mesa de aquella noche. El lugar estaba casi vacío. Ni siquiera había muchas mujeres. La puerta del baño estaba cerrada. No había ninguna gorda con shores y botas baratas. Tampoco una morena pálida. Ni un borracho impaciente. Pero eso era lo único que yo quería ver, lo que estaba buscando. Que ahí estuvieran, honestamente borrachas, con las nalgas pegadas al frío del suelo, casi abrazadas al altar del inodoro, vomitando, riendo o llorando, riendo y llorando, todo al mismo tiempo. Así me quedé, como esperando un instante, un movimiento sin sentido, el simple gesto de pedir un cigarrillo. Esperando oír los gritos de cualquier hombre perdido en una barra, la botella quebrada, una esquina de vidrio jugando a ser puñal, unas mujeres mareadas bajo la desnudez de un bombillo. Y yo de pie, mirando un estante lleno de botellas de ron. Y yo, sólo así, sin entender nada, sin saber qué hacer, si quedarme o huir, sin saber en qué país vivo.

(*Inédito*)

PELÓPIDAS

JUAN CARLOS CHIRINOS

Para David Hernández Montesinos, maestro del domus.

> Los hombres de antes eran grandes y hermosos (ahora son niños y enanos), pero esta es sólo una de las muchas pruebas del estado lamentable en que se encuentra este mundo caduco.
>
> UMBERTO ECO

Bajaba las escaleras cuando lo vi venir. Ningún signo en la naturaleza me advirtió de su llegada; nada de lo que ocurrió después se convirtió en una señal. Habían anunciado, eso sí, el arribo de un barco de guerra cargado de soldados ávidos de botín. Las mujeres habían escondido a las doncellas más apetecibles y las joyas más queridas; dejaron al descubierto a las solteronas y los cacharros inservibles. Ya estaban acostumbradas. En palacio no se tomaron tantas precauciones, porque Pelópidas había prometido cordura y conmiseración a cambio de obediencia. Nuestro gobernante (los dioses le guarden su merecido castigo) prefirió bajar la cabeza antes de que corriera la sangre de sus vecinos. Pronto íbamos a saber el error que significa no fortificar una ciudad.

Como no encontraron, o no supieron encontrar, nada de valor entre las casas de la gleba y las mansiones de la aristocracia (salvo los alimentos que rápidamente fueron confiscados por los cocineros, y las solteronas que conocieron por fin la fuerza que subyuga), los soldados reclamaron a su comandante alguna clase de botín. Pelópidas se había instalado en las dos grandes habitaciones de nuestro gobernante, en la alta torre que daba majestuosidad especial al palacio. Allí su guardia privada y sus compañeros más íntimos empezaban a saborear la merecida victoria, mientras nuestro rey se conformaba con despachar desde la reducida y humilde habitación de una de sus concubinas, ahora sierva de Pelópidas. Su ejército había cruzado el estrecho que separa nuestra ciudad del extenso continente y había acabado con la resistencia de reyes vecinos, menos inteligentes o más valerosos que el nuestro, cuyo nombre prefiero callar para escarnio de su memoria.

Pelópidas sabía que era su deber dar algún tipo de premio a sus soldados; así que, para dilatar un poco más el momento de la destrucción de la ciudad, declaró, no sin zalamerías, que se merecían tres días de fiesta en honor a sus dioses (oscuras figuras forjadas en hierro), certámenes teatrales y un torneo cuyo premio sería —y me tomó del brazo con una suavidad que estremeció mis sentidos— este muchacho de la casta superior. Hubo un breve rumor de desconcierto, pero de inmediato los soldados levantaron sus larguísimas lanzas y golpeándolas contra los escudos ovacionaron al comandante que yacía entre sus generales más cercanos, como un Sardanápalo moderno. Los ojos de varios cientos de hombres se posaron sobre mí, codiciado trofeo, y recorrieron mi piel que mal disimulaba su fragilidad. Oré a la deidad que me había sido asignada desde pequeño y juré vengarme del primero que osara tocarme; pero veinte veces más me vengaría de mi rey, que a tan hosca suerte me había abandonado. Pelópidas acariciaba mi cabello ondulado y temí que quisiera probar la mercancía antes de entregarla al ganador del concurso.

El resto de la noche no logré conciliar el sueño, a pesar de que habían acondicionado para mí un sector nada despreciable de la habitación principal, protegido por velos y eunucos ceñudos; un rincón apartado donde una enorme ventana dejaba entrar el aire fresco que regresa del desierto en las madrugadas. Los generales le habían advertido a Pelópidas, en su tosco lenguaje, que esa ventana sería una tentación para mí, que por allí podría escaparme, que nunca se sabía lo que los barbors de estas tierras eran capaces de hacer. Pelópidas se acercó con ellos hasta la ventana y les señaló la considerable altura a la que estábamos.

—A menos que sea un mono trepador, o un suicida, este muchacho amanecerá mañana aquí, durmiendo.

Me lanzó una mirada lasciva, como si debiera prepararme para una visita inesperada antes de la aurora. Yo no sentí ni miedo ni rencor;

todos esos sentimientos estaban reservados para mi rey, cobarde y sin nombre.

Pude reconocer el camino de la luna en la bóveda oscura de la noche; calculé la distancia entre las estrellas y traté en vano de adivinar el futuro que ellas reservan para nosotros; incluso una estrella fugaz rasgó la oscuridad y por un momento pensé que era una señal para la acción.

De un bolsillo secreto saqué la figura que representaba a mi deidad. La puse con cuidado sobre una de las almohadas y me arrodillé ante ella, con la esperanza de que algo me dijera, de que me indicara una solución y no permitiera que yo, último vástago de una dinastía que contaba entre sus miembros a emperadores y grandes sacerdotes, terminara sus días inmóvil como una cosa, a merced de un amo incierto, rudo, o cruel. Los últimos fulgores de la luna daban a mi deidad un aspecto de ser vivo. Lloré porque ahora que ya estaba preparado para conocer las delicias de la carne, ahora que mis maestros terminaban mi formación (había tenido varios muy buenos, venidos del norte y también de Estagira y Eugenio fiel), el destino me sacrificaba a los placeres de un puñado de bestias viles ávidas de trofeos y premios sin razón. No había manera de rebelarme, porque supiera la causa o no, Pelópidas tenía la certeza de que no sería capaz de acabar con mi vida por propia voluntad, pues es cierto que para mi pueblo, los barbors, la horrenda realidad del suicidio desequilibra el orden del mundo más que cualquier otra cosa, nada se clava tan hondo en el corazón de nuestros padres y en el futuro de nuestros hijos como el acto voluntario de frenar el flujo vital que cruza nuestros cuerpos. Toda vida es sagrada, una fe en nuestra ciudad; y, su defensa, un deber (por eso la medicina debe a nuestra ciudad innumerables remedios contra las enfermedades mortales, y no hay bicho venenoso, desde las serpientes de cabeza plana hasta el escorpión de oscura cola y tentáculos violeta, que no encuentre su antídoto entre las murallas de mi ciudad; todos los moribundos han golpeado débilmente nuestras puertas, pidiendo una última salvación). Arrodillado, pues, miraba hacia la ventana, sabiendo que la única solución honrosa me estaba vedada; prefería que el desprecio de las generaciones venideras recayera sobre mí antes que sobre mis padres y mis hijos nonatos.

Junté el dorso de mis manos y jugué friccionando mis uñas unas contra otras, tratando de meditar, tratando de que mi deidad me enseñara la manera más digna de comportarme en esta desgraciada situación, cuando sentí una presencia detrás de mí. Era Pelópidas. En un principio pensé que estaba ebrio, costumbre que ya conocía por las enseñanzas de mis maestros; sabía que estos guerreros que tanto viajan son dados a los festines nocturnos que lamen los primeros rayos de la aurora y nunca pude entender cómo se las arreglaban para estar dispuestos siempre para la batalla, imaginaba que eran exageraciones de los bardos, tan propensos a la alabanza fácil. Por eso los poetas no eran bienvenidos en mi ciudad, aunque ahora me gustaría ser uno de ellos para cantar el poema del cobarde rey sin nombre, el rey de mi ciudad, que estaba detrás de Pelópidas dibujando una sonrisa vil como todo su ser. ¿Habría una deidad que quisiera tenerlo bajo su protección?

—¿No te dije, rey barbors, que tu joven príncipe no iba a ser capaz de huir de su destino, el torneo que esta tarde decidirá su futuro? Por mi parte te digo que no me disgustaría si mi campeón sale victorioso y me entrega esta joya para el harén. Sería capaz, incluso, de protegerlo con mi escudo luchando en las filas de la falange —dijo Pelópidas, con los ojos brillantes y ávidos pero evidentemente sobrio.

—¿Le enseñarías el arte de la guerra, mi señor? —babeaba el rey, para mi vergüenza.

—Y muchas otras cosas, si se deja.

Ambos se acercaron a mí, que me había levantado rápidamente y había escondido a mi deidad entre mis ropas (en nuestro pueblo existe la creencia de que si alguien puede ver al dios que nos protege fácilmente será el dueño de nuestro destino). Me miraban como si se tratara de una nueva especie de homínido que hubiera sido capturada en lo profundo de la selva (nuestra selva sagrada) y que fuera digna de toda la atención. Los eunucos parecían no hacer caso de lo que ocurría pero no podía yo dudar que su agilidad estaba preparada para cualquier movimiento sospechoso que hiciera. Debía tener cuidado con el filo de sus espadas.

Pelópidas posó su brazo sobre mis hombros y de nuevo sentí el estremecimiento que recorriera mi piel cuando me tomara con sus enormes manos. Con vergüenza habría reconocido el movimiento voluble de mi vientre y el cosquilleo más abajo de mi ombligo, el endurecimiento de mis fuerzas; también que sentía la forma de mi deidad escondida entre los pliegues de mi túnica. Mi rey (pero los dioses lo hundan con todas sus fuerzas en el océano de la vergüenza y el olvido) me tomó por la cintura y las náuseas se encabalgaron sobre el cosquilleo. Me llevaron hasta el borde de la ventana y me mostraron lo que hasta ese momento no había querido ver: las antiguas habitaciones de mi rey habían sido construidas de tal manera y a tal altura que era posible divisar los campos de trigo y los senderos de flores, la frontera de nuestro reino y algunas de las hogueras de las viles bestias que viven en el extenso continente. A lo lejos, galopaban algunos caballos iraila, de iracundo trote.

—¿Te gustaría conocer el mundo más allá de los límites de este reino, muchacho? —dijo Pelópidas, y me estrechó con más fuerza (o ternura).

—Sí, sí, ¿te gustaría? —repitió asquerosamente el rey.

Antes de contestar cerré los ojos e hice el mohín que mi maestro de retórica me enseñara para los momentos en que el orador quisiera seducir al público que le escucha. En mi vientre, entre los pliegues y las venas endurecidas de mi entrepierna, mi deidad reposaba escondida de todo ser viviente, pero hablándome en el secreto idioma que habíamos inventado a lo largo de los años. De pronto entendí todo lo que había estado diciéndome esa noche y, como la estrella fugaz que había cortado la oscuridad trayendo un mensaje cifrado de la bóveda celeste, toda mi vida pasó frente a mí, desde los primeros llantos de hambre sobre el pecho de mi madre hasta los besos en la suave nuca que di a mi último maestro, el de Estagira; todo se me hizo claro y entendí que la aurora se acercaba, que la apacible noche había dejado de existir y regresaban al desierto los aires reconfortantes que producen los sueños.

—¿Quiere que le diga la verdad, comandante?

Pelópidas bajó la mirada, quizás un poco sorprendido de que mi voz fuera tan resuelta, asustado tal vez. Mi rey, vergüenza de nuestra estirpe, sonreía como sólo lo hacen los que no saben lo que va a ocurrir. Yo parpadeé otra vez, como me enseñara el maestro de retórica, alargué los labios como si fuera a señalar un objeto con ellos, me arqueé con toda la fuerza que un adolescente puede acumular, y los empujé al vacío.

Quizás mi rey nunca se enterara, pero estoy seguro de que Pelópidas cayó en cuenta de lo que ocurría justo antes de destrozar su cabeza contra las rocas que sostienen la muralla. Los eunucos parecían inmóviles como cosas y yo, en justo homenaje a los estertores que sus abrazos me produjeron, ahora reino entre los barbors con el nombre de Pelópidas, el segundo de una estirpe sanguinaria y guerrera.

(*Homero haciendo zapping*)

LOS ZAMUROS TAMBIÉN TIENEN MALA SUERTE

ROBERTO ECHETO

I

El aire a las nueve de la mañana era sólido. Había flotando en el ambiente un calor ceniciento que hacía que las cosas temblaran. En el cielo casi no se divisaban nubes; todas se fueron a echar su lluvia y sus rayos a otra parte. En Caracas sólo quedaban el calor y un Ávila que a pesar de lo seco, mostraba su elegancia y su dulzura de montaña eterna. Desde siempre, todos en la ciudad sudan en la época de la blanda sequía. Sólo los zamuros parecen gozar del vaho que se extiende a lo largo y ancho del valle iluminado por una luz penetrante y expansiva. Esos bichos son demasiado extraños, demasiado arteros; semejan cruces elegantes suspendidas en el azul infinito. Los zamuros vuelan y vuelan, y su prestancia contrasta demasiado con su inmundicia, con su sucio hediondo adquirido a fuerza de revolver muerte y basura.

Dios debió crear al zamuro diciéndose que crearía un prototipo de animal capaz de volar a grandes alturas sin desgastar su físico, y que además se caracterizaría por el donaire, por el garbo y por la apostura al asumir los riesgos del vuelo. De seguro Diosito decidió que iba a proceder a crear un animal así, pero justo antes de chasquear los dedos y hacer que el zamuro apareciera, se percató de que pondría en el mundo a un engendro que en cualquier momento se dejaría ganar por la arrogancia, y como Dios no quiso tener otro Lucifer en su reino, hizo al zamuro con todas las características que ya había decidido, sólo que lo pondría a pagar un precio por volar tan bien. Ese precio no es otro que el estar condenado a comer carroña en los basureros, en los callejones, en los montes y en los lugares donde haya carne en descomposición.

Así, igual a todos los zamuros, era el pajarraco que volaba sobre Las Mercedes y Bello Monte aquella mañana de junio. Parecía detenido en el aire, en el éter encalinado del día. Más tarde fue bajando sin prisa hasta que su sombra comenzó a dibujarse en el pavimento, en los techos, en los semáforos, en las ventanas de las tiendas, en los toldos de los cafés, en las espaldas de la gente, en las gorras, en los sombreros y en todas partes. El zamuro fue cayendo con lentitud, dibujando primero un círculo, y luego una diagonal liviana que terminó en una ventana del piso quince de un edificio en cuya azotea podía leerse «Hotel Savoy» en un fastuoso letrero rojo. El zamuro bajó y estiró sus largas garras hasta que traspasó el poyo de la ventana y entró en el apartamento.

Aquella habitación brillaba al son de la luz inclemente de una mañana que parecía inofensiva. En el cuarto no había detalles especiales. Las paredes estaban recubiertas por un papel tapiz blanco y liso que le daba al espacio una intensa sensación de pulcritud. De esas grandes paredes colgaban algunos cuadros. Todos representaban flores metidas en porrones transparentes y llenos de agua. En la esquina de uno de ellos había pintado un hombrecito vestido con un gabán y un bombín napolitano. Se veía que esa habitación fue ocupada alguna vez por un ocioso a quien no le agradaban demasiado las flores hechas en serie que abundan en todos los dormideros caraqueños.

Un espejo más ancho que largo reflejaba la claridad con la que el sol adornaba el ambiente. Por si fuera poco, ese mismo espejo le devolvía la imagen al zamuro que de vez en cuando aleteaba y hacía girar su propio cuello para rascarse el cuerpo con el pico. El zamuro se rascaba, y ese lento movimiento era la muerte segura de unos cuantos piojos fastidiosos. Con parsimonia el ave dejó su propio cuidado y se puso a caminar por los predios verdes y alfombrados de la habitación 1502 del Hotel Savoy.

Un leve zumbido adornaba el paseo del zamuro en el cuarto. Desde ese recinto apenas se oía el ruido del tráfico. A veces podía escucharse una sirena o un aparato de radio sintonizado en un noticiero. Sin embargo, la sensación que reinaba en la 1502 era la de un silencio oscuro que se expandía por el baño repleto de afeitadoras, lociones, perfumes y jabones dispuestos en orden. El silencio lo curtía todo con su color de calma extraña. El cuarto de baño estaba vacío al igual que el pasillo central donde yacía un par de sillas al lado del clóset y de una nevera vieja. El zamuro continuó su viaje hasta que alzó las alas y se posó sobre una mesa de trabajo donde había un fax, un cuaderno abierto con unas breves notas y una hoja extendida escrita con letra muy pequeña. En el piso descansaba un bolígrafo libre de su tapa, dibujando un círculo negro que se hacía más y más grande. Aquel punto semejaba un hueco en el que cabría la habitación entera con sus detalles.

Curioso fue para el zamuro ver que el zumbido provenía de una pequeña cocina eléctrica que aún estaba encendida y que hervía el agua de una olla puesta encima de la única hornilla. Desde su puesto de vigilancia el ave de rapiña divisó una cama blanca y revuelta sobre la que descansaba un pequeño cenicero azul. A los pies de la cama había algo raro en un cuarto tan afecto al orden: era un cuerpo que yacía desmadejado con el largo brazo derecho tratando de alcanzar una almohada. Con la mano izquierda el cuerpo se agarraba el pecho cubierto por una camisa arrugada. Aquella mole de carne medía casi dos metros. Era una masa gorda y de color rosado que tenía el pelo canoso y las cejas tensas, luciendo algo inusual que sólo denotaba dolor.

El zamuro celebró su suerte moviendo la cabeza llena de crestas y plumas ralas como pelos. Volvió a abrir sus enormes alas y saltó con paso seguro al lugar donde dormía para siempre el cuerpo de un hombre de cabeza y pijama blancos.

Era lo mismo de siempre: los zamuros siempre saben dónde están los muertos.

II

Eran las tres y media de la madrugada, cuando las manos enguantadas de Caraota Plástica y Ramiro abrieron la puerta del cuarto 1502. Al encender la luz se llevaron el susto del siglo al ver un trío de zamuros revoloteando con su mal olor a cuestas por todo el apartamento. Los dos hombres duros y curtidos no podían creer lo que estaban viendo. Por eso volvieron al pasillo y cerraron la puerta.

—Yo sólo tomé cerveza, ¿y tú? —preguntó Ramiro.

—Yo tome lo mimo que tú.

—Mira lo que vamos a hacer: sacamos las pistolitas que trajimos preparadas para el tonto ese que está allá adentro, les ponemos los silenciadorcitos, espantamos a los zamuros, embojotamos el cadáver del hombre en una sábana y nos lo llevamos tranquilamente por el ascensor de carga que fue por donde vinimos. ¿Estás de acuerdo?

—Vamo a ve como ta la cosa primero y luego echamo lo tiro.

—Caraota, ya vimos como está la cosa. El hombre se nos murió de un infarto, se tragó un buche de pastillas o quién sabe qué... ¿Te das cuenta de que no tenemos que cepillarlo?

—Po eso te digo. Si se murió de algo natural, quiere decí que no va a habé policía ni nada de eso. Pero si a ti te da por echale tiro a lo zamuro, noj fregamo. Van a queré averiguá qué pasó y po qué etá esa sangre ahí.

—No te preocupes, negrito. Yo no estoy tan loco como para no darte la razón.

Allí mismo, frente a la puerta de la 1502, y con el mayor sigilo del mundo, los dos compañeros sacaron sus pistolas brillantes y les instalaron los respectivos silenciadores. Al completar la operación, Caraota Plástica se dispuso a abrir la puerta. Tres o cuatro segundos (en los que cupo más de un suspiro resignado) tardaron en actuar los dos matones crispados por la presencia de los zamuros en la habitación.

Al abrir la puerta, Caraota empujó su cuerpo hacia el interior del cuarto. Había algo en él que lo impulsaba a actuar rápido, a no pensar mucho, a no dejarse ganar por la contemplación inútil de aquellas bestias hediondas y majestuosas. Algo en él sabía que si se paraba a contemplar las plumas y las alas de los zamuros, no podría culminar su trabajo. La grima y el asco ganarían la carrera que él mismo estaba intentando ganar. Por eso entró, miró y caminó hacia el sitio donde yacía el cadáver. Casi no pensó. Sus movimientos eran instintivos y se sucedieron sin titubeos. Para eso le pagaban: para no dudar, para ser limpio y contundente en sus actuaciones.

Por su parte, Ramiro se quedó petrificado con la espalda apoyada contra la hoja de la puerta recién cerrada. Veía a los zamuros girar sobre sí mismos, moverse, aletear, rascarse y medio chillar. El pobre matón sufrió mucho al sentir que su estómago se revolvía en pasmos de nervios crispados por el asco y la impaciencia, y ahí sí comenzó a sentirse mal porque pronto se vio a sí mismo como un cadáver comido por una merienda de zamuros de mirada gruesa y penetrante. Se vio como un cuerpo, que a pesar de la muerte, sentía la intensidad del dolor más fuerte y más punzante que pueda imaginarse. Vio a los zamuros de sus ensoñaciones macabras regodearse con la dulzura de su propia carne, y el asco terminó de concretársele en un vómito espeso que salió disparado por todo el piso de la pequeña cocina donde apenas se sentía el viejo ronronear de la hornilla encendida desde hacía horas. Fue en ese momento cuando Ramiro no pudo más y blandió el arma silenciada que llevaba en las manos; apuntó hacia el zamuro erguido sobre la tabla de la cocina, disparó y lo que era una arrogante ave carroñera se trocó en una negra mancha desmadejada. Al oír el escupitajo que lanzó la boca silenciada del arma, otro zamuro lanzó un par de aletazos que iniciaron una pequeña corriente de aire mugriento y hediondo a chamusquina dentro de la 1502. Cuando el monstruo apenas comenzó a elevarse, la pistola de Ramiro volvió a dejar oír su chasquido y el pajarraco también cayó muerto dejando un salpicón espeso en lo más alto de la pared lateral. Ramiro no supo si fue por venganza o por desolación.

Cuando Caraota Plástica salió del dormitorio, traía consigo el enorme cadáver envuelto en una sábana. Al ver el desastre de Ramiro, no pudo evitar que el rostro se le ajase.

—¿Qué pasó, Ramiro? ¿No quedamo en que eto no iba a pasá? ¿Y ahora qué hacemo con eso manchone en la pared?

—Negro, estos pajarracos son mucho para mí.

—Allá en el cuarto hay otro. Si quiere ve a matalo también. Te etá eperando, ¿oíte?

—¿Y qué, negro: le sacaron los ojos al hombre? —preguntó Ramiro cubriéndose la frente con la palma de la mano izquierda.

—No. El cuelpo no tiene ni una malquita. Etá sano... ¿Qué hacemo con la mancha?

—¿Con las manchas de sangre de zamuro? ¿Qué quieres que hagamos? Yo no quiero hacer nada con eso...

—Todo noj ha salío perfeto y ahora la vamo a cagá por culpa tuya.

—Yo no pienso limpiar sangre de zamuro. Alla tú si quieres perder el tiempo en esa faena.

—¿Y entonce qué hacemo, Ramiro?

—¿Que qué hacemos, negro? Muy fácil: este señor cadáver que está aquí ahora, y que por fastidiar a nuestro jefe tuvo que esconderse en este hotel de mala muerte, se despertó una mañana y se encontró con su cuarto repleto de zamuros. ¿Qué hizo? Lo que todo hombre sensato haría: coger su pistola y caerle a tiros a los monstruos mitológicos. Mató a dos y dejó a uno vivo para que nadie dijese que él trajo esos zamuros metidos en su equipaje. Luego agarró sus miserables pertenencias, las metió en la maleta y se fue del cochino hotel sin pagar. Así que, mi querido negrito, tú metes los peroles de este señor en su petate, mientras yo tranco la ventana para que ese zamuro metiche que está en el cuarto no pueda salir de aquí.

—Tú como que piensa mejó cuando vomita...

—Así parece, negro.

Entonces Caraota Plástica y «Míster Vómito» pusieron manos a la obra. En un dos por tres revisaron todo el cuarto y no descubrieron en ningún rincón nada que le quitase veracidad a la trama inventada por Ramiro. Pronto cargaron con el cadáver y la maleta, luego cerraron la puerta y dejaron al último zamuro revoloteando en la 1502 para que, algún día, alguien lo descubriera.

(*Breviario Galante*)

LUNA LLENA

MARÍA CELINA NÚÑEZ

Fede camina por la calle deseando que la noche clara y el aire puro lo ayuden a despejarse. Ha bebido mucho y aún trae entre los dedos ese olor fuerte que es todo lo que recuerda. El bar estaba muy oscuro y él muy borracho. Pero estaba buena, eso sí. Lo necesario para un rato y lo suficiente para no buscarla más ni preguntar su dirección a ninguno de los amigos.

Sabe que va a ser difícil conseguir un taxi a esa hora y el que se detenga querrá cobrarle hasta el alma. Pero, ¿por qué tanto apuro? ¿Qué diferencia hace una hora más o menos? Ya le llegó tarde a Carmen. Ya hay tormenta a la vista.

Dobla la esquina y ve a dos mujeres que le hacen señas. Demasiado tarde, mi amor. Una de ellas insiste. Demasiado tarde. En eso la otra le toca el hombro a su compañera como diciéndole «Este no va pa'l baile».

Separada de Fede por una carrera que no debe costar menos de cinco mil bolívares, Carmen fuma en la ventana. Tamborilea los dedos y tiene las mandíbulas atenazadas. No ha estado parada allí toda la noche: las huellas de sus pasos por el cuarto son la mejor evidencia. Ahora ya sabe que él llegará pronto. Lo siente desplazarse hacia ella y confirma que el amor no es asunto que se anide en el corazón.

Fede tiene que bajarse del carro una cuadra antes porque el taxista no estaba dispuesto a meterse en el callejón. Mientras camina, mira la ventana cerrada, seguro de que estaba abierta hasta hace un momento. En la oscuridad puede adivinar el cigarrillo de Carmen. Apura la marcha y siente que el tamborileo de unos dedos va marcándole los pasos.

Ella da un último golpe contra la ventana cuando escucha el sonido de las llaves de su marido. Siente el impulso de lanzarse contra la puerta pero se detiene cuando él entra. Al mirarse, una cuerda invisible se tensa entre ambos: se enfrentan a un minuto sumamente largo y comienzan la lucha en silencio.

A Carmen la derriban los perros de presa, pero es ella la que muerde y se fortalece con la sangre. Fede recuerda cómo se mata a un vampiro. Ella se defiende con esa fuerza increíble. Él intenta besarla otra vez pero ella quita la cara y, en un descuido, le araña el rostro. Fede lanza un quejido y se pasa la mano por la herida. Al sentir la sangre se enfurece aún más y, tomándola por el pelo, se trepa mejor sobre ella que sigue resistiendo. Encima-debajo-encima-debajo. Rugen las bestias.

De pronto toman conciencia de que si la noche está tan clara es porque hay luna llena. Entonces rectifican: corresponden aullidos de lobos.

(*La fumatrice y otros relatos*)

CAMBIO DE GUARDIA

MILAGROS SOCORRO

Elisa estaba perfecta esa mañana. Todo en su presentación correspondía a lo que se espera de alguien en su primer día de trabajo. Su piel brillaba en forma tenue en lo alto de la habitación, muy cerca del techo, donde flotaba completamente desnuda; a no ser por sus enormes alas que aquel día estrenaban un barniz de bronce.

En espera de la hora de mayor actividad, Elisa jugaba con su cabello, una melenita muy lisa y negra que caía sobre sus mejillas, hasta el mentón, donde terminaba en una línea completamente recta (el juego consistía en mover la cabeza con el objeto de agitar el sedoso casco que la cubría desde la frente hasta la nuca). Las reducidas dimensiones del cuarto de Juan le impedían entretenerse volando un poco o extendiendo sus alas a todo lo que daban, como se había aficionado a hacer en los últimos tiempos. Sólo le quedaba menear la cabeza de un lado a otro y soplar en dirección a las cejas para ver el flequillo alzarse y volverse a posar, muy cerca de sus ojos. De vez en cuando hacía mínimas tijeretas con las piernas, más que todo para contemplárselas.

Dado que era su primer día allí, desconocía las costumbres de Juan. Tenía, desde luego, la carpeta que le habían suministrado en el Centro, en cuyo interior se guardaban dos o tres hojitas que resumían, a rasgos un poco burdos, los datos y actividad de su nuevo protegido. Elisa no podía creer que un hombre tan joven como Juan tuviera una vida tan aburrida; por lo que atribuía a la tradicional molicie del Departamento de Archivo la escasez de los datos consignados. Según la planilla del

Centro —cuidadosamente mecanografiada, eso sí— Juan estaba terminando sus estudios de especialización y en pocos meses obtendría su título de obstetra. La mayor parte del día, por no decir que todo, se lo pasaba en el hospital, donde los riesgos a su integridad física y moral era realmente limitados (Elisa comenzó a temerse una temporada de poca animación); una vez por semana iba a visitar a su madre, una mujer delgadísima y de pocas palabras («atendida desde hace treinta y seis años por Eudora, la griega», anotaba escuetamente la planilla); tenía un solo amigo, un compañero de estudios; no veía a ninguna mujer.

En la última parte se dejaba constancia del nombre del anterior guardián de Juan y las razones por las que había sido removido del puesto. Elisa conocía vagamente la historia. Era algo referido a un tal Roberto que consideró que podía dejar su trabajo por unas horas en manos de los otros gendarmes alados que acudían al hospital y dedicarse a merodear por allí. Fue descubierto y destinado, como castigo, a vigilar a un reportero de política.

Pensando en estas cosas, Elisa se había acercado a la ventana de la habitación de Juan, única gracia del recinto. Estaba decorada con unas puertas de madera muy altas que dejaban colar la luz a través de una filigrana, sólo que esta se encontraba en la parte superior de la ventana, recodo en el que aparentemente nadie estaba interesado, ya que el polvo lo había ganado de tal forma que algunos agujeros se encontraban tapados. Contrariada por el daño obrado en el tejido de madera, Elisa sopló para alejar el polvo, logrando únicamente que una nubecilla se posara en su pecho, lo cual dio el efecto de un fino velo doblemente abombado por el viento. Rápidamente se dio vuelta para que el polvo se desprendiera de sus senos, y estaba sacudiendo sus pezones cuando Juan se removió en la cama.

Elisa se colocó en posición vertical y descendió suavemente hasta ponerse entre la pared y la cabecera de la cama. Su vello púbico se encontraba enmascarado por restos del polvo. Juan abrió los ojos e inmediatamente saltó de la cama. Con las manos sobre su vientre, en gesto de sorpresa, Elisa aleteó y se puso detrás de Juan, dispuesta a seguirlo donde fuera. En vez de dirigirse al baño, como hacen todos, Juan se plantó en el centro de la habitación y se puso a olisquear el aire. Con el pelo alborotado, una erección mediana pero ostensible bajo el pantalón de la piyama, y la expresión de lobo viejo en la cara, Juan lucía, en verdad, temible.

Elisa pestañeó varias veces, confundida, pero no se alejó de la espalda de Juan. De pronto, ella supo lo que él estaba pensando (esto no es raro, los ángeles guardianes adivinan el pensamiento de sus custodiados cuando de allí proviene el peligro). Juan había detectado en el aire un olor que no percibía desde que era niño: una mezcla de tamarindos precipitados sobre el hirviente techo de su casa en Aránega, asoleados y reblandecidos después de varios días recibiendo agua de lluvia, hasta formar una oscura papilla donde sobresalían las cáscaras y asomaban, relucientes, las semillas, de la que exhalaba un olorcillo dulce y ácido que algunas veces a lo largo de su vida fuera de Aránega había creído percibir, pero nunca con tanta claridad como en aquel momento. A veces, cuando más agobiado por el cansancio se encontraba, creía identificarlo en algún vaho que azotaba su olfato; entrecerraba los ojos y se concentraba, pero siempre el olor se disolvía sin darle tiempo a encontrarle un lugar en el destartalado anaquel de su memoria.

Elisa tuvo menos, mucho menos, de un segundo para anticipar (clave de su oficio) lo que pasó después. Pero no pudo evitarlo. Como un latigazo se le impuso la certeza de que la emanación que había enloquecido a Juan provenía justamente de su cuerpo, de esa fruta de espesa madurez aprisionada entre sus muslos. Ella lo intuyó y cuando quiso protegerse con sus alas sintió el primer navajazo, helado y fugaz, cortando el aire y el fino esplendor de su piel.

(*Una atmósfera de viaje*)

JOANNA REINA Y LÁTEX

SLAVKO ZUPCIC

El zurdo Alfredo. Jugaba fútbol con la cabeza de los mamahuevos que decapitaba. Jugaba fútbol y metía tres goles. La alimaña metida de repente en un lío con. Por un asunto. Por dos asuntos. Por tres. Decidido permanentemente a restearse. A caerse sin importar cuándo ni con quién. Lástima que en el momento de, exactamente ese día en que era justo y necesario, soltó la subametralladora e interrumpió una jornada de sanación carcelaria implorando perdón en los labios de su boca pecadora. Inmediatamente los evangélicos comenzaron a cantar y aplaudir, a bautizarle y renovarle, mientras su compinche Cabilla no hallaba qué hacer para justificarse con una treinta y ocho entre las manos y conseguir una tregua ahora que el zurdo Alfredo miraba con los ojos hundidos en el Nuevo Testamento.

El zurdo Alfredo sabía que pronto sería pastor. La alimaña convertida de repente en crucifijo. Regenerada, olfateada y elegida por Dios para esparcir su simiente. Todo a punta de un coraje convertido ahora en palabra sanadora y respeto. Versículo del *Cantar de los cantares* para las visitas femeninas que antaño vulneraba a punta de placer o de pistola. Cristo te ama en la punta de los labios para cada vecino que anteriormente había sido fundido en su honor y ahora era guiado rumbo a los cielos por la fuerza misericorde y divina que había destruido tanta joyería y banquero. El mismo que cuando encontraba algún amigo en dificultades sencillamente decía qué y luego se llevaba la mano siniestra al bolsillo más cercano para darle cuanto tenía. Ahora era un santo.

Cuando salió de la cárcel —la mitad de la pena le fue conmutada por buena conducta— el zurdo Alfredo se casó con Joanna, la hija predilecta de un pastor que tampoco era diestro y lo quería. El zurdo Alfredo en cambio la amaba. Le deseaba buenas noches y, en las mañanas, jugo de naranja en mesa plegable, le musitaba buenos días. Así tuvieron tres hijos y los cinco idiotas iban al culto y escuchaban al pastor —el zurdo Alfredo se escuchaba a sí mismo y no lo creía-recitar de memoria todos los versículos, tanto amor a Dios, tamaño arrepentimiento. Ya hasta sus cicatrices habían desaparecido. Las manchas de su rostro. Nunca nadie se había impuesto en la iglesia con tanta fuerza, tanto dinamismo. Hasta el punto de que lo nombraron Secretario General de. Y pudo haber llegado a Presidente. Emperador de los huesos y tendones cristianos de todo el mundo. Pero Joanna se cansó de que nunca se la cogiera y comenzó a tirar con los vecinos.

Fue tanta la leche que corrió por esos labios y la forma tan descarada en que esa leche llegó dispuesta a inundar su mano que el zurdo Alfredo tuvo que tomar una decisión. No lo meditó ni lo pensó dos veces, es cierto. Igual lo dispuso todo. El sobre en la olla luego de ser rigurosamente discriminado. Los calabacines. La zanahoria en trocitos, la esencia de. El cumpleaños evangélico como música de fondo para mitigar la discordia, la mesa plegable, la vajilla que les regalaron cuando. Un toma mi amor en medio del patio donde Joanna regaba las margaritas sembradas por el amante de turno. La mirada vigilante de que engullera hasta la última gota.

—¿Podríamos rezar un Ave María?

—¿Estás loco, Alfredo? Somos cristianos evangélicos.

Con un revólver en el pecho, pedazo de puta:

—De todas maneras te la acabas de tomar en la sopa de letras.

Con Joanna muerta, cambiaron las cosas, pero no mucho. Dejar de ser evangélico y meterse a testigo de Jehová fue lo que más le dolió. Todo porque el zurdo Alfredo no quería ir a la cárcel y el anciano pastor pretendía que sus huesos se pudrieran en ella de tanta denuncia que hacía en la comisaría. Nunca dejó de ser zurdo, no podía. Pero ya no se llamaba Alfredo. Contactó con un antiguo amigo que vivía en. Y a los dos meses ya habían fundado un salón del reino. Paralelamente comenzó a traficar drogas. En la Biblia del Hermano Izquierdo había de todo. Pero nunca les vendía material a los hermanos testigos. Ni que estuviesen enganchados y llorando por la abstinencia. Ni que se lo pidieran con un revólver o una navaja a punto de ser clavada en su pecho. Una cosa era

Watch Tower y otra el negocio. No importaba que usara la Biblia para ocultar la sustancia. Y los paquetes de *Atalaya*. Y los de *Despertad*.

En una reunión de servicio, conoció a Yamaha y le prometió matrimonio. Ella estaba sentada en la primera fila y oraba sin mover los labios. Pero sólo quería tirar y el Hermano Izquierdo no estaba dispuesto a que el fantasma de Joanna lo noqueara nuevamente. Además, Yamaha era morena y gordita. Sumamente proporcionada aunque los zapatos que usaba no eran de ella sino de una tienda que se los prestaba para que los modelara.

Hermosa Yamaha. Calidita. Una nube de vapor flotaba impenitentemente a cinco centímetros de sus rodillas. Y cuando el Hermano Izquierdo la arrinconó mientras limpiaban el salón del reino, supo que nunca vería otro culo tan bien hecho. Mucho menos debajo de una pantaleta con versículos bíblicos y después de casi una hora prometiendo que no le diría a nadie lo que hicieran.

Yamaha se refería a la posibilidad de que el Hermano Izquierdo divulgara lo buen polvo que era y, aunque él no se atrevió a jurar con su mano izquierda sobre una *Atalaya*, sí lo hizo con la derecha y a los treinta segundos Yamaha estaba desnuda y lloraba porque el Hermano Izquierdo le había propuesto golpearla. Él creyó que la había ofendido y estaba a punto de pedir perdón cuando escuchó claramente las palabras que brotaban burbujeantes por la boca de Yamaha y notó que ella apenas susurraba, que entre lágrimas sus labios musitaban, quién te lo dijo, quién te lo dijo.

El Hermano Izquierdo siguió saliendo con Yamaha, pero ya no hablaba de matrimonio. Quizás fue por eso que Yamaha se arrechó y, en una reunión pública, exactamente después de que el Hermano Izquierdo pronunciase un discurso sobre el armagedón, subió a la pequeña tarima y desde allí comenzó a gritar que el Hermano Izquierdo la golpeaba, que cuando le hacía el amor la golpeaba.

Mientras huía —maldiciones, silletazos y por lo menos cincuenta labios gritando sádico, sádico— lamentó haber olvidado la Biblia sobre el púlpito, la Biblia repleta, pero mucho más no ser ya ni siquiera uno de los ciento cuarenta y cuatro mil que se salvarían cuando. El único consuelo que le quedaba era volver a ser el zurdo Alfredo, no importaba que tuviera que explicárselo a una parte de su antigua clientela, ya no como el jíbaro proveedor de la hierba para condimentar los pastelitos, sino como un miembro más, sencillamente un miembro más de una oenege ecologista.

Era jodido. Era terriblemente jodido dejarse crecer el cabello, no afeitarse, no usar desodorante ni pasta dental aunque sí arcilla. Pero tenía la ventaja, la inmensa ventaja de que en medio de cualquier parrafada naturista podía intercalar uno que otro versículo con una posibilidad de interpretación obviamente mucho menos restringida.

Además, carajitas había, sobraban, no importaba que no usasen desodorante, que se dejaran crecer el pelo de las axilas o que, en lugar de las nunca tan bien ponderadas blusitas pentecostales, sólo llevasen franelas estampadas con el rostro del Che o la silueta del cannabis.

Mala se volvió a poner la cosa cuando empezó a salir con Mónica y en un rincón de la carpa ella le dijo que una vez había salido embarazada y que, bajo la acusación más obvia, el novio la había invitado a hacer montañismo, solamente para empujarla desde el pico más alto y que ella despertara a los tres días en una sala de terapia intensiva.

La mala leche del zurdo quiso que ese día la leche se le escapara y, a los treinta días, Mónica ya estaba visitándole con la lloradera de siempre. Se desentendió, claro que se desentendió y, aunque él nunca la invitó a hacer montañismo, ella le ahorró la molestia, emprendió sola el camino y nunca despertó en una sala de terapia intensiva, sino que la encontraron destrozada junto a las mismas piedras de antaño, que esta vez se habían negado a consumar el aborto.

Tan fuerte era el olor de marihuana que se respiraba en la carpa que nadie se enteró de nada. Pero igual el zurdo Alfredo decidió abandonarlos. Se juró a sí mismo no volver a cogerse a mujer alguna y en el mismo momento en que lo hacía se dio cuenta de que, asumido el celibato, ahora sí podía ser sacerdote católico.

Que el zurdo Alfredo decidiera hacerse sacerdote era una cosa; que lo aceptaran otra. Y no lo aceptaron. Por la facha. Por una que otra cicatriz que todavía no había desaparecido. Por las manos gruesísimas y repletas de callos. Los curas no se comieron la coba de los documentos perdidos. Mucho menos la amnesia o la ausencia absoluta de curriculum a los cuarenta años. Pero le dieron una alternativa y lo mandaron con una recomendación preciosa al local donde se reunía la Renovación Carismática.

Ellos lo colocaron en el Ministerio de Música y en el de Vigilancia. En el último porque de alguna forma había que justificar que el zurdo Alfredo se quedara a dormir todas las noches en el local y porque apenas una mirada de sus ojos insomnes acabó con el fastidio de una pandilla que los azotaba desde hacía cinco años.

El zurdo Alfredo de nuevo. Ahora tenía don de lengua, de discernimiento y de sanación. El Señor parecía haberse colocado nuevamente en el norte de su camino y el zurdo le hacía caso. Hasta el punto de que no se cogía a ninguna de las compañeras ministras, ni siquiera en aquellas ocasiones en que compartía con ellas su cama de los retiros. Nada pasó con Sandra ni con Carolina. Mucho menos con Esther o Juliana. Sencillamente el zurdo Alfredo esta vez no estaba dispuesto a arruinar su equilibrio, que se le antojaba tan precario.

Pero el equilibrio tampoco estaba dispuesto a que el zurdo Alfredo se quedara anclado en él para siempre y el coordinador del grupo, quien por casualidad se había enterado de sus antecedentes criminales, en lugar de estimularlo para que se salvara, para que se terminara de salvar, le contó sus intenciones de asesinar al Arzobispo con motivo de unas declaraciones que este había formulado en contra de la Renovación.

Sus aspiraciones le parecieron legítimas al zurdo Alfredo, pero no por eso se atrevió a suministrar la infraestructura necesaria ni a denunciarlo ni a nada. Simplemente decidió esperar, salirse poco a poco del grupo, olvidar para siempre aquellas veleidades bíblicas que de puro miedo se le habían antojado verdaderas y, en la primera ocasión que se le presentara, volver de una puñetera vez a la cárcel.

Para lograrlo, sólo tuvo que pasar con la misma Biblia de siempre por la comisaría de la esquina. Y lo logró. Claro que primero tuvo que simular que se le caían los evangelios y con ellos las cebollitas de perico y los trocitos de hachís y de marihuana.

Sorprendidos quedaron los policías al ver que una Biblia podía significar tanto, pero mucho más cuando la computadora dijo que esas huellas dactilares correspondían a quien desde hacía años era solicitado por homicidio, abuso de menores, tráfico de drogas e incitación al suicidio.

La condena fue impuesta de inmediato. O al menos el regreso a la cárcel. En el patio, como siempre, había una pelea y alguien le dio un revólver. Esta vez sí lo usó, su nuevo grupo salió airoso y él volvió a asumir el liderazgo de una forma tan rotunda que hubiera creído que los años fuera de la cárcel se trataban de un sueño si un grupo de evangélicos no visitara la cárcel diariamente. El pastor era Cabilla y su asistente la hermana de Joanna, Susana M.

(*Inédito*)

BIOGRAFÍAS

ARGENTINA

Eduardo Berti

Nació en Buenos Aires, en 1964. Es autor de las novelas *Agua (1997)* y *La mujer de Wakefield* (1999), y de los libros de cuentos *La vida imposible* (2002) y *Los pájaros* (2003). *Los pájaros* fue escogido por el diario *Página/12* de Argentina como uno de los libros del año y obtuvo el premio/beca de la revista *Cultura. La mujer de Wakefield* fue votada como una de las novelas del año en el *Times Litterary Supplement* y su traducción al francés fue finalista del prestigioso Prix Fémina. *La vida imposible* obtuvo en París el premio Fernando Aguirre-Libralire. Además de escribir, trabaja como lector, traductor, guionista y periodista. Su obra ha sido traducida al inglés, francés, japonés y portugués. Ha resultado finalista del premio Herralde de Novela con su novela *Todos los Funes* (2004).

Marcelo Birmajer

Nació en Buenos Aires, en 1966. Ha publicado, entre otros libros, *Un crimen secundario* (1992), *El alma al diablo* (1994), *Fábulas salvajes* (1996), *El fuego más alto* (cuentos, 1997), *Ser humano y otras desgracias* (cuentos, 1997), *Historias de hombres casados* (cuentos, 1999), *No tan distinto* (2000), *Tres mosqueteros* (2001), *Nuevas historias de hombres casados* (cuentos, 2001) y *Últimas historias de hombres casados* (cuentos, 2004). Es coautor del guión cinematográfico *El abrazo partido*, ganador del premio al Guión Inédito en el Festival de Nuevo Cine Latinoamericano de La Habana 2002 y del Oso de Plata en Berlín 2004; de los textos del film *Sol de Noche*, del libreto teatral *Cuatro Vientos y el saxo mágico* y del guión *Un día con Ángela*, ganador del concurso de cortometrajes 1993 del INCA. Ha ejercido el oficio de redactor y colaborador en más de una cincuentena de medios gráficos de habla hispana. Entre otros, ha publicados artículos y cuentos en la revistas *Fierro*, *La Revista* (del diario *La Nación*), *Viva* (del diario *Clarín*) y *Página/30*; en los diarios *Clarín* y *Página/12*; y en los diarios españoles *ABC*, *El País* y *El Mundo*. Escribe semanalmente en la revista *Ya*, del diario chileno *El Mercurio*. Algunos de sus libros han sido traducidos al alemán, italiano, holandés y portugués.

ESTHER CROSS

Nació en Buenos Aires, en 1961. Cursó estudios de Letras y es licenciada en Psicología. Ha publicado *Bioy Casares a la hora de Escribir* (1987), libro de entrevistas con el autor, escrito en colaboración con Félix della Paolera; *Crónica de alados y aprendices* (1992); *La inundación*, Primer Premio Fortabat de Novela y Primer Premio Regional de Novela (1993); *La divina proporción y otros cuentos* (1994), volumen de relatos que ganó distinciones en el país y en el exterior; *El banquete de la araña* (1999), Tercer Premio Nacional de Novela. En 1998 recibió la Beca Fulbright-Fondo Nacional de las Artes y cursó estudios de Guión Cinematográfico durante un año en Nueva York. De regreso a la Argentina escribió y codirigió *Humillados y ofendidos*, un corto documental, junto a Alicia Martínez Pardíes, y tradujo, prologó y publicó *Once tipos de soledad* (2002), libro de cuentos del escritor norteamericano Richard Yates. Da clases de guión de cine y dicta talleres de escritura. Recibió una beca de la Fundación Civitella Ranieri, por la que estuvo en Italia completando un proyecto de escritura. En octubre de este año la editorial Tusquets publicará *Kavanagh*, su nuevo libro de cuentos.

ANNA KAZUMI STAHL

Nació en 1963, hija de madre japonesa y padre estadounidense descendiente de alemanes. Se crió en Nueva Orleáns entre la cultura de jazz y la burbuja de una pequeña comunidad japonesa-americana instalada allí. Luego, de adulta, eligió la Argentina para vivir, y escribe en el castellano rioplatense. Estudió Ciencias Políticas y Letras, y en 1995 obtuvo el Doctorado en Literatura Comparada de la Universidad de California, Berkeley. Vive en Buenos Aires desde 1995; escribe narrativa en castellano, imparte talleres de escritura, realiza traducciones y enseña Letras en Lincoln University College, un programa universitario bilingüe en Buenos Aires. Anna Kazumi Stahl ha publicado dos libros en castellano: *Catástrofes naturales* (cuentos, 1997) y *Flores de un solo día* (2001), que saldrá próximamente en Francia, Italia y Estados Unidos.

MARTÍN KOHAN

Nació en Buenos Aires, en 1967. Ha publicado cuatro novelas: *La pérdida de Laura* (1993), *El informe* (1997), *Los cautivos* (2000) y *Dos veces junio* (2002); dos libros de cuentos: *Muero contento* (1994) y *Una pena extraordinaria* (1998); y dos libros de ensayo: *Imágenes de vida, relatos de muerte. Eva Perón, cuerpo y política* (en colaboración) (1998) y *Zona urbana. Ensayo de lectura sobre Walter Benjamin* (2004). Enseña Teoría Literaria en la carrera de Letras de la Universidad de Buenos Aires. Publica habitualmente notas sobre literatura en medios académicos y periodísticos.

GUILLERMO MARTÍNEZ

Nació en 1962. Actualmente vive en Buenos Aires. Publicó en 1989 el libro de cuentos *Infierno Grande* (primer premio del Fondo de las Artes). Algunos de estos cuentos integraron posteriormente numerosas antologías en todo el mundo. En 1993 apareció su primera novela, *Acerca de Roderer*, considerada por la crítica una de las mejores novelas de la década. Ha sido traducida al inglés y a otros idiomas. En 1998 publicó su segunda novela, *La mujer del maestro*. Empezó a colaborar regularmente con artículos, cuentos y reseñas en *La Nación*, *Clarín* y *Página/12*. En 2003 publicó el libro de ensayos *Borges y la matemática* y también la novela *Crí-*

menes imperceptibles, que obtuvo el premio Planeta. *Crímenes imperceptibles* (que se publicó en España con el título *Los crímenes de Oxford*) permaneció durante seis meses en la lista de libros más vendidos en Argentina, y será traducida a veinte lenguas. En la actualidad prepara un libro de artículos y ensayos, *La fórmula de la inmortalidad,* que aparecerá a principios de 2005.

Andrés Neuman

Nació en Buenos Aires, en 1977. Es hispanoargentino y vive en Granada. Se licenció en Filología Hispánica por la Universidad de Granada, donde impartió clases de Literatura Hispanoamericana. Su primera novela, *Bariloche* (1999), fue elegida entre las mejores del año por *El Cultural* de *El Mundo.* Su segunda novela, *La vida en las ventanas* (2002), fue Finalista del Premio Primavera. La tercera, *Una vez Argentina* (2003), resultó Finalista del Premio Herralde. Incluido en las principales antologías sobre joven poesía española, ha publicado los poemarios *Métodos de la noche* (1998, Premio Antonio Carvajal), *El jugador de billar* (2000), *El tobogán* (2002, Premio Hiperión) y *La canción del antílope* (2003). Es autor de los haikus *Gotas negras* (2003) y traductor de *Viaje de invierno,* de Wilhelm Müller (2003). Ha publicado los libros de cuentos *El que espera* (2000) y *El último minuto* (2001). Es el coordinador del proyecto Pequeñas Resistencias, una tetralogía sobre el cuento actual escrito en castellano en todo el mundo, y se encargó de la edición del primer tomo: *Pequeñas resistencias. Antología del nuevo cuento español* (2002). Ha preparado también la edición de la antología de Carlos Marzal *Poesía a contratiempo* (2002). Colaborador de numerosos medios españoles y latinoamericanos, actualmente es columnista y guionista de tiras cómicas en el diario *Ideal.*

Gustavo Nielsen

Nació en Buenos Aires, en 1962. Es arquitecto y escritor. Como arquitecto ha ganado numerosos premios nacionales e internacionales, y construido obra en la Argentina. Tiene su propio estudio de diseño. Como escritor ha publicado *Playa quemada* (cuentos), *La flor azteca, El amor enfermo* y *Marvin* (cuentos). Su próxima novela, *Auschwitz,* será publicada en Alfaguara.

Patricia Suárez

Nació en Rosario, en 1969. Ha publicado las novelas *Aparte del Principio de la Realidad, Perdida en el momento* (2004, Premio Clarín de Novela 2003) y *Un fragmento de la vida de Irene S.* También ha publicado varios libros de cuentos para adultos y para niños, entre los que se cuentan *La flor incandescente* (2002), *Círculo* (2003), *Historia de Pollito Belleza* (1999) y *Habla el Lobo* (2004). Además es dramaturga y escribió las obras *Valhala* (inspirada en su cuento *Eucaliptus muertos y quemados por el rayo*), y la trilogía *Las polacas.* Fue nominada a los Premios Trinidad Guevara por su autoría de estas tres piezas.

BOLIVIA

Paz Padilla Osinaga

Nació en Pampa Grande, en 1961. Es licenciado en Literatura por la Universidad Mayor de San Andrés (La Paz) y ha publicado los siguientes títulos: *Nel umbral*

(1986), *Cuento y poesía boliviana* (1987), *El gemido del Huracán* (1991), *Los jinetes del tiempo* (1992), *La covacha del loco* (1993), *El ogro miope* (1995) y *El Paraíso de los Perdidos* (1999). Sus cuentos figuran en varias antologías dentro y fuera de su país, y sus obras han merecido prestigiosos premios.

CLAUDIA PEÑA CLAROS

Nació en Santa Cruz de la Sierra, en 1970. Es actriz de teatro. El libro *Poesía Joven* (1998) recoge algunos poemas suyos. Ha publicado el libro de cuentos *El evangelio según Paulina*. También ha participado en el número 3 de la colección *Medusa de Fuego*, de cuentos eróticos. Su primer libro de poesías se encuentra en preparación. Es licenciada en Ciencias de la Comunicación (Universidad Católica Boliviana, La Paz), y ha obtenido un diploma en Género (Universidad Privada de Santa Cruz). Actualmente prepara su tesis de Maestría en Desarrollo Sustentable.

GIOVANNA RIVERO SANTA CRUZ

Nació en Montero-Santa Cruz, en 1972. Es periodista y comunicadora social, graduada de la Universidad Privada de Santa Cruz de la Sierra-UPSA, donde actualmente dicta cátedra en el área de Semiología, Guionización para Televisión, y Publicidad y Propaganda. Sus cuentos han sido seleccionados para formar parte de las recopilaciones literarias: *La antología del cuento femenino boliviano,* del escritor Manuel Vargas; *Existencias Insurrectas,* de la investigadora Pilar Contreras; *Literatura Femenina Latinoamericana,* de la Universidad de Playa Ancha (Chile); *Una revelación desde la escritura,* antología editada por Kathy Leonard de la Universidad de Iowa, y *The fat man from La Paz,* antología editada en inglés por Rosario Santos (Nueva York). Ha publicado dos libros de cuentos: *Nombrando el eco* (1994) y *Las Bestias* (1997), obra con la que obtuvo el Premio Municipal de Literatura en Santa Cruz, en 1996. Sin embargo, sus primeros pasos se remontan al cuento infantil: en 1993 ganó el Premio Nacional de Cuento del suplemento *Presencia Literaria,* en la categoría Cuento para Niños, con su obra *María Amor*. En 1995, su ensayo *Latinoamérica: pequeña hermana tierra,* fue seleccionado para participar en el Foro Mundial de Juventudes, celebrado en Jerusalén con el auspicio del BID y el Gobierno de Israel. Participó en el Encuentro Latinoamericano de Escritores, con el tema de *Ciudad y Literatura,* organizado por Convenio Andrés Bello, en Colombia. Ha publicado el libro para niños *La dueña de nuestros sueños* (2001) y las obras *Las Camaleonas, Sentir lo oscuro, Medusa de Fuego.* Actualmente es redactora creativa del Departamento de Producción de la Editorial La Hoguera.

URRELO WILMER

Nació en La Paz, en 1975. Estudió Comunicación Social. Ha trabajado como escritor de horóscopos, corrector de estilo y editor de libros de enseñanza. Publicó sus primeros cuentos en algunos suplementos literarios de la ciudad de La Paz; en 2000 publicó en colaboración el libro de cuentos titulado *Trabajos forzados y otros cuentos,* el mismo año apareció en la antología titulada *Memoria de lo que vendrá, selección sub-40.* Al año siguiente su novela *Mundo negro* ganó el Premio Nacional de Primera Novela auspiciado por Editorial Nuevo Milenio.

CHILE

ROBERTO FUENTES

Nació en Santiago de Chile, en 1973. Es autor del volumen de cuentos *Está mala la cosa afuera* (2002) y de la novela *Algo más que esto* (2004). Actualmente trabaja como editor de narrativa de la revista cultural *Plagio*. También conduce un espacio en radio Rockandpop llamado *Con el libro a dos manos*. En 2003, con el cuento *No te acerques al Menotti*, ganó el tradicional concurso de cuentos de la revista *Paula*.

ALBERTO FUGUET

Nació en Santiago, en 1964. Estudió periodismo en la Universidad de Chile y ha trabajado como crítico de cine y de rock. Ha publicado *Sobredosis* (cuentos, 1990), Premio Municipal de Literatura de Santiago 1991; *Mala Onda* (1991); *Cuentos con Walkman* (antología de cuentos, coautor, 1993); *Por Favor Rebobinar* (1994); *McOndo* (antología de cuentos jóvenes hispanoamericanos, coeditor), y *Tinta Roja* (1996).

ANDRÉS GÓMEZ BRAVO

Nació en Santiago, en 1971. Estudió Periodismo y Estética en la Universidad Católica. En 1999 obtuvo el premio Juegos Literarios Gabriela Mistral por su obra de teatro *El Sótano* y, en 2001, un jurado presidido por el escritor Rodrigo Rey Rosa le otorgó el premio único del concurso de cuento de la revista *Paula*. Acaba de publicar el volumen de relatos *Manzana envenenada*, ganador del premio del Consejo Nacional del Libro al mejor conjunto de cuentos inéditos.

LINA MERUANE

Nació en Santiago de Chile, en 1970. Sus relatos han aparecido en revistas y antologías como *Salidas de Madre* (1996), *Relatos & Resaca* (1997), *Voces de Eros* (1997), *Se Habla Español* (2000), *Con Pasión* (2000), *Cuentos chilenos contemporáneos* (2000) y *Cien microcuentos chilenos* (2002), entre otras. Publicó el libro de relatos *Las Infantas* (1998), y las novelas *Póstuma* (2000), traducida al portugués, y *Cercada* (2000.) Algunos de sus textos han sido adaptados para la televisión y el teatro. Actualmente reside en Manhattan, donde está terminando un doctorado en Literatura Hispanoamericana (Universidad de Nueva York) y desde donde continúa colaborando como columnista y periodista cultural para la prensa chilena.

FLAVIA RADRIGÁN

Dramaturga y cuentista. Su obra ha sido reconocida con el primer premio en los Juegos Literarios Gabriela Mistral en dos ocasiones, y con el premio del Consejo del Libro en Chile por obras inéditas. Ha ejercido la crítica en diversos medios. Sus cuentos forman parte de las antologías *Voces de Eros* (1997) y *Ecos Urbanos* (2000). Como autora teatral ha estrenado *Miradas lastimeras no quiero* (2000), *Lo que importa no es el muerto* (2003) y *Un ser perfectamente ridículo* (2004). *Ese mar que tranquilo te baña* (1988) es su primer libro de cuentos.

MAX VALDÉS AVILÉS

Nació en Santiago de Chile, en 1963. Cuentista y novelista galardonado con el primer premio en los Juegos Literarios Gabriela Mistral en ambos géneros, mención honrosa en el premio Pedro de Oña en novela breve, premio Óscar Castro de novela corta, entre otros. Ha publicado la novela *Una mañana de más* (2002) y el volumen de cuentos *Mimí agoniza en la buhardilla de los bohemios* (2004). Sus cuentos aparecen en antologías en Chile y en otros países. Becario del Consejo del Libro y del Instituto Cultural de España en la ejecución de novela autobiográfica y novela histórica, respectivamente.

COLOMBIA

PEDRO BADRÁN PADAUÍ

Nació en Magangué, en 1960. Periodista, cuentista y novelista. Ha publicado los siguientes libros de cuentos: *El lugar difícil* (1985), *Simulacros de Amor* (1996) y *Hotel Bellavista y otros cuentos del mar* (2002); las novelas *Lecciones de vértigo* (1994), *El día de la Mudanza* (Premio Nacional de Novela Breve 2000) y el relato juvenil *Todos los futbolistas van al cielo* (2002). Ha sido incluido en varias antologías: *Líneas Aéreas* (1998), *Und träuntem vom leben* (2000), *Hören wie die Hennen Krähen* (2003), *Erzählungen Aus Spanich Amerika: Kolumbien* (1997), entre otras. Aficionado al ajedrez, el vino y los hoteles, vive en el barrio La Macarena de Bogotá con tres gatas. Su novela *Un cadáver en la mesa es mala educación*, con la cual ganó una beca de la Alcaldía de París, aparecerá próximamente.

JUAN CARLOS BOTERO

Nació en Bogotá, en 1960. Estudió Literatura en las Universidades de los Andes, Harvard y Javeriana. En 1986 obtuvo el Premio Juan Rulfo de Cuento (otorgado por Radio Francia Internacional, el Ministerio de Cultura de Francia y la Embajada de México en París) con su relato *El encuentro*, y en 1990 fue ganador del XIX Concurso Latinoamericano de Cuento, con su relato *El descenso*. Ha publicado *Las semillas del tiempo (epífanos)* (1992) y *Las ventanas y las voces* (1998). Su cuentos han sido incluidos en las antologías *Líneas Aéreas* (1999), *Cuentos de fin de siglo* (1999), *La horrible noche* (2001), y *Und träumten von leben* (2001). Ha sido columnista de los periódicos colombianos *La Prensa*, *El Tiempo* y *El Espectador*, y ha colaborado en varias ocasiones con las revistas *Cambio*, *Cromos*, *Diners*, *Gatopardo* y *Semana*. Es prologuista del libro *Colombia inédita* (1992), y es coautor del libro *Amores y Amantes* (ilustrado por María de la Paz Jaramillo). Su primera novela, *La sentencia*, se publicó en España en 2002, y en la actualidad está completando su segunda novela que se titulará *El arrecife*.

JORGE FRANCO

Nació en Medellín, en 1962. Actualmente vive en Bogotá. Su libro de cuentos *Maldito amor* obtuvo el Premio Nacional de Narrativa Pedro Gómez Valderrama. Consiguió el Primer Premio en el Concurso Nacional de Novela Ciudad de Pereira con la novela *Mala noche* y con esta misma obra fue finalista del Premio Nacional de Novela de Colcultura. Sus novelas *Rosario Tijeras* (Premio Internacional de Novela Dashiell Hammet) y *Paraíso Travel* han sido traducidas a varios idiomas, ampliamente editadas en Europa, Asia y América, y están en proceso para ser llevadas al cine. Ha publicado cuentos y artículos en diversas revistas nacionales e internacionales; ha sido invitado por Gabriel García Márquez a dictar con él su taller *Cómo se cuenta un cuento*, en la Escuela de Cine y Televisión de San Antonio de los Baños, en Cuba.

Enrique Serrano López

Nació en Barrancabermeja, en 1960. Es ganador de la XIII edición del concurso Juan Rulfo de cuento. Ha publicado las colecciones de relatos *La marca de España* (1997) y *De parte de Dios* (2000) y la novela *Tamerlán* (2003). Su segunda novela, *El hombre de diamante*, está próxima a aparecer en Colombia.

Antonio Ungar

Nació en 1974. Ha vivido en Colombia, Inglaterra, México y España. Ha publicado los libros de cuentos *Trece Circos Comunes* (1999) y *De ciertos animales Tristes* (2000), y la novela *Zanahorias Voladoras* (2004). Cuentos suyos han aparecido en antologías y revistas literarias en Alemania, Francia, Inglaterra, Estados Unidos, Portugal, Italia, México y España. Colabora con diarios y revistas en Colombia, Italia y España.

Juan Gabriel Vásquez

Nació en Bogotá, en 1973. Ha publicado cuatro libros de ficción, entre ellos la colección de relatos *Los amantes de Todos los Santos* (2001) y la novela *Los informantes* (2004). Entre 1996 y 1998 vivió en París, donde estudió Literatura Latinoamericana en la Sorbona, y a finales de 1999, después de un año en un pueblo de las Ardenas belgas, se instaló en Barcelona. Sus cuentos han aparecido en antologías de Alemania, Francia, España y Colombia. Ha traducido obras de E. M. Forster y Victor Hugo, entre otros, y sus ensayos, crónicas y crítica literaria han aparecido en publicaciones españolas y latinoamericanas como *Letras Libres, El Malpensante, Cuadernos Hispanoamericanos, Lateral, El Periódico de Catalunya* y *Gatopardo*. En octubre de 2004 apareció en Colombia *El hombre de ninguna parte,* su breve perfil biográfico de Joseph Conrad.

ECUADOR

Carolina Andrade

Nació en Guayaquil, en 1963. Es periodista profesional, productora de televisión y escritora. Estudió Literatura en la Facultad de Filosofía de la Universidad Católica de Santiago de Guayaquil, donde es catedrática en la carrera de Comunicación. Vivió un tiempo en México (1986-1989) y ahí completó el curso para escritores que ofrece la Sociedad General de Escritores Mexicanos (SOGEM). Ha publicado tres libros de cuentos: *Detrás de sí* (1994), *De luto* (1999) y *Revista y Revuelta* (2003). Textos suyos aparecen en varias antologías publicadas dentro y fuera del Ecuador.

Marcelo Báez Meza

Nació en Guayaquil, en 1969. Estudió Literatura. Ha trabajado en el periodismo y la cátedra. Es editor de libros de literatura. En poesía ha publicado: *Puerto sin rostros* (1996), *Hijas de fin de milenio* (1997), *Palincesto* (1998). Además publicó el libro de cuentos *Movimientos para bosquejar un rostro*; las novelas *Tan lejos tan cerca, Tierra de Nadia, y* el libro de crónicas de cine *Adivina quién cumplió 100 años.* Ha ganado, en poesía, los siguientes premios: Primer Premio Concurso «Ismael Pérez Pazmiño», en 1990; Primer Premio en la Bienal de Poesía «César Dávila Andrade», 1996; Premio Nacional de Literatura del I. Municipio de Guayaquil, en

1997. Está incluido en el Inventario de Poesía Española de la Academia Iberoamericana de Poesía; en la Antología *Entresiglos-Entreséculos,* en portugués y español (1999); *Poesía ecuatoriana del siglo XX*; *Antología temática: poesía y cuento ecuatorianos* (1998); *Memorias de las Primeras Jornadas Poéticas Juveniles del Ecuador 1994* (1996).

Lucrecia Maldonado

Nació en Quito, en 1962. Estudió Educación y Literatura en su ciudad natal. Profesora de Lengua y Literatura, ha trabajado también en Educación Popular y Producción Radiofónica. Como narradora ha publicado cuatro volúmenes de relatos: *No es el amor quien muere* (1994), *Mi sombra te ha de hacer falta* (1998), *Todos los armarios* (2002) y *Como el silencio* (2004). También escribe poesía y ensayo. Sus relatos han aparecido en *Antología básica del cuento ecuatoriano,* de Eugenia Viteri; *Narradoras ecuatorianas,* de Miguel Donoso Pareja, y *Cuentan las mujeres,* de Cecilia Ansaldo Briones.

Xavier Oquendo Troncoso

Nació en Ambato, en 1972. Periodista, Doctor en Letras y Literatura, reside en la ciudad de Quito. Ha publicado los siguientes libros: *Guionizando poematográficamente* (poesía, 1993), *Detrás de la vereda de los autos* (poesía, 1994), *Calendariamente poesía* (poesía, 1995), *El (An)verso de las esquinas* (poesía, 1996), *Memorias de las primeras jornadas poéticas juveniles del Ecuador* (antología, 1996), *Después de la caza* (poesía, 1998), *Desterrado de palabra* (cuentos, 2000), *La Conquista del Agua* (poesía, 2001), *Ciudad en Verso* (Antología de nuevos poetas ecuatorianos, 2002), *Antología de Nuevos Poetas Ecuatorianos* (Loja, 2002). Representante del Ecuador en importantes encuentros poéticos y literarios en España, México, Colombia, Chile y Perú. Ha sido editor de varias revistas de poesía y literatura, y ha dirigido varios talleres literarios de Creación y lecturas dirigidas. Organizador de los Encuentros de poetas jóvenes en su país, ha logrado reunir casi cien poetas en las cuatro ediciones celebradas. En literatura infantil publicó *Pesebres, poemas y piruetas,* junto con los más destacados escritores del género. Ha merecido diversos premios, como el «Pablo Palacio» en cuento y el Premio Nacional de poesía, en 1993. Relatos suyos figuran en antologías españolas, norteamericanas e hispanoamericanas. Ha participado en las más importantes revistas literarias de nuestra lengua. El Municipio de su ciudad, en 1999, le concede la *condecoración Juan León Mera* por toda su obra literaria y de difusión. Es director y editor de la firma editorial b@ez.oquendo.editores. Parte de su poesía ha sido traducida al italiano.

PARAGUAY

Nelson Aguilera

Nació en Asunción, en 1961. Aprendió a declamar a los seis años. A los doce escribió sus primeros poemas, y a los catorce sus primeras obras teatrales. Estudió Arte Dramático en la Escuela Municipal de Arte Escénico, y se licenció en Letras en la Facultad de Filosofía de la Universidad Nacional de Asunción. Posee además una Licenciatura en Lengua Inglesa y una Maestría en Lingüística Literaria para la Enseñanza de Lengua y Literatura otorgada por la Universidad de Strathclyde (Glasgow, Escocia). Trabajó en obras teatrales como *Un tranvía llamado deseo,* de Tennessee Williams; *El burgués gentilhombre* y *Médico a palos,* de Molière. Enseñó

Literatura y Teatro en varios colegios de la capital y dirigió a estudiantes en obras como *Antígona,* de Sófocles; *La Casa de Bernarda Alba,* de Lorca; *Sueño de una noche de Verano,* de Shakespeare; entre otras. Actualmente es profesor en varias universidades privadas de la capital paraguaya. Entre sus obras publicadas se encuentran los poemarios *Hebras del Olvido* (2000), *Cadenas de mi Tierra* (2000), *Encuentros y Reencuentros* (2001), y las colecciones de cuentos *Cuentos para Mujeres* en Castellano, Guaraní e Inglés (2002), y *Héroes y Antihéroes* (2004).

Milia Gayoso Manzur

Nació en Villa Hayes, en 1962. Estudió Periodismo en la Facultad de Filosofía de la Universidad Nacional de Asunción. Publicó sus primeros relatos en una columna denominada *Historias diminutas,* aparecidas en el Suplemento Femenino del diario *Hoy.* Actualmente es periodista en el diario *La Nación,* de Asunción. Sus trabajos figuran en varias antologías, como *Antología de autores paraguayos,* de Guido Rodriguez Alcalá; *Líneas Aéreas; First Ligth,* y *Viaje al corazón de las mujeres latinoamericanas.* Ha publicado los siguientes volúmenes de cuentos: *Ronda en las olas* (1990), *Un sueño en la ventana* (1991), *El peldaño gris* (1994), *Cuentos para tres mariposas* (1996), *Microcuentos para soñar en colores* (infantiles, 1999), *Para cuando despiertes* (infantiles, 2002) y *Antología de abril* (2003). Tiene en preparación el volumen *Las alas son para volar,* que reúne cuentos para adolescentes.

Claudia María González Forteza

Nació en Asunción, en 1970, pero desde muy pequeña se trasladó con su familia a la ciudad de Villarrica donde pasó gran parte de su vida. En Italia, en la Università degli Studi di Napoli «Federico II», realizó sus estudios universitarios. Su proyecto de investigación sobre Augusto Roa Bastos, *Hijo de hombre y la reconstrucción cultural del Paraguay,* se publicó en Paraguay en 1997. Ya de regreso al Paraguay, en 1996, se dedicó a la literatura, a la pedagogía universitaria y a la gestión de iniciativas culturales. En el año 2002 publicó su primer volumen de cuentos titulado *Cuentos breves del olvido.* Acaba de publicar, en marzo del 2004, su libro *Jugando con mamá.* A este volumen lo acompañan tres *Propuestas didácticas,* organizadas sobre la base de tres cuentos cuya autora es su hija de 6 años. Un segundo volumen de cuentos breves, titulado *Elegía a Luciana y otros cuentos,* ya se encuentra en proceso de edición. Actualmente está trabajando en una investigación sobre *Yo el Supremo,* del laureado escritor Augusto Roa Bastos, y está terminando de escribir una novela.

Mabel Pedrozo

Nació en Asunción, en 1965. Egresó como abogada de la Universidad Nacional en 1992. Publicó poemas en *Poesía itinerante,* con otros miembros del taller de poesía Manuel Ortiz Guerrero, y en las antologías *Poetisas del Paraguay* y *Trópico Sur.* En la antología *Narradoras paraguayas* (1991) aparece publicado por primera vez uno de sus cuentos. En 1997 publica el libro de cuentos *Mujeres al teléfono* en co-autoría con Amanda Pedrozo. En el año 2000 aparece *Debajo de la cama,* su primer libro de cuentos escrito en forma individual. En noviembre de 2001 publica *Noche multiplicada,* también de cuentos, y *Juego de Sábanas,* de relatos breves igualmente, en el 2003. Ha obtenido el Primer Premio Amigos del Arte (1984) y el Roque Gaona (2002) al mejor libro del año con su obra *Noche Multiplicada.* También ha recibido una mención de la Municipalidad de Asunción (1991). Ha trabajado en varios diarios y revistas de Paraguay, y hoy trabaja como periodista del diario *Popular*. Es miembro de la Sociedad de Escritores del Paraguay (SEP) y del PEN Club del Paraguay.

PERÚ

JORGE EDUARDO BENAVIDES

Nació en Arequipa, en 1964. Estudió Derecho y Ciencias Políticas en la Universidad Garcilaso de la Vega, en Lima, ciudad donde trabajó dictando talleres de literatura y más tarde como periodista radiofónico y como jefe de redacción de los noticieros de *Antena Uno Radio*, donde además llevaba un espacio cultural. Desde 1991 hasta el 2002 vivió en Tenerife, donde colaboró con el suplemento dominical de *Diario de Avisos* y donde también fue jefe de redacción de *Siglo XXI*. Allí fundó y dirigió el taller de narrativa *Entrelíneas*, luego de haber impartido cursos de escritura creativa para diversas instituciones como la Casa de la Cultura de Santa Cruz, Centro Cultural Casa Pisaca y la Universidad de La Laguna. Ha colaborado con revistas literarias como *Renacimiento* y los suplementos culturales *Babelia*, de *El País*, y *Caballo Verde*, de *La Razón*, así como con diversos medios de su país. Ha publicado *Cuentario y otros relatos* (cuentos, 1989) y las novelas *Los años inútiles* (2002) y *El año que rompí contigo* (2003). Ha sido finalista en la Bienal de Cuentos de COPE en 1989 y también en el concurso NH de relatos breves del año 2000, en el Premio Tigre Juan de 2003 y en el Rómulo Gallego de ese mismo año. Ha sido Premio Nuevo Talento FNAC en 2003.

CARLOS DÁVALOS

Nació en Lima, en 1977. Estudió Ciencias de la Comunicación en la Universidad de Lima. Ha tenido trabajos diversos y ha colaborado en algunas revistas y periódicos en Perú. También ha sido redactor de noticias en América TV. Ha publicado *Nadie sabe adónde ir* (1998), su primer libro de relatos, y está preparando su primera novela. Actualmente reside en Madrid.

SERGIO GALARZA PUENTE

Nació en Lima, en 1976. Estudió Derecho en Lima, aunque nunca ejerció. Trabaja como redactor de noticias en un canal de televisión en Lima. Ha publicado los libros de cuentos *Matacabros* (1996), *El infierno es un buen lugar* (1997), *Todas las mujeres son galgos* (1999) y la crónica *Los Rolling Stones en el Perú* (2004). Algunos de sus cuentos han aparecido en antologías como *El cuento peruano 1990-2000* y *Se habla español*. Ha colaborado en revistas como *Etiqueta Negra, 69* y *Quehacer*.

PEDRO JOSÉ LLOSA VÉLEZ

Nació en Lima, en 1975. Estudió Economía en la Universidad del Pacífico y tiene estudios de Maestría en Literatura Latinoamericana en la Universidad de San Marcos. Ha publicado *Viento en proa* (2002), considerado uno de los tres mejores libros de cuentos del año por el diario *El Peruano*. Ha escrito la crónica sobre Lima que formará parte de la antología *Place*, que incluye 35 ciudades del mundo y que se publicará en Barcelona en noviembre del 2004. En la actualidad se dedica a la docencia.

SANTIAGO RONCAGLIOLO

Nació en Lima en 1975. Ha vivido en México, Perú y España, y ha publicado *El Príncipe de los Caimanes* y *Crecer es un oficio triste*. Su última novela, *Pudor*, será publicada próximamente. Ha colaborado con medios como *El País, Rolling Stone* o *Granta.* Ha traducido a Gide, Genet, Duteurtre y Robert Hichens. Ha escrito teatro, libros infantiles, telenovelas, discursos políticos y biografías a sueldo.

RICARDO SUMALAVIA CHÁVEZ

Nació en Lima, en 1968. Estudió Literatura en la Universidad Católica del Perú y Maestría en la Universidad Nacional Mayor de San Marcos. Fue profesor invitado por algunos años en la Universidad Dankook y lector en las Universidades Kyung Hee y Sun Moon en Corea del Sur. Ha publicado los libros de relatos *Habitaciones* (1993) y *Retratos Familiares* (2001). Colabora habitualmente en el suplemento cultural *Identidades* del diario *El Peruano.*

URUGUAY

INÉS BORTAGARAY

Nació en Salto, en 1975. Vive en Montevideo desde 1993. Terminó la licenciatura en Ciencias de la Comunicación y trabajó como cronista en la revista *Posdata.* Ha publicado la colección de relatos *Ahora tendré que matarte* (2002). Desde 2002 trabaja como editora en la *Guía del Mundo,* publicación bienal del Instituto del Tercer Mundo. Entre 2003 y 2004 ha escrito los guiones de una serie para televisión llamada *El fin del mundo.* Próximamente publicará su segundo libro, incluido en la colección Artefato.

AMIR HAMED

Nació en Montevideo, en 1962. Narrador y ensayista, publicó las novelas *Artigas Blues Band* (1994), *Troya blanda* (1994) y *Semidiós* (2001). Con la edición de *Buenas noches, América* (2003), Hamed retorna a la narración breve. Doctorado en Literatura Hispanoamericana y Teoría en Northwestern University, colabora habitualmente en revistas y publicaciones especializadas. Actualmente se destaca como cantante de la banda de rock El Macaco. El relato *Mixed emotions* es el que abre la colección *Buenas noches, América,* libro definido por el autor como una «crónica saturnal que reclama vida remojada en alcoholes». En palabras de Ercole Lissardi, la escritura de Hamed «tiene con qué entretener, aleccionar y a menudo regocijar aun al público más desprevenido, desde una galaxia transcultural en circulación delirante entre Nueva York, Baton Rouge, Treinta y Tres y Montevideo».

HELVECIA PÉREZ

Nació en Minas, en 1967. Desde 1985 reside en Montevideo, donde trabaja como socióloga y periodista. Actualmente es docente de Ciencias de la Educación en la Universidad de la República y editora de la revista *Ciencias Sociales.* Tras varias publicaciones en revistas literarias y después de participar durante años en los talleres de Mario Levrero, *Palpites* (2004) es su primer libro.

GABRIEL PEVERONI

Nació en Montevideo, en 1969. Escritor y periodista cultural, ha publicado las novelas *La cura* (1997) y *El exilio según Nicolás* (2004), y relatos varios en revistas literarias y las antologías *Líneas Aéreas* (2000) y *El cuento uruguayo* (2003). Destacado autor teatral, fue finalista del Premio Casa de América Dramaturgia Innovadora 2002 por la obra *Sarajevo esquina Montevideo.* Actualmente trabaja como corresponsal de las revistas *Rolling Stone* y *Zona de Obras,* y forma parte del equipo de producción de TV Ciudad de Montevideo como realizador de las series documentales *Historias urbanas* (2002) y *Testigos* (2004). El relato *El Dr. Ash está un poco loco,* publicado originalmente en la revista *Posdata* en 1997, pertenece al libro aún inédito *Papeles ansiosos.*

Gabriel Sosa

Nació en Montevideo, en 1966. Ha publicado los libros de relatos *Orientales excéntricos* (2001) y *Qué difícil es ser de izquierda en estos días* (2004). Editor de la colección editorial Flexes Terpines, del grupo Cauce, dedicada exclusivamente al género narrativa de ficción. Fue crítico de cine de la revista *Posdata* y actualmente es colaborador habitual de *El País Cultural.* El cuento *Anastasio Méndez, el soldado de Aparicio* pertenece al libro *Orientales excéntricos,* serie de relatos de vidas apócrifas. De la narrativa de Sosa, ha escrito el crítico Elvio Gandolfo: «Si uno al principio piensa que son cuentos de humor, después descubre que a menudo retratan en sordina la vieja, querida y nunca bien ponderada melancolía uruguaya». Entre los autores preferidos del autor destacan Levrero, Quiroga, Felisberto, Banchero y Galmés.

Henry Trujillo

Nació en Mercedes, en 1965. Las novelas breves *Torquator* (1993) y *El vigilante* (1996) le valieron una importante atención de público y crítica en su debut como escritor. Las publicaciones del mercedario se completan con los relatos incluidos en *Gato que aparece en la noche* (1996), *El fuego y otros cuentos* (2001), y las novelas *La persecución* (1999) y *Ojos de caballo* (2003). La historia de *Torquator,* al borde del género policiaco, fue llevada al cine por el director Aldo Garay (*La espera,* 2003), película premiada en el XVIII Festival de Cine Latino de Trieste y otros festivales internacionales. El cuento *El hormiguero* pertenece al volumen *El fuego...* y en él, según Heber Raviolo, «el autor, con precisión y frialdad, alcanza a erizar la piel del lector por el *objetivismo* con que nos presenta un hecho monstruoso. El gran mérito de este texto es que no se agota en el horror». Aunque se define como novelista, en la breve obra cuentística de Trujillo asoma el pulso y la tensión dramática del maestro Horacio Quiroga. El poeta Washington Benavídez lo ha definido como «el más auténtico *hard* uruguayo».

VENEZUELA

Alberto Barrera Tyszka

Nació en Caracas, en 1960. Estudió Letras. En la actualidad reside en México. Durante los años ochenta fue miembro de los grupos poéticos Guaire y Tráfico. Como guionista de televisión ha trabajado en Venezuela, Argentina, Colombia y México. Desde 1986 mantiene una columna dominical en el diario *El Nacional.* Además, es colaborador regular de la revista *Letras Libres.* Ha publicado los poemarios *Amor que por demás* (1985), *Coyote de Ventanas* (1993), *Tal vez el frío* (2000); el libro de cuentos *Edición de Lujo* (1990), y la novela *También el corazón es un descuido* (2001). Textos suyos han aparecido en diversas antologías editadas en Venezuela, Argentina, México y España.

Juan Carlos Chirinos

Nació en Valera, en 1967. En la actualidad reside en Madrid. Estudió Letras y cursó estudios de doctorado en Literatura Española e Hispanoamericana en la Universidad de Salamanca. En Caracas, ha trabajado en el campo cinematográfico, literario y editorial. Su libro *Leerse los gatos* (1997), recibió en 1994 la primera mención del II Concurso de Narrativa Breve, organizado por la Embajada de España en Venezuela, y *Homero haciendo Zapping* (2003) ganó el premio de cuento de la Bienal José Antonio Ramos Sucre en 2002. Ha publicado su primera novela, *El niño malo cuenta hasta cien y se retira,* y sus biografías para jóvenes *Alejandro Magno, el vivo anhelo por conocer* y *Albert Einstein, cartas a Hann.*

Roberto Echeto

Nació en Caracas, en 1970. Estudió Letras y Diseño. Artista plástico. Es productor de espacios radiales. Ha publicado *Cuentos líquidos* (1997), y fue finalista del concurso literario de la Fundación para la Cultura Urbana, que publicó su segundo libro de cuentos, *Breviario galante* (2004). Trabajó en la emisora Caracas 92.9 FM escribiendo los guiones y haciendo la producción general de los programas *El show de la gente bella* y *Macho y no mucho.* Desde 1987 ha participado, con dibujos, pinturas, escritos y experimentos, en numerosas exposiciones individuales y colectivas tanto en Venezuela como en el exterior. Parte de su trabajo dibujístico pertenece a prestigiosas colecciones como la del Museo de Arte Contemporáneo de Caracas Sofía Ímber y de la Fundación Cisneros.

María Celina Núñez

Nació en Madrid, en 1963. Actualmente reside en Caracas. Narradora y crítica literaria, estudió Letras y es Magister en Literatura Latinoamericana. Ha publicado los libros de relatos *La fumatrice y otros relatos* (1995) y *Maleza* (2004); y los ensayos *Del realismo a la parodia. Marcas para un mapa de la narrativa venezolana de los 90* (1997) y *Racionalismo y empirismo en la obra gramatical de Andrés Bello* (1991).

Milagros Socorro

Nació en Maracaibo, en 1960. Periodista y escritora, ha publicado los libros de relatos *Una atmósfera de viaje* (1989) y *Actos de salvajismo* (1999), además de los libros de testimonio *Catia, tres voces* (1994) y *Alfonso «Chico» Carrasquel. Con la V en el pecho* (1994). Uno de sus relatos aparece en la *Antología 17 narradoras latinoamericanas* auspiciada y editada por el Cerlac/Unesco. Tiene un libro de crónicas titulado *Criaturas verbales* (2000). Colaboradora de *El Nacional* y *Revista Exceso.* Es jefa de redacción de la revista *Bigott,* especializada en cultura popular, desde el año 1992. En 1999 recibió el Premio Nacional de Periodismo.

Slavko Zupcic

Nació en Valencia, en 1970. En la actualidad reside en Caracas. Médico, realizó estudios doctorales en Historia de las Ciencias en la Universidad Autónoma de Barcelona. Ha publicado los libros *Dragi Sol* (Caracas, 1989), *Vinko Spolovtiva, ¿quién te mató?* (1990), *Barbie* (1996) y *583104: pizzas pizzas pizzas* (1995). Ganador del Premio de Narrativa de la Casa de la Cultura de Maracay (1989) y de la Bienal José Rafael Pocaterra (1990). En 1994 participó en el Taller Internacional de Jóvenes Escritores Latinoamericanos dirigido por Sergio Pitol y Ednodio Quintero.

Este libro de
Páginas de Espuma
se terminó de imprimir
en noviembre del año 2004